KB193850

<모던 타임즈>에서
<서울의 봄>까지 명화 86편

에세이 명화극장

최용현 영화에세이

청어

세 번째 영화에세이집을 내면서

　1988년 3월, 두 번째 직장인 사단법인 대한전기학회에 과장으로 입사하면서, 그해 11월부터 《월간 전기》라는 잡지에 매월 고정칼럼으로 에세이를 연재하기 시작했다. 특별한 주제 없이 그때그때 떠오르는 생각을 다듬어서 쓴 에세이를 연재하다가 〈누구를 위하여 좋은 울리나〉 〈콰이강의 다리〉 〈겨울여자〉 등 예전에 감명 깊게 보았던 영화들을 에세이로 써서 간간이 넣었는데 반응이 좋았다. 영화에세이에 대한 자신감을 갖는 계기가 되었다.

　1991년에 수필가로 등단한 후, 1992년 가정주부들이 보는 월간지 《행복이 가득한 집》의 《비디오칼럼》 코너를 맡게 되었다. 그 당시 극장개봉 혹은 비디오 대여에서 인기가 많으면서 대중에게는 덜 알려진 영화를 에세이로 써서 게재했다. 〈천사탈주〉(1989년), 〈퍼시픽 하이츠〉(1990년), 〈적과의 동침〉(1991년) 등이 그때 연재했던 영화들이다.

　그 이후, 월간 《국세》 《전력기술인》 《한국통신》 등 여러 월간지에 에세이와 콩트, 삼국지 인물론 등을 고정칼럼으로 연재하게 되면서 영화에세이를 한동안 쉬었다. 그러다가 콩트 연재를 마무리한 월간 《전력기술인》에 2009년 1월호부터 본격적으로 영화에세이를 연재하였다. 이 잡지는 한국전력기술인협회에서 발간하는 협회지로, 월 발행 부수가 10만 부가 넘는데, 2014년에 《전기기술인》으로 제호를 변경하였다. 이곳에 6년간 연재한 영화에세이 72편을 연대별로 나뉘서 2015년에 첫 영화에세이집 『영화, 에세이를 만나다』를 발간하였다.

이 영화에세이들은 미국 라스베이거스에서 재미교포들을 위해 발행되는 주간신문인 《한미일요뉴스》에 2015년 5월부터 2016년 11월까지 연재되었고, 또 필자의 고향에서 순간(旬刊)으로 발행되는 《밀양신문》에도 2015년 8월부터 2017년 8월까지 연재되었다. 2016년 3월에는 EBS FM '음악이 흐르는 책방, 박원입니다'라는 프로에서 이 책에 실린 〈원스 어폰 어 타임 인 아메리카〉와 〈레옹〉 등이 진행자 박원의 음성으로 낭송되기도 했다.

2016년 말, 20년간 사무국장을 맡아 일하던 사단법인 전력전자학회에서 정년퇴직을 했다. 그러자, 시간이 많아서 보고 싶은 영화를 마음껏 볼 수 있는 영화전문 카페에 가입하였고, 첫 영화에세이집에서 빠진 좋은 영화들을 찾아서 PC로 보면서 매주 한 편씩 영화에세이를 썼다. 이때 쓴 영화에세이들은 그때그때 영화전문 카페, 문학 카페, 고향 카페 등에 올렸는데, 댓글이 수십 개씩 붙는 등 반응이 뜨거웠다.

이번에는 우리나라 영화 12편, 중국 등 아시아 영화 12편, 프랑스 등 유럽 영화 12편, 할리우드 영화 24편, 흑백영화 12편 등 총 72편을 써서 2021년에 두 번째 영화에세이집 『명작 영화 다이제스트』를 발간했다. 두 번째 영화에세이집에 실린 영화에세이들은 2024년 4월부터 《밀양신문》에 연재하고 있다.

그런데, 두 권의 영화에세이집에 들어가지 못한 좋은 영화들이 계속 뇌리에 남았다. 그래서 겨울마다 방콕하면서 그런 영화들을 찾아서 보고 또 영화에세이를 썼다. 이번에는 우리나라 영화 15편, 중국 등 아시아 영화 15편, 프랑스 등 유럽 영화 14편, 할리우드 영화 42편 등 총 86편을 써서 2025년에 세 번째 영화에세이집 『에세이

명화극장』을 발간하는 것이다. 세 권의 영화에세이집에 들어가지 못한 좋은 영화들에 대한 미련은 남아있지만, 여기서 30여 년에 걸친 내 영화에세이 작업을 마무리하고자 한다.

헤아려보니 총 230편의 영화에세이를 썼다. 대부분 오래된 영화라서 스포일러 걱정은 하지 않았다. 영화는 극장에서 본 것도 있지만, 대부분 유튜브 혹은 영화전문 카페에서 보거나, 아니면 유료로 구매하여 PC 화면으로 보았다. 가슴 벅찬 시간들이었다. 속이 시원해지는 카타르시스를 느낄 때도 있었지만, 찡한 감동으로 먹먹해지거나, 울컥하면서 눈물을 글썽이던 때가 얼마나 많았던가.

영화에서 참으로 많은 것을 얻었다. 내 인생의 지침도 영화에서 찾았으니 영화가 내 인생의 멘토였다고 해도 결코 과언이 아니다. 30대 후반에, 영화 〈죽은 시인의 사회〉(1989년)를 보면서 키팅 선생(로빈 윌리엄스 扮)이 하던 이 말을 금과옥조(金科玉條)처럼 가슴에 새기며 살아왔다.

자기 걸음을 걸어라.
나는 독특하다는 것을 믿어라.
누구나 몰려가는 줄에 설 필요는 없다.
자신만의 걸음으로 자기의 길을 가라.
바보 같은 사람들이 무어라 비웃든 간에.

영화에세이가 수필의 한 장르로 정착되기를 바라지만, 스포일러 시비도 그렇고 쉬운 문제는 아닌 것 같다. 그렇게 되지 않더라도 여한은 없다. 명작영화들이 사라지지 않는 한 이 영화에세이들도 없어지지 않을 것이기 때문이다. 〈벤허〉나 〈닥터 지바고〉 〈타이타닉〉 〈기생충〉 같은 불후의 명화들이 백 년이 지난다고, 오백 년이 지난다고

4

사라지겠는가.

영화는 꿈의 정원이고 추억의 이정표라고 생각한다. 젊은이들이 꿈을 설계하거나 나이 든 사람들이 추억을 되새겨보는데 이 영화에세이들이 조그만 도움이라도 되기를 바라면서, 졸고를 쾌히 책으로 엮어준 청어출판사의 이영철 대표님과 이설빈 편집장님께도 깊은 감사를 드린다.

2025년 어느 봄날
신도림태영타운에서
최 용 현

차례

제2장

1970~1980년대 할리우드 영화들

제3장
1990년대 이후의 할리우드 영화들

제4장

중국을 위시한 아시아 영화들

제5장

프랑스를 위시한 유럽 영화들

제6장
우리 시대를 빛낸 한국 영화들

제1장

1960년대 이전의
할리우드 영화들

모던 타임즈(Modern Times)

찰리 채플린은 20세기가 낳은 위대한 천재 아티스트이자 영화 역사상 최고의 희극배우이다. 80편이 넘는 출연작품 중에서 '시티 라이트'(1931년)와 '모던 타임즈'(1936년), '위대한 독재자'(1940년) 를 그의 대표작으로 꼽는데, 그중에서 그가 각본을 쓰고 음악과 안무, 제작, 감독, 주연까지 한 '모던 타임즈(Modern Times)'에 대해서 살펴보고자 한다.

'모던 타임즈'는 기계화된 산업사회에서 나날이 피폐해지는 인간성에 대한 풍자와 해학을 찰리 채플린 특유의 슬랩스틱 코미디에 담은 영화로, 외톨이 공장 근로자와 고아 소녀가 우연히 만나 인연을 맺으면서 온갖 시련 끝에 희망을 찾아가는 이야기이다. 무성영화라서 음악만 나오고 대사 없이 자막으로 스토리를 이어간다.

찰리 채플린은 1950년대 미국의 매카시즘(McCarthyism) 광풍으로 인해 공산주의자로 낙인찍히는 바람에 한동안 은막을 떠나있어야 했다. 그 때문에 그의 영화는 우리나라에서 제 때에 수입되지 못했다. 1988년에 호암아트홀과 시네하우스에서 처음 개봉된 '모던 타임즈'는 27만 명의 관객을 기록하여 그해 개봉영화 중에서 6위를 차지했다.

전기철강회사의 공장 노동자 찰리(찰리 채플린 扮)는 빠른 속도로 돌아가고 있는 컨베이어벨트 위의 나사못을 조이는 일을 하고 있다. 돌출부위를 신속하게 조여야 한다는 강박관념에 빠진 그는 지나가는 사람들의 옷에 부착된 단추를 보고도 양손에 스패너를 들고 쫓아가기도 하는데, 그러다가 강제로 정신병원에 보내지게 된다.

찰리가 치료를 마치고 퇴원했을 때, 그가 다니던 공장은 휴업 중이었다. 거리를 방황하던 찰리는 무심코 파업 시위대의 깃발을 들고 앞장서서 걷다가 주동자로 체포되어 교도소에 갇힌다. 집도 없고 직장도 없어진 찰리는 먹여주고 재워주는 감옥살이에 점차 적응되어서 나가기가 싫었는데, 교도소에 침입한 강도를 퇴치하는 데 공을 세우는 바람에 취업추천서까지 받고 석방된다.

한편, 일찍이 어머니를 여의고 부둣가에서 가난하게 살던 소녀(폴레트 고다르 扮)는 실업자였던 아버지마저 불량배의 총탄에 맞아 죽는 바람에 고아가 된다. 두 여동생과 함께 소년원으로 이송되던 소녀는 혼자 도망쳐 나와 빵집에서 빵을 훔치다가 주민의 신고로 경찰에 붙잡힌다. 때마침 그곳을 지나가던 찰리가 다시 교도소에 들어가려고 자신이 빵을 훔쳤다고 거짓말을 한다.

그러나 소녀의 범행으로 밝혀지면서 풀려나게 된 찰리는 일부러 고급 카페에 들어가 무전취식을 하고 주인의 신고로 체포되어 경찰차에 실려 간다. 소녀도 잡혀서 그 차에 태워진다. 다시 만난 찰리와 소녀는 경찰차가 교통사고가 난 틈에 도망을 치지만 갈 곳이 없다. 찰리는 단란하고 행복한 가정을 꾸리기 위해서는 집이 꼭 있어야겠다고 생각하며 직장을 찾아 나선다.

교도소에서 받은 취업추천서 덕분에 백화점의 야간경비원으로 취직한 찰리는 백화점이 폐장한 후 소녀를 데려와 식당 코너에서 밥을 먹이고, 장난감 코너에서 인라인스케이트를 타며 즐거운 시간을 보낸다. 그러다가 옷가게 진열대 위에서 늦잠을 자던 찰리는 손님의 신고로 경찰에 넘겨진다. 며칠 후 풀려나자, 소녀가 낡은 판잣집으로 그를 데리고 간다. 거기서 공장 재가동 소식을 듣고 복직한 찰리는 노동자들의 파업에 연루되어 또 잡혀간다.

다시 석방되었을 때, 소녀는 고급 식당의 댄서로 취직해 있었다. 찰리는 소녀의 도움으로 그 식당의 종업원 겸 가수로 일하게 된다. 처음 무대에 선 찰리가 즉흥적으로 가사를 지어 노래를 부르는데, 관객들로부터 박수갈채와 함께 앙코르까지 터져 나온다. 식당의 사장은 찰리에게 고정계약을 하자고 한다.

다음 차례로 소녀가 춤을 추려고 무대로 나가려는데, 기관원들이 들이닥쳐 소녀를 다시 소년원으로 데려가려고 한다. 찰리와 소녀는 가까스로 도망쳐 나온다. 얼마나 걸었을까. 날이 밝아오고 있었다. 찰리는 풀이 죽은 소녀에게 '기운 내. 우린 잘할 수 있어!' 하고 격려하며 여명을 뚫고 함께 걸어가면서 영화가 끝난다.

'모던 타임즈'는 1930년대 고도 산업화 시대를 배경으로 밑바닥의 인간 군상들이 살아가는 모습을 다소 과장되고 우스꽝스러운 모습으로 보여주는 흑백 무성영화이다. 마지막에 식당에서 찰리가 부르는 노래만 육성으로 나온다. 오늘날의 자동화 시대를 보여주면서 시계에 의해 지배되는 기계문명과 자본주의의 인간성 무시에 대한 분노를 묘파(描破)하고 있다.

이 시대 대부분의 노동자는 공장과 건설현장의 일용직을 전전하며 겨우 생계를 유지해왔고, 부유층은 이들을 착취하며 호의호식(好衣好食)해왔다. 찰리 채플린은 가난한 유년 시절을 겪었기 때문에 그의 영화는 빈곤과 억압, 착취 등 현실적인 비극을 희극으로 승화시키며 뜨거운 감동을 전할 수 있었던 것이다. 우리가 채플린의 영화를 보면서 마냥 웃을 수만은 없는 것은 그런 비극이 지금도 존재하고 있기 때문일 것이다.

점심시간을 단축하기 위해 자동으로 밥을 먹이는 회전판 급식기를 찰리에게 테스트하는 장면, 컨베이어벨트에 빨려 들어가 거대한 톱니바퀴 위에 누워서 너트를 조이는 장면, 사장실에 설치된 스크린이 지금의 CCTV처럼 공장 곳곳의 상황을 감시하는 장면 등은 채플린의 해학과 풍자, 혜안이 돋보이는 명장면들이다.

1931년, 찰리 채플린은 영화인으로서는 최초로 미국 타임지의 표지 인물로 나왔고, '천 년을 빛낸 인물 100인'에도 선정되어 뉴턴과 베토벤, 아인슈타인 등과 나란히 천재 예술가로 추앙받고 있다. 프랑스 누벨바그의 대표 감독인 장 뤽 고다르는 이렇게 말했다.

"채플린에게는 모든 칭찬이 무색하다. 그는 가장 위대한 인물이기 때문이다. 채플린은 수없이 오용된 '인간적인'이라는 형용사를 제대로 쓸 수 있는 유일한 영화인이다."

영화에세이(1-02)

시민 케인(Citizen Kane)

요즘 젊은이들은 오손 웰스(1915~1985)를 잘 모르지 않을까 싶다. 그가 26세 때 각본을 쓰고 제작과 감독, 주연을 맡은 흑백영화 '시민 케인'(1941년)은 1997년에 미국영화연구소(AFI)에서 선정한 20세기 최고의 걸작영화 1위로 선정되었고, 2007년에 재선정했을 때도 다시 1위에 올랐다.

'시민 케인'은 한 신문기자가 언론재벌의 삶을 추적하는 이야기인데, 스릴 넘치는 흥미진진한 스토리를 좋아하는 일반인들은 좀 지루하다고 생각할지도 모르겠다. 그러나 아카데미 시상식에서 각본상

18

을 수상했고, 로튼 토마토 평점이 만점이니만큼 영화인들에게는 교과서나 참고서를 뛰어넘어, 캐면 캘수록 금맥이 나오는 노다지 같은 영화라고 할 수 있다.

약관의 나이에 라디오 드라마 감독과 내레이터로 큰 인기를 얻은 오손 웰스는 당시 신문왕으로 불리던 언론재벌 윌리엄 랜돌프 허스트를 풍자하는 영화 '시민 케인'의 제작에 착수한다. 이 사실을 알게 된 허스트는 온갖 수단을 동원하여 막으려 했지만, 오손 웰스는 RKO 라디오 픽처스와 자신이 세운 영화사인 머큐리 프로덕션의 합작으로 기어코 영화제작을 완성한다.

그러자 허스트는 이 영화의 배급을 막기 위해 자신의 영향하에 있는 옐로 페이퍼를 총동원하여 이 영화를 깎아내렸다. 영화가 개봉되자, 이번에는 자신이 발행하는 신문들로 하여금 이 영화를 아예 언급조차 하지 못하게 했다. 이런 허스트의 집요한 방해공작으로 당시 흥행에는 실패했지만, 시간이 지나면서 차차 재평가가 이루어졌다.

1940년, 미국 플로리다에 있는 대저택 제나두에서 은둔생활을 하고 있던 70세의 언론재벌 찰스 케인(오손 웰스 扮)은 '로즈버드(Rosebud, 장미꽃 봉오리)'라는 한마디를 남기고 숨을 거둔다. 취재에 나선 톰슨 기자는 케인의 매니저인 번스틴과 친구인 니랜드(조셉 고든 扮), 두 번째 부인 수잔 알렉산더(도로시 커밍고어 扮), 그리고 제나두 저택의 집사를 차례로 만나 케인의 숨겨진 과거와 '로즈버드'의 의미를 밝혀나간다.

1870년, 찰스 케인이 태어난다. 케인의 부모가 살던 집의 하숙생이 밀린 하숙비 대신 내놓은 광산증서가 노다지로 밝혀지면서 케인의 부모는 벼락부자가 된다. 25세가 된 케인은 뉴욕의 메이저 신문사인 인콰이어러를 인수한다. 케인의 '정직한 뉴스만 전하겠다.'는 선언이 게재되고 각종 폭로기사가 넘쳐나면서 인콰이어러는 발행 부수가 급격히 늘어난다.

1900년, 케인은 대통령의 질녀인 에밀리 노튼과 결혼하는데, 곧이어 아들 찰스가 태어난다. 30개가 넘는 신문사와 라디오 네트워크, 2개의 그룹을 관리하는 언론재벌이 된 케인은 미모의 성악가 수잔 알렉산더와 불륜에 빠진다. 그 무렵, 대권까지 꿈꾸며 주지사 선거에 출마한 케인은 특유의 유머 감각과 달변으로 당선이 유력했으나 선거일 일주일 전에 터진 수잔과의 스캔들이 언론에 대서특필되면서 낙선하고 만다.

1916년, 에밀리와 이혼한 케인은 2주 후에 수잔 알렉산더와 재혼한다. 수잔의 활동을 지원하려고 시카고에 오페라하우스를 지어주었지만 실적은 늘 기대 이하였다. 1918년에는 전처 에밀리와 아들이 교통사고로 사망한다. 그 후, 케인은 막대한 자금을 투입하여 플로리다에 박물관과 궁전을 합쳐놓은 것 같은 대저택 제나두를 짓고 그곳에서 생활한다. 그러자 공연을 그만두고 제나두에서 무료하게 지내던 수잔마저 이혼을 선언하고 그의 곁을 떠난다.

'로즈버드'에 얽힌 수수께끼는 케인이 숨진 후 제나두를 정리하면서 쓸모없는 가재도구를 불태울 때 '로즈버드'라고 쓰인 썰매가 발견되면서 저절로 풀린다. '로즈버드'는 케인이 어릴 때 살던 집에서 가져온 썰매의 이름이었던 것이다. 부귀영화를 누리던 케인이 어린 시절을 그리워하며 쓸쓸히 숨졌다는 사실이 알려지면서 영화가 끝난다.

'시민 케인'은 한 언론 재벌의 삶을 통해 아메리칸 드림의 허상과 미국 자본주의의 어두운 일면을 풍자하는 영화이다. 오손 웰스는 존 웨인이 주연한 존 포드 감독의 '역마차'(1939년)를 무려 40번 이상 보면서 영화 연출의 기본적인 양식을 배웠으며, 이를 토대로 '시민 케인'을 만들었다고 고백한 적이 있다.

RKO 라디오 픽처스는 혈기 넘치는 청년 오손 웰스에게 막대한 예산과 함께 제작과정에서의 여러 권한을 부여했으며, 심지어 최종 편집권까지 주었다. 탁월한 능력과 천재성을 지닌 오손 웰스가 창조한 찰스 케인이라는 인물이 당시의 언론재벌 허스트를 빗대어 만든 캐릭터라는 사실 때문에 호기심과 함께 상당한 기대감을 유발시키지 않았나 싶다.

스토리 전달은 내레이션과 플래시백 기법을 사용하였다. 대부분의 장면을 스튜디오나 세트장에서 촬영했는데, 미니어처를 적절히 활용하고 음향이나 조명은 혁신적인 기술을 과감하게 도입하였다. 모든 사물을 선명하게 보이도록 하는 팬(pan) 포커스와 딥(deep) 포커스 기술을 사용하였고, 첫 부인 에밀리와의 결혼생활은 몽타주 기법으로 표현하는 등 오손 웰스만의 독보적인 미장센을 구축하였다.

'시민 케인'은 아직도 세인들의 관심권 안에 있다. 영화 '시민 케인을 둘러싼 논쟁'(1996년)과 'RKO 281'(1999년)은 '시민 케인'의 제작과정에 얽힌 에피소드를 담은 다큐멘터리 영화이다. 또, 2020년에 나온 게리 올드만과 아만다 사이프리드가 주연한 데이빗 핀처 감독의 '맹크(Mank)'는 오손 웰스와 함께 '시민 케인'의 각본을 쓴 허먼 J. 맹키위츠를 소재로 한 전기 영화로, 아카데미 촬영상과 미술상을 받았다.

이 영화의 키워드이면서 잃어버린 퍼즐의 한 조각인 '로즈버드', 즉 썰매가 의미하는 것은 무엇일까? 원하는 것을 모두 다 가지고 사는 듯했던 케인도 만년(晩年)에는 외로움에 시달리면서 썰매를 타던 어린 시절을 그리워했다는 사실은 인생의 진정한 행복이 무엇인지를 다시 생각하게 한다.

황야의 결투(My Darling Clementine)

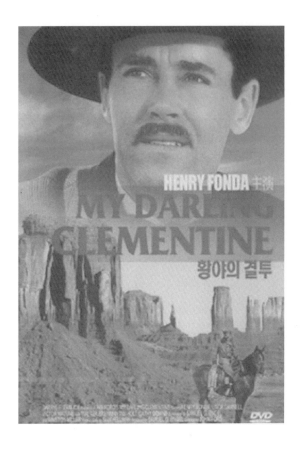

　　1881년 가을, 전직 보안관 와이어트 어프(헨리 폰다 扮)는 세 동생과 함께 멕시코에서 사들인 수천 두의 소를 몰고 캘리포니아로 향한다. 애리조나주 툼스톤 부근에서 야영을 하던 어프 형제는 막내에게 소 떼를 맡기고 시내 이발소에 들렀다가 돌아와 보니, 퍼붓는 빗속에서 동생은 총에 맞아 죽어있고 소 떼는 사라지고 없다.

　　와이어트는 이곳에서 목축업을 하는 흉악한 무법자 클랜턴과 그의 네 아들의 짓이라는 것을 알아내고, 죽은 동생의 복수와 함께 잃어버린 소들을 찾기 위해 툼스톤 시장의 보안관 제의를 받아들인다.

와이어트는 두 동생을 보조원으로 채용하고 클랜턴 부자(父子)의 행적을 추적하기 시작한다.

와이어트는 툼스톤 시내에서 술집 겸 도박장을 운영하는 전직 의사이면서 유명한 총잡이인 닥 홀리데이(빅터 마추어 扮)와 인사를 나누고 의기투합한다. 이 술집은 홀리데이의 정부(情婦) 치와와(린다 다넬 扮)가 상주하고 있고, 폐병을 앓고 있는 홀리데이는 가끔씩 피를 토하는 기침을 하면서도 분주히 바깥일을 하러 다닌다.

어느 날, 와이어트는 보안관 사무실 앞에서 홀리데이를 만나러 동부에서 온 클레멘타인(캐시 다운스 扮)이라는 아가씨를 보고 한눈에 반하여 그녀를 호텔까지 안내해 준다. 치와와가 경계의 눈초리를 보내는 와중에 외출에서 돌아온 홀리데이는 클레멘타인을 보자마자 "왜 왔어? 여긴 당신 같은 여자가 있을 곳이 못 돼!"하면서 내일 당장 떠나라고 소리친다.

다음날 아침, 교회 기공식을 기념하기 위해 마을 사람들이 교회 부지로 몰려간다. 댄스파티도 있을 거라고 한다. 이발소에서 한껏 멋을 낸 와이어트는 짐을 싸들고 동부로 가는 마차를 기다리는 클레멘타인에게 마차가 오후에 출발하니 행사장에 가자고 한다. 다정하게 걸어간 두 사람은 그곳에서 커플 춤을 춘다.

며칠 후, 살해된 막내 동생의 목걸이를 치와와가 가지고 있는 것을 본 와이어트는 목걸이의 출처를 추궁한다. 클랜턴의 아들 빌리와 함께 방에 있던 치와와가 '빌리가 줬다.'고 실토하는 순간 창가에 숨어있던 빌리가 치와와를 쏘고 달아난다. 와이어트의 동생 버질이 쫓아가서 빌리를 사살하지만, 버질도 빌리의 아버지 클랜턴이 뒤에서 쏜 총에 맞고 쓰러진다. 중상을 입은 치와와는 닥 홀리데이의 응급 수술에도 불구하고 숨을 거둔다.

그날 밤, 클랜턴은 버질의 시신을 보안관 사무실 앞에 던져놓으며 'OK목장에서 기다리겠다.'고 소리치고 사라진다. 해가 뜨자, 와이어트는 남은 동생 모건, 홀리데이와 함께 OK목장으로 향한다. 총격전이 시작되고 어프 형제는 클랜튼의 두 아들을 사살한다. 함께 간 홀리데이는 클랜턴의 한 아들을 사살하지만, 기침을 하다가 총에 맞아 죽고 만다.

이 마을에 새로 생기는 학교의 선생님을 맡게 된 클레멘타인이 마을 입구에 서 있다. 동생 모건과 함께 아버지를 찾아뵙고 저간의 사정을 설명하고 다시 오기로 한 와이어트가 클레멘타인의 뺨(!)에 키스하면서 영화가 끝난다. 오프닝 크레딧과 마찬가지로 엔딩 크레딧에서도 주제곡 My Darling Clementine이 흘러나온다.

'황야의 결투'(1946년)는 존 웨인이 나오는 '역마차'(1939년)와 '수색자'(1956년) 등과 함께 정통서부극의 전설로 불리는 존 포드 감독의 걸작 흑백영화이다. 'OK목장의 결투'(1957년)와 '툼스톤'(1993년), '와이어트 어프'(1994년) 등은 모두 이 영화를 리메이크한 것으로 미국의 전설적인 보안관 와이어트 어프의 활약상을 다룬 영화이다. 역사가 짧은 미국은 뛰어난 보안관도 영웅으로 추앙받는다.

이 영화에서 중요한 전환점이 되는 세 가지 시퀀스를 다시 한번 살펴보자.

첫 번째는 초반부에 나오는 이발소 장면이다. 와이어트가 면도를 하려는 순간 총성과 함께 총알이 날아들자, 이발사는 도망쳐 버린다. 면도 거품을 칠한 채 나온 와이어트가 짱돌을 집어 들고 창문으로 들어가 난동을 부리던 인디언의 두 발목을 잡고 질질 끌며 나온다. 와이어트가 인디언을 제압하는 모습을 보여주지 않고 그 결과만 보여주는 것이다. 관객으로 하여금 상상력을 발휘할 수 있도록 하는 연출방식이다.

두 번째는 후반부에 나오는 댄스파티 장면이다. 와이어트가 이발소에서 몸단장을 하고 나와서 클레멘타인이 묵는 호텔 앞에서 기다린다. 그녀가 나오자 팔짱을 끼고 교회 부지로 걸어가서 바이올린의 경쾌한 선율에 맞춰 폴카(polka)를 춘다. 서부극의 친사회적인 성향을 보여주면서 아울러 두 사람이 연인이 된 것을 공식화한 것이다.

세 번째는 이 영화의 클라이맥스인 OK목장에서의 결투 장면이다. 역마차가 먼지를 일으키며 지나가면서 결투가 시작된다. 어프 형제와 홀리데이는 총격전 끝에 클랜턴의 세 아들을 모두 사살한다. 와이어트는 아들을 잃은 고통을 느껴보라면서 클랜턴을 살려주는데, 클랜턴이 뒤돌아서며 총을 쏘려다가 와이어트의 동생 모건에게 사살된다. 악질 범죄자들을 제거함으로써 법질서 회복이라는 서부극의 이상이 실현되고 있음을 보여주는 것이다.

'황야의 결투'의 원제목인 'My Darling Clementine'은 7080세대들이 어릴 때 즐겨 불렀던 "넓고 넓은 바닷가에 오막살이 집 한 채 / 고기 잡는 아버지와 철모르는 딸 있네."로 시작되는 바로 그 노래이다. 미국 서부의 골드러시 때 광부들이 즐겨 부르던 곡으로, 클레멘타인은 한 광부의 딸의 이름이었다고 한다. '광부의 노래'가 일제강점기 때 '어부의 노래'로 개사(改詞)되어 우리나라에 유입된 것이다.

이 영화는 닥 홀리데이를 만나기 위해서 동부에서 온 클레멘타인이라는 아가씨가 보안관 와이어트 어프의 연인이 되어 툼스톤에 정착하게 된다는 이야기이다. 서부극치고는 제목이 이색적이고, 스토리 또한 상당히 낭만적이지 않은가.

지상에서 영원으로(From Here to Eternity)

　'지상에서 영원으로(From Here to Eternity)'는 '하이 눈'(1952년)의 명감독 프레드 진네만이 미국 작가 제임스 존스의 동명 소설을 원작으로 1953년에 연출한 흑백영화이다. 1941년 일본의 진주만 공습 직전에 하와이에 있는 미군 부대를 배경으로 네 남녀의 사랑과 갈등, 우정을 그렸다.

　이 영화는 아카데미 시상식에서 작품상과 감독상, 남녀조연상(프랭크 시나트라, 도나 리드), 각색상, 촬영상, 음향상, 편집상 등 8개 부문에서 수상을 했다. 아울러 칸 영화제 특별상을 필두로 골든 글로브 시상식에서도 감독상과 남우조연상을 받았으며, 그 외에도 여러 상을 받았다. 호화 캐스팅이 눈에 띈다.

　1941년, 나팔수였던 프루잇 일병(몽고메리 크리프트 扮)은 하와이에 있는 연대로 배속되어 온다. 전직 권투선수였던 그는 스파링 상대의 눈을 멀게 한 트라우마 때문에 권투를 하지 않기로 결심했는데, 권투 마니아인 중대장은 온갖 체벌로 그를 협박하면서 권투시합 출전을 강요한다. 프루잇은 하지 않겠다고 버틴다. 중대장은 그를 명령 불복종으로 군사재판에 넘기려 하는데, 중대 선임하사인 워든 중사(버트 랭카스터 扮)의 만류로 무산된다.

부대에서 프루잇을 살갑게 대해주는 병사는 매지오(프랭크 시나트라 扮) 뿐이다. 어느 날 매지오는 자주 가는 사교클럽에 그를 데리고 가는데, 프루잇은 거기서 웨이트리스 엘마(도나 리드 扮)와 사랑에 빠진다. 엘마는 순박하면서 외로워 보이는 프루잇에게 자신이 겪은 실연(失戀)과 꿈, 그리고 이곳에 오게 된 경위를 얘기하면서 마음을 연다.

중대장의 부부관계가 최악임을 알고 있는 워든 중사는 중대장이 출장을 떠났을 때 그의 미모의 아내 캐런(데보라 카 扮)을 찾아간다. 상사의 아내와의 불륜은 위험천만한 일이지만, 워든은 '아름다운 여인이 버려지는 게 싫어요.' 하면서 접근하고, 캐런도 '말씀 많이 들었어요.' 하면서 기다렸다는 듯 반갑게 맞아준다. 이윽고 두 사람은 뜨거운 키스를 나눈다.

두 사람은 몰래 만나 해변에서 수영을 함께하는 등 밀회를 즐기는데, 캐런은 남편이 외도(外道)가 잦고 출산일에도 집에 들어오지 않아 아이를 사산(死産)한 적도 있다면서 가슴에 담고 있던 얘기를 워든에게 털어놓는다. 캐런은 '장교가 되면 남편과 이혼하고 당신과 결혼하겠어요.' 하면서 워든에게 장교 지원을 권한다.

한편, 중대 권투팀의 하사가 프루잇에게 시비를 걸어 결국 싸움이 벌어지고 프루잇이 그 하사를 때려눕힌다. 중대장이 프루잇을 하극상으로 처벌하려고 하자, 연대장은 그동안 부당하게 프루잇을 괴롭혀온 중대장을 군사 법정에 세우겠다고 말한다. 중대장이 군사 법정 대신 전역(轉役)을 선택하게 되자, 워든 중사와 캐런도 자연스럽게 이별을 하게 된다.

매지오는 부당한 경비근무를 서다가 억울해서 무단이탈을 하는 바람에 악질하사 저드슨(어네스트 보그나인 扮)이 있는 영창에 가게 된다. 연일 계속되는 저드슨의 무자비한 구타에 거의 초주검이 된 매지오는 가까스로 영창을 탈출하여 프루잇의 품에서 숨을 거둔다. 그날 저녁, 프루잇이 눈물을 흘리며 부는 진혼곡 나팔소리가 영내에 울려 퍼진다.

다음날, 프루잇은 클럽 입구에서 기다리다가 저드슨을 만난다. 그리고 격투 끝에 저드슨을 죽이지만 자신도 칼에 배를 찔리는 중상을 입는다. 프루잇은 귀대하지 않고 엘마의 집으로 가서 상처를 치료하면서 은신한다.

일요일 아침, 일본군 폭격기들이 하와이 진주만을 기습공격하면서 막대한 피해를 입자, 프루잇은 부대 복귀를 결심한다. 엘마의 만류에도 불구하고 아픈 몸으로 부대로 향하던 프루잇은 그를 수상한 사람으로 오인한 경비병이 쏜 총에 맞아 숨지고 만다. 워든 중사가 그의 시신을 수습하고, 캐런과 엘마가 본토로 가는 뱃전에서 얘기를 나누면서 영화가 끝난다.

이 영화에서 워든 중사와 캐런이 해변에서 벌이는 키스 신은 영화사상 명장면으로 꼽힌다. 파도가 키스하는 두 사람을 덮치자 캐런이 먼저 백사장 쪽으로 달려가고, 워든이 그 뒤를 쫓아가서 누워있는 캐런에게 다가가 격정적으로 키스를 한다. 얼굴에 물기가 촉촉한 캐런이 '예전엔 몰랐어요. 이렇게 황홀한 키스는 처음이에요.' 하고 말한다. 지금 시점에서는 별것 아니지만 당시로서는 상당히 파격적이면서 에로틱한 장면이었다.

또, 프루잇이 죽은 매지오를 위해 텅 빈 연병장에서 진혼나팔을 부는 장면도 오래 기억에 남는다. 병사들이 모두 창가로 가서 나팔

소리를 듣고 있고, 사무실에 있던 워든 중사도 밖으로 나와 기둥에 기대어 트럼펫을 부는 프루잇을 바라보고 있다. 프루잇의 뺨에는 한 가닥 굵은 눈물이 흐른다.

이 영화에서 자신의 소신을 지켜온 두 주인공의 결말을 보자.

프루잇은 권투를 하지 않겠다는 소신을 지키려고 어렵게 병영생활을 해왔다. 그러다가 죽은 전우의 복수를 하다가 부상당해서 탈영하지만, 부대가 위험에 처하자 자진해서 복귀하다가 억울하게 숨지고 만다. 이 영화의 제목 '지상에서 영원으로'는 죽음을 문학적으로 표현한 것이다.

워든 중사는 평소에 무능한 장교가 되는 것보다는 그냥 하사관으로 남기를 원했다. 그러다가 캐런과의 사랑을 이루기 위해 장교시험 응시서류를 냈지만 그 서류에 서명을 하지는 않았다. 그는 진심으로 캐런을 사랑했지만, 이별을 감수하면서까지 하사관으로 남겠다는 소신을 지킨다.

위기에 처한 미국의 남성상을 주로 다루었던 프레드 진네만 감독은 '지상에서 영원으로'에서도 전작 '하이 눈'에서와 마찬가지로 자신이 옳다고 믿는 바를 위해 고군분투하는 인간을 보여주고 있다. 이 영화는 2002년 '보존해야 할 영화 유산'에 선정되어 미국 의회도서관에 영구보존하는 국립영화 등기부에 등록되었다.

돌아오지 않는 강(River of No Return)

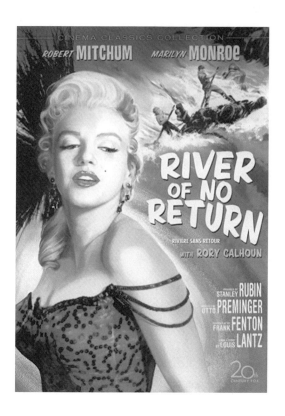

황홀한 금발, 꿈꾸는 듯한 눈동자, 약간 벌어진 선정적인 입술, 뇌쇄적인 걸음걸이로 전 세계의 영화팬들을 사로잡았던 마릴린 먼로(1926~1962). 그녀는 타임지 선정 '20세기 가장 영향력 있는 100인'에 오른 역사적인 인물이며, 한 세기에 한 명 나올까 말까한 대중문화의 아이콘이었다.

마릴린 먼로의 대표작으로는 먼로워크(monroe walk)를 처음 선보인 '나이아가라'(1953년), 뮤지컬 코미디로 세태를 풍자한 '신사는 금발을 좋아한다'(1953년), 화장기 없는 청바지 차림으로 나오는 '돌아오지 않는 강'(1954년), 지하철 통풍구에서 치마가 날리는 장면으로 유명한 '7년만의 외출'(1955년) 등이 있다. 그중에서 마릴린 먼로의 청순미와 섹시미가 잘 어우러져 있는 '돌아오지 않는 강(River of No Return)'에 대해서 살펴보고자 한다.

'돌아오지 않는 강'은 필름 누아르 장르의 획기적인 작품 '로라'(1944년)의 감독이면서, '제17포로수용소'(1953년)에서는 배우로 나와 직접 연기를 하는 오토 프레밍거가 골드러시를 배경으로 연출한 첫 서부극이다. 처음 시도된 70mm 대형화면으로 보는 로키산맥의 웅장한 풍광과 계곡의 급류 등이 멋진 눈요깃거리를 제공한다.

친구를 죽인 사람을 사살한 죄로 복역하다가 만기 출소한 홀아비 매트(로버트 미첨 扮)는 교도소에 들어갈 때 헤어졌던 아홉 살 아들 마크를 찾아 미국 북서부의 오지 마을로 들어온다. 그곳은 금광을 찾기 위해 몰려든 사람들로 북새통을 이루고 있었다. 마크는 그 마을 살롱의 여가수 케이(마릴린 먼로 扮)의 보살핌을 받으며 심부름을 하면서 지내고 있었다.

강가에 지은 통나무집으로 아들 마크를 데려온 매트는 이곳에 정착하여 농사를 지으면서 살아갈 생각이다. 농장 옆에 흐르는 강은 물살이 거세어서 예부터 인디언들이 '돌아오지 않는 강'이라고 불렀다.

여가수 케이는 도박꾼인 애인 해리가 도박판에서 금광소유권을 따내자, 소유권 등록을 위해 그와 함께 뗏목을 타고 카운슬시(市)로 향한다. 그러다가 급류에 휩쓸려 위험에 처하게 되고 이 광경을 목격한 매트가 두 사람을 구조해서 집으로 데려간다. 더 내려가면 아주 위험한 급류가 있다고 매트가 알려주자, 해리는 육지로 가겠다며 매트에게 말과 총을 빌려달라고 한다.

매트가 '이곳은 인디언이 언제 공격해올지 모르는 위험지역이기 때문에 빌려줄 수 없다.'고 말하자, 해리는 거실에서 총을 꺼내 개머리판으로 매트의 머리를 내리친다. 그리고 총과 말을 빼앗아 케이에게 함께 가자고 한다. 그러나 케이는 남아서 매트를 간호하겠다며 속히 다녀오라고 말한다. 결국 해리 혼자 말을 타고 떠난다.

부상당한 매트는 곧 의식을 회복하지만, 이 광경을 산 위에서 내려다보던 인디언들은 매트에게 총이 없다는 것을 알아채고 말을 타고 공격해 온다. 매트와 마크, 그리고 케이는 허겁지겁 해리와 케이가 타고 온 뗏목을 타고 떠난다. 인디언들은 매트의 집에 불을 지르고 돌아간다.

세 사람이 돌아오지 않는 강의 급류를 따라 내려가는 스릴 넘치는 뗏목 여행이 시작된다. 케이는 처음엔 뗏목을 훔쳐서 혼자 도망칠 생각도 했지만, 예상치 못한 사냥꾼들의 강탈과 인디언들의 습격을 막아내고, 저체온증으로 사경을 해맬 때 매트의 현명한 대처와 따뜻한 보살핌을 보고 마음을 바꾼다. 어느덧 케이와 매트 사이에 사랑의 감정이 싹튼다.

마침내 카운슬시에 도착하자, 케이는 가게에서 도박을 하고 있는 해리를 만나 '왜 나를 데리러 오지 않았느냐?'고 따지면서 매트에게 사과할 것을 요구한다. 그러나 해리는 사과는커녕 권총을 빼서 매트를 쏘려고 한다. 이때 잡화점 가게에서 총을 만지작거리던 아들 마크가 총을 쏘아 해리를 죽인다.

케이는 다시 카운슬시의 살롱에서 노래를 부르며 이제 해리가 아닌 매트를 그리워한다. 그녀가 부른 '돌아오지 않는 강'의 앞부분 가사이다.

If you listen you can hear it call….
There is a river called the river of no return.
Sometimes it's peaceful and sometimes wild and free.
…………………………………………

32

잘 들으면 강이 부르는 소리가 들려요.
돌아오지 않는 강이라고 불리는 강이죠.
때로는 평화롭고, 때로는 거칠고 자유로워요.
....

그때, 매트가 살롱으로 들어와 노래를 마친 케이를 덥석 안고 나가 마차에 태운다. 매트와 마크, 케이가 마차를 타고 떠나면서 영화가 끝난다.

매트가 카운슬시에 도착하여 단골 잡화점에서 커피를 마실 때, 가게 주인이 '모두 미친 것 같아. 백인은 금을 쫓고, 인디언은 백인을 쫓고, 군인들은 인디언들을 쫓고 있어. 매트, 자네는 뭘 쫓나?' 하고 말하는 장면이 나온다. 마지막 장면에서 세 사람이 탄 마차가 금광을 마다하고 강가의 농장으로 향하는 것이 매트가 주는 답이면서 이 영화가 주는 메시지가 아닐까 싶다.

20세기 최고의 섹스심벌로 한 시대를 풍미한 마릴린 먼로는 영화배우로서는 정상의 시기에, 여자로서도 원숙한 아름다움을 발산하던 30대 중반에 전라(全裸)의 시신으로 자신의 침대에서 발견되었다. 사인(死因)에 대한 숱한 뒷이야기를 남긴 채….

생각건대, 개인으로서는 불행한 종말이지만 영화배우로서는 어쩌면 행(幸)이 아닐까 하는 생각이 든다. 마릴린 먼로가 출연했던 숱한 영화, 무수한 포즈의 사진들이 아직도 불멸의 작품으로 남아있고, 그녀의 늙고 추해진 모습은 영원히 남기지 않은 아름다운 별로 남게 되었기 때문이다.

자이언트(GIANT)

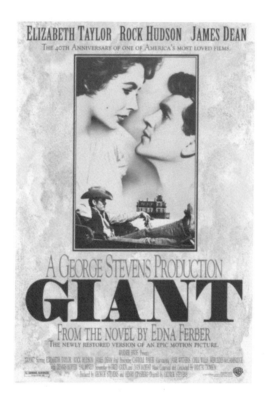

1920년대 중반, 텍사스의 대지주 빅 베네딕트(록 허드슨 扮)는 종마(種馬)를 구입하기 위해 버지니아주에 있는 린튼가(家)를 찾아간다. 빅은 그곳에서 '전쟁의 폭풍'이라 불리는 말을 타고 승마를 즐기는 린튼 씨의 아름다운 딸 레슬리(엘리자베스 테일러 扮)를 만나 사랑에 빠지는데, 두 사람은 서둘러 결혼식을 올린다.

빅과 레슬리는 종마로 쓸 '전쟁의 폭풍'을 베네딕트 전용열차에 태우고 텍사스에 도착하자, 다시 자동차로 갈아타고 광대한 농장 '리어타'를 둘러본다. 빅은 마중 나온 하인들과 다정하게 인사를 나누는 레슬리에게 멕시코 하인들에게는 친절하게 대할 필요가 없다고 말한다. 빅의 누나는 안주인 자리를 뺏길까 봐 레슬리에게 냉랭하게 대한다.

빅의 지시로 레슬리를 차에 태우고 저택으로 향하던 농장의 일꾼 제트(제임스 딘 扮)는 멕시코 하인들과 농장 일꾼들이 사는 마을로 가서 그들의 비참한 생활환경을 보여준다. 거기서 레슬리가 몸이 아픈 멕시코인 하녀와 그녀의 아이를 자상하게 돌봐주는 모습을 보고, 제트는 외모뿐만 아니라 마음씨도 고운 레슬리를 짝사랑하게 된다.

빅과 레슬리 부부는 쌍둥이 남매를 낳고 몇 년 후에 다시 딸을 낳는다. 빅은 텍사스 최고의 농장주로 키우기 위해 어린 아들 조던을 안고 말을 타지만, 조던은 무섭다며 울음을 터뜨린다. 빅의 누나는 '전쟁의 폭풍'을 타고 나갔다가 낙마해 사망하는데, 유언으로 자신의 토지 일부를 친하게 지내던 제트에게 물려준다.

제트는 그 땅에 자신의 농장을 건설하여 '리틀 리어타'라고 명명하고, 그곳에 휴게시설도 짓는다. 제트는 지나가는 레슬리를 초대하여 차를 대접하고 자신의 농장도 보여준다. 그런데, 레슬리가 가면서 진흙을 밟은 발자국에서 기름이 배어나더니 그곳에서 석유가 솟아올라 제트의 운명이 바뀌게 된다.

세월이 흐르고, 빅의 아들 조던은 의사가 되겠다며 의대로 진학한다. 큰딸은 남편과 함께 조그만 목장을 일굴 것이라며 농대로 진학한다. 막내딸은 스타가 된다며 허황된 꿈을 꾸고 있다. 유전개발로 거부(巨富)가 된 제트는 빅에게 리어타 농장을 팔라고 하는데, 처음엔 어림없다고 펄쩍 뛰던 빅도 농장을 이어받을 자식이 없자 결국 제트의 제안을 받아들인다.

의사가 된 아들 조던은 멕시코인 간호사와 몰래 결혼한 후 부모에게 인사를 하러 오는데, 레슬리는 며느리를 살갑게 대하지만 빅은 떨떠름하게 대한다. 큰딸과 결혼하고 입대한 사위는 제2차 세계대전에 참전했다가 전쟁이 끝나고 무사히 돌아온다.

텍사스 최고의 갑부가 된 제트는 공항과 호텔을 짓고 고관(高官)들과 주민들을 기념식에 초대한다. 빅의 가족들도 초대를 받았는데, 빅은 제트에게 기죽지 않으려고 비행기를 구입하여 타고 간다. 제트를 좋아하는 빅의 막내딸 러즈(캐럴 베이커 扮)는 퍼레이드의 여왕으로 뽑혀 카퍼레이드를 하고, 제트는 술에 취한 채 러즈에게 청혼한다.

빅의 며느리 후아나가 호텔 미용실에 들렀을 때 제트의 지시로 멕시코인이라며 차별대우를 받자, 흥분한 남편 조던이 제트를 막아서며 따지다가 얻어맞고 쓰러진다. 이 광경을 본 빅은 제트를 창고로 데려가 때리려 하지만, 만취한 제트가 자신의 몸도 가누지 못하는 것을 보고 선반만 박살내고 나온다.

가까스로 연단의 자신의 자리에 찾아가 앉은 제트가 머리를 박고 쓰러지자, 연회는 파하고 만다. 연회장으로 제트를 찾아온 러즈는 만취한 제트가 엄마인 레슬리의 이름만 부르자, 그 자리를 뛰쳐나온다. 빅은 가족들과 함께 집으로 가다가 들른 식당에서 또 후아나가 인종차별을 당하자 식당 주인과 싸운다.

집에 돌아온 빅과 레슬리 부부가 함께 살아온 과거를 회상하면서 자녀들에 대한 이야기를 나누다가 텍사스의 미래를 이끌어갈 두 손자손녀를 바라보면서 영화가 끝난다.

이 영화로 두 번째 아카데미 감독상을 받은 조지 스티븐스는 첫 번째 감독상을 받은 '젊은이의 양지'(1951년)와 고전 서부극 '셰인'(1953년)을 연출한 명감독이다. '자이언트'(1956년)는 빅 베네딕트의 일대기(一代記)를 보여주면서 세계 최대의 석유회사인 텍사코

의 창업주 글렌 매카시의 일화를 제트의 캐릭터에 가미하여 흥행에
도 성공하였다.

　제트가 술에 취해 레슬리의 이름을 부르며 독백하는 장면은 이
영화 최고의 명장면으로 꼽히는데, 제트의 본심을 알게 된 러즈는
제트와의 결혼을 포기하고 배우의 꿈을 이루기 위해 할리우드로 간
다. 제트는 일꾼일 때는 멕시코인 하인들에게 연민을 보였지만, 갑부
가 된 후에는 멕시코인을 차별한다.

　빅은 가족들과 함께 간 식당에서 며느리 후아나가 차별대우를 받
자, 식당주인과 치고받고 싸운다. 결국 심하게 얻어맞은 빅이 'we
reserve the right to refuse service to anyone(우리는 누구에게나 서비스
를 거부할 권리가 있다).'라고 쓰인 안내판을 안고 쓰러지는데, 이것은
빅의 바뀐 처지를 역설적으로 보여주는 장면이다.

　'에덴의 동쪽'(1955년)과 '이유 없는 반항'(1955년), '자이언트' 단
세 편의 영화로 영원한 청춘의 우상과 함께 반항아의 아이콘이 된
제임스 딘은 이 영화 개봉을 2주 앞두고 24세에 교통사고로 요절한
다. 록 허드슨과 엘리자베스 테일러, 제임스 딘은 모두 이 영화로 아
카데미 주연상 후보에 오르지만 수상에는 모두 실패한다.

　후일, 록 허드슨이 게이 전력과 에이즈 진단으로 힘든 세월을 보
내고 있을 때, 이 영화로 우정을 쌓았던 엘리자베스 테일러가 그의
손을 잡고 공개석상에 등장하여 화제가 되기도 했다. 엘리자베스 테
일러는 록 허드슨이 60세 때인 1985년에 에이즈로 사망하자, 에이
즈연구재단을 설립하고 에이즈 퇴치활동을 시작한다.

북북서로 진로를 돌려라(North by Northwest)

'북북서로 진로를 돌려라'(1959년)는 '이창'(1954년) '현기
증'(1958년) '싸이코'(1960년) '새'(1963년)와 함께 서스펜스의 대가
알프레드 히치콕 감독의 5대 걸작영화로 꼽힌다. 미국영화연구소
(AFI)에서 선정한 100대 영화 리스트에서 55위, 미스터리 장르에서
는 10위에 랭크되었다.

이 영화는 히치콕의 영화를 대표하는 특징인 오인(誤認)된 남자,
금발미인, 맥거핀(속임수), 클리프행어(절정) 등의 영화적 기법들이
집약되어 있으며, 사물은 겉모양이나 상식과는 달리 실제로는 오해
로 인한 아이러니를 형성하는 경우가 많다는 것을 실감 나게 보여준

다. 자신의 영화에 항상 카메오로 출연하는 히치콕 감독은 이 영화 시작 부분에서 버스를 타려다가 문이 닫히는 바람에 타지 못하는 행인으로 등장한다.

어느 날 밤, 뉴욕 광고회사의 중역 손힐(캐리 그랜트 扮)은 호텔 바에서 지인들과 미팅하다가 그를 정부요원 캐플란으로 오인한 괴한들에게 납치되어 교외에 있는 타운센드의 저택으로 끌려간다. 괴한 두목(제임스 메이슨 扮)은 사고사(事故死)로 위장하려고 손힐의 입에 강제로 독한 술을 부어넣고 도난차량에 태워 낭떠러지 길로 운전해서 가게 한다.

천신만고 끝에 살아난 손힐은 음주운전으로 적발되어 경찰서에 가게 되자, 자초지종을 설명하고 경찰과 함께 타운센드의 저택으로 찾아간다. 그러나 그곳은 깨끗하게 치워져 있어서 손힐의 말을 믿을 만한 증거는 없었다. 보석(保釋)으로 풀려난 손힐은 자신의 무고함을 밝히기 위해 캐플란이라는 사람이 묵고 있는 호텔방을 찾아가지만, 캐플란은 보이지 않고 그의 숙박 일정을 기록한 메모지가 있었다. 괴한들이 추적해오자 손힐은 그곳을 빠져나간다.

타운센드가 UN 외교관이라는 사실을 알게 된 손힐은 UN 건물로 찾아가는데, 그곳에서 만난 타운센드는 저택에서 만난 괴한 두목과는 다른 사람이었다. 손힐이 전날 밤의 행적을 묻자, 갑자기 타운센드가 등에 칼을 맞고 쓰러지는 것이 아닌가. 놀란 손힐이 그의 등에 꽂힌 칼을 뽑는데, 그 장면이 사진에 찍혀 보도되면서 손힐은 살인범 누명까지 쓰고 경찰에게도 쫓기게 된다.

손힐은 자신이 캐플란이 아니라는 사실을 입증하려고 캐플란의 다음 숙박지인 시카고로 가는 열차를 탄다. 그러자 지명수배가 된 손힐을 잡으려고 경찰들이 열차 객실을 샅샅이 뒤진다. 이때 금발미녀 켄달(에바 마리 세인트 扮)이 자신의 침대칸에 손힐을 숨겨줘서 위기에서 벗어난다. 두 사람은 서로 첫눈에 반해서 애욕을 불태우는데….

시카고역에서 캐플란과 통화하는 척하며 괴한 두목 반담의 지시를 받은 켄달이 알려주는 대로 버스를 타고 허허벌판에 내린 손힐은 거기서 캐플란을 기다리는데, 쌍엽기가 날아와 공격을 해온다. 가까스로 목숨을 구한 손힐은 켄달을 뒤쫓아간 경매장에서 켄달이 반담과 함께 조각품을 사는 것을 보고 그의 정부(情婦)임을 알아채고 모욕적인 언사를 내뱉는다. 그리고 일부러 소동을 일으켜 경찰에 잡혀감으로써 반담 일당에게 끌려갈 위기를 모면한다.

CIA 부장을 따라간 손힐은 사우스다코타주의 대통령 얼굴석상이 있는 러시모어산 아래 카페에서 반담과 함께 나타난 켄달과 조우(遭遇)하는데, 당황한 켄달은 손힐에게 권총 두 발을 쏘고 사라진다. CIA 부장은 쓰러진 손힐을 차에 싣고 가다가 어느 숲속에서 차를 세운다. 거기서 CIA 부장은 켄달이 쏜 총알은 공포탄이고, 켄달은 적진에 심어놓은 CIA 요원이며, 캐플란은 반담 일당을 교란하기 위해 CIA가 만들어낸 가공의 인물이라고 손힐에게 알려준다.

CIA 부장으로부터 반담이 조각품에 기밀이 담긴 마이크로필름을 숨겨서 오늘 밤 비행기로 켄달과 함께 출국한다는 얘기를 들은 손힐은 켄달을 보내지 않으려고 택시를 타고 가서 러시모어산 아래 반담의 저택으로 접근한다. 켄달이 쏜 총알이 공포탄이라는 것을 알게 된 반담은 켄달을 비행기에서 바다로 추락사시킬 모의를 하고 있었다. 이 대화를 들은 손힐의 메모를 본 켄달은 조각품을 들고 도망쳐 나와 손힐과 함께 러시모어산의 대통령 얼굴 석상에서 반담 일당과 격투 끝에 구출되면서 영화가 끝난다.

이 영화는 정부요원으로 오인된 주인공이 국제범죄조직에 쫓기며 우여곡절을 겪는 이야기로, 007 시리즈를 제치고 역대 최고의 첩

보영화로 선정되기도 했다. 여러 겹의 복선이 깔려있고 반전을 거듭하면서 시종일관 긴장감을 유지한다. 허허벌판에서의 쌍엽기 공격 장면과 미국대통령의 얼굴이 새겨진 러시모어산에서의 추격 장면은 스릴과 함께 박진감이 넘친다.

영화제목 '북북서로 진로를 돌려라(North by Northwest)'는 일본에서 쓰던 제목을 그대로 번역한 것으로, 당시에는 영화제목에 외래어를 4글자 이상 음차(音借)하는 것이 금지되어 있었다. 요즘 같으면 원제 '노스 바이 노스웨스트'를 그대로 영화제목으로 쓰지 않았을까 싶다. 히치콕 감독은 '이 제목은 일종의 환상으로, 이 영화는 존재하지 않는 것을 쫓아가는 플롯의 전형을 보여준다.'고 말한 바 있다.

쌍엽기의 총격 신은 실물 비행기로 촬영했고, 유조차와의 폭발 신에서는 모형 비행기를 썼다. 히치콕 감독은 러시모어산의 에이브러햄 링컨 대통령의 콧구멍에 숨은 손힐이 재채기하는 장면을 영화에 넣으려고 했으나, 공원 관계자의 허락을 받지 못했다. 또, 러시모어산에서의 마지막 추격 신에서도 살인 장면을 허락해 주지 않아서 스튜디오에서 러시모어산 모형을 만들어서 촬영했다고 한다.

이 영화에서 켄달 역을 맡은 금발미인 에바 마리 세인트(1924~)는 2008년 미국의 연예정보패션 월간지인 베니티 페어의 히치콕 영화 오마주 화보에 80대의 나이로 참여했으며, 2025년 2월 현재 만 100세를 넘어 할리우드 황금기 스타의 마지막 전설을 쓰고 있다.

피서지에서 생긴 일(A Summer Place)

요즘은 좀 뜸하지만, 여름만 되면 퍼시 페이스 악단이 연주하는 영화 '피서지에서 생긴 일(A Summer Place)'의 주제곡이 하루에도 몇 번씩 라디오에서 흘러나오곤 했었다. 마치 파도가 넘실대는 듯 생동 감이 넘쳐나는 이 곡은 영화음악계의 거장 맥스 스타이너의 작품으로, 당시 빌보드 차트에서 9주 연속 1위를 기록하였다.

'닥터 지바고'(1965년)나 '러브 스토리'(1970년)가 겨울을 대표하는 영화이듯이 '피서지에서 생긴 일'(1959년)은 여름을 대표하는 청춘영화이다. 이 영화는 사랑 없이 결혼한 두 남녀의 옛사랑 찾기와 그들의 자녀들이 펼치는 풋풋하고 애틋한 사랑을 투 트랙으로 보여주면서 세계적으로 흥행에 성공하였다.

한때 엄청난 부자였던 바트는 대부분의 재산을 탕진하고 지금은 알코올중독자가 되어 대서양에 접한 해변 휴양지인 파인 섬에서 아내 실비아(도로시 맥과이어 扮), 고등학생인 아들 조니(트로이 도나휴 扮)와 함께 조그만 여관을 운영하고 있다.

여름 어느 날, 바트의 집에서 인명구조원으로 일한 적이 있는 백만장자 켄(리차드 이건 扮)이 아내 헬렌, 고등학생인 딸 몰리(산드라 디 扮)와 함께 요트 여행을 와서 바트의 여관에 묵겠다는 편지가 온다. 자존심이 상한 바트는 거절하고 싶었지만, 실비아가 한 푼이라도 벌어야 한다고 하자 이들을 받아들인다.

켄과 실비아는 젊은 시절 연인이었으나 실비아의 어머니가 실비아를 가난한 켄이 아닌 부잣집 아들 바트와 결혼시켰다. 실비아가 그렇게 결혼을 하자, 켄은 홧김에 보수적이고 까칠한 성격의 헬렌과 결혼했다. 어느덧 중년에 접어들었지만, 바트가 늘 술에 취해있어서 실비아는 거의 대화 없이 살았고, 켄과 헬렌은 각방을 쓴 지 오래이다.

켄과 실비아는 근 20년 만에 만나게 되자, 다시 애정에 불이 붙어 새벽 2시에 보트하우스에서 밀회한다. 둘 다 애정 없는 결혼생활에 환멸을 느끼고 있던 터라 여생을 함께 보내자고 약속한다. 꼬리가 길면 밟힌다고 했던가. 양쪽의 배우자들인 바트와 헬렌도 두 사람의 은밀한 애정행각을 눈치채게 된다.

그런데, 공교롭게도 두 사람의 10대 아들 딸인 조니와 몰리도 첫눈에 반해 사랑하는 사이가 된다. 그러던 중 둘이 함께 요트를 타고 나갔다가 조난을 당해 무인도에서 하룻밤을 보내고 해양경찰에 의해 구조된다. 헬렌은 '아무 일 없었다.'는 몰리의 말을 믿지 못하고 의사를 불러 강제로 딸의 처녀성을 검사하게 하고, 조난사고를 조사하러 온 경찰에게는 남편 켄과 실비아의 불륜을 폭로한다. 그러자 지역신문들은 '백만장자의 스캔들'이라는 자극적인 제목으로 이 스캔들을 대서특필한다.

여름휴가가 끝나고 다시 일상으로 돌아가지만, 이혼을 강행한 켄과 실비아는 둘만의 결혼식을 올린다. 몰리는 보스톤 근처의 기숙사가 있는 학교로 가고, 조니는 버지니아의 대학에 진학한다. 멀리 떨어지게 된 몰리와 조니는 전화와 편지로 사랑을 주고받지만, 졸지에 연인에서 남매 사이가 된다.

해변의 아담한 집에 새살림을 차린 켄과 실비아는 몰리와 조니를 집으로 초대한다. 봄방학을 맞아 해변의 집에 온 몰리와 조니는 연인과 남매 사이에서 고민에 빠진다. 그러다가 어느 날 밤 영화 보러 간다고 말하고 해변의 빈 초소에서 함께 밤을 지새우고 학교로 돌아가는데, 얼마 후 조니는 병원에 찾아간 몰리로부터 임신했다는 연락을 받는다.

조니가 오자 두 사람은 정식으로 결혼식을 올리고 혼인신고를 하려 하지만, 아직 미성년인데다 남매 사이인 두 사람의 결혼식을 주관할 목사를 찾을 수가 없다. 다른 주(州)에도 결혼신청서를 제출해 보지만, 혼인신고를 거부당한다. 두 사람은 조니의 아버지 바트를 찾아가서도 결혼 승낙을 받지 못하자, 결국 켄과 실비아가 있는 해변의 집으로 찾아온다.

켄과 실비아는 젊은 시절 이루지 못한 사랑의 아픔을 잘 알고 있기 때문에 두 사람을 갈라놓기보다는 결혼을 현실로 받아들이기로 한다. 조니와 몰리가 처음 만났던 파인 섬으로 신혼여행을 가게 되면서 영화는 해피엔딩으로 끝난다.

영화 '피서지에서 생긴 일'은 혜성같이 등장한 두 청춘스타의 싱그러운 매력이 큰 성공 요인으로 작용했다. 무명배우였던 트로이 도나휴는 당시 키 큰 미남 배우의 아이콘이던 록 허드슨 못지않은 신체조건에다 금발과 푸른 눈까지 갖추고 있어서 1960년대 청춘의 우상이 되었으나 계속 이어가지는 못했다.

인형 같은 외모의 산드라 디는 12세 때 아역 모델을 거쳐 배우가 되었다. 17세 때 출연한 이 영화에서 매력적인 금발과 귀여운 몸매를 선보이며 청춘스타로 발돋움하였고, 이후 발랄하면서도 청순한 이미지를 계속 유지하였다. 그 후, '9월이 오면'(1961년)에서 당시 틴에이저들의 우상이었던 뮤지션 바비 다린과의 공연(共演)을 계기로 그와 초고속으로 결혼(1960년)하여 화제가 되기도 했으나 6년 후 이혼하면서 인기도 시들해졌다.

이 영화의 원제목 'A Summer Place'는 '피서지'라는 뜻이다. 그런데 우리나라에서는 '피서지에서 생긴 일'이라는 호기심을 자극하는 제목으로 개봉했는데, 실제로 '일'은 피서지를 다녀온 후에 생기게 된다. 이 영화가 당시 10대들의 성관계와 바캉스 베이비를 다루어 비난받기도 했으나, 매년 여름철만 지나면 어느 나라에서나 산부인과 병원들이 바빠지는 것이 어디 이 영화 탓이겠는가.

'피서지에서 생긴 일'은 당시 우리나라에서 유교를 기반으로 한 보수주의가 팽배했음에도 크게 히트하며 여러 번 개봉되었다. 당시 청춘의 상징이었던 남녀주인공들은 모두 고인이 되었지만, 두 사람의 사랑 이야기는 아무리 세월이 흘러도 여름만 되면 흘러나오는 주제곡과 함께 오래도록 기억날 것 같다.

스팔타커스(Spartacus)

    얼마 전에 104세로 타계한 5,60년대의 명우 커크 더글라스 (1916~2020)는 마이클 더글라스의 아버지이다. 그는 젊은 시절 고대 로마를 배경으로 한 사극 '벤허'(1959년)의 주인공을 원했으나 그 자리는 찰턴 헤스턴에게로 돌아갔다. 그러자 그는 기원전 73년 검투사 양성소를 탈출하여 수만 명의 노예 반란군을 이끌고 2년간 반로마 항쟁을 이끌었던 노예 검투사를 다룬 사극 '스팔타커스'(1960년)를 제작기획하고 주인공까지 맡는다.

    영화 '스팔타커스'(스파르타쿠스가 올바른 표현)는 '로마의 휴일'(1953년)의 각본을 쓴 미국의 시나리오 작가 달튼 트럼보가 각본을 썼고, 감독은 안소니 만이 맡았다가 다시 스탠리 큐브릭으로 바뀌면서 당시로서는 거금인 1,200만 달러의 예산과 스페인 정예사병 8,000명을 지원받아 로마병사로 활용하는 등 1만 명이 넘는 인원을 동원하여 마드리드 외곽에서 대규모 전투 등 야외장면을 촬영하였다.

'벤허'에 버금가는 스케일과 호화 캐스팅으로 이루어진 이 영화는 아카데미 시상식에서 남우조연상(피터 유스티노프) 등 4개 부문을 수상하면서 '쿼바디스'(1951년) '벤허' '클레오파트라'(1963년) 등과 어깨를 나란히 하며 고대 로마 시대를 다룬 영화 중에서 다섯 손가락 안에 드는 고전 명작이 되었다.

리비아 채석장에서 혹독한 노역에 시달리던 트라키아 출신의 노예 스팔타커스(커크 더글라스 扮)는 로마 귀족들의 유흥을 위해 검투사 양성소를 운영하는 바티아투스(피터 유스티노프 扮)에게 팔려간다. 고된 검투사 훈련을 받던 스팔타커스는 그곳 식당에서 일하는 여자 노예 바리니아(진 시몬즈 扮)와 눈이 맞는다.

어느 날, 로마 최고의 권력자인 크라수스(로렌스 올리비에 扮)가 귀부인들과 함께 검투경기를 보러온다. 출전하게 된 스팔타커스는 키가 큰 흑인 검투사와 싸우다가 패하지만, 그 검투사의 희생으로 가까스로 죽음을 면한다. 스팔타커스는 70여 명의 동료 검투사들과 의기투합하여 양성소를 탈출한다.

이들이 베수비오산에 은신처를 정하자 각지에서 도망친 노예들이 속속 모여든다. 크라수스에게 팔려 바티아투스의 마차를 타고 로마로 가던 바리니아도 극적으로 도망쳐서 합류하고, 크라수스의 노예였던 시인 안토니누스(토니 커티스 扮)도 합류하여 스팔타커스를 보좌하게 된다.

스팔타커스가 이끄는 노예 반란군은 어느새 9만 명으로 불어나 알프스산맥을 향해 북진하면서 로마군을 연달아 격파한다. 그러다가 알프스산맥을 넘지 않고 다시 남하한다. 이들은 드디어 이탈리아 남부 해안에 도착하였으나 배를 제공하기로 했던 해적들이 약속을 어기는 바람에 시칠리아섬으로 가지 못하고 다시 북쪽으로 향한다.

한편, 수도 로마에서는 폼페이우스, 카이사르와 함께 3두 정치를 하던 원로원 의원 크라수스가 노예 반란군을 토벌하면 제1집정관이 되어 최고 권력자의 지위를 보장받는 조건으로 8개 군단을 이끌고 반란군 토벌에 나선다.

크라수스의 대군과 맞부딪친 스팔타커스의 반란군은 용감하게 싸웠으나 참패하고 만다. 북쪽으로 도망친 수만 명의 반란군들은 해외 원정을 마치고 돌아오던 폼페이우스의 군대에게 모두 죽임을 당했고, 크라수스의 대군에게 붙잡힌 6천여 명의 포로들은 아피아 가도에서 줄지어 십자가에 못 박혀 죽음을 맞는다.

크라수스와 정치적으로 대립하던 원로원 의원 그라쿠스는 크라수스의 부하들이 곧 자신을 체포하러 올 것을 알고 크라수스가 탐을 내던 바리니아를 면천(免賤)해주고 자결한다. 자유인이 된 바리니아가 십자가에 못 박힌 채 아직 숨이 붙어있는 스팔타커스에게 그의 어린 아들을 보여주면서 영화는 끝이 난다.

이 영화는 짜임새 있는 스토리와 기라성 같은 배우들의 명연기로 러닝 타임 3시간 16분 내내 긴장감을 유지하고 있어서 조금도 지루하지 않다. 초반부의 검투사 양성소의 훈련 과정과 검투 시합 장면, 후반부의 로마 정규군과 노예 반란군과의 치열한 전투 장면, 그리고 줄지어 늘어선 처형된 포로들의 십자가 장면 등은 상당히 인상적이다.

포로가 된 노예들 앞에서 크라수스가 "누가 스팔타커스냐?"고 묻자, 무더기로 앉아있던 포로들이 "내가 스팔타커스다(I am Spartacus)!"라고 외치며 줄줄이 일어서는 장면은 뭉클하게 와닿는다. 스팔타커스의 반란이 실패하면서 2,000년의 세월이 흐른 후에야 노예제도가 폐지되지만, 그의 꿈과 의기(義氣)는 결코 잊히지 않을 것이다.

스팔타커스의 반란이 실패한 원인은 무엇일까?

첫째, 알프스산맥을 넘어서 국경을 벗어난 후에 각자의 고향으로 돌려보내려는 스팔타커스와 이탈리아를 떠나지 말고 수도 로마로 진격하자는 갈리아 출신 크릭서스와의 갈등 때문이다. 결국 당시 7만이던 병력을 둘로 나누었고, 크릭서스가 이끄는 3만의 병력은 로마군에게 대패하고 크릭서스도 전사한다. 힘을 합쳐도 될까 말까한 반란군의 적전분열(敵前分裂)은 실패의 지름길임은 두말할 필요가 없다.

둘째, 스팔타커스가 이끄는 4만의 병력은 북부전선에서 계속 승리하여 병력이 거의 2배로 늘어나지만 알프스산맥을 넘지 않고 갑자기 남쪽으로 방향을 돌린다. 그러다가 반도의 최남단에 도착했으나 배를 제공하기로 했던 실레지안 해적들이 크라수스에게 매수되는 바람에 배를 구하지 못해 다시 북진하다가 로마의 대군에게 참패한 것이다. 처음 계획대로 알프스산맥을 넘었더라면 모두 고향으로 돌아갈 수 있지 않았을까?

노예 반란군들이 알프스산맥 앞에서 갑자기 남하한 이유에 대해서는 아직도 역사의 미스터리로 남아있다. 스팔타커스는 영화에서와 달리 전투 중에 사망했으며 시신은 발견되지 않았다. 그 때문에 스팔타커스에 대한 영웅담이 확대 재생산되어 민중들에게 널리 퍼져나가 오랫동안 로마 귀족들을 괴롭혔다고 한다.

웨스트 사이드 스토리(West Side Story)

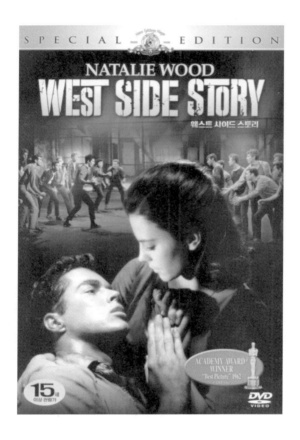

　　미국 브로드웨이 뮤지컬의 황금기는 1940년대부터 1960년대까지였다. 제2차 세계대전 승전국인 미국은 이 시기에 급속한 경제성장을 이뤘고 문화예술계도 활기가 넘쳤다. 1940년대 문화예술계에서 첫 쾌거를 이룬 것은 2,000회가 넘는 순회공연에서 성황을 이룬 뮤지컬 '오클라호마!'(1943년)였다.

　　1950년대에는 '아가씨와 건달들'(1950년), '왕과 나'(1951년), '마이 페어 레이디'(1956년), '웨스트 사이드 스토리'(1957년), '사운드 오브 뮤직'(1959년) 등의 공연이 대성공을 거두며 바야흐로 뮤지컬의 전성시대가 열렸다. 이들은 모두 영화로도 제작되어 세계적으로 큰 성과를 올렸다.

1957년에 브로드웨이에서 초연(初演)된 뮤지컬 '웨스트 사이드 스토리(West Side Story)'는 처음에는 유대인과 가톨릭교도가 대립하는 이스트 사이드 스토리(East Side Story)로 기획되었으나, 이것이 가난한 백인들과 푸에르토리코 이민자들의 대립으로 치환(置換)되면서 '웨스트 사이드 스토리'가 되었다.

우리나라에서는 1997년에 뮤지컬 '웨스트 사이드 스토리'의 초연을 올렸고, 2002년, 2007년에 이어 15년 만인 2022년 11월 17일부터 2023년 2월 26일까지 서울 중구 신당역 부근에 있는 충무아트센터 대극장에서 다시 공연했다.

1961년, 뮤지컬의 귀재 로버트 와이즈가 영화 '웨스트 사이드 스토리'를 연출하면서 제작까지 맡았다. 원작 뮤지컬을 제작했던 제롬 로빈스가 공동 연출과 함께 안무를 맡았고, 거장 레너드 번스타인이 음악을 맡는 등 당대 최고의 예술가들이 대거 참여했다. 이 영화는 미국 유나이티드아티스트사가 제작비 675만 달러를 들여 4,400만 달러를 벌어들였다.

영화 '웨스트 사이드 스토리'는 뉴욕을 서쪽으로 쭉 조감(鳥瞰)하던 카메라가 웨스트사이드 광장에 멈춰서면서 시작한다. 1940년대부터 미국으로 몰려들어온 푸에르토리코 빈민들이 이곳에 할렘을 형성하였는데, 그 결과 웨스트 사이드에는 백인 불량청년들의 제트파와 푸에르토리코 이민자 청년들의 샤크파가 생겨났고, 이들은 마주칠 때마다 서로 으르렁거린다. 제트파의 보스 리프(러스 탬블린 扮)는 베르나르도(조지 차키리스 扮)가 이끄는 샤크파와의 결전을 앞두고 동네 술집에서 일하는 친구 토니(리차드 베이머 扮)에게 도움을 요청한다.

중립지역인 동네 실내체육관에서 모처럼 후끈한 무도회가 열리고 있다. 두 파의 남녀 멤버들이 모두 참석한 가운데 맘보음악과 함께 남자는 밖에서, 여자는 안에서 큰 원을 그리며 반대방향으로 돌다가 사회자가 '정지!'하는 순간 자기 앞에 있는 파트너와 춤을 추는 것이다. 이때, 뒤늦게 온 토니와 베르나르도의 여동생 마리아(나탈리 우드 扮)는 서로를 보자마자 눈에 불꽃이 일었고, 두 사람이 키스하려는 순간 무도회가 끝난다.

그날 저녁, 마리아는 집 밖에서 자신을 부르는 소리를 듣고 비상계단으로 나간다. 토니가 와 있었다. 두 사람은 어둠 속에서 'Tonight'를 함께 부르며 밀어를 속삭이고 헤어진다. 다음날 저녁에는 둘이 만나 사랑의 맹세를 하고 두 사람 만의 조촐한 결혼식을 올린다.

늦은 밤, 제트파와 샤크파는 고속도로 아래에서 결전을 벌이는데, 패싸움 대신 보스끼리 싸워서 승부를 내기로 한다. 토니가 애써 말리지만, 리프와 베르나르도는 단검을 꺼내 들고 결투를 벌인다. 그러다가 베르나르도의 칼에 리프가 찔려 죽는다. 그러자 옆에 있던 토니가 엉겁결에 리프의 칼로 베르나르도를 찔러 죽인다.

샤크파의 치노는 좋아하던 마리아에게 달려가 오빠를 죽인 사람이 토니라는 사실을 알려주고, 토니를 죽이려고 총을 들고 나간다. 잠시 후 토니가 헐레벌떡 찾아오자, 마리아는 토니를 힐책하면서도 내 사랑은 변치 않는다고 말한다. 토니는 함께 먼 곳으로 도망치자고 하면서 도피자금을 마련하기 위해 일하던 술집 사장을 만나러 간다.

그 술집에서 제트파 멤버들에게 성희롱을 당한, 죽은 베르나르도의 애인 아니타(리타 모레노 扮)는 치노가 두 사람 사이를 질투하여 마리아를 쏴 죽였다고 거짓말을 한다. 술집 창고에서 이 소식을 들은 토니는 절망한 나머지 치노를 부르짖으며 자신도 죽여달라고 외친다. 그러다가 토니가 마리아를 만나는 순간 치노가 쏜 총탄이 토니의 가슴을 꿰뚫고, 마리아는 절규한다. 뒤늦게 달려온 두 파의 멤버들이 토니의 시체를 함께 들고 가고, 마리아가 그 뒤를 따라가면서 영화가 끝난다.

영화 '웨스트 사이드 스토리'는 1950년대 미국이 안고 있던 빈곤 문제와 인종 문제, 그리고 이민자 청년들이 느끼던 박탈감과 울분 등을 경쾌하면서도 역동적인 춤과 리듬으로 표현하고 있다. 구체적인 배경설명이나 긴 대사 없이 실제 뉴욕거리에서 촬영한 재즈댄스와 음악, 대규모의 군무(群舞) 등으로 상황을 전달하는 연출이 상당히 인상적이다. 스토리는 셰익스피어 불후의 고전 '로미오와 줄리엣'과 거의 흡사한데, 뮤지컬의 각본을 쓴 아서 로렌츠가 무대를 1950년대의 미국으로 옮겨 재현한 뉴욕판 '로미오와 줄리엣'이라고 할 수 있다.

이 영화는 1962년 아카데미 시상식에서 작품상 감독상 남우조연상(조지 차키리스) 여우조연상(리타 모레노) 촬영상 미술상 색채디자인상 편집상 뮤지컬음악상 녹음상 등 10개 부분에서 수상하였고, 특별상인 안무까지 포함하면 11개 부문에서 상을 받았다. 1998년 미국영화연구소(AFI)의 100대 영화에 선정되었으며, 2007년에도 재선정되었다.

2021년, 거장 스티븐 스필버그가 '웨스트 사이드 스토리'를 60년 만에 리메이크하면서 처음으로 뮤지컬 영화에 도전하였다. 스케일은 커지고 화려해졌으나 주인공들의 연기나 스토리의 개연성, 관객평 등을 종합하면 그의 명성에 한참 못 미친다는 평가를 받았다.

영화에세이(1-11)

티파니에서 아침을(Breakfast at Tiffany's)

'티파니에서 아침을(Breakfast at Tiffany's)'은 줄리 앤드루스의 남편인 블레이크 에드워즈 감독이 1961년에 연출한 영화로, '로마의 휴일'(1953년)과 함께 오드리 헵번의 대표작으로 꼽힌다. 원작은 소설 및 영화 '인 콜드 블러드(In Cold Blood, 냉혈한)'로 유명한 논픽션 작가 트루먼 커포티의 동명 소설이다.

이 영화는 제작비 250만 달러를 들여서 미국에서 8백만 달러, 해외에서 1400만 달러를 벌어들여 큰 성공을 거두었다. 1961년 아카데미 시상식에서 음악상과 주제가상을 받았으며, 골든 글로브 시상식에서는 여우주연상(오드리 헵번)을 수상했다. 2012년에는 미국 의회도서관의 국립영화등기부(NFR)에 영구히 보존하는 영화로 선정되

54

었다.

1960년대 초 미국 뉴욕 5번가, 검은 벨벳 드레스에 커다란 선글라스를 낀 아름다운 여성이 택시에서 내린다. 그녀는 보석점 티파니를 창문으로 들여다보면서 크루아상을 뜯어 먹으며 커피를 마신다. 할리(오드리 헵번 扮)라는 이름의 이 여인은 뉴욕의 한 아파트에서 혼자 살면서 부유한 남자들과의 만남을 통해 상류사회로의 화려한 신분 상승을 꿈꾸고 있다.

이 아파트에 가난한 작가 폴(조지 페퍼드 扮)이 이사를 온다. 유부녀인 정부(情婦)가 이 아파트를 얻어주었는데 폴은 정부한테서 용돈을 받고 있다. 폴은 전화를 빌려 쓰기 위해 아래층 할리의 집에 잠깐 들렀는데, 집 안은 엉망으로 어질러져 있었지만 귀여우면서도 엉뚱한 할리에게 묘한 매력을 느낀다.

한밤중에 폴이 자고 있을 때, 할리가 창문으로 들어와 친구하자고 한다. 군대에 가 있는 남동생 프레드와 많이 닮았다면서. 그러면서 스스럼없이 침대 속에 들어와 폴의 팔에 안겨 잠들기도 한다. 할리는 매주 목요일마다 씽씽교도소에 있는 샐리 토마토에게 한 시간씩 면회하는 대가로 주당 100달러를 받고 있단다. 폴은 할리의 저녁 파티에서 초대되어 온 부자들과 함께 시끌벅적하게 놀기도 하고, 씽씽교도소 면회에 따라가기도 한다. 할리의 자유분방한 모습에 폴은 완전히 마음을 빼앗긴다.

어느 날, 폴은 아파트 앞에서 계속 이쪽을 쳐다보고 있는 나이 든 남자에게 가서 말을 거는데, 그는 텍사스에서 수의사를 하고 있는 할리의 남편이란다. 시골에서 어렵게 살던 14살의 할리는 상처(喪妻)한 그 남자와 결혼하여 전처가 낳은 애들을 돌봐주다가 가출하여 이곳에 온 것이란다. 그는 '곧 제대하는 처남 프레드가 집으로 올 것'이라며 할리를 데려가겠다고 했지만, 할리는 오래전에 결혼은 무효가 되었다며 그 남자를 돌려보낸다.

폴은 과자봉지 속에 있던 경품이 당첨되어 받은 반지를 들고 할리와 함께 티파니에 가서 이름을 새겨달라고 주문한다. 그리고 잡화점에서 동물 종이가면을 함께 훔쳐 쓰고 집에까지 뛰어오는데, 두 사람은 처음으로 키스한다. 폴은 집에 찾아온 정부에게 이별을 고한다.

며칠 후, 도서관에서 남미에 관한 책을 읽고 있던 할리는 찾아온 폴에게 브라질의 백만장자 호세와 결혼할 예정이라고 말해 폴의 억장을 무너지게 한다. 다음날 할리는 호세와 함께 집에 오는데, 집 앞에 전보가 와있었다. 제대를 앞둔 동생 프레드가 지프차 사고로 사망했다는 소식이었다. 할리는 집 안 기물들을 때려 부수며 발악하다가 잠이 든다.

몇 달이 지나고, 할리의 초대를 받은 폴이 할리의 집에 온다. 내일 브라질로 떠난다면서 할리가 포르투갈어 테이프를 들으면서 뜨개질을 하고 있다. 두 사람이 식사하러 나갔다가 돌아와 보니, 집에 경찰들이 와있었다. 수갑이 채워진 할리는 경찰서 유치장에 구금된다. 매주 면회를 가는 샐리 토마토의 마약 밀매에 할리가 가담했다는 혐의였는데, 신문에 기사가 크게 실린다. 다음날 아침, 할리는 지인의 도움으로 보석(保釋)으로 풀려난다.

할리는 마중 나온 폴과 함께 택시를 타고 집으로 향한다. 폴이 가져온 호세의 파혼통지문을 본 할리는 그래도 브라질에 가겠다면서 택시기사에게 공항으로 가자고 한다. 화가 난 폴은 전에 티파니에서 이름을 새긴 반지를 할리에게 던져주고 택시에서 내린다. 비가 억수같이 퍼붓고 있다. 반지를 만지작거리던 할리는 그제야 행복이 바로 곁에 있었음을 깨닫고 택시에서 내려서 폴을 쫓아간다. 할리와 폴이 빗속에서 뜨겁게 포옹하면서 영화가 끝난다.

원래 문구점이었던 뉴욕의 티파니는 이 영화로 유명세를 타기 시작하여 세계적인 브랜드가 되었다. 티파니 본점에는 귀금속을 사러 오는 사람보다 사진 찍으러 오는 사람이 훨씬 더 많다고 한다. 티파니 본점 4층에 있는 레스토랑 카페에는 'Breakfast at Tiffany'라는 브런치 메뉴를 판매하고 있는데, 이름 그대로 티파니에서 아침을 먹는 거란다.

영화 중간에, 할리가 아파트 창틀에 앉아 기타를 치며 부르던 'Moon River'는 이 영화의 주제가이다. 조지아주 출신의 조니 머서가 작사하고 헨리 맨시니가 작곡하여 1962년 그래미상 올해의 음반에 뽑혔고, 이후 많은 가수가 불렀다. 오드리 헵번이 63세로 사망한 해인 1993년도 아카데미 시상식에서 헵번의 추모곡으로도 쓰였다.

이 영화에 나오는 아파트의 일본인 집주인은 계속 쪼잔 하면서 우스꽝스럽게 행동하는데, 누가 봐도 동양인에 대한 인종차별이다. 당시 이소룡은 극장에서 이 영화를 보다가 모멸감을 느껴서 중간에 나와버렸다고 한다. 왜 동양인을 캐스팅하지 않고 왜소한 백인을 동양인으로 분장시켜서 나오게 했을까?

2017년 9월 27일, 오드리 헵번의 생전 애장품들이 영국에서 경매에 나왔다. 그중에는 이 영화의 대본도 있었는데, 무려 63만 2,750 파운드(9억 8,000만 원)에 낙찰되어 할리우드 대본 역사상 최고 신기록을 세웠다. 이날 경매에서 팔린 오드리 헵번 소장품들의 판매액은 총 71억 원에 달했다고 한다.

영화에세이(1-12)
클레오파트라(Cleopatra)

　'클레오파트라의 코가 1cm만 낮았으면 세계의 역사가 달라졌을 것이다.' 프랑스의 철학자 파스칼이 한 말이다. 인류역사상 최초, 최고의 팜 파탈(femme fatale)로 꼽히는 클레오파트라는 지성과 교양을 갖춘 절세미인이자, 무너져 가는 프톨레마이오스 왕조를 지키기 위해 자신의 모든 것을 바친 마지막 파라오였다.

　'클레오파트라(Cleopatra)'라는 제목의 영화는 1917년의 흑백영화를 시작으로, '원더우먼'의 갤 가돗을 주인공으로 한 2023년 영화까지 총 8번 만들어졌고, 제목에 클레오파트라가 들어가는 영화는 이보다 훨씬 많다. 이들 중에서 역사적 사실에도 충실하고 1964년 아카데미 시상식에서 촬영상 미술상 의상상 시각효과상 등 4개 부문에서 수상한 엘리자베스 테일러 주연의 '클레오파트라'(1963년)를 살펴보고자 한다.

이 영화는 처음에는 '카이사르와 클레오파트라'와 속편 '안토니우스와 클레오파트라'로 기획되었으나, 하나로 합쳐서 중간에 휴식시간(intermission)을 넣는 것으로 변경되었다. 그러다 보니 러닝 타임이 무려 6시간이나 되는 바람에 4시간으로 줄인 버전과 3시간으로 줄인 버전의 두 가지로 출시되었다. 케이블 TV에서 가끔씩 방영하는 '클레오파트라'는 전자인 4시간 11분 버전이다.

BC 50년경, 로마는 크라수스와 폼페이우스, 카이사르(렉스 해리슨 扮)가 3두 정치를 하면서 세력균형을 유지하고 있었다. 그러다가 크라수스가 파르티아(현재의 이란)와의 전쟁에서 전사하자 균형이 무너진다. 폼페이우스의 막강한 군사력을 등에 업은 원로원에서는 갈리아를 정복하고 돌아오는 로마시민의 영웅 카이사르를 눈엣가시처럼 여겨 그에게 군대를 해산하고 혼자 로마에 들어오라는 명을 내린다.

혼자 가면 잡혀 죽을 것이 뻔했던 카이사르는 "주사위는 던져졌다"고 말하고 군사들과 함께 루비콘강을 건너 압도적 군사력을 지닌 폼페이우스와 전투를 벌여 지략으로 승리한다. 카이사르가 도망치는 폼페이우스를 따라 이집트에 입성하자, 그곳에는 클레오파트라(엘리자베스 테일러 扮)와 그의 남동생이 왕좌를 놓고 권력다툼을 벌이고 있었다. 남동생이 폼페이우스를 암살하여 그 수급(首級)을 카이사르에게 바치지만, 카이사르는 남동생을 추방하고 양탄자에 싸여(?) 찾아온 클레오파트라를 여왕으로 세운다.

도도하면서도 섹시한 매력으로 카이사르를 휘어잡은 21세의 클레오파트라는 본처와의 사이에 아이가 없던 52세의 카이사르의 아들을 낳아 작은 카이사르라는 뜻의 카이사리온이라고 이름 짓는다. 로마로 귀국한 카이사르는 원로원이 내민 1인 종신독재관의 지위에 만족하지 않고 제위(帝位)에 욕심을 낸다. 3년 후, 클레오파트라가 아들 카이사리온과 함께 로마로 입성하면서 시민들의 열렬한 환영을 받아 카이사르가 제위에 한 발 더 다가서자, 브루투스 등 공화파들은 카이사르를 암살한다.

카이사르의 유언장에 상속인으로 지명된 카이사르의 누나의 손자뻘인 옥타비아누스(로디 맥도웰 扮)가 로마의 서쪽 절반을 맡고, 브루투스 일당을 일망타진한 카이사르의 오른팔 안토니우스(리차드 버튼 扮)가 로마의 동쪽 절반을 맡기로 협약한다. 카이사리온이 카이사르의 후계자로 지명되기를 바랐던 클레오파트라는 빈손으로 아들과 함께 귀국한다.

클레오파트라는 안토니우스를 선상(船上)으로 초대하여 파티를 여는데, 두 사람은 바로 사랑에 빠진다. 안토니우스는 키프로스와 시나이반도 등 로마가 점령했던 이집트 땅을 클레오파트라에게 돌려주어 로마시민들의 분노를 산다. 또 옥타비아누스가 원로원에서 공개한 안토니우스의 유언장에는 '내가 죽으면 클레오파트라와 함께 알렉산드리아에 묻히겠다.'고 씌어있어 로마시민들의 분노는 극에 다다른다.

원로원에서 안토니우스를 배신자로 간주하여 로마의 적으로 선포하자, 옥타비아누스는 군사를 이끌고 안토니우스를 공략하기 위해 출정한다. 그런데 클레오파트라에게 휘둘린 안토니우스와 이집트의 연합군은 수적 우세에도 불구하고 그리스 앞바다 악티움에서 해전을 벌이다가 옥타비아누스 군에게 참패한다. 안토니우스가 죽은 줄 알고 뱃머리를 돌리는 클레오파트라의 함선을 본 안토니우스는 혼자 전장을 빠져나와 여왕의 함선에 올라타서 이집트로 귀환한다.

옥타비아누스의 대군이 알렉산드리아를 포위하자, 안토니우스의 군사들이 대거 옥타비아누스 진영에 투항하면서 안토니우스는 육지에서도 참패한다. 클레오파트라가 죽었다는 오보(誤報)를 접하고 낙담한 안토니우스는 칼로 자신의 배를 찌르는데, 결국 클레오파트라의 품에서 53세의 생을 마감한다.

클레오파트라는 옥타비아누스의 전리품이 되어 로마로 끌려가지 않으려고 무화과 바구니 속에 미리 숨겨놓은 코브라에 물려 파란만장한 39살의 생을 스스로 마감한다. 이로써 프톨레마이오스 왕조는 종언을 고하고, 이집트는 로마의 완전한 속국이 된다. 최후승자인 옥타비아누스는 로마제국의 초대황제 아우구스투스가 된다(BC 27년).

영화 '클레오파트라'는 20세기폭스사가 4,400만 달러라는 엄청난 제작비를 투입하여 파산 직전까지 몰렸으나 이 영화가 개봉된 후에 흥행에 성공하고 장기상영으로 이어져 어느 정도 수익을 올렸다고 한다. 클레오파트라가 아들과 함께 거대한 스핑크스 형상의 마차를 타고 로마에 입성하는 장면은 상상을 초월하는 스케일로 단연 압권이다. 또 옥타비아누스와 안토니우스의 운명을 가른 역사적인 승부처인 악티움해전의 재현 장면도 시선을 압도한다.

촬영 당시 엘리자베스 테일러와 리차드 버튼은 둘 다 배우자가 있었음에도 세기의 로맨스를 벌이다가 1962년 결혼식을 올렸고, 리차드 버튼의 알코올중독으로 불화를 겪다가 1974년 이혼했다. 1975년 재결합했다가 1976년 다시 이혼했다. 불멸의 클레오파트라로 남게 된 엘리자베스 테일러는 생전에 7명의 남자와 8번 결혼하는 진기록을 남겼다.

우리에게 내일은 없다(Bonnie and Clyde)

　　외국영화가 국내에 들어올 때 대부분의 경우 원제목을 우리말로 번역해서 영화제목을 정하는데, 간혹 원제목과 전혀 상관없는 제목을 붙이기도 한다. 흑인명우 시드니 포이티어가 열연한 '언제나 마음은 태양'(1967년)의 원제목은 '선생님께 사랑을(To sir with love)'이고, 폴 뉴먼과 로버트 레드포드가 콤비로 나오는 버디 무비 '내일을 향해 쏴라'(1969년)의 원제목은 미국 서부 개척 시대의 전설적인 두 은행 강도의 이름 '부치 캐시디와 선댄스 키드(Butch Cassidy and The Sundance Kid)'이다.

　　오늘 소개하는 '우리에게 내일은 없다'(1967년)는 '졸업'(1967년)과 함께 당시 미국영화를 지배하던 가치기준을 과감히 뒤엎는 뉴 아메리칸 시네마의 기수(旗手)로 꼽히는 영화이다. 이 영화의 원제목도 1930년대의 유명한 커플 은행 강도의 이름 '보니와 클라이드(Bonnie and Clyde)'이다. 오래전에 이 영화를 TV에서 보고 '우리말 제목을 기가 막히게 잘 지었구나.' 하고 생각했었다. 그것은 이 영화를 끝까지 보고 나면 수긍하지 않을까 싶다.

'우리에게 내일은 없다'는 두 주인공인 클라이드 배로우와 보니 파커의 만남과 동행, 죽음에 이르기까지의 과정을 그린 범죄영화로, 혼성 버디 무비이면서 로드 무비이다. 1968년 아카데미 시상식에서 여우조연상(에스텔 파슨즈)과 촬영상을 수상했으며, 미국 국립영화능기부(NFR)에 보존되는 100편의 영화에도 선정되었다.

대공황이 맹위를 떨치던 1930년대 중반의 미국 텍사스, 교도소에서 갓 출소한 청년 클라이드(워렌 비티 扮)는 어느 시골 마을의 주택 앞에 세워놓은 승용차를 훔치기 위해 차 주변을 어슬렁거리다가 그 집 2층 창문에서 내려다보고 있는 차주의 딸 보니(페이 더너웨이 扮)와 눈이 마주친다.

보니는 좀도둑 같은 그 청년에게 호기심을 보이며 '거기서 뭐해? 기다려!' 하고 소리친 후 드레스만 걸치고 계단을 뛰어 내려온다. 카페 종업원 생활을 하며 지루한 일상에 따분해하던 보니는 클라이드가 왠지 멋져보였는데, 함께 콜라를 마시며 걸어가던 클라이드가 갑자기 총을 빼들고 식료품가게에 들어가더니 나오면서 돈뭉치를 보여주자 '너무너무 멋지다'고 생각하며 진한 매력을 느낀다. 클라이드 또한 쾌활하면서도 약간 엉뚱한 보니를 '텍사스 최고의 여자'라며 호감을 표한다.

보니와 클라이드는 차를 타고 가다가 빈집이나 여인숙에서 잠을 자고, 마음에 드는 차가 있으면 훔쳐서 타고 간다. 그러다가 차 수리공 C.W.모스(마이클 J. 폴라드 扮)에 이어, 클라이드의 형 벅 배로우(진

핵크만 扮)와 형수 블랜치(에스텔 파슨즈 扮)도 합류한다. 이렇게 모인 '배로우 갱단'은 2년간 한 차를 타고 텍사스주, 미주리주, 오클라호마주의 은행과 주유소를 털면서 경찰관을 포함하여 12명을 살해한다. 이들의 강도 행각은 지역신문에 대서특필된다.

그러던 어느 날, 이들의 숙소에 경찰이 들이닥치며 총격전이 벌어지는데 머리에 총을 맞은 형 벅은 사망하고 눈을 다친 형수 블랜치는 체포된다. 도망친 세 사람은 모스의 아버지가 홀로 사는 외딴 농가에 찾아가 상처를 치료하면서 당분간 휴식을 취한다. 그런데, 경찰의 유도신문을 받은 형수 블랜치가 모스의 이름을 알려주는 바람에 모스의 집으로 연락이 오고, 모스의 아버지는 아들의 죄를 묻지 않는다는 조건으로 경찰에 협조한다.

이 영화의 마지막 부분은 영화사상 가장 잔인한 결말 중 하나로 꼽힌다. 마을 가게에서 햄버거를 사 오던 클라이드는 경찰이 보이자, 급히 보니를 차에 태우고 도망친다. 저만치 앞 길가에 모스의 아버지가 트럭의 타이어를 갈아 끼우는 것이 보이자, 클라이드는 차를 세우고 걸어가서 모스의 아버지에게 도와줄 일이 없는지 묻는데, 그 순간 근처 나무에서 새들이 후루룩 날아오른다.

모스의 아버지가 재빨리 트럭 밑으로 몸을 숨기자, 클라이드는 함정에 빠졌음을 직감하고 차에 있는 보니를 쳐다보는데, 그 순간 나무 덤불 뒤에 잠복해 있던 경찰들의 기관총이 일제히 불을 뿜는다. 차 밖과 안에서 무자비한 총알 세례를 받고 참혹하게 죽어가는 클라이드와 보니의 모습을 차례로 보여주면서 영화가 끝난다. '대부'(1973년)에서 제임스 칸이 상대방 조직원들에게 난사 당하는 장면은 이 모습을 오마주한 것이다.

실제로 보니와 클라이드는 1934년 5월 23일 루이지애나주 고속도로에서 경찰들이 발사한 130여 발의 총알세례를 받고 현장에서 즉사했다. 25세인 클라이드는 운전석에서 한 손에 총을 든 채, 23세인 보니는 양 무릎 사이로 머리를 수그린 채 죽었다. 장례식은 따로따로 치러졌는데, 클라이드의 장례식에는 1만 5천여 명이, 보니의 장례식에는 2만여 명이 참석했다고 한다.

이들이 2년간이나 잡히지 않고 활동할 수 있었던 이유는 관할구역 문제로 추격이 힘든 주 경계를 이동하면서 다녔고, 클라이드의 운전 실력이 카레이서에 버금갈 정도로 뛰어났기 때문이었다. 또 대공황기에 서민들을 착취하는 은행을 터는 보니와 클라이드를 영웅시하는 당시 미국의 사회 분위기도 일조했다.

반전시위와 히피문화가 횡행하던 1960년대 말, 젊은이들은 공권력을 조롱하는 '배로우 갱단'의 화끈한 질주와 강도 행각에 대리만족을 느꼈다. 당시 젊은이들은 베레모, 긴 머리, 브이넥 스웨터 등 1930년대 패션을 즐겨 입었고, 특히 보니의 패션을 흉내 낸 '보니 파커 룩'은 여성 패션잡지의 핫한 소재가 되었다.

이 영화의 남자주인공 워렌 비티는 당시 할리우드의 바람둥이로 명성이 자자했는데, 그가 여주인공 보니 역의 페이 더너웨이가 못생겼다며 다른 여배우로 바꿔달라고 요구했다가 아서 펜 감독에 의해 좌절된 에피소드는 두고두고 호사가들의 입방아에 올랐다고 한다.

영화에세이(1-14)
미드나잇 카우보이(Midnight Cowboy)

텍사스에서 접시닦이를 하던 청년 조 벅(존 보이트 扮)은 '도시에서는 돈 많은 여자들이 젊은 남자를 돈으로 산다.'는 소문을 듣고 손바닥 만 한 라디오 하나만 들고 뉴욕으로 가는 버스에 오른다. 그는 자신의 반짝이는 카우보이 차림과 싱싱한 육체로 뉴욕 여성들을 매료시키면서 부유한 여성들에게 몸을 팔아 부자가 될 야심찬 포부를 가지고 있다.

조그만 원룸에 숙소를 정한 조는 뉴욕의 거리를 돌아다니며 돈이 많아 보이는 여성들에게 추파를 던져보지만, 그에게 관심을 보이는 여성은 없었다. 그러다가 나이가 좀 들어 보이는 여성과 호텔에 들어가는 데 성공한다. 그런데 함께 즐겼는데 돈을 받기는커녕 오히려

66

돈을 뜯기고 만다. 그녀는 창녀였던 것이다.

조는 우연히 들른 바에서 술을 마시다가 옆에 앉은 절름발이 리코(더스틴 호프먼 扮)와 얘기를 나누게 된다. 리코는 조의 이야기를 듣더니 그렇게 하려면 매니저가 필요하다며 부자 여성들을 잘 아는 남자 한 사람을 소개해 주겠단다. 남은 돈을 모두 리코에게 소개료로 주고 그 남자를 만나 보니 이상한 종교에 빠진 광신도였다. 사기당했다는 것을 알게 된 조는 그 자리를 뛰쳐나와 리코를 찾아 나선다.

며칠 후, 리코를 찾아내고 보니 전기와 수도가 끊긴 빈민가의 버려진 폐가에 기거하며 사기와 좀도둑으로 연명하고 있는 폐병 환자였다. 조는 빈털터리가 되어 원룸에서 쫓겨나자, 리코의 폐가로 옮겨와 좀도둑질로 생필품을 조달하며 함께 살아간다. 두 사람 사이에 묘한 우정이 싹튼다. 돈이 떨어지자, 조는 재산 1호인 라디오를 판다. 그다음엔 피를 팔아서 빵을 사 오고….

어느 날, 사진작가 커플이 카우보이 복장을 한 조의 사진을 찍더니 그를 히피 파티에 초대한다. 조는 리코를 데리고 파티에 간다. 그곳에서 리코는 굶주린 배를 채우지만 나오다가 계단에서 굴러떨어진다. 조는 파티에서 눈이 맞은 여성과 함께 택시를 타고 그녀의 집으로 간다. 조는 갑자기 몸이 말을 듣지 않아서(?) 당황하지만, 잠시후 실력을 발휘하여 돈도 받고 다른 여성까지 소개받는다.

조가 리코에게 줄 아스피린과 멘소래담, 그리고 먹을 것을 사 들고 돌아왔을 때, 리코는 열이 펄펄 나는 데다 기침까지 심해져 누워 있었다. 절뚝거리던 다리도 마비되었단다. 날씨가 추운데 난방이 안되어서 리코의 병세가 더 심해진 것이다. 조는 병원에 가자고 하는데, 리코는 병원에는 한사코 가지 않겠다며 차라리 따뜻한 플로리다에 데려다 달라고 한다.

죽어가는 리코를 외면하고, 이제 슬슬 풀리기 시작한 이 일을 계속할 것인가. 아니면 이 일을 청산하고, 리코를 플로리다로 데리고 갈 것인가. 조가 소개받은 여성에게 전화를 해보니 며칠 후에나 만날 수 있다고 한다. 조는 두 사람이 플로리다에 갈 차비를 마련하기 위해 돈이 많아 보이는 중년 남자를 유인하여 살해하고 지갑에서 돈을 빼낸다.

조는 고열에 식은땀까지 흘리는 리코를 부축하여 플로리다로 가는 마이애미행 버스에 오른다. 가는 데 31시간이 걸리는데, 모레 오전 11시 30분에 도착한단다. 버스 안에서 조는 '마이애미에 가면 취직을 해야겠어. 몸 파는 일은 내게 안 맞아.' 하고 말한다. 그런데, 리코는 마이애미를 코앞에 두고 버스 안에서 숨을 거두고 만다. 햇빛이 쏟아지는 마이애미의 아름다운 차창 풍광을 보여주면서 영화는 끝이 난다. 상영 시간 113분.

'미드나잇 카우보이'(1969년)는 매춘하는 남성, 즉 남창(男娼)을 의미하는 은어로, 영국 출신의 존 슐레진저 감독이 제임스 레오 헐리의 동명 소설을 영화화한 것이다. 제작비 360만 달러를 들여서 4,480만 달러의 수익을 올려 대박이 났고 흥행에도 대성공했다. 슐레진저 감독은 사회에 적응하지 못하는 아웃사이더들을 즐겨 주인공으로 쓰는데, 여기서도 남창과 폐병 환자를 등장시켜 미국 사회의 밑바닥 인생의 소외와 고독 문제를 다루면서 두 소외자의 우정이라는 인간적 유대의 가치도 함께 보여주고 있다.

이 영화는 미국 개봉 당시 17세 이하 관람불가인 X등급을 받았다. 그러나 1970년 아카데미 시상식에서 X등급 영화로는 처음으로 받은 작품상을 포함하여 감독상과 각색상을 수상하고, 두 주인공이 골든 글로브와 영국아카데미에서 남우주연상과 조연상을 휩쓸자, 17세 이하는 부모나 성인 동반인 R등급으로 조정되었다.

두 주인공은 아카데미 남우주연상 후보에 오른다. 조 역의 존 보이트는 안젤리나 졸리의 아버지로, 첫 주연을 맡은 이 영화로 대중들에게 자신의 이름을 알리는 데 성공한다. 이후 '챔프'(1979년)와 '폭주기관차'(1985년)에서는 주인공을, '미션 임파서블'(1996년)과 '아나콘다'(1997년)에서는 악역을 맡는다. 리코 역의 더스틴 호프먼은 데뷔작 '졸업'(1967년)의 우등생과는 상반되는 폐병환자 사기꾼 역을 맡았고, 이후 슐레진저 감독의 '마라톤 맨'(1976년)에 주연으로 기용된다. '크레이머 대 크레이머'(1979년)와 '레인 맨'(1988년)으로 아카데미 남우주연상을 두 번 받는다.

조가 텍사스를 떠나는 시작부분과 뉴욕에서 여성들을 낚으러 돌아다닐 때 흘러나오는 곡 'Everybody's Talkin'은 1966년 포크송 가수 프레드 닐이 작곡해서 발표했으나 주목을 받지 못했다. 그러다가 1969년 해리 닐슨이 리메이크하여 이 영화에 삽입하면서 빅 히트를 기록했다. 1970년 그래미상 시상식에서 영화음악상을 수상했다.

여담 한 가지. 당시 박정희 대통령은 서부영화와 사무라이 영화를 무척 좋아했다고 한다. 그래서 볼만한 서부영화가 들어오면 청와대에서 얼른 필름을 구해드렸고, 이 영화도 제목의 '카우보이' 때문에 서부영화인 줄 알고 구해드렸다. 그런데, 남창이 나오는 현대물이라서 박 대통령이 인상을 찌푸렸고, 그래서 그런지 개봉관에서는 예정보다 빨리 이 영화를 내렸다고 한다.

제2장

1970~1980년대
할리우드 영화들

영화에세이(2-01)
스팅(The Sting)

　'스팅(The Sting)'은 '내일을 향해 쏴라'(1969년)의 조지 로이 힐 감독, 그리고 명콤비인 폴 뉴먼과 로버트 레드퍼드가 다시 뭉쳐서 만든 버디 무비이면서, 미국 시카고를 배경으로 두 사기꾼이 갱단 두목을 상대로 크게 한탕 치는 과정을 보여주는 케이퍼 무비이다. 스팅(Sting)은 쏘다, 찌르다, 침 등의 뜻을 지녔는데, 여기서는 크게 한 방 먹인다는 의미이다.

　'스팅'(1973년)은 실제 형제가 저지른 사기사건에서 영감을 받아 쓴 데이빗 모러의 저서 'The Big Con: Story of the Confidence Man(빅 콘: 자신감 넘치는 남자의 이야기)'을 영화화한 것이다. 제작비 550만 달러를 들여 전 세계에서 1억 6천만 달러라는 엄청난 수익을 올렸다. 우리나라에서도 1978년에 개봉하여 서울 관객 33만 명을 기록하며 흥행에 성공했다. 러닝 타임은 129분.

이 영화는 1974년 아카데미 시상식에서 작품상과 감독상, 각본상, 미술상, 편집상, 의상상, 편곡상 등 7개 부문을 수상하였다. 흑인 음악가 스콧 조플린이 1902년에 작곡한 피아노곡 '엔터테이너(The Entertainer)'는 재즈의 시조라고 할 수 있는 래그타임(ragtime) 곡인데, 이것을 경쾌한 선율로 편곡하여 영화에 삽입한 마빈 햄리시는 아카데미 편곡상을 받았다. 이 곡은 1974년 빌보드 차트에서 3위에 오르기도 했는데, 영화가 크게 히트했기 때문인지 원제목 '엔터테이너'보다 '스팅'이라는 제목으로 더 잘 알려져 있다.

1936년 9월 어느 날, 좀도둑 후커(로버트 레드포드 扮)는 파트너인 루터와 함께 행인의 돈 11,000불을 절묘한 사기로 뺏는다. 그런데 그 행인은 시카고의 거물 갱 두목 로네간(로버트 쇼 扮)의 심부름을 가던 중이었다. 그 일로 루터는 로네간의 부하에게 목숨을 잃고, 후커는 돈을 요구하는 타락한 형사반장 슈나이더에게 위조지폐 2,000불을 준다. 후커는 루터의 복수를 위해 시카고의 거물 사기꾼 곤도프(폴 뉴먼 扮)를 찾아가고, 위조지폐라는 것을 알게 된 슈나이더 반장은 후커를 잡으려고 시카고로 쫓아온다.

─ 무대설정(The Set-up) : 곤도프와 후커는 포커와 경마를 좋아하는 로네간을 속여서 크게 한 방 먹일 준비를 한다. 먼저 포커로 로네간의 목돈을 따내고 나중에 경마로 결정타를 먹이기로 하고 곤도프의 술집에서 치밀하게 각본을 짠다. 이때 슈나이더 반장이 위폐범 후커를 잡기 위해 술집에 나타나지만 마담이 기지를 발휘하여 쫓아낸다.

─ 낚싯바늘(The Hook) : 곤도프와 후커는 널찍한 부동산을 임대

하여 경마영업장(OTB)으로 꾸민다. 또, 이들은 마담을 시켜 기차에서 포커장으로 향하는 로네간의 지갑을 소매치기하는데, 그 돈을 들고 간 사기포커의 달인 곤도프는 포커판에서 로네간의 돈 15,000불을 딴다. 돈을 내려던 로네간은 그제야 15,000불이 든 지갑이 없어진 것을 알게 되는데, 곤도프는 곧 사람을 보내겠으니 돈을 준비하라며 먼저 자리를 뜬다.

잠시 후, 곤도프가 보냈다며 이름을 캘리로 바꾼 후커가 돈을 받으러 온다. 후커는 마담이 소매치기한 지갑을 로네간에게 돌려주면서 자신은 주인 곤도프에게 원한이 많다면서 곤도프가 운영하는 경마영업장을 자신이 차지할 수 있도록 도와주면 큰돈을 벌게 해주겠다고 말한다. 로네간은 반신반의한다.

— 이야기(The Tale) : 후커는 미국은 땅이 넓어서 시차(時差)를 이용하면 좀 전에 벌어진 경기결과를 미리 알 수 있다고 로네간에게 설명하면서, 매수한 전신국 직원이 결과를 알려주기 때문에 OTB 앞 카페에서 전화로 1등 말(馬)에 대한 정보를 듣고 와서 바로 투자하면 된다고 말한다. 로네간은 후커가 마련해준 2,000불을 알려준 대로 투자해보는데 실제로 우승하자 크게 놀란다. 그래도 의구심이 남아있는지 전신국 직원을 한번 만나보겠다고 한다.

— 전신회사(The Wire) : 다음날, 곤도프 일당 두 명이 전신국에 들어가서 페인트칠 의뢰를 받았다며 직원들에게 잠시 나가 있으라고 말한다. 한 사람은 자리에 앉고, 한 사람은 페인트칠을 시작하는데, 곧이어 후커가 로네간을 대동하고 전신국에 도착한다. 앉아있던 전신국 직원(?)이 페인트칠 중이라며 로네간을 밖으로 안내한다.

— 봉쇄(The Shut-out) : 공중전화 박스에서 나오던 후커는 슈나이더 반장에게 꼼짝없이 잡혀서 FBI 사무실로 끌려간다. FBI 요원들은 후커를 미끼로 연방급 사기꾼 곤도프를 잡을 계획이라며 곤도프에게는 비밀로 하고 자신들에게 협조를 해주면 풀어주겠다고 말한다.

결국 후커는 시키는 대로 하겠다고 약속하고 풀려난다.

— 스팅(The Sting) : 작전일 전야, 마담과 함께 잠을 자던 곤도프도, 그동안 눈독들이던 식당 여종업원에게 걸었던 작업이 성공하여 함께 잠자리에 든 후커도 밤잠을 설친다. 드디어 운명의 날이 밝자, 로네간은 거금 50만 불을 들고 와서 전화로 불러준 마권을 산 후 OTB의 객석에 앉아있는데, 누군가 다가와서 귓속말로 그 말은 2등마라고 말한다. 당황한 로네간이 창구로 가서 환불을 요청하는 순간, 총을 든 FBI 요원들이 '꼼짝 마!' 하면서 들이닥친다.

FBI 요원들이 후커를 그냥 보내자, 곤도프는 후커가 배신한 것을 알아채고 권총으로 후커를 쏜다. 이를 본 FBI 요원이 곤도프를 쏜다. 슈나이더 반장은 FBI 요원들의 지시대로 로네간을 압송하여 밖으로 나간다. 그제야 바닥에 쓰러졌던 곤도프와 후커가 일어나 서로를 쳐다보며 웃으면서 영화가 끝난다. FBI 요원들도 그들과 한패였던 것이다.

이 영화는 서장에 이어 1단계 '무대설정'에서부터 6단계 '스팅'에 이르기까지 치밀하게 기승전결로 연결되어있다. 압권은 두 주인공이 죽었다가 다시 살아나는 마지막 부분의 반전이다. 이 영화는 사기꾼들의 범죄수법을 리얼하게 보여줌으로써 케이퍼무비의 교과서가 되었고, 이후 케이퍼무비들은 대부분 이 영화의 영향을 받아 제작되었다.

뻐꾸기 둥지 위로 날아간 새
(One Flew over the Cuckoo´s Nest)

영화 속의 악독한 이미지 때문에 유명 여배우들이 모두 출연을
고사(固辭)한 덕분에 단역만 해오던 무명배우가 주인공을 맡아 아카
데미 여우주연상까지 거머쥐었다. 그리고 아카데미 시상식에서 귀머
거리 부모들을 위해 수상소감을 수화(手話)로 했다. 영화 '뻐꾸기 둥
지 위로 날아간 새'(One Flew over the Cuckoo´s Nest)에서 수간호사 역
을 맡아 열연한 루이스 플레처 애기이다. 2022년 9월 24일, 그녀가
88세를 일기로 세상을 떠났다.

1962년에 나온 켄 키시의 베스트셀러 동명 소설을 영화화한 '뻐꾸기 둥지 위로 날아간 새'(1975년)는 미국 사회의 축소판이라고 할 수 있는 정신병원에서 수간호사로 대변되는 기득권세력의 억압과 이에 맞서서 저항하는 한 환자를 통해 1960년대 후반 미국영화의 주류인 기존 질서에 대한 반항의 계보를 잇고 있다.

　　이 영화는 1976년 아카데미와 골든 글로브 시상식에서 모두 작품상 감독상 남우주연상 여우주연상 각본상 등 핵심 5개 부문의 상을 석권한다. 영화사상 아카데미 '톱 파이브(top five)'를 모두 차지한 영화는 '어느 날 밤에 생긴 일'(1934)과 '뻐꾸기 둥지 위로 날아간 새', '양들의 침묵'(1991년) 세 편뿐이다.

　　허풍쟁이에다 깡패, 색골인 38세의 부랑아 맥 머피(잭 니콜슨 扮)는 교도소에서 시키는 노역이 싫어서 일부러 미친 척하다가 정신병원으로 이감된다. 그곳에서 벙어리에다 귀머거리인 덩치가 엄청나게 큰 인디언 추장 브롬덴(윌 샘슨 扮)과 난장이 마티니, 말더듬이 소년 빌리, 하딩, 테버 등의 동료환자들과 카드놀이를 하면서 지내게 된다.

　　수간호사 래치드(루이스 플레처 扮)가 주재하는 정신적 치료요법인 집단토론회가 열린다. 맥 머피가 오늘부터 시작하는 월드시리즈 TV중계를 보여달라고 건의하자, 래치드는 환자들에게 익숙한 일과 시간표를 변경하면 안 된다고 말한다. 그래도 맥 머피가 계속 고집을 부리자 래치드는 다수결로 결정하겠다고 말한다.

　　다음날, 참석환자 9명 전원이 찬성에 손을 들었지만, 래치드는 이 병동엔 18명의 환자가 있기 때문에 과반수가 안 된다고 말한다. 맥 머피는 그들은 모두 식물인간이라고 반박하지만 래치드는 모두 같은 '환자'라고 말한다. 그때 청소를 하던 브롬덴이 손을 들어 과반수를 넘기지만 래치드는 토론회가 끝날 시점에는 9:9였다며 부결되었다고 말한다.

주저앉아 분노를 삭이던 맥 머피가 꺼져있는 TV를 쳐다보면서 갑자기 큰소리로 가상의 야구중계를 시작한다. 그러자 환자들이 하나둘 모여들어 탄성을 지르고 의자 위에서 발을 구르는 등 마치 실제로 야구 경기가 방영되는 것처럼 TV 앞에서 소동을 벌인다. 그들의 귀에는 '즉시 중지'를 요구하는 래치드의 마이크 소리가 들리지 않는다.

맥 머피는 주말 외출 시간에 환자들을 병원 버스에 태우고 운전하여 병원을 빠져나가 여자친구 캔디까지 차에 태운다. 그리고 낚싯배를 타고 나가 환자들에게는 바다낚시를 가르쳐주고, 자신은 선실에서 캔디와 재미를 본다. 또 병원 내에서도 농구를 가르치거나 파티를 여는 등 자유분방하게 행동한다. 그러자 귀머거리에다 벙어리인 줄 알았던 브롬덴이 말문을 열기 시작하는데, 마음이 통한 맥 머피는 브롬덴에게 함께 탈출하여 캐나다로 가자고 말한다.

어느 일요일 밤, 맥 머피는 몰래 사무실에 들어가 캔디에게 전화를 걸어 술을 사 들고 면회를 오라고 한다. 캔디와 그녀의 친구 로즈가 병원에 오자, 맥 머피는 관리인에게 술을 먹이고 로즈와 동침을 시켜준다. 그런 다음, 동료환자들과 술을 마시고 춤을 추며 광란의 파티를 연다. 그러다가 빌리가 캔디를 좋아하는 것을 눈치 채고 두 사람을 한 방에 넣어준다.

다음날 아침, 출근한 래치드는 난장판이 된 병원의 모습과 방에서 빌리가 벌거벗고 웬 여자와 함께 누워있는 모습을 본다. 래치드는 친구인 빌리의 어머니에게 이 사실을 알리겠다고 말한다. 빌리가 무릎을 꿇고 빌어도 래치드가 뜻을 굽히지 않자, 빌리는 깨진 유리로 자신의 목을 찔러 자살하고 만다. 그러자 맥 머피는 화를 참지 못하고 래치드의 목을 조르다가 끌려가 뇌수술을 당한다.

며칠 후, 두 남자가 맥 머피를 부축해 와서 침대에 눕히고 나가자, 브롬덴이 다가가 이름을 불러보지만 맥 머피는 아무런 반응이 없다. 그의 시선은 멍하게 허공을 향해 있고 이마에는 수술자국이 선명하게 나 있다. 맥 머피가 그렇게도 싫어하던 무기력한 인간, 식물인간이 된 것이다.

탈출을 결심한 브롭덴은 맥 머피를 그대로 두고 갈 수가 없어서 베개로 맥 머피의 얼굴을 누르는데, 그러자 발버둥 치던 맥 머피의 팔이 떨궈지며 축 늘어진다. 브롭덴은 욕실로 들어가 육중한 식수대를 뽑아 창문을 부수고 탈출한다. '와장창!' 하는 소리에 눈을 뜬 테버가 미친 듯이 웃어대는 소리를 뒤로 하고, 브롭덴이 안개 속으로 사라지면서 영화가 끝난다.

이 영화에서 뻐꾸기 둥지 위로 날아간 '새'라고 할 수 있는 맥 머피, 즉 잭 니콜슨의 자유분방하면서도 다양한 표정 연기는 화면을 압도한다. 또 부드러운 음성과 표정 속에 속내를 감춘 래치드, 즉 루이스 플레처의 카리스마 넘치는 악역 연기 또한 상당히 인상적이다. 둘 다 남녀주연상 수상이 결코 우연이 아님을 연기로 증명하고 있다. 환자 테버로 나오는 크리스토퍼 로이드는 '백 투 더 퓨처'(1985년) 시리즈에 나오는 괴짜 박사이고, 난쟁이 환자 마티니는 배우 겸 감독으로 유명한 147cm 키의 대니 드비토이다. 두 사람의 젊었을 때 모습이 신선하면서도 새롭다.

인디언 추장 브롭덴이 식물인간이 된 맥 머피에게 함께 가자면서 안락사 시키고 병원을 탈출하는 마지막 부분에 이 영화의 메시지가 잘 녹아있는 것 같다.

택시 드라이버(Taxi Driver)

    1976년 칸영화제에서 황금종려상을 수상한 영화 '택시 드라이버 (1976년)'는 '분노의 주먹'(1980년) '좋은 친구들'(1990년) 등과 함께 거장 마틴 스콜세지 감독의 대표작으로 꼽힌다. '택시 드라이버(Taxi Driver)'는 2007년 미국영화연구소(AFI) 선정 100대 영화에 52위, 로튼 토마토 선정 최고영화에도 36위에 오르는 등 불후의 명작 반열에 올랐다.

    마틴 스콜세지 감독의 영화는 작품성 못지않게 흥행 성적도 뛰어난 것으로 정평이 나있다. 190만 달러를 투입한 '택시 드라이버'도

그 15배인 2,845만 달러의 수익을 올렸다. 우리나라에서는 수입이 계속 미루어지다가 민주화 이후인 1989년 2월에 정식으로 수입되어 서울 관객 10만 3천 명을 기록하였다.

베트남전 참전용사인 26살의 트래비스(로버트 드 니로 扮)는 해병대에서 명예제대한 후 가족과도 떨어진 채 뉴욕 맨해튼에서 혼자 살고 있다. 그는 심한 불면증 때문에 주로 야간에 운행하는 택시운전을 시작하는데, 밤새 운전을 하다가 싸구려 포르노 극장이나 방 안에서 남는 시간을 때우는 일상을 보내고 있다. 그는 차창 너머로 보이는 밤거리의 타락한 인간들의 모습에 환멸감을 느낀다.

어느 날 아침, 트래비스는 대통령 후보인 상원의원 팰런타인의 선거운동 사무실에서 일하는 벳시(시빌 셰퍼드 扮)가 하얀 원피스를 입고 출근하는 모습을 보고 한눈에 반한다. 그는 사무실로 찾아가 대시한 끝에 그녀와 커피숍에서 얘기를 나누게 된다. 그날 밤 팰런타인 상원의원이 그의 택시에 손님으로 타는데, 트래비스는 그에게 이 도시 뒷골목의 인간쓰레기들을 싹 쓸어달라고 호소한다.

트래비스의 택시가 길가에 서있을 때, 아주 어려보이는 매춘부(조디 포스터 扮)가 다급하게 뒷좌석에 타더니, 빨리 아무데나 가달라고 한다. 트래비스가 잠시 머뭇거리는 사이 포주로 보이는 매튜(하비 케이틀 扮)가 뛰어와 소녀를 데리고 나간다. 입막음용인지 구겨진 20달러짜리 지폐 한 장을 차 앞좌석에 던져주고….

그날 저녁에 벳시를 만난 트래비스는 구입한 레코드판을 선물로 주고 평소에 하던 대로 포르노 영화관에 그녀를 데려간다. 벳시가 주저하자 그는 커플들이 많이 보는 영화라고 말한다. 야한 장면이 계속 나오자, 벳시는 영화를 보는 도중에 영화관을 뛰쳐나간다. 그리고 택시를 타고 가버린다.

다음날, 트래비스는 벳시에게 전화를 걸어 사과하면서 꽃다발을 보내지만 꽃다발은 반송되어 오고, 그 후 벳시는 트래비스의 전화를 받지 않는다. 화가 난 트래비스는 벳시의 사무실에 찾아가 난동을 부리다가 쫓겨난다. 그러다가 어느 뒷골목에서 바람난 아내를 죽이려는 남편을 보게 되면서 트래비스의 울화(鬱火)도 점점 쌓여간다.

자신의 택시에 탔던 어린 매춘부를 구해야 한다는 강박관념에 사로잡힌 트래비스는 마침내 암거래상에게서 권총 네 자루를 구입하고, 그동안 소홀했던 체력 단련과 사격 연습을 시작한다. 그즈음 우연히 편의점에 들렀다가 총으로 주인을 협박하는 강도를 쏘아 죽인다.

어느 날, 트래비스는 길에서 우연히 그 매춘부 소녀와 마주치는데, 그 소녀는 매튜의 허락을 받아야만 자신과 만날 수 있다고 말한다. 트래비스는 매튜와 대화하다가 그 소녀가 12세라는 사실을 알고 충격을 받는다. 트래비스는 매춘 굴 관리인에게 돈을 주고 그녀를 따라 방으로 들어간다. 트래비스는 아이리스라고 이름을 알려준 그 소녀에게 매춘을 그만두고 집으로 돌아가라고 말한다. 그러나 아이리스는 매튜가 자신에게 잘해준다면서 망설인다.

다음날, 트래비스는 음식점에서 다시 만난 아이리스에게 부모가 기다리는 집으로 돌아가야 한다고 설득하지만, 아이리스는 스스로 가출한 것이라며 계속 머뭇거린다. 아이리스가 매춘 굴로 돌아가자, 매튜는 아이리스가 흔들리는 것을 눈치챈 듯 '그동안 외로웠구나! 나는 너밖에 없어.' 하면서 온갖 감언이설로 아이리스를 매춘 굴에 붙잡아 놓는다.

드디어 내 손으로 악을 쓸어버리겠다고 결심한 트래비스는 부패 정치인부터 처단하려고 모히칸 머리를 하고 팰런타인 후보의 유세장에 가서 그를 암살할 기회를 엿본다. 그러다가 총을 꺼내려는 순간 경호원들에게 발각되어 도망친다.

트래비스는 아이리스가 있던 매춘 굴에 들어가 포주 매튜를 쏘고, 매춘 굴을 지키는 관리인과 폭력배도 사살한다. 총상을 입은 트래비스는 경찰이 오는 것을 보고 정신을 잃는다. 병원에서 깨어나 보니 트래비스는 폭력배들에 맞서 매춘 굴에서 어린 소녀를 구한 영웅이 되어있었다. 트래비스는 아이리스의 부모로부터 감사 편지도 받는다.

세월이 흐르고, 트래비스가 운전하는 택시에 벳시가 탄다. 가는 중에 그녀가 신문에서 봤다면서 안부를 묻자, 이제 괜찮아졌다고 대답한다. 벳시가 할 말이 있는 듯하더니, 차에서 내린 후 요금을 묻는다. 트래비스는 씩- 웃고 차를 출발하면서 백미러로 벳시를 본다. 다시 차창 너머로 뉴욕의 야경이 펼쳐지면서 영화는 막을 내린다.

'택시 드라이버'는 뉴욕 밤거리의 인간 군상들을 통해 미국 사회의 타락상을 보여주면서 돈키호테 같은 한 택시기사가 직접 현장에 뛰어들어 악을 청소하는 모습을 담아낸 영화이다. 휘황찬란한 조명과 주제음악의 아련한 색소폰 선율 속에서, 33세 로버트 드 니로의 날렵한 모습과 어린 매춘부 역을 능청스럽게 연기하는 14세 조디 포스터의 앳된 모습을 보는 것도 감회가 남다르다.

주인공 트래비스가 과대망상증이 있다는 점 때문에 트래비스의 행각(行脚)들이 대부분 현실이 아닌 그의 상상의 산물이라고 보는 견해도 있지만, 그렇게 볼 명확한 근거는 없다. 어쨌거나, 고독하면서도 광기 어린 강박증을 가지고 있는 트래비스라는 독특한 캐릭터는 '영웅본색'(1986년) '아저씨'(2010년) 등에서 계속 오마주되고 있다.

영화에세이(2-04)
슈퍼맨(Superman)

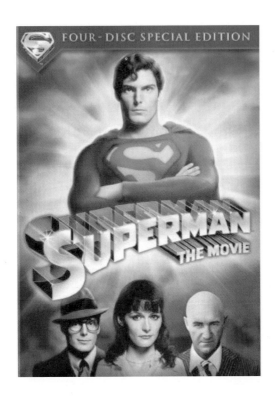

　크립톤 행성의 저명한 과학자이면서 의원인 조엘(말론 브란도 扮)은 크립톤 행성이 곧 폭발할 것을 예감하고, 작은 우주선에 은하계의 정보를 담은 푸른 수정막대와 함께 갓난 아들을 태워서 지구로 보낸다. 이 우주선은 미국 텍사스주에 사는 조나단 부부 앞에 떨어지고, 자식이 없던 그들은 이 아이를 데려가서 클라크라고 이름 짓고 정성껏 키운다.

　클라크는 성장하여 학교에 다니면서 미식축구부에 들어간다. 경기장에 혼자 남아 뒤치다꺼리를 하던 클라크는 축구공을 걷어차는데, 그 공은 슈웅~ 하며 날아가 하늘 너머로 사라진다. 또 뛰어서 귀가하면서도 특급열차를 따라잡는 스피드를 보이며 차를 타고 떠난 친구들보다 먼저 마을에 도착하기도 한다.

청년으로 성장한 클라크(크리스토퍼 리브 扮)는 키워준 아버지의 장례식에서, 뭐든 할 수 있는 능력을 가졌으면서도 아버지를 살리지 못했다는 자괴감에 빠진다. 그러다가 함께 우주선에 실려 온 푸른 수정막대에 이끌려 북극으로 가게 되고, 그곳에서 화상(畫像)으로 만난 친아버지 조엘로부터 친부모와 자신이 태어난 크립톤 행성과 우주에 관한 궁금한 점, 앞으로 자신이 해야 할 일 등에 대해서 조언을 듣고 돌아온다.

클라크는 대도시 메트로폴리스시에 있는 유력 언론사인 데일리 플래닛 신문사에 취업하여 기자 클라크 켄트로 생활하는데, 동료 여기자 로이스(마곳 키더 扮)을 좋아하게 된다. 그는 주위에 위험한 순간이 닥칠 때마다 순식간에 파란 옷을 입고 붉은 망토를 걸친 사람으로 변신하여 인명을 구조해낸다.

어느 날, 클라크는 로이스가 탄 헬기가 옥상에서 케이블에 엉켜서 추락하는 것을 보고, 떨어지는 로이스를 안고 헬리콥터를 잡아 옥상 위로 올려놓는다. 또 대통령이 탄 에어포스원이 엔진 고장으로 급강하하는 것을 보고 날아가 엔진 역할을 대신 해준다. 그러자 매스컴마다 그의 활약상을 경쟁적으로 보도하는데, 그와 단독 인터뷰를 하고 함께 하늘을 날아본 로이스는 그를 슈퍼맨이라고 이름 짓고 그와의 인터뷰기사를 단독 보도한다.

한편, 슈퍼맨 기사를 본 천재 과학자인 악당 렉스(진 핵크만 扮)는 크립톤 행성이 폭발할 때 지구로 떨어진 운석인 크립토나이트가 슈퍼맨에게 치명적이라는 사실을 알아내고, 아디스아바바에 떨어진 그 운석을 에티오피아박물관에서 훔쳐온다. 그는 슈퍼맨을 자신의 지하 아지트로 유인하여 크립토나이트를 목에 걸어 무력화시킨 후 수영장에 밀쳐 넣는다.

렉스는 이동 중인 미군의 500메가톤짜리 핵미사일 2기를 해킹하여 항법장치를 조작한다. 하나는 샌 안드레아스 단층에 떨어지게 하여 캘리포니아 서부 해안지역을 바다에 가라앉혀버리고, 또 하나는 아리조나 동쪽 사막에 떨어지게 함으로써 자신이 헐값으로 사놓은 아리조나 서쪽 사막이 새로운 해안지대가 되어 땅값이 폭등하면서 단숨에 갑부가 될 야심을 드러낸 것이다.

렉스가 현장으로 떠나자, 여자조직원은 자신의 어머니가 사는 동쪽 사막지역에 핵미사일을 떨어뜨리려는 렉스에게 반감을 품고 그곳을 먼저 구하겠다고 약속한 슈퍼맨의 목에 걸린 크립토나이트를 제거해 준다. 극적으로 빠져나온 슈퍼맨은 약속대로 동쪽 사막으로 향하는 미사일을 쫓아가 위로 방향을 돌려놓는다.

그 시간, 다른 미사일이 샌 안드레아스 단층에 떨어져 캘리포니아에 지진이 발생하는 바람에 수많은 인명피해를 내는데, 그 부근에서 취재 중이던 로이스도 차와 함께 흙더미에 깔려 죽는다.

뒤늦게 이를 알게 된 슈퍼맨은 죄책감으로 괴로워하다가 '인간의 역사를 거스르면 안 된다.'는 친아버지 조엘의 당부를 어기고 초고속으로 지구의 자전 방향과 반대로 날면서 로이스가 죽기 전의 시간으로 돌아가 로이스를 살려낸다. 슈퍼맨이 악당 렉스와 조직원을 잡아 교도소에 인계하고 하늘로 날아오르면서 영화가 끝난다.

'슈퍼맨'(1978년)은 '대부'(1972년)의 작가 마리아 푸조가 쓴 각본을 바탕으로 5,500만 달러라는 거금을 투입하여 제작하였는데 전세계에서 흥행에 성공한 덕분에 3억 달러가 넘는 수익을 올렸다. 이 영화는 슈퍼히어로 영화가 돈이 된다는 인식을 심어준 최초의 작품으로 자리매김 되어 그 후 우후죽순처럼 쏟아진 슈퍼히어로 영화에 많은 영향을 끼쳤다.

이 영화는 아카데미 시상식에서 편집상과 음향상, 음악상에 노미

네이트되었으나 수상에는 실패했고, 시각효과 특별공로상을 받았다. 이후 '슈퍼맨 2'(1980년)와 '슈퍼맨 3'(1983년), '슈퍼맨 4'(1987년)가 차례로 나왔지만, 2편만 겨우 제 몫을 했을 뿐, 갈수록 콘텐츠가 허술하고 질이 떨어졌다.

'슈퍼맨(Superman)'을 맡을 배우는 194cm, 98kg의 훤칠하고 당당한 외모의 크리스토퍼 리브가 200:1의 경쟁률을 뚫고 뽑혔다. 그는 어벙한 클라크와 당당한 슈퍼맨의 역할을 잘 소화하여 큰 인기를 누렸으나, 1995년 승마를 하다가 낙마 사고로 목뼈가 부러져 전신이 마비되는 장애자가 되고 말았다.

그는 온몸과 머리를 휠체어에 묶은 채 모니터와 마이크를 통해 연기를 지시하며 영화 '황혼 속에서'(1996년)를 감독했고, TV영화 '이창'(1998년)에서 휠체어에 앉은 사진기자 역을 맡아 얼굴 연기만으로도 감동적인 장면을 연출하기도 했다. 2002년에는 연방정부의 기금지원을 받아 뉴저지에 척수마비 장애인 전문센터를 건립하고 강연하는 등 진정한 슈퍼맨이 되는 듯 했으나, 2004년 10월 갑작스러운 심장마비로 사망하였다. 52세였다.

우리나라에서도 1979년 '슈퍼맨' 개봉 때 서울 관객 25만 3천 명을 기록하며 큰 인기를 누렸다. 군에서 제대한 복학생이었을 때 광화문 사거리에 있던 국제극장에서 이 영화를 보면서 슈퍼맨이 등장할 때마다 관객들과 함께 박수를 쳤던 기억이 난다. 극장에서 영화를 보다가 박수를 친 것은 아마도 '슈퍼맨'이 마지막이 아니었나 싶다.

영화에세이(2-05)

서부전선 이상 없다
(All Quiet On The Western Front)

1929년, 독일의 문호 E.M.레마르크는 18세 때 제1차 세계대전에 참전한 경험을 바탕으로 쓴 장편소설 '서부전선 이상 없다(All Quiet On The Western Front)'를 출간하였다. 이듬해, 미국의 루이스 마일스톤 감독은 이를 동명의 영화로 만들었는데, 제1차 세계대전을 다룬 최고의 걸작으로 평가받으며 아카데미 작품상과 감독상을 받았다.

1979년, 제2차 세계대전에서 폭격기 조종사로 참전했던 미국의 델버트 만 감독이 다시 동명의 영화를 연출하여 CBS TV에서 방영하였다. TV용으로 만든 것이지만, 웬만한 전쟁영화 못지않은 물량투입을 했다. 이 영화는 처음엔 뿔 달린 철모를 쓰다가 나중에는 우리에게 익숙한 독일군 철모를 쓰는 등 고증에도 충실했고 작품성도 뛰어나 골든 글로브상과 에미상을 수상했다. 러닝 타임이 157분이지만, 128분으로 편집하여 극장개봉을 하였다.

오래전 주말에 TV에서 이 영화를 보고 잔상(殘像)이 오래 남아서 그날 밤에 잠을 설쳤던 기억이 있다. 최근에 다시 보니 그때의 감흥이 되살아났다.

제1차 세계대전이 한창이던 무렵, 그림그리기를 좋아하는 독일의 고3 학생 폴 바우머(리차드 토마스 扮)는 고등학교 졸업과 동시에 친구 20명과 함께 자원입대를 한다. 담임선생이 '너희들은 독일을 지키는 불멸의 영웅이 되어야 한다.'고 애국심에 호소하며 선동하자 이들이 기꺼이 호응한 것이다.

신병훈련소에 입소한 이들은 교관인 힘멜스토스 하사(이안 홈 扮)가 아무 이유 없이 진흙탕에서 뒹굴게 하는 등 가혹행위에 가까운 혹독한 훈련을 시키지만 잘 버텨낸다. 신병훈련이 끝나고 프랑스군과 대치 중인 서부전선에 배치되어 기차역으로 향하던 이들은 독일군 사상자들이 기차에서 들것에 실려 나오거나 목발을 짚고 내려오는 것을 보고 큰 충격을 받는다.

폴의 급우 6명이 같은 소대에 편성되었는데, 그 소대에는 캣(어니스트 보그나인 扮)으로 불리는 터줏대감 고참병이 있었다. 40대 중반의 나이로 아버지뻘인 그는 '훈련소에서 배운 것은 모조리 잊어버려라.'고 하면서 쏟아지는 포화와 살벌한 참호전에서 살아남는 요령 등 경험에서 우러난 노하우를 이들에게 전수해 준다.

거듭되는 전투로 전우들이 하나 둘 부상을 당하거나 목숨을 잃는다. 폴의 친구 케머리히는 학교에서 체조선수를 했을 정도로 건강했으나, 부상으로 후송된 병원에서 다리를 절단하고 우울증에 빠져 숨진다.

신병훈련소 교관 힘멜스토스는 시장(市長)의 아들을 진흙탕에서 뒹굴게 하다가 전방의 소대장으로 좌천되어 폴의 옆 소대로 배치된다. 그는 프랑스군과의 전투에서 진격 명령이 떨어지자 참호에 웅크리고 앉아서 벌벌 떠는데, 무슨 조화를 부렸는지 나중에 황제인 빌헬름 2세로부터 철십자 훈장을 받는다.

떨어지는 포탄의 파편에 부상을 입은 폴과 크롭은 병원으로 후송되고, 증상이 심했던 크롭은 다리를 절단한다. 부상에서 회복된 폴이 휴가를 받아 집에 들르자, 암이 재발한 어머니는 누워서 지내고 있었다. 폴은 숨진 케머리히의 어머니를 찾아가 '케머리히는 고통 없이 바로 숨졌어요.' 하고 말한다. 그러나 그의 어머니는 믿을 수 없다며 '너 그게 거짓말이면 다시는 집에 못 와도 좋다고 맹세를 해라.'고 한다. 폴은 할 수 없이 맹세를 하는데….

폴은 다시 부대로 복귀한다. 전우들 몇 명은 이미 전사했고, 그 빈자리는 나이 어린 신병들로 채워지고 있었다. 며칠 후에 폴의 정신적인 지주였던 캣마저 중상을 입고 쓰러지는데, 폴이 둘러업고 진지로 돌아오는 도중에 숨지고 만다.

2년이 흐르고, 이제 고참이 된 폴은 그때 다리를 절단하여 불구가 된 크롭에게 보내는 편지에서 '함께 입대한 20명의 졸업생 친구 중에서, 13명 사망, 4명 실종, 1명 정신병원 입원으로 생존자는 너와 나 둘뿐이다.'라고 쓴다. 힘멜스토스도 전사했다고 한다.

종전을 한 달 앞둔 1918년 10월 11일, 폴은 참호에서 수첩을 꺼내 고사(枯死)한 나무에 앉은 새를 스케치하려고 고개를 들다가 프랑스군 저격수가 쏜 총에 맞아 숨을 거둔다. 그날 독일 총사령부가 발표한 공보(公報) 문구는 이러했다.

'All Quiet On The Western Front(서부전선 이상 없다)'

'서부전선 이상 없다'는 허허벌판에 길게 이어진 참호의 모습과 퍼붓는 포격, 처절한 백병전 등 여느 전쟁영화 못지않은 실감 나는 전투 신을 재현했는데, 당시 서독은 거의 현대화되어 있어서 개발이 덜 된 체코슬로바키아에서 비교적 저렴한 비용으로 촬영했다고 한다. 요즘 이 정도 물량의 전투장면들을 영상화하려면 5천만 달러 이상의 비용이 든다고 한다.

제1차 세계대전은 3천2백만 명의 사상자가 발생한, 인류역사상 제2차 세계대전 다음가는 집단학살극이었다. 카메라는 왜 싸워야 하는지 왜 죽여야 하는지도 모르고 서로 죽이고 죽는 아비규환의 현장을 실감 나게 담아낸다. 이 영화는 애국심 하나로 자원입대한 열아홉 살 소년들이 전장(戰場)에서 겪는 참상과 차례로 죽어가는 모습을 보여주는 반전 영화이다.

주인공 폴은 한밤중에 참호에서 마주친 프랑스 병사를 단검으로 찌르는데, 그가 고통스러워하며 죽어가는 모습을 옆에서 애처롭게 지켜본다. 그러다가 그의 가족에게 편지를 쓰려고 주소를 찾기 위해 그의 지갑을 뒤지는데, 지갑 속에는 가족사진이 들어있었다. 그 사진을 보던 폴이 눈물을 흘리면서 하던 독백을 옮겨 적으면서 이 글을 끝내고자 한다.

"널 죽이고 싶지 않았어. 네가 달려들 때 네 총과 단검과 수류탄을 보고 놀라서 엉겁결에 찔렀어. 전쟁만 아니었으면 우린 친구가 될 수도 있었어. 너도 어머니가 있을 거야. 아버지도. 네가 가진 죽음의 공포와 고통, 나도 똑같이 느끼고 있어. 용서해 줘, 친구야."

영화에세이(2-06)
지옥의 묵시록(Apocalypse Now)

'지옥의 묵시록'(Apocalypse Now)은 19세기의 콩고를 배경으로 한 조지프 콘래드의 소설 '어둠의 심연(Heart of Darkness)'을 프랜시스 포드 코폴라 감독이 베트남 전쟁으로 각색하여 제작과 감독까지 맡아서 완성한 영화이다. 총제작비 3,100만 달러를 들여서 만든 당대 최고의 전쟁 블록버스터로, 촬영과 편집에 3년 이상 걸렸다.

이 영화는 세계적인 센세이션을 일으키며 북미에서만 7,880만 달러를 벌어들였고, 해외까지 합하면 1억 5천만 달러의 수익을 올렸다. 그런데 코폴라 감독은 별로 재미를 보지 못했다고 한다. 늘어난 제작기간에 따른 비용 증가로 '대부'(1972년)로 벌어들인 돈을 다 쓰고도 모자라 집까지 저당 잡혔기 때문에 수익의 대부분을 채권자들이 가져갔다고 한다.

'지옥의 묵시록'(1979년)은 그해 칸 영화제에서 '양철북'(1979년)과 공동으로 황금종려상을 수상하였고, 1980년 아카데미 시상식에서도 촬영상과 음향상을 수상하였다. 1997년 미국영화연구소(AFI) 선정 100대 영화에 28위, 2007년 선정에서는 30위에 올랐다. 또 영국 BBC 선정 위대한 미국영화 순위에도 90위에 올랐다.

우리나라에서는 민주화된 이후인 1988년에야 수입이 되어 극장판(156분)을 개봉했고, 2001년에는 주인공 윌러드 대위(마틴 쉰 扮)가 베트남 정글에서 농장을 경영하고 있는 프랑스 농부들을 만나는 장면이 삽입된 '지옥의 묵시록: 리덕스'(202분)가 개봉되었다. 또 2019년에는 개봉 40주년을 맞이하여 코폴라 감독이 직접 재편집한 '지옥의 묵시록: 파이널 컷'(183분)이 나왔다. 극장판을 중심으로 윌러드 대위의 행적을 따라가 보자.

사이공 숙소에서 무료한 일과를 보내고 있던 윌러드 대위는 해군 경비정 한 척과 네 명의 병사와 함께 넝강을 거슬러 올라가 캄보디아 국경 근처의 정글 속에 잠적하여 원주민들의 우러름을 받으며 왕처럼 지내고 있는 미군 커츠 대령(말론 브란도 扮)을 암살하는 비밀임무를 맡게 된다.

윌러드 일행은 킬고어 중령(로버트 듀발 扮)이 지휘하는 헬기공습부대가 발칸포와 네이팜탄으로 베트콩 마을을 쑥대밭으로 만들고 주민들을 무차별 학살하는 현장을 보게 된다. 서핑광인 킬고어는 폭격하는 동안에도 강의 파도와 바람을 체크하면서, 부하들에게 서핑보드를 가져오라고 소리치고 윈드서핑을 하라고 닦달한다.

다음에 마주한 곳은 위문공연 현장이다. 핫팬츠 차림의 쇼걸들이 '수지 큐(Susie Q)'가 흘러나오는 가운데 선정적으로 몸을 흔들어 대고, 흥분한 병사들이 헌병들의 제지를 뚫고 무대로 올라가기 시작하자, 진행자가 급히 쇼걸들을 헬기에 싣고 떠나버린다. 이들 일행은 다시 강을 거슬러 올라가다가 민간인 선박을 만나 검문을 하는데, 젊은 여자가 무언가를 숨기는 것을 보고 일행들을 모두 총으로 쏴 죽인다. 알고 보니 강아지를 숨긴 것이었다.

월러드 일행은 다시 가다가 연료 2통을 주고 산 플레이걸들과 좀 놀다가(?) 캄보디아로 들어가는 관문인 돌렁 다리를 지나가게 된다. 그곳에서 월러드는 진지에서 기관총을 쏴대는 병사에게 지휘관이 누구냐고 묻는데, 그 병사는 '대위님 아닙니까?' 하며 월러드에게 되 묻는다. 이곳을 지키는 부대는 도대체 누구의 지휘를 받으며 싸우는 것인지….

이들은 드디어 커츠 대령이 신처럼 추앙받고 있는 정글 속 왕국 (?)에 도달한다. 포로가 된 월러드는 커츠 대령과 대면하는데, 그는 암살자가 올 것을 예상하고 있었던 듯 '공포 때문에 내 영혼이 갈가 리 찢겨졌다. 그래서 나는 세상을 버렸고, 나 자신까지도 버렸다.'고 담담하게 말한다. 풀려난 월러드가 광란의 축제가 벌어지는 한밤중 에 커츠 대령을 칼로 쳐 죽이고, 다시 함선을 타고 귀환하면서 영화 가 끝난다.

이 영화에서 킬고어가 이끄는 헬기부대가 바그너의 악극 '발키리 의 기행'을 틀어놓고 베트콩 마을에 네이팜탄을 퍼부으며 '세상에서 네이팜 냄새가 제일 좋아.' 하고 지껄이는 모습을 보면 소름이 끼친 다. 또, 축제가 벌어진 밤에 커츠 대령을 죽인 월러드를 새로운 신으 로 모시려는 듯 원주민들이 모두 그 앞에서 무릎을 꿇는 것을 보면 전율이 느껴진다.

이 영화는 헬기 등 필요한 장비를 필리핀군에서 지원받았다. 자 국 군인을 암살하려는 시나리오가 미군 당국의 심기를 건드렸기 때 문에 미군의 협조를 받지 못했기 때문이다. 이 영화는 베트남 전쟁의 민낯을 생생하게 보여주면서 미군의 베트남전 참전의 의미를 다시 생각하게 하는 반전 영화의 수작으로 꼽힌다.

코폴라 감독은 주인공 윌러드 대위 역을 물색하기 위해 스티브 맥퀸, 제임스 칸, 잭 니콜슨, 로버트 레드포드, 알 파치노 등 쟁쟁한 배우들과 접촉했으나 모두 거절당했거나 일정이 맞지 않았다. 결국 중견배우 하비 케이틀과 첫 촬영을 진행했는데, 영상을 본 관계자들의 반응이 신통찮았다. 고심 끝에 마틴 쉰으로 교체하는 결단을 내렸다고 한다.

출연료가 가장 비싼 말론 브란도는 촬영 막바지에 나타났는데, 엄청나게 살이 쪄 있어서 코폴라 감독이 생각한 커츠 대령의 이미지가 아니었다. 그래서 그의 거구를 숨기려고 어둠 속에서 커츠 대령의 독백 장면을 찍었는데, 결과적으로 미스터리한 커츠 대령의 이미지와 맞아떨어져 그의 카리스마를 더욱 돋보이게 하는 묘수가 되었다.

명우 해리슨 포드나 데니스 호퍼도 조연으로 잠깐씩 나온다. 윌러드의 일행 중에서 클린 상병으로 나오는 어린 흑인배우는 놀랍게도 '매트릭스'(1999년)에서 모피어스로 나오는 로렌스 피시번이다. 그리고 영화 초반에 폭격을 퍼붓는 베트콩 마을을 촬영하면서 'TV에 나오니 카메라 보지 말고 계속 전진하라.'고 소리치는 수염 텁수룩한 기자는 카메오로 출연한 코폴라 감독이다.

블레이드 러너(Blade Runner)

'블레이드 러너(Blade Runner)'는 복제인간을 제거하는 특수경찰을 의미하는데, '에이리언' 시리즈로 유명한 리들리 스콧 감독이 필립 K. 딕의 소설 '안드로이드는 전기 양의 꿈을 꾸는가?(Do Androids Dream of Electric Sheep?)'를 각색하여 만든 영화의 제목이다. 거금 2,800만 달러를 들여서 제작하였으나 내용이 너무 난해하다는 의견이 많아 마무리 부분을 다시 촬영하고 내레이션을 덧붙였다.

이렇게 해서 탄생한 극장판 '블레이드 러너'(1982년)는 평론가들로부터 혹평이 쏟아진 데다, 2주 전에 개봉한 스티븐 스필버그 감독의 'E.T.'(1982년)에 밀려서 관객들로부터 외면을 받아 할리우드 역사상 손꼽히는 불우한 영화가 되었다. 그런데, 시간이 흐르자 이 영화의 비디오테이프 대여 횟수가 입소문을 타고 급속히 늘어나더니 혹평이 호평으로 바뀌면서 '저주받은 걸작'이라는 닉네임이 붙었다.

자신감을 얻은 리들리 스콧 감독은 덧붙였던 내레이션을 지운 새로운 감독판(1992년)을 공개했고, 15년 후에는 다시 감독판을 수정한 최종판(2007년)을 내놓았다. 이제 '블레이드 러너'는 '2001 스페이스 오디세이'(1968년), '스타워즈' 시리즈, '에이리언' 시리즈 등과 어깨를 나란히 하는 SF 영화의 걸작 반열에 올랐다.

2019년 11월, 외견상 인간과 구별이 불가능한 복제인간(replicants) 6명이 우주개척지(off-world)에서 탈출하여 지구로 들어온다. 신체적인 기능은 인간을 능가하고 정신적인 기능인 지능은 인간과 대등한 이들은 복제인간을 생산하는 타이렐사에 침입했다가 2명은 제거되고, 4명은 LA로 숨어든다.

경찰 당국에서는 이들을 제거하기 위해 은퇴한 복제인간 제거 전문가 데커드(해리슨 포드 扮)를 블레이드 러너에 복직시킨다. 데커드는 탐문수사를 위해 타이렐사를 찾아갔다가 회장실의 여비서 레이첼(숀 영 扮)에게 몇 가지 질문을 한 후 홍채반응을 보고 그녀가 최신형 복제인간임을 밝혀낸다. 레이첼은 어린 시절의 기억을 얘기하며 자신이 인간임을 주장하지만, 데커드는 그녀의 모든 기억이 이식(移植)된 것이라고 말해준다. 충격을 받은 레이첼은 그길로 회사에서 나가 사라진다.

데커드는 차이나타운에 있는 술집 화장실에서 입수한 비늘을 분석하여 거기서 뱀 쇼를 하는 쇼걸 조라가 암살용 복제인간임을 밝혀내고 찾아가는데, 이를 눈치챈 조라가 도망치자 끝까지 추적하여 사살한다. 이때 현장에 있던 전투용 복제인간 레온의 공격을 받은 데커드는 목숨이 위태로운 지경에 이르렀으나, 때마침 나타난 레이첼이 레온을 사살하면서 위기를 모면한다. 데커드는 생명의 은인인 레이첼을 자신의 집으로 데려오는데, 서로 사랑하게 된 두 사람은 함께 밤을 보낸다.

한편, 복제인간의 두목격인 로이(룻거 하우어 扮)는 복제인간의 눈을 만드는 기술자를 찾아가 자신들의 수명을 늘리는 방법을 물어보는데, 그는 타이렐 회장을 만나보라고 말한다. 로이의 사주를 받은 위안부용 복제인간 프리스(대닐 한나 扮)는 조로병(早老病)을 앓고 있는 타이렐사의 유전과학자 세바스찬에게 접근하여 그의 집에까지 따라간다. 프리스는 그의 집에서 로이를 부른다.

로이는 세바스찬과 함께 타이렐 회장을 찾아가 복제인간의 수명 4년은 너무 짧다며 수명을 더 연장해달라고 요구하는데, 타이렐 회장은 '네 생명은 만들 때 이미 결정되었기 때문에 수명을 더 연장할 수 없다.'고 말한다. 분노한 로이는 타이렐 회장과 세비스찬을 그 자리에서 잔인하게 죽인다.

이 소식을 들은 데커드는 세바스찬의 아파트에 찾아가 마네킹으로 위장하고 있는 프리스를 찾아 사살하는데, 돌아온 로이는 프리스의 시체를 보고 격노한다. 로이에게 발각된 데커드는 옥상으로 도망쳐 건물을 뛰어넘다가 난간에 대롱대롱 매달리는 신세가 된다. 이때 로이가 다가와 '공포 속에서 사는 기분이 어때? 그게 복제인간의 삶이야. 죽으면 내 모든 기억이 사라지겠지. 빗속의 눈물처럼….' 하면서 데커드의 손목을 잡아 위로 끌어올려 주고 그 자리에 앉아서 숨을 거둔다.

데커드는 자신을 구해주고 죽은 로이를 보면서 수명이 고작 4년인 복제인간의 숙명과 아픔에 대해 공감과 연민을 느끼게 된다. 이제 남은 복제인간은 집에 두고 온 레이첼뿐이다. 집으로 달려간 데커드가 레이첼과 함께 집을 나서면서 영화가 끝난다.

이 영화에는 초고층 건물들이 즐비한 가운데 도심 뒷골목에는 휘황찬란한 네온사인 불빛 아래 퇴폐적인 술집이 늘어서 있고, 스모그가 자욱한 거리에는 늘 비가 내리고 있다. 아울러 '불의 전차'(1981년)로 아카데미 음악상을 수상한 반젤리스가 맡은 음악도 계속 을씨년스러운 사운드 트랙을 이어주고 있다. 영화 전반에 흐르는 이런 그로테스크한 분위기는 어두운 미래에 대한 암시이다.

'블레이드 러너'의 마지막 부분에서 복제인간 로이가 데커드를 구해주는 장면은 인간보다 더 인간적인 복제인간의 존재를 통해 누가 더 인간다운지, 인간답다는 것이 과연 무엇인지 묻고 있는 것이다. 또, 데커드가 복제인간 레이첼과 함께 떠나는 마지막 장면은 인간과 복제인간의 공존 가능성을 제시하는 것으로, 이 영화의 주제 내지는 메시지라고 할 수 있다.

또 한 가지, 이 영화에서 논란이 된 부분은 블레이드 러너인 데커드가 인간인가 복제인간인가 하는 논쟁이다. 리들리 스콧 감독은 이 문제에 대한 확실한 답을 주지 않고, 관객으로 하여금 데커드가 복제인간일지도 모른다는 의구심을 가지게 한 것으로 보인다. 2017년에 나온 속편 '블레이드 러너 2049'를 보면 이런 의구심이 해소될 수 있을까?

'블레이드 러너'가 그려내고 있는 2019년은 이미 지났다. 다행스럽게도 영화에서 예측했던 디스토피아(dystopia), 즉 우울한 미래사회는 오지 않았다. 그런데, 혹시 우리 주변에 인간과 똑같이 생긴 복제인간들이 활개를 치며 살아가고 있는 것은 아닌지….

마음의 고향(Places in the Heart)

　영화인이 꿈꾸는 최고의 영예는 아카데미상 수상이다. 그리고 연기자라면 누구나 한번쯤 욕심을 내보는 것이 아카데미 남녀주연상인데, 우리가 알고 있는 기라성 같은 대 배우들 중에서 아카데미상을 한 번도 받아보지 못한 배우는 의외로 상당히 많다.

　아카데미상 시상이 시작된 1929년부터 2023년까지 총 95회의 수상자료 중에서 여우주연상을 보면, 캐서린 헵번은 4회 수상했고, 프랜시스 맥도먼드는 3회 수상했다. 2회 수상한 배우는 총 12명인데, 이들 중에서 메릴 스트립은 17회 후보에 올라 2회 수상했다. 6회 후보에 오른 데보라 카는 한 번도 수상을 하지 못했다.

'마음의 고향(Places in the Heart)'은 대공황기에 가족과 땅을 지켜내려는 굳은 의지를 가진 여성을 그려내어 아카데미 시상식에서 각본상과 여우주연상을 수상했다. '크레이머 대 크레이머'(1979년)로 아카데미 감독상을 받은 로버트 벤톤이 감독을 맡으면서 각본까지 썼는데, 감독상은 받지 못하고 각본상을 받았다.

여주인공 샐리 필드는 '노마레이의 꿈'(1979년)에 이어 5년 만에 두 번째 아카데미 여우주연상을 받았다. '포레스트 검프'(1994년)에서 포레스트의 어머니로 나오는 배우이다. 샐리 필드는 수상소감을 말하는 자리에서 너무 기뻐서 흥분한 나머지 '여러분은 나를 좋아해요, 정말로 좋아해요(You like me, you really like me).'라고 했는데, 이 말은 한동안 대중문화계의 유행어가 되었다.

미국 텍사스주의 어느 농촌, 보안관인 남편과 함께 1남 1녀의 어머니로 평범하게 살아가던 에드나(샐리 필드 扮)는 어느 날 흑인 소년의 난동을 진압하러 나갔던 남편이 그 소년의 총에 맞아 사망했다는 비보(悲報)를 듣게 된다. 졸지에 하늘이 무너지는 충격을 받은 에드나는 남편이 은행에서 받은 거액의 대출금까지 물려받아 빚 때문에 농장이 차압당할 위기에 놓인다.

그때 떠돌이 흑인 청년 모제스(대니 글로버 扮)가 일자리를 구하러 찾아오는데, 에드나는 모제스와 함께 농장에 목화를 심어서 그 수확으로 은행 빚을 갚기로 계획을 세운다. 또 생활비에 조금이라도 보태기 위해 의자 수선 일을 하는 맹인 청년 월(존 말코비치 扮)을 집에 하숙시키기로 한다. 에드나는 매일 모제스와 함께 농장에 살다시피 하면서 목화밭을 일군다.

어느 날, 거대한 회오리바람이 폭풍우와 함께 몰려와서 온통 마을을 강타한다. 온 들판이 폭풍우에 휩싸이고 학교 건물과 마을의 집들이 강풍으로 무너지고 부서지지만, 에드나의 가족들은 모두 지하창고로 대피하여 화를 면했고, 목화밭도 다행히 큰 피해를 보지 않았다.

한편, 장애인 특유의 콤플렉스 때문에 가끔씩 에드나의 속을 썩이던 윌이 어느 날 저녁 부엌으로 찾아와 부인이 어떻게 생겼는지 궁금하다면서 마음의 문을 연다. 에드나는 수줍게 미소를 지으며 대답한다.

"긴 머리는 묶어서 올렸고, 눈은 갈색이고…. 썩 미인은 아니지만 그런대로 괜찮게 생겼어요."

또, 초등학교에 다니는 아들 프랭크도 가끔 여동생을 괴롭히며 말썽을 피우곤 했으나, 차츰 철이 들어 엄마를 도와주기 시작한다. 모제스의 헌신적인 보살핌으로 목화가 무럭무럭 잘 자라자, 에드나는 매년 목화를 첫날 가장 많이 수확하는 사람에게 큰 상금을 주는 첫 수확왕에 도전하기로 한다.

드디어 첫 수확일의 아침이 밝았다. 에드나는 옆 마을 농장에 지지 않기 위해 일꾼 모제스를 비롯하여 어린 아들과 딸, 그리고 남편의 불륜행각으로 이혼 직전의 위기에 처해 있는 동생 마가렛 부부까지 동원하여 수확에 나선다. 맹인 하숙생 윌은 집을 지키며 자진해서 가족들의 식사를 준비한다.

머리 위에서 작열하는 태양, 손가락은 갈라지고 무릎과 허리는 감각이 없다. 모두 밤늦도록 강행군을 한 결과, 마침내 에드나는 관내 일등이라는 첫 수확 목표를 달성한다. 에드나의 첫 수확왕을 축하하는 파티가 열렸을 때, 외롭게 혼자 앉아있는 에드나에게 열 살짜리 아들 프랭크가 다가와 춤 신청을 하는데, 모자(母子)가 함께 춤추는 장면은 찡한 감동과 여운을 남긴다.

그런데, 주위 사람들에게 온갖 멸시를 받으면서도 헌신적으로 에드나를 도와준 모제스는 그날 밤 이웃 농장 사람들로부터 심한 구타를 당하고 당장 마을을 떠나라는 협박을 받는다. 흑인이기 때문이다. 결국 모제스는 이 집을 떠나게 되는데, 에드나는 모제스를 보내면서 이렇게 말한다.

"백인과 흑인을 통틀어서 당신이 최고였어요. 아마 당신을 평생 잊지 못할 거예요."

'마음의 고향'(1984년)은 고난과 역경 속에서도 좌절하지 않고 꿋꿋이 일하면서 끝내 자신의 꿈을 이루어내는 억척스러운 한 여인의 이야기에 초점이 맞춰져 있지만, 핍박받는 흑인 문제와 장애자 문제에도 관심을 두고 있음을 보여주고 있다.

할리우드의 폭력물이나 에로물의 자극적인 잔재미에 물든 사람에겐 조금 싱거운 영화일지도 모르겠다. 또 스토리 전개가 고진감래(苦盡甘來)식의 도식적인 흐름을 벗어나지 못하고 있기도 하다. 그러나 치밀하게 짜인 각본과 배우들의 뛰어난 연기, 그리고 짜임새 있는 연출은 그런 흠을 덮고도 남음이 있다. 그리고 거대한 회오리가 몰려오는 장면, 목화밭에 저녁노을이 물드는 장면 등의 영상미는 압권이다.

이 영화는 에드나의 남편을 죽인 흑인 소년과 모제스를 폭행한 사람들 등 마을 사람들이 모두 마을 교회에 모여서 성경 고린도전서의 저 유명한 구절을 읽어가는 것으로 끝을 맺고 있다.

"사랑은 오래 참고, 사랑은 온유하며 서로 시기하지 않으며, 사랑은 자랑하지 않으며 교만하지 않으며…."

이 영화가 다룬 주제는 역경을 헤쳐 나가는 불굴의 정신이지만, 그보다 더 큰 메시지는 화해와 용서가 아닌가 싶다.

영화에세이(2-09)

백야(White Nights)

　백야(白夜)는 위도가 높은 지방에서 여름밤에 해가 지지 않거나 해가 진 뒤에도 어두워지지 않는 현상을 말한다. 러시아에서는 하얀 밤, 즉 백야라 하고, 스웨덴이나 노르웨이 등에서는 한밤의 태양이라고 한다.

　영화 '백야(White Nights)'는 미국과 소련을 두 축으로 한 냉전 시대가 거의 막바지에 이르던 1985년에 나온 영화로, '사관과 신사'(1982년)를 연출한 테일러 핵포드 감독의 작품이다. 러닝 타임은 2시간이 조금 넘는 136분인데, 제작비 3,000만 달러를 들여서 4,600만 달러의 수익을 올렸으니 무난한 성적을 거둔 셈이다. 우리나라에서는 서울에서만 36만 관객을 기록하며 흥행에 성공했다.

니콜라이(미하일 바리시니코프 扮)는 예술의 자유를 찾아 소련에서 미국으로 망명한 발레리노이다. 그가 탄 비행기가 런던을 출발하여 일본 도쿄로 가던 중 백야의 시베리아 상공을 지나가다가 기체 고장을 일으킨다. 소련의 공군기지에 불시착한다는 안내방송을 듣고 화장실로 뛰어간 니콜라이는 자신의 여권과 신분증을 찢어서 변기에 버리고 나오다가 비행기가 요동치는 바람에 머리를 부딪쳐 정신을 잃는다.

깨어나 보니 시베리아의 한 병원이었고 KGB 요원들이 그를 감시하고 있었다. '나는 미국 국민이니 미국 대사관에 연락해 달라.'고 말하는 니콜라이에게 KGB의 차이코 대령(예르지 스콜리모브스키 扮)은 '네가 누군지 잘 안다.'며 '다시 조국으로 돌아오면 조국을 배신한 죄는 덮어주겠다.'고 말한다.

니콜라이는 미국의 월남전 참전에 불만을 품고 소련으로 망명한 흑인 탭댄서 레이먼드(그레고리 하인즈 扮)와 그의 소련인 아내 다리아(이사벨라 로셀리니 扮)의 집에 맡겨진다. 레이먼드는 매사에 도청과 감시를 당하는 등 자신의 상상과 다른 소련 생활에 환멸을 느끼고 있었다. 니콜라이는 틈만 나면 도망치는 등 여러 번 레이먼드를 당황시킨다.

차이코 대령은 니콜라이를 레닌그라드로 데려가 예전에 니콜라이가 살던 집을 보여준다. 전에 살던 모습 그대로 보존되어 있었다. 차이코 대령은 니콜라이에게 고향 키로프 극장의 개관기념공연 무대에 서라고 회유한다. 조국을 위해서 다시 헌신한다면 예전처럼 문화적 영웅에 준해서 자가용과 연습실, 음식 등을 대우해 주겠다면서.

차이코 대령은 니콜라이의 옛 애인 갈리나(헬렌 미렌 扮)를 8년 만에 다시 만나게 해준다. 출세를 위해서 어쩔 수 없이 차이코 대령 밑에서 일하는 갈리나는 자신을 버리고 망명한 니콜라이를 원망하면서도 애틋한 연민을 지니고 있었다. 갈리나는 차이코 대령이 시키는 대로 '공산주의 체제에서도 얼마든지 예술을 할 수 있다.'고 말하지만, 전에 소련에서 자유로운 표현을 하다가 곤욕을 치른 적이 있는 니콜라이는 그 말을 믿지 않는다.

니콜라이는 소련의 반체제 가수 비소츠키의 '야생마'를 틀어놓고 미친 듯이 춤을 추기 시작하는데, 이 모습을 지켜보던 갈리나는 니콜라이의 자유에 대한 갈증을 알겠다는 듯 흐느끼기 시작한다. 이윽고 춤을 멈춘 니콜라이도 눈물을 흘리고…. 갈리나는 니콜라이에게 탈출을 도와주겠다고 말한다.

니콜라이는 KGB 요원들이 지켜보는 감시화면을 의식하며 열심히 춤 연습을 하다가 기회를 포착하여 레이먼드에게 함께 탈출하자고 제의한다. 자유의 소중함을 잘 알고 있는 레이먼드가 동의하자, 임신한 다리아도 아이의 장래를 위해서 남편을 따르겠다고 말한다. 갈리나는 외교관들의 파티에서 미국 대사관 직원에게 니콜라이가 이곳에 감금되어 있으며, 곧 서방으로 탈출할 것이라고 알려준다.

탈출하는 날, 다리아가 양탄자를 풀어서 만든 밧줄을 니콜라이가 창문을 통해 건너편 옥외계단에 연결한다. 니콜라이와 다리아는 밧줄을 타고 계단을 내려오지만, 뒤따라오던 레이먼드는 KGB 요원들에게 붙잡히고 만다. 약속장소에서 미국 대사관 요원의 차를 탄 니콜라이와 다리아는 뒤따라오는 KGB 요원들의 차를 가까스로 따돌리고 미국 대사관 진입에 성공한다.

니콜라이의 끈질긴 노력으로 미국에 구금되어있는 소련 첩자와 레이먼드의 맞교환이 결정된다. 마침내 자유를 찾은 레이몬드는 아내 다리아와 황홀한 재회의 기쁨을 나누고 다시 니콜라이와 진하게 포옹하는데, 이때 엔딩 크레딧과 함께 'Say You Say Me'가 울려 퍼지면서 영화가 끝난다.

춤과 음악, 자유에 대한 갈망, 그리고 탈출극이 팽팽한 긴장감과 함께 영화에 잘 녹아있어 끝까지 손에 땀을 쥐게 한다. 주인공 니콜라이 역을 맡은 미하일 바리시니코프는 실제로 1974년 캐나다 공연 때 캐나다로 망명했다가 미국으로 이주한 소련 출신의 세계적인 발레리노이다. 이 영화의 오프닝 크레딧에 나오는 니콜라이의 의자 타는 장면을 오마주한 탤런트 이종원의 의자춤 CF가 1980년대 후반에 방송가에 큰 화제가 되기도 했다.

다리아 역을 맡은 이사벨라 로셀리니는 왕년의 명우 잉그리드 버그만의 딸이다. 또 갈리나로 나오는 헬렌 미렌은 1997년에 테일러 핵포드 감독과 결혼했고, '더 퀸'(2007년)에서 영국여왕 엘리자베스 2세역을 맡아 아카데미 여우주연상을 수상했다. 노년에도 활발하게 연기활동을 하고 있다.

비소츠키는 소련의 압제(壓制)에 저항하는 노래로 국민가수가 되었으나, 1980년 42살의 나이에 심장마비로 갑자기 사망했다. 그가 피를 토하듯 부른 '야생마'를 틀어놓고 추는 니콜라이의 발레 춤사위는 자유에 대한 갈망을 온몸으로 표현하는 눈물겨운 장면으로, 이 영화의 하이라이트라고 할 수 있다.

라이오넬 리치가 부른 엔딩 곡 'Say You, Say Me'는 빌보드 차트에 4주 연속 1위를 차지하였고, 아카데미 주제가상과 골든 글로브 주제가상을 석권하였다. 이 곡의 감미로운 선율이 계속 귓가에 맴돈다. 자유의 품에서 다시 만난 세 사람의 환희에 찬 모습과 함께.

아웃 오브 아프리카(Out of Africa)

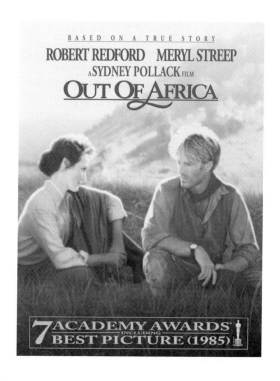

　'아웃 오브 아프리카(Out of Africa)'는 덴마크의 여성작가 카렌 블릭센이 쓴 동명의 자서전을 각색하여 1985년에 시드니 폴락 감독이 연출한 영화이다. 1986년 아카데미 시상식에서 작품상과 감독상, 각색상, 촬영상, 작곡상, 음향상, 미술상 등 7개 부문의 상을 받았고, 골든 글로브에서도 작품상과 남우조연상, 작곡상을 받는 등 총 28개의 상을 받았다.

　이 영화는 제작비 2,800만 달러를 투입하여 동아프리카 케냐에서 촬영했는데, 전 세계에서 2억 3,000만 달러를 벌어들여 제작비의 8배가 넘는 수익을 올렸다. 우리나라에서도 1986년에 개봉하여 흥행에 성공하며 서울 관객 35만 명을 기록했다. 첫 개봉 때 극장에서 보면서 아프리카의 빼어난 경관(景觀)에 감탄했던 기억이 새롭다.

영화는 여자주인공 카렌(메릴 스트립 扮)의 회상으로 시작된다. 아프리카에 농장이 있는 덴마크 부호의 딸 카렌은 친구로 지내던 스웨덴의 귀족 브롤(클라우스 마리아 브랜다우어 扮)에게 아프리카에 가서 결혼하자고 한다. 카렌은 남작부인이란 지위를 얻고 싶었고, 브롤은 그녀의 재산에 관심이 있었다.

1913년, 카렌은 기차를 타고 아프리카의 농장으로 가는 도중에 기차를 세우고 상아를 싣는 데니스(로버트 레드포드 扮)와 처음 대면하게 된다. 카렌은 농장에 도착하자마자 미리 가 있던 브롤과 결혼식을 올리는데, 두 사람은 처음부터 맞지 않았다. 카렌은 농장에서 목장을 운영하고 싶었으나, 커피농장을 고집하는 브롤의 의견을 따르기로 한다.

브롤은 사냥을 한다며 집을 나가 며칠씩 돌아오지 않는다. 카렌은 늘 기다림 속에 원주민 하인들과 함께 커피농장 일을 한다. 카렌은 인근에 사는 버클리가 친구라면서 소개한 데니스를 다시 만나게 된다. 세 사람은 밤늦도록 얘기를 나누는데, 데니스는 가면서 '이야기를 참 잘하시네요. 글로 한번 써보세요.' 하면서 카렌에게 만년필을 선물한다.

제1차 세계대전이 발발한다. 이곳 아프리카도 영국과 독일의 전쟁터가 되었고, 남편 브롤도 집에 오더니 전쟁터로 간다며 또 떠나버린다. 얼마나 지났을까. 브롤이 사람을 보내 식량을 보내달라고 하는데, 카렌은 식량을 소달구지에 싣고 하인들과 함께 브롤이 알려준 국경지대로 향한다. 며칠씩 야영을 하면서 가다가 사자의 공격에 황소 한 마리를 잃기도 한다.

목적지에 도착하여 남편과 하룻밤을 지낸 카렌은 돌아오다가 고열에 시달리며 쓰러진다. 진찰을 받아보니 매독에 걸렸단다. 남편에게서 옳은 것이다. 카렌은 덴마크로 돌아가 치료를 받고 완치하지만, 불임(不姙) 진단을 받고 돌아온다. 남편이 또 바람을 피운 것을 알게 된 카렌은 남편을 집에서 내보내고 별거에 들어간다.

4년 만에 첫 커피 수확을 하는데 데니스가 찾아와 사파리 여행을 제안한다. 그를 따라나선 카렌은 차를 타고 가면서 동아프리카 곳곳의 아름다운 자연경관과 야생동물들을 가까이에서 보게 된다. 데니스는 야영장에서 카렌의 머리를 감겨주며 영화사에 남을 명장면을 연출하는데, 머릿결에 부어주는 고풍스러운 물병 도자기마저도 멋져 보인다. 밤에는 모닥불을 피우고 야전 축음기로 모차르트의 음악을 들으며 함께 춤도 춘다. 사파리의 마지막 날 밤, 두 사람은 한 몸이 된다.

열병을 앓다가 죽은 버클리의 장례식을 치른 얼마 후, 조종술을 배웠다며 데니스가 경비행기를 몰고 온다. 데니스와 카렌은 창공을 누비며 유유히 흐르는 강물과 하얗게 물보라를 일으키며 떨어지는 폭포를 굽어보기도 하고, 수만 마리의 홍학들이 강 위에서 펼치는 군무(群舞)를 보면서 황홀경에 빠지기도 한다.

새 여자가 생긴 남편과 이혼한 카렌은 데니스에게 결혼하자고 하는데, 데니스는 결혼증서로 두 사람을 얽매는 것은 서로를 가두는 것이라며 거절한다. 그 무렵 농장에 큰불이 나서 수확한 커피와 공장 설비가 모두 타버린다. 결국 카렌의 농장과 집은 빚에 넘어가고 가구들은 모두 경매에 부쳐진다.

배를 타고 덴마크로 돌아가기로 한 카렌은 자신을 도와준 원주민들이 집을 짓고 살 수 있도록 땅을 좀 남겨주려고 하는데, 영국 총독에게 무릎까지 꿇고 사정을 해서 겨우 승낙을 받아낸다. 카렌과 데니스는 집에서 축음기를 틀어놓고 함께 춤을 추는데, 데니스는 카렌이 떠나는 날 몸바사 항구까지 비행기로 태워주겠다고 약속한다.

아프리카를 떠나는 날, 카렌은 짐을 다 싸놓고 하루 종일 기다리지만 데니스는 나타나지 않는다. 저녁때 브롤이 와서 데니스가 비행기 추락사고로 죽었다고 말한다. 두 사람의 추억이 서린 사바나 언덕에 데니스를 묻어주고, 카렌이 덴마크로 떠나면서 영화가 끝난다.

아아, 어찌 잊을 것인가. 경비행기를 타고 내려다보던 사바나의 푸른 초원, 해 질 녘에 서쪽 하늘을 붉게 물들이던 먼 산 너머의 노을, 그리고 아프리카를 사랑하는 연인과 함께 듣던 모차르트의 클라리넷 협주곡…. 카렌은 대서사시 같은 17년간의 아프리카 생활을 담아 '아웃 오브 아프리카'라는 제목으로 자서전을 낸다.

여성이라는 이유로 차별을 받던 시대, 카렌은 혼자 힘으로 자신의 삶을 개척한 여성이다. 그녀는 원주민 하인들을 인격체로 대하면서, 학교를 지어 원주민 아이들에게 교육을 시켰다. 이런 모습은 그녀가 오늘날 근사한 이름의 구호단체들보다 한 세기 먼저 인류애를 실천한, 시대를 앞서가는 선각자였음을 일깨워준다.

자유로운 영혼을 지닌 데니스는 아프리카는 원주민들의 것이라며, '우리는 아무것도 소유하지 못한다. 모든 것은 그저 스쳐갈 뿐이다.'라고 말했는데, 그의 이 말은 이 영화가 주는 메시지이기도 하다. 데니스와 결혼을 원했던 카렌도 화재로 모든 것을 잃고 나서야 이 말의 참의미를 깨닫는다. 결혼도 또 다른 의미의 소유가 아닌가.

신의 아그네스(Agnes of God)

　'신의 아그네스(Agnes of God)'는 아카데미 작품상을 받은 '밤의 열기 속으로'(1967년)와 'Sunrise Sunset'으로 유명한 뮤지컬영화 '지붕 위의 바이올린'(1971년)을 연출한 노만 주이슨이 1985년에 제작과 감독을 맡아 만든 미스터리물이다. 우리나라에서는 종교를 모독한다는 이유로 수입이 미뤄지다가 1987년에 개봉되었다.

　시작은 연극이었다. 한 수녀원에서 일어난 사건에 대한 기사를 보고 극작가 존 필미어가 쓴 희곡을 바탕으로 1979년 미국 브로드웨이에 올린 연극 '신의 아그네스'는 센세이션을 불러일으켰다. 1983년에 초연(初演)된 우리나라 연극무대에서도 아그네스 역을 맡은 윤석화를 단숨에 스타덤에 올려놓으며 최다 관객동원, 최장기간

공연 등의 성공신화를 이어갔다.

연극과 마찬가지로 영화에 등장하는 핵심인물도 세 사람이다. 어린아이처럼 순수하고 신앙심이 깊은 아그네스 수녀(멕 틸리 扮), 결혼생활에 실패하여 두 아이까지 버린 채 수녀가 된 미리엄 수녀원장(앤 밴크로포트 扮), 그리고 수녀원에서 숨진 여동생을 둔 정신과 의사 리빙스턴 박사(제인 폰다 扮)이다.

몬트리얼의 한 수녀원에서 아기가 탯줄에 목이 감겨 죽은 채로 휴지통에서 발견되고, 산모는 아그네스 수녀라는 사실이 밝혀지면서 세간의 화제가 된다. 아그네스 수녀는 영아살인죄로 기소되어 교도소 혹은 정신병원으로 보내지게 되었는데, 정신과 의사인 리빙스턴 박사가 아그네스의 정신상태 조사와 감정을 맡게 된다.

리빙스턴 박사는 수녀원을 방문하여 미리엄 원장을 만난다. 미리엄 원장은 이곳은 외부로부터 완전히 차단된 곳이어서 남자를 접할 기회가 없다며, 아그네스 수녀는 성녀 마리아처럼 순결한 몸으로 신에 의해 수태가 되었다고 말한다. 손바닥에 성흔(聖痕)을 보일 정도로 아그네스 수녀의 신앙심이 깊다면서….

그러나 과학적으로 입증되지 않은 미리엄 원장의 말을 리빙스턴 박사는 믿을 수가 없다. 그렇다면 이런 밀폐된 환경에서 아그네스 수녀가 어떻게 임신을 했단 말인가. 리빙스턴 박사는 아그네스를 찾아가 보는데, 천사처럼 아름다운 목소리로 성가(聖歌)를 부르고 있었다. 대화를 해보니 아기가 어떻게 생기는 지도 모를 정도로 순진무구하고 바보스럽기까지 했다. 아그네스 수녀는 자신이 아기를 낳은 사실조차 인정하지 않는 것 같았다.

리빙스턴 박사는 아기의 아빠가 누구일까 생각하다가 수녀들이 일주일에 한 번씩 만나 고해성사를 하는 신부를 찾아간다. 이곳의 수녀들이 만나는 유일한 남자이기 때문이다. 그런데 신부를 만나보니 나이가 아주 많은 노인이었다.

아그네스 수녀의 이력서를 찾아본 리빙스턴 박사는 미리엄 원장이 아그네스의 이모라는 사실을 알게 된다. 아그네스의 어머니는 원치 않는 임신으로 아그네스를 낳았다고 한탄하면서, 자신을 버린 남자들에 대한 분풀이로 어릴 때부터 아그네스를 학교에 보내지 않았고, 성적인 일은 죄악이라고 하면서 아그네스가 커서도 남자를 가까이 하지 못하도록 옷을 벗기고 담뱃불로 음부를 지지기도 했단다. 그 때문에 아그네스는 17세가 되어도 생리가 뭔지도 모른 채 수녀원에 들어왔고, 수녀가 된 뒤에는 오로지 신에 대한 사랑과 신앙심으로 살아가고 있게 된 것이다.

리빙스턴 박사는 법정의 허락을 받고 미리엄 원장의 입회하에 최면요법을 시행한다. 최면상태에 들어간 아그네스는 아기를 낳았음을 인정한다. 그리고 아기를 낳자마자 탯줄로 목을 감아 휴지통에 버린 것은 아기를 죄악이라고 생각했기 때문이며, 아기를 잠재워서 자신을 임신시킨 신에게 돌려주기 위해서였다는 것이다.

그렇다면 아그네스가 신이라고 말하는 아기의 아빠는 누구인가? 리빙스턴 박사는 수녀원의 설계도면을 확인하고 수녀원의 헛간에서 밖으로 나가는 어두침침한 비밀통로가 있다는 사실을 알아낸다. 리빙스턴 박사는 아그네스 수녀가 그 비밀통로에서 어둠의 남자 즉 헛간 문지기한테 강간을 당한 것으로 유추한다. 신에 대한 맹목적인 환상을 가지고 있던 아그네스 수녀는 그 어둠의 남자를 신으로 생각했던 것이다.

리빙스턴 박사는 아그네스 수녀를 지켜보면서 그녀가 어린 시절에 겪었던 아픔과 시련에 대해서 연민을 느끼게 되었고, 종교의 기적에 몰입된 미리엄 원장에 대해서도 이해하는 마음을 가지게 되었다. 세상에는 과학의 잣대로 설명할 수는 없는 부분도 있다는 사실을 알게 되었기 때문이다.

아그네스 수녀에 대한 리빙스턴 박사의 정신감정보고서가 법정에 제출되자, '아그네스 수녀는 정상적인 정신상태가 아니기 때문에 자신의 행동에 대한 책임이 없다. 수녀원으로 돌아가서 정신과 치료를 받으라.'는 최종 판결이 나온다. 아그네스 수녀가 수녀원 뜰의 오두막에서 성가를 부르고, 그 옆으로 흰 비둘기가 후루룩 날아가면서 영화가 끝난다.

영화의 앞부분에서, 아그네스 수녀가 낳은 아기를 죽여서 쓰레기통에 버린 행위가 자신에게 임신을 시킨 신에게 아기를 다시 돌려보내기 위해서 그랬다는 말이 도무지 믿기지 않았으나, 영화가 끝나갈 무렵에는 그럴 수도 있겠다는 생각이 들었다. 아기가 신의 선물이라는 것을 알았다면 아그네스 수녀가 결코 그런 행동을 하지는 않았을 것이다.

리빙스턴 박사로 나오는 제인 폰다는 왕년의 명우 헨리 폰다의 딸이다. 아카데미 여우주연상을 두 번이나 수상했고, 미군의 월남전 참전을 반대한 사회운동가로도 유명하다. 그녀의 남동생은 '이지 라이더'(1969년)에 나오는 피터 폰다이고, '위험한 독신녀'(1992년)에 나오는 브리짓 폰다는 피터 폰다의 딸이다.

원장 수녀 역을 맡은 앤 밴크로포트는 영화 '졸업'(1967년)에서 아들뻘인 더스틴 호프만을 유혹하는 로빈슨 부인으로 나왔던 바로 그 배우이다.

워킹 걸(Working Girl)

For anyone who's ever won.
For anyone who's ever lost.
And for everyone who's still in there trying.

Harrison Ford   Sigourney Weaver

Melanie Griffith

A MIKE NICHOLS FILM

Working Girl

  동서양을 막론하고 영화에 등장하는 여배우의 주된 역할은 남성
의 애정 파트너였다. 그것은 여성을 주인공으로 한 영화에서도 크게
다를 바 없었다. 그 때문에 여배우는 청순함이나 육체적 아름다움
따위의, 남성의 관점에서 본 매력을 지니고 있어야 했다. 그러나 최
근에 여성의 지위가 눈에 띄게 향상되면서 여배우의 역할도 많이 달
라졌다.

  '일하는 여성'이라는 의미의 '워킹 걸(Working Girl)'은 '졸
업'(1967년)으로 유명한 마이크 니콜스 감독이 1988년에 연출한 영
화로, 직장여성이 스스로의 실력으로 꿈을 이루어가는 과정을 유쾌

하면서도 긴박감 있게 그려낸 로맨틱 드라마이다. 1989년 골든 글로브 작품상과 여우주연상(멜라니 그리피스), 여우조연상(시고니 위버), 음악상을 수상하였고, 아카데미 시상식에서도 음악상을 받았다.

똑 부러지는 성격에 일솜씨도 야무진 서른 살 직장여성 테스(멜라니 그리피스 扮)는 뉴욕 증권가에서 성공한 주식전문 중개인이 되어 독립된 사무실을 갖는 것이 꿈이다. 그러나 야간대학 졸업이라는 학력이 문제인지 올해도 승진에 누락되어 합병인수부장인 동갑내기 캐서린(시고니 위버 扮)의 비서로 들어가게 된다.

캐서린은 아이비리그 출신으로, 자신의 출세를 위해서는 수단과 방법을 가리지 않는 냉혹한 여성이다. 그녀는 테스에게 '기회는 자기 자신이 만드는 것'이라고 하면서 커피 심부름은 기본이고 회식할 때는 서빙 일을 시키고 스키장에 갈 때는 부츠까지 신기게 한다. 그래도 테스는 좋은 아이디어를 내면 언제든지 캐서린이 받아주겠다고 했다면서 기꺼워한다.

테스가 트래스크 재벌의 라디오방송국 인수에 관한 획기적인 안(案)을 내자, 캐서린은 이 기획안을 자신의 프로젝트인 양 애인인 투자상담가 잭(해리슨 포드 扮)에게 비서 몰래 추진하도록 부탁한다. 그러던 중 캐서린이 스키장에 갔다가 다리에 골절상을 입어 입원하게 되자, 회사 일과 캐서린의 집안일을 모두 테스가 떠맡게 된다. 캐서린의 집에 가서 통화녹음을 듣던 테스는 자신이 낸 기획안을 캐서린이 몰래 추진해온 사실을 알고 분노한다.

모종의 결심을 한 테스는 긴 머리를 중역들처럼 짧게 자른 후, 캐서린의 코코 샤넬 드레스를 꺼내 입고 비싼 장신구까지 찾아 걸치고 비즈니스회의에 캐서린의 비서가 아닌 대리참석자 신분으로 참석한다. 이 과정에서 잭을 만나게 된 테스는 잭이 캐서린의 애인이라는 사실을 모른 채 사랑에 빠지고, 두 사람은 함께 트래스크 회장에게 접근하여 이 프로젝트를 추진해나간다.

프로젝트가 거의 성사될 무렵, 퇴원하여 돌아온 캐서린은 테스가 놓고 간 다이어리를 보고 테스 몰래 추진하던 프로젝트를 테스가 자신의 이름으로 추진하고 있었다는 사실을 알아낸다. 캐서린은 비즈니스회의에 들어가 테스가 자신의 비서임을 폭로하면서 그동안 테스가 추진했던 일들을 모두 자신의 실적으로 돌려놓는다. 테스는 회사에서 쫓겨난다.

결국, 중간에 있는 잭의 상황설명으로 정확한 진실을 알게 된 트래스크 회장은 캐서린을 해고시키고 테스를 중견간부로 발탁하면서 상황은 다시 반전된다. 마침내 테스는 비서를 거느리고 독립된 사무실에서 일하는 꿈을 이루게 된다. 잭과 새 생활을 시작하면서 꿈과 사랑을 동시에 성취한 것이다. 첫 장면에서와 마찬가지로 마지막 장면에서도 경쾌하게 울려 퍼지는 주제음악 'Let The River Run'이 테스의 성공을 황홀한 감동으로 다가오게 한다.

직장여성의 일과 암투, 사랑을 사실적이면서도 유쾌한 감각으로 그려낸 '워킹 걸'은 스토리가 전형적이기는 하지만, 살벌한 증권가를 배경으로 날카로운 풍자와 위트 있는 대사, 달달한 로맨스가 조화를 이루고 있어 특히 여성들이 좋아할 만한 영화이다. 마지막 부분의 긴박감과 거듭되는 반전은 마이크 니콜스 감독의 뛰어난 연출 실력이 유감없이 발휘된 도드라진 부분이다.

영화의 초반부에 나오는 장면 하나, 승진에 실패하여 의기소침해 있던 테스는 남자동료 루츠로부터 새 직장 자리를 소개받고 만난 남자로부터 성희롱을 당하고 돌아온다. 자리에 앉은 테스는 '치사한 뚜쟁이 루츠, 왜소한 물건의 소유자'라는 글씨를 증권 전광판에 커다랗게 입력시켜서 그런 남자를 자신에게 소개한 루츠를 망신시킨다.

이것은 직장여성들이 성희롱에 시달리고 있음을 대변하는 장면으로, 여기서 테스가 통쾌하게 복수를 하는 모습을 보여줌으로써 여성관객들에게 카타르시스를 제공하면서 동시에 영화의 오락적 재미도 추구하고 있다. 테스의 성공은 결코 우연이 아니다. 다양한 매체를 섭렵하면서 그때그때 필요한 정보를 얻고, 퇴근 후에는 학원과 세미나장을 오가며 끊임없이 의지를 불태우며 자신을 연마해온 결과임을 간과해서는 안 된다.

여주인공 멜라니 그리피스는 섹시 이미지가 강한 역할을 주로 해왔으나 이 영화에서는 직장여성으로 변신했다. 안토니오 반데라스와 20년 동안 잘 살다가 몇 년 전에 이혼한 그녀는 히치콕 감독의 '새'(1963년)에 나오는 금발미인 티피 헤드렌의 딸이고, '그레이의 50가지 그림자' 시리즈로 유명한 다코다 존슨의 어머니이다.

'에이리언' 시리즈의 여전사 시고니 위버는 출세한 상류여성으로 나와 밉살스러운 악역연기를 잘 소화해냈다. '스타워즈'와 '인디아나 존스' 시리즈의 대박으로 할리우드에서 막강한 티켓 파워를 지닌 해리슨 포드는 처음으로 로맨틱 드라마에 출연하여 특유의 능청스러운 연기를 펼쳤다. 또, 테스의 단짝 친구로 나오는 조안 쿠삭은 시고니 위버와 함께 아카데미 여우조연상 후보에 올랐으나 상을 받지는 못했다.

이 밖에도 눈여겨볼 배우들이 있다. 테스를 성희롱하는 남자는 케빈 스페이시이고, 테스의 바람둥이 남자친구는 알렉 볼드윈이다. 그리고 테스의 깜짝 생일파티에 등장하는 사람은 왕년의 인기 TV시리즈 'X파일'의 남자주인공 데이비드 듀코브니이다.

브룩클린으로 가는 마지막 비상구
(Last Exit to Brooklyn)

'브룩클린으로 가는 마지막 비상구(Last Exit to Brooklyn)'는 브룩클린 출신의 허버트 셀비 주니어가 1964년에 발표한 동명 소설을 바탕으로 독일 출신의 울리 에델 감독이 1989년에 만든 영화이다. 여기서 '비상구'는 고속도로의 '출구(exit)'를 오역(誤譯)한 것이지만, '비상구'의 어감이 막다른 골목에 다다른 주인공들의 처지를 잘 설명해주고 있는 것 같다.

원작 소설은 뉴욕의 우범지대인 브룩클린에서 벌어지는 매춘과 동성애, 집단강간 등에 대한 적나라한 묘사로 외설 논쟁을 일으키며 영국 법원에서 출판금지 조치가 내려졌다. 그러다가 영국 문단의 항의와 버트런드 러셀과 사뮈엘 베케트 등 명사들의 작가에 대한 지지 발언으로 철회되었다.

1952년, 한국전쟁 참전과 대규모 파업 등으로 혼란스러운 시기에 뉴욕 브룩클린에 사는 성년 남자들의 대부분이 노동조합원인 한 금속공장에서 6개월째 파업이 벌어지고 있다. 노조에서 배급식량을 나눠주고 있으며, 노조의 선전부장인 해리(스티븐 랭 扮)는 앞장서서 파업을 주도하고 있다.

미모의 창녀 트랄라(제니퍼 제이슨 리 扮)는 동네 패거리들과 역할 분담을 하여 술 취한 남자의 머리를 빈병으로 내리치는 픽치기를 하여 지갑을 털면서 살아가고 있다. 트랄라를 짝사랑하는 소년 스푸크는 오토바이 살 돈을 모으고 있고, 스푸크의 아버지는 스푸크의 누나를 임신시킨 토미를 찾아가 책임 추궁을 하고 있다.

어느 날 밤, 여느 때와 같이 트랄라가 술 취한 군인을 유혹하여 주차장 뒤로 가고 있다. 트랄라가 오랄 서비스를 하려고 할 때 패거리들이 다가와서 픽치기를 해야 하는데, 그날은 패거리들이 뒤에서 낄낄거리며 구경만 했다. 화가 난 트랄라는 다른 술 취한 군인을 유혹하여 함께 택시를 타고 맨해튼으로 가버린다.

맨해튼에 온 트랄라는 함께 온 군인이 술집 테이블에 엎드려서 잠이 들자, 훈련소를 갓 나온 스티브라는 이병을 만나 따라간다. 그는 진심으로 트랄라를 좋아하여 가슴이 작다고 푸념하는 트랄라에게 '서양에서 가장 예쁜 가슴'이라고 말하며 그녀가 가고 싶어 하는 곳에 데려가고 함께 쇼핑도 하고 외식도 한다. 그런데 이들에게 허락된 시간은 3일뿐이다. 3일 후에 그는 한국전쟁에 참전하러 떠나야 한다.

한편, 아내와 어린아이까지 있는 해리는 동네 패거리들과 어울려 호모 파티에 가는데, 거기서 눈이 맞아 따라간 레지나의 아파트에서 동침을 한다. 여장남자인 레지나와 사랑에 빠진 해리는 연일 노조의 공금으로 레지나가 좋아하는 샴페인과 음식을 사 들고 레지나의 아파트를 찾아간다.

파업 현장에서는 트럭들을 앞세운 구사대(求社隊)와 경찰들이 들이닥쳐 파업노동자들에 대한 강제진압이 시작된다. 처음에는 물대포와 최루탄을 쏘더니 나중에는 곤봉으로 무자비하게 노조원들을 구타한다. 그날 밤에 노조위원장은 동네 패거리들에게 200달러를 주고 구사대 트럭들을 모두 불태우게 한다.

스티브 이병은 3일 동안의 꿈같은 밀회를 끝내고 부두까지 따라온 트랄라에게 나중에 읽어보라며 편지를 쥐여주고 떠난다. 트랄라는 돈이 들어있는지 먼저 살펴보고 편지를 읽어보더니 바로 구겨버린다.

트랄라는 동네 술집에서 싸구려 위스키를 잔뜩 마시고 '서양에서 가장 예쁜 내 가슴을 보라.'고 소리치며 윗옷을 벗어젖힌다. 흥분한 수십 명의 남자들이 트랄라를 둘러메고 공터로 나가 줄을 서서 윤간(輪姦)을 시작한다. 눈 화장이 번져서 얼굴에 범벅이 된 트랄라의 몽롱한 의식 속에 스티브가 주고 간 편지가 떠오른다.

"함께 보낸 시간들이 내게 얼마나 소중한지 모를 거야. 내가 살아서 돌아오기를 기도해 줘, 다시 만날 날을 기다리겠어. 너와 지낼 날들이 다시 오기를 꿈꾸면서. ―사랑하는 스티브"

한편, 사무실에 돌아온 해리는 공금을 횡령한 것이 발각되어 노조위원장으로부터 해고 통보를 받는다. 해리는 레지나를 찾아가지만, 해리에게 돈이 없다는 것을 안 레지나도 문전박대를 한다. 절망한 해리는 공터를 배회하다가 만난 이웃 소년을 범하려다가 마을 남자들에게 집단폭행을 당하고 절규한다.

아기를 낳은 스푸크의 누나와 토미의 결혼식이 열리고, 피로연으로 이어진다. 신부와 아버지가 춤을 추면서 피로연 분위기가 한창 무르익을 무렵, 노조위원장이 찾아와 회사 측과의 협상이 잘 타결되었다며 파업이 끝났음을 알린다.

자신의 오토바이에 제일 먼저 트랄라를 태우는 것이 꿈인 스푸크는 매형이 된 토미가 타던 고물 오토바이를 선물 받고 트랄라를 찾아 나선다. 마을 공터에서 옷이 거의 다 벗겨진 채 죽은 듯이 누워있는 트랄라를 발견한 스푸크는 윗도리를 벗어서 트랄라의 몸을 가려주고 통곡한다. 눈을 뜬 트랄라는 '울지 마, 울지 마.' 하면서 스푸크를 안아준다.

월요일 아침, 브룩클린의 노동자들이 굳게 닫힌 금속공장의 문을 열고 밝고 활기찬 모습으로 출근하면서 영화가 끝난다.

이 영화는 브룩클린에 사는 하층민들의 거칠고 암울한 삶을 실감나게 그려내어 보는 사람의 가슴을 먹먹하게 하고 있다. 도로 한복판에서 기마(騎馬) 경찰대원들 앞에 앞장서서 보무당당 걸어가는 노랑머리 트랄라의 잔상(殘像)이 오래도록 뇌리에 남는다.

트랄라 역을 온몸으로 처절하게 열연한 당시 27세의 제니퍼 제이슨 리는 뉴욕비평가협회 및 보스턴영화평론가협회 등에서 주는 여러 연기상을 받으며 1990년대 미국 인디영화계의 신성으로 떠오른다. 트랄라가 화면에 등장할 때마다 울려 퍼지는 마크 노플러의 'A Love Idea'의 바이올린 선율은 듣는 이의 심금을 울린다.

한때 이 곡의 OST를 내 핸드폰 컬러링으로 쓰기도 했다. 나이가 든 지금도 이 곡이나, 이 곡을 번안(飜案)한 페이지 이가은의 '벙어리 바이올린'을 들으면 왜 그리 울컥하는지….

영화에세이(2-14)
천사탈주 (We're No Angels)

디어 헌터, 원스 어폰 어 타임 인 아메리카, 미션, 택시 드라이버, 대부2, 좋은 친구들…. 이런 영화제목들을 쭉 나열해 놓으면 금방 한 사람의 얼굴이 떠오른다. 알 수 없는 고독의 냄새와 음울한 눈빛을 지닌 연기파 배우 로버트 드 니로이다. 작품을 선별해서 출연하는 몇 안 되는 배우 중의 한 사람으로, 그가 나오는 영화는 일단 믿을 만하다.

'천사탈주(We're No Angels)'는 영어 제목으로는 '우리는 천사가 아니다'는 뜻을 지닌 코미디드라마이다. 퓰리처상을 받은 극작가 데이비드 마멧이 쓴 각본을 닐 조단 감독이 1989년에 영화로 만들었다. 성격파 배우 숀 펜이 로버트 드 니로와 짝을 이루어 탈옥수로 나

오고, '사랑과 영혼'(1990년)의 여주인공 데미 무어가 세계적인 스타
덤에 오르기 전에 찍은 영화이다. 일단 재미있고 뒷맛이 개운하다.
신부(神父)로 변신한 두 탈옥수가 수색대에 쫓기면서 벌이는 해프닝
을 다룬 영화로, 인간에게 절대 선도 없고 절대 악도 없다는 메시지
를 코믹 터치로 표현하고 있다.

　　캐나다와의 국경 부근에 있는 미국의 한 주립교도소에서 흉악범
봅이 교도관을 죽이고 탈옥하는데, 이때 옆에 있던 네드(로버트 드 니
로 扮)와 짐(숀 펜 扮)도 얼떨결에 함께 탈옥하게 된다. 주모자인 봅은
행방이 묘연하고 네드와 짐은 캐나다로 가기 위해 국경 근처 마을에
숨어든다. 교도관들과 경찰들은 이들을 잡기 위해 온 마을을 샅샅이
뒤진다.

　　다리만 건너가면 자유가 보장되는 캐나다 땅인데, 경비도 삼엄
하고 검문검색도 철저하다. 네드와 짐은 어느 집 빨랫줄에 널어놓은
옷을 훔쳐 입고, 무작정 다리를 향해 걸어간다. 이때 마을 성당으로
오게 되어있는 두 신부를 맞으러 다리에 와 있던 주임신부는 두 사
람을 그 신부들로 오인하여 이들을 모시고 마을 성당으로 돌아온다.

　　이때부터 네드와 짐은 신부행세를 하게 된다. 네드는 틈만 나면
다리를 건너 캐나다로 갈 궁리를 하면서도, 마을에서 벙어리 딸 루
시와 함께 살고 있는 억척스러운 모성의 과부 몰리(데미 무어 扮)에게
온통 마음을 뺏긴다. 짐은 제자를 자처하는 한 수사(修士)의 뜨거운
경모(敬慕)를 받으며 곳곳에서 명언을 쏟아놓아 관객들을 웃긴다.

　　자신의 발자국에 '교도소용'이라는 족적이 찍히는 것을 보고 신
발을 벗어 강물에 던져버리고 맨발로 다니다가 수사(修士)로부터 '왜
맨발로 다니느냐?'는 질문을 받는다.

　　"땅을 더 가까이 하려고요."

　　수사도 그 자리에서 신발을 벗어 던지고 맨발로 다닌다.

주임신부를 통해 내일 캐나다로 성모상을 옮기는 행사가 있다는 것을 알게 된 네드는 이번 기회를 놓치지 않고 성모상 행렬을 따라 캐나다로 가기로 한다.

다음날, 함께 탈출했다가 행방불명되었던 봅이 총상을 입고 잡혀서 마을 구치소에 갇히는 사고가 발생한다. 신부 자격으로 네드가 찾아갔을 때 봅은 자기를 구출해 주지 않으면 모든 사실을 폭로하겠다고 협박한다.

이때 짐은 '올해의 강론자'를 뽑는 성직자복권에 당첨되어 행사에 참가한 군중들 앞에서 강론하게 된다. 짐은 특유의 어눌한 어조로 장광설을 늘어놓는데 모여든 관중들은 명 강론이었다며 큰 박수를 보낸다. 그 사이에 네드는 봅을 구해 나오고, 벙어리 딸 루시 때문에 신앙을 외면하던 몰리는 짐의 강론에 감명을 받고 눈물을 흘린다.

네드와 짐은 루시와 함께 성모상의 행렬을 따라 다리를 건너가고, 봅은 재빨리 성모상 뒤로 몸을 숨긴다. 다리 중간쯤 왔을 때, 봅이 탈주한 것이 발각되어 교도소장과 수색대가 달려오고, 봅은 루시를 인질로 삼고 발광하듯 총을 쏜다. 이때 짐이 달려들어 봅을 제지하는 순간, 봅은 교도소장의 총에 맞아 쓰러지고, 루시는 성모상과 함께 강물로 떨어진다.

몰리의 애처로운 눈빛…. 이를 본 네드가 강물에 뛰어들고, 물속에서 루시를 안은 네드는 떠내려가다가 성모상과 함께 물가로 나온다. 이때 기적이 일어난다. 벙어리 루시가 더듬거리며 말을 하는 것이다.

"이… 사람은… 죄수예요."

졸지에 네드의 신분이 탄로 나고 만다. 그러나 루시를 구하러 강물에 뛰어든 선행 덕분에 네드는 모여든 사람들로부터 용서를 받는다.

결국 탈주한 세 사람 중에서 끝까지 선심(善心)을 찾지 못한 봅은 죽고, 네드는 몰리, 루시와 함께 다리를 건너 자유의 땅 캐나다로 향한다. 짐은 네드를 따라 다리를 건너가다가 중간쯤에서 진로를 수정하여 체질에 맞는(?) 성직자의 길로 돌아온다. 네드와 짐이 다리 중간에서 헤어지는 마지막 장면은 오래 여운이 남는다.

여기서, 성모상이 강물에 떠내려가는 장면과 강물 속에서 루시를 구출한 네드가 성모상의 손을 잡고 물 위로 떠오르는 장면은 이 작품의 하이라이트라고 할 수 있다. 아울러 구출된 루시가 성모상의 은총으로 말을 하게 되는 기적은 좀 엉뚱하지만 설득력은 있어 보인다.

그러나 이 마을로 오게 되어있는 진짜 두 신부의 행방이 불분명한 점, 성당에서 맨발의 네드와 짐이 '신발 두 켤레만 주십시오.' 하고 기도했을 때 잠시 후 어떤 수사가 구두를 가지고 들어오는 장면, 네드가 '제발 붙잡히지 않게 해 달라.'고 기도했을 때 성모상이 눈물을 흘리는 장면을 천장에 뚫린 구멍에서 빗물이 떨어지는 해프닝으로 처리한 장면 등은 이 영화가 코미디드라마라고 해도 너무 안이한 연출로 보인다.

두 천사(?)가 처음 이 마을에 들어섰을 때, 마을 입구 광고탑에 쓰인 성경의 한 구절이 이 영화가 주는 메시지가 아닌가 싶다.

"나그네를 소홀히 대접하지 말라. 나그네를 대접하다가 천사를 만난 사람도 있다."

제3장

1990년대 이후의
할리우드 영화들

좋은 친구들(Goodfellas)

    '좋은 친구들'(Goodfellas)은 '기생충'(2019년)으로 아카데미 감독상을 수상한 봉준호 감독이 수상소감에서 밝힌 가장 존경하는 스승마틴 스콜세지 감독의 갱스터 누아르 영화중에서 원픽으로 꼽히는걸작이다. 1991년 아카데미 6개 부문에서 후보에 올랐으나 '늑대와춤을'(1991년)에 밀려 남우조연상만 수상했다.

    이 영화의 원제목인 'Goodfellas'는 깡패나 폭력단원을 의미하는good fella의 복수형으로, 마피아 조직원을 뜻하는 은어이다. fella는fellow의 속어이다. 원작 논픽션의 제목인 'Wiseguy(약삭빠른 놈)'를영화제목으로 사용하려고 했으나, 브라이언 드 팔마 감독의 'Wise

Guys'(1986년)라는 영화가 나와 있어서 'Goodfellas'를 제목으로 정했다고 한다.

'좋은 친구들'(1990년)은 주인공인 헨리(레이 리오타 扮)의 1인칭 시점으로 이야기를 전개해나간다. 헨리는 어린 시절부터 갱스터가 되고 싶어서 학교까지 땡땡이치며 마피아 단원들의 심부름을 도맡아 해왔다. 그러다가 마피아의 중간 보스이며 해결사인 폴(폴 소르비노 扮)과 갱스터의 거물인 지미(로버트 드 니로 扮)의 눈에 띄게 된다.

어느 날, 지미가 건네준 장물을 팔다가 경찰에 잡힌 헨리가 끝까지 지미에 대해서 함구하는 것을 보고, 믿을 만하다고 생각한 지미가 그를 조직원으로 발탁한다. 다시 혈기왕성한 토미가 조직에 합류하자, 지미와 헨리, 토미는 한 팀을 이루어 공항 화물을 훔치거나 화물 트럭을 강탈하여 큰돈을 벌어 레스토랑을 강제로 인수하는 등 세력을 확장해 나간다.

청년이 된 헨리는 토미(조 페시 扮)의 소개로 만난 캐런(로레인 브라코 扮)과 사귀다가 결혼한다. 헨리가 운영하는 레스토랑에서 열린 마피아 겜비노 패밀리의 배츠 출소 축하파티에서 배츠가 어린 시절 토미가 구두닦이 한 것을 들먹이며 모욕을 주자, 다혈질의 토미는 지미와 합세하여 배츠를 때려죽인다. 이들은 마피아 단원을 죽인 사실을 걱정하며 배츠를 암매장한다.

조직의 뒤를 봐주는 폴이 악성채무자의 빚을 받아오라고 하자, 지미와 헨리는 평소처럼 채무자를 무자비하게 구타하여 돈을 받아오는데 하필 그 채무자의 여동생이 FBI의 타이피스트였다. 그 일이 신문에 크게 보도되면서 지미와 헨리는 교도소에 들어가게 된다. 돈이 궁해진 캐런은 면회 와서 헨리를 닦달하고, 헨리는 교도소에서 마약 거래에 손을 댄다.

4년 후, 출소한 헨리와 지미는 토미와 함께 미국 역사상 최고의 강도 사건으로 불리는 케네디공항 루프트한자 강도 사건으로 무려 600만 달러의 현금을 손에 넣어 전성기를 구가한다. 처음부터 수익금을 나누어줄 생각이 없었던 지미는 이 사건을 추진하면서 끌어들인 하수인들을 모두 토미를 시켜서 차례차례 죽여버린다.

　　한편, 토미는 마피아에서 정식 단원으로 받아주겠다는 연락을 받고 멋지게 차려입고 가는데, 가자마자 총에 맞아 죽는다. 전에 배츠를 죽인 데 대한 마피아의 보복이었다. 헨리는 폴과 지미의 경고에도 불구하고 아내 캐런까지 동원하여 마약 거래에 열을 올린다. 그러다가 FBI가 헬기까지 동원하여 포위망을 좁혀오자 폴에게 도움을 요청한다. 폴은 헨리의 손에 3,200달러를 쥐어주며 '너와 나는 이것으로 끝이야.' 하며 냉정하게 뿌리친다.

　　신중하면서도 담대한 지미는 마약에 중독된 헨리가 자신을 밀고할까 봐 헨리 부부를 처치하기로 결심한다. 지미는 다른 일로 온 캐런에게 가는 길에 코너 건물에서 명품 옷들을 몇 가지 골라서 가져가라고 하는데, 지미의 언행에서 이상한 낌새를 느낀 캐런은 가다가 도망친다. 이어 헨리를 불러낸 지미가 처음으로 사람 죽이는 일을 시키자, 헨리도 이 일이 남의 손을 빌려서 자기를 죽이려는 함정임을 눈치챈다.

　　배신감을 느낀 헨리는 FBI에게 폴과 지미의 그간의 범죄행각을 모두 일러바치고 법정에서 증언까지 한다. 증인보호프로그램에 의해 경찰의 보호를 받으며 시골 마을에 숨어 사는 헨리가 '난 이제 아무것도 아니다. 남은 인생을 숨어서 얼간이처럼 살아가야 한다.'는 독백과 함께 다음과 같은 엔딩 크레딧이 나오면서 영화가 끝난다.

　　"헨리는 1987년 시애틀에서 마약 남용으로 체포되어 집행유예 5년을 선고받고 조용히 지내는 중이다. 1989년, 헨리와 캐런은 이혼하여 25년 결혼생활의 종지부를 찍었다."

"폴은 1988년 73세에 교도소에서 호흡기 질환으로 사망하였다."

"지미는 살인죄로 최소 20년 형에서 무기징역으로 복역 중이며, 그가 78세가 되는 2004년까지는 가석방 신청을 할 수 없다."

이 영화에서 복수와 배신, 마약을 다루는 장면들을 보면 그동안 보아왔던 갱스터 영화들이 얼마나 어설펐는지 알게 된다. 연대마다 당시에 유행했던 팝송들이 배경음악으로 깔린다. 로버트 드 니로가 연기한 실존 인물 지미 버크는 1996년에 교도소에서 암으로 사망했고, 레이 리오타가 연기한 실존 인물 헨리 힐은 2012년에 심장마비로 사망했다.

다혈질의 토니를 연기하여 아카데미 남우조연상을 받은 조 페시는 수상소감에서 '영광입니다. 감사합니다(It's my privilege, thank you).'라는 두 마디만 하고 연단을 내려갔는데, 자신이 상을 받을 줄 꿈에도 몰랐던 탓에 너무 당황해서 그랬다고 한다. 그는 후속작 '나 홀로 집에'(1991년)에서는 주인공 꼬마에게 농락당하는 멍청한 도둑으로 나온다.

마틴 스콜세지 감독은 대부분 실제 인물을 모티브로 한 갱스터 누아르 영화를 많이 연출했는데, '좋은 친구들'도 오프닝 크레딧에서 '이 영화는 실화에 기초한다.'는 자막이 나온다. 마틴 스콜세지의 페르소나는 로버트 드 니로였으나, '갱스 오브 뉴욕'(2002년), '디파티드'(2006년), '셔트 아일랜드'(2010년) 등을 보면 2000년대 이후에는 레오나르도 디카프리오로 바뀐 것 같다.

퍼시픽 하이츠(Pacific Heights)

내 집을 갖는다는 것은 양(洋)의 동서를 막론하고 행복한 결혼생활을 영위하는데 빼놓을 수 없는 중요한 요소이다. 그리고 집주인과 세입자는 임대차보호법의 조문이 어떠하든 대등한 관계가 될 수 없다. 세입자가 집주인을 상대로 다툼을 벌이려면 그 집에서 쫓겨날 각오를 해야 한다는 것이 보편적인 상식이다. 그런데 그러한 통념을 비웃기라도 하듯 세입자에게 농락당하는 집주인을 보여주는 영화가 있다.

'퍼시픽 하이츠(Pacific Heights)'는 우리 식으로 표현하면 '태평양 빌라' 쯤 되는데, '미드나이트 카우보이'(1969년)와 '마라톤 맨'(1976년)을 감독한 존 슐레진저가 1990년에 연출한 서스펜스 스릴러이다.

집주인과 세입자가 부딪치는 과정을 실감 나게 보여주면서 처음부터 끝까지 긴장감을 유지하고 있다. 우리나라에서도 최근에 빌라왕의 전세금 반환문제 때문에 시끄럽지 않은가.

결혼하지 않은 채 동거하는 맞벌이 부부 드레이크(매튜 모딘 扮)와 패티(멜라니 그리피스 扮)는 샌프란시스코에 있는 한 고풍스러운 다세대 주택 '퍼시픽 하이츠'를 75만 달러에 매입한다. 은행 대출로도 돈이 모자라서 아래층 방 둘을 세놓는다. 한 방엔 일본인 부부가 들어오고, 또 한 방엔 6개월분 집세를 선납하겠다고 한 카터(마이클 키튼 扮)가, 먼저 입주 신청을 한 흑인 남자를 제치고 들어오게 된다.

그런데 카터가 약속과는 달리 전세보증금을 내지 않고 입주를 하면서 바로 갈등이 시작된다. 그는 교활하고 악질적인 부동산사기꾼으로 이 집을 빼앗으려고 들어온 사람이다. 그는 입주하자마자 문을 걸어 잠그고 친구들을 끌어들여 밤낮 망치질과 전기드릴로 소음을 일으킨다.

화가 난 드레이크가 전기와 가스를 끊어버리지만, 카터의 신고를 받고 온 경찰은 정식 계약으로 입주한 세입자는 법으로 보호된다며, 오히려 드레이크더러 카터에게 사과하고 즉시 전기와 가스를 넣어주라고 한다. 의기양양해진 카터는 본격적으로 마각을 드러낸다. 바퀴벌레를 대량으로 길러서 옆방으로 보내 일본인 부부를 내쫓는 데 성공한다.

드레이크는 변호사를 찾아가 소송을 해보지만 패소하여 카터의 법정 비용까지 물어야 하는 처지가 되고 만다. 무릎 부상과 임신으로 패티가 직장을 그만두게 되자, 이들 부부는 경제적으로 쪼들리게 된다. 설상가상으로 패티가 유산(□産)을 한다.

그러나 카터의 마수는 여기서 그치지 않는다. 꽃을 들고 능청스럽게 병문안을 온다. 폭행을 유도한 계산된 행위임을 알 리 없는 드레이크가 카터를 폭행하는 바람에 출동한 경찰에게 잡혀간다. 그 결과, 드레이크는 '카터가 있는 곳에서 500피트 이내에는 접근하지 못한다.'는 처분을 받게 된다. 자기 집에 들어가지 못하게 된 것이다.

카터는 드레이크가 없는 틈을 이용하여 패티에게 음흉하게 접근하지만, 패티는 단호하게 뿌리친다. 밤중에 드레이크가 몰래 집으로 들어오자, 카터는 기다렸다는 듯이 총을 쏜다. 그리고 쓰러진 드레이크의 손에 총을 쥐여주고 유유히 사라진다. 다행히 드레이크는 목숨을 구하지만, 이 사건 역시 카터의 정당방위로 처리되고 만다.

위기 상황에 대처하는 능력은 남자보다 여자가 더 뛰어난 것일까? 배 속의 아이를 잃고 남편마저 총에 맞아 부상을 입자, 패티가 복수를 하러 나선다.

카터가 없는 틈에 카터의 방으로 들어간 패티는 거기서 카터의 어릴 때의 사진을 찾아내고, 추적 끝에 카터가 현재 투숙하고 있는 호텔을 알아낸다. 그 호텔을 찾아간 패티는 카터가 외출한 사이에 호텔방에 들어가는데, 카터가 남편 드레이크의 이름으로 카드를 만들어 돈을 물 쓰듯 쓰고 있다는 사실을 알고 경악한다. 패티는 즉시 카드결제 정지 조치를 하고 그의 사기행각을 경찰에 알린다.

카터는 경찰에 구속되지만 다음 범행 대상자인 백만장자 부인을 교묘하게 속여서 보석금을 내고 풀려난다. 이성을 잃은 카터는 몰래 집에 들어와 부상에서 회복한 드레이크를 초주검이 되도록 구타하고, 다시 패티에게 접근하여 전기드릴로 가해하려 한다. 이때 패티는 드레이크의 도움으로 위기에서 벗어나고, 결국 카터는 자신이 벽에 박아놓은 쇠기둥에 찔려죽는 것으로 이 악몽 같은 사기극은 끝이 난다.

이 영화는 순진한 집주인 부부와 악질 세입자 간의 갈등을 통하여 미국 사회의 법제(法制)와 현실 사이의 괴리를 사실적으로 비판,

고발하고 있다. 여기서 세입자로 일본인과 흑인이 등장하는 것은 이 다세대 주택이 다민족으로 구성된 미국 사회를 상징하는 것임은 두 말할 필요가 없다.

배우를 보고 고른 영화는 실망할 수 있어도 감독을 보고 고른 영화는 결코 실망하지 않는다. 존 슐레진저 감독은 이상과 현실 사이의 모순을 집요하게 물고 늘어져 이를 영상화하는 데 탁월한 능력을 가진 인물이다. 그는 카터의 사이코적 가학행위를 점층법(漸層法)으로 연출함으로써 관객들을 서서히 극 속으로 흡입하는 데 성공하고 있다.

'버디'(1984년)와 '멤피스 벨'(1990년)에서 개성 있는 연기를 보여준 매튜 모딘과 '워킹 걸'(1988년)에서 직장여성의 성공스토리를 보여준 멜라니 그리피스는 부부로 나와 처음에는 좌충우돌하지만 마지막에는 합심하여 위기를 극복하는 모습을 보여준다. 또, '배트맨'(1989년)에서 타이틀 롤을 맡은 마이클 키튼은 악질 사기꾼 역을 능청스럽게 해냄으로써 영화의 긴장감을 배가시키는 역할을 한다.

패티 부부가 '퍼시픽 하이츠'를 깨끗이 수리하여 90만 달러에 팔려고 내놓는 결말 부분에서, 앞으로도 이러한 비극이 계속 이어질 수 있음을 경고하는 존 슐레진저의 메시지가 확연하게 드러난다. 어떤 신혼부부가 집을 사러 오자, 패티가 처음 이 집을 사러 왔을 때 집주인에게 들었던 말을 그대로 반복한다.

"빅토리아 양식으로 건축됐죠. 돈이 모자라면 아래층 두 방을 세 놓으면 부담을 줄일 수 있을 거예요."

굿바이 뉴욕 굿모닝 내 사랑(City Slickers)

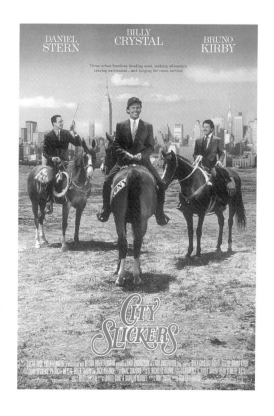

　'여름휴가' 하면 가족과 함께 더위를 피해 계곡이나 바다를 찾아 떠나는 피서를 떠올리는 것이 상례이다. 그런 피서를 한 번이라도 떠나본 사람은 알리라. 휴가란 떠나기 전에 지도를 펴놓고 도상(圖上) 여행을 하면서 짐을 꾸릴 때가 즐거운 것이지, 막상 길을 떠나면 바로 그 순간부터 고생이라는 것을.

　그래도 우리는 아마 올여름에도, 또 내년 여름에도 똑같은 시행 착오를 겪으며 그런 고행을 되풀이하게 될 것이다. 휴가를 떠나는 이유가 심신의 휴식을 통한 재충전에 있음을 상기하면서, 휴가의 진정한 의미를 생각해보게 하는 영화 한 편을 소개한다.

'굿바이 뉴욕 굿모닝 내 사랑(City Slickers)'은 일상의 권태에서 벗어나 대자연의 품에 안겨보고 싶은 도시인의 잠재적인 욕망을 다룬 오락영화이다. 원제목에서 'Slicker'는 '닳아빠진 사람' 혹은 '약삭빠른 사람'을 의미하는 속어이다. 원제목을 직역하면 '도시의 뺀질이들' 정도가 되는데, 우리말 제목을 왜 이렇게 붙였는지 모르겠다.

라디오방송국에 다니는 주인공 미치(빌리 크리스탈 扮)의 39번째 생일이다. 새벽에 어머니에게서 축하 전화가 걸려온다. 며느리도 잘 있느냐고 어머니가 묻는데, 미치의 대답이 걸작이다.

"몸 팔러 나가서 아직 안 들어왔어요. 좀 있으면 들어올 거예요."

그 말을 듣는 어머니도, 옆에 누워서 듣고 있는 아내도 아무렇지도 않은 듯 웃고 있는 것이 가히 미국적이다. 이 영화가 코믹터치의 오락영화임을 보여주는 장면이다.

방송국에서의 잦은 실수 때문에 상관에게 엄중한 경고를 받은 데다, 요즘 아내와의 사이도 좋지 못하여 우울증에 빠져있는 미치에게는 단짝인 두 친구가 있다. 처가의 도움으로 슈퍼마켓을 차린 필(다니엘 스턴 扮)은 아내의 구박과 등살에 시달리던 중, 경리 아가씨와의 불륜관계가 들통이 나서 최근에 이혼을 당했다. 스포츠용품 가게를 운영하는 에드(브루노 커비 扮)는 수년 전에 매력적인 모델과 결혼했으나 미래에 대한 확신이 서지 않아 아이를 낳지 않고 있다.

모두 한 가지씩 문제를 가지고 있는 중년의 삼총사는 그날 저녁 미치 집에 모여 작년 휴가 때 부부 동반으로 스페인의 소몰이축제에 참가했던 추억을 회상한다. 올해는 남자들 셋이서 뉴욕을 벗어나 대자연에서 펼쳐지는 2주일간의 카우보이 수련 행사에 참가하기로 의견을 모은다.

이 행사는 도시 토박이들의 심신단련을 위해 뉴멕시코의 목장에서 콜로라도의 목적지까지 직접 소 떼를 몰고 야영하면서 행군하는 것으로, 한 여행사의 기획상품이다. 이들 삼총사 외에도 5~6명의 지원자가 더 있었고, 그중에는 예쁘고 발랄한 보니(헬렌 슬레이트 扮)라는 아가씨도 있었다. 이들은 모두 삼삼오오 그룹을 지어 각자 임무를 배정받는다. 드디어 도시의 뺀질이들이 대장정에 나선다.

삼총사는 행군 중에 많은 얘기를 나누면서 각자 자기가 처한 현실을 되돌아본다. 미치는 길 안내를 맡은 노(老) 카우보이 컬리(잭 파란스 扮)와 친해지고 그와 함께 산고(産苦)로 죽어가는 암소로부터 송아지를 받아내면서 삶의 의미와 진정한 사랑을 배워간다.

미치의 실수로 소 떼가 집단으로 탈출한다. 안내인 컬리가 도중에 숨을 거두고, 설상가상으로 식량마저 떨어지자, 모두들 우왕좌왕하다가 많은 지원자가 소몰이 행군을 포기하고 돌아간다. 그러나 끝까지 행군을 계속하기로 의기투합한 삼총사는 폭우 속에서 소 떼를 몰고 강물을 건넌다. 이때 미치가 받아낸 송아지가 급류에 휩쓸리자 미치가 강물에 뛰어든다.

결국 송아지를 구한 미치 일행은 목적지인 콜로라도의 목장에 무사히 소 떼를 몰고 도착한다. 도시의 뺀질이 삼총사가 결국 해낸 것이다. 그 어려운 행군 중에서도 세 사람은 진지하게 상의하고 숙고를 거듭한다.

미치는 다시 라디오방송국 일에 최선을 다할 것이라는 각오를 밝히고, 마중 나온 가족들과 함께 송아지를 데리고 집으로 돌아온다. 이혼으로 갈 곳이 없게 된 필은 행군하면서 사귄 보니와 새 출발을 약속한다. 또 에드는 마침내 혼란스러운 마음을 정리하고 아이를 낳기로 결심한다.

'굿바이 뉴욕 굿모닝 내 사랑'(1991년)은 땅속의 괴수영화 '불가사리'(1990년)를 감독한 론 언더우드가 연출을 맡았는데, 미국에서의 경이적인 흥행 기록에 힘입어 국내 개봉 때도 상당한 인기를 누렸다. LA비평가협회에서 뽑은 최우수 작품으로 선정되었고, 늙은 카우보이로 열연한 개성파 배우 잭 파란스는 아카데미 남우조연상을 받았다.

이 영화는 '늑대와 춤을'(1990년)로 아카데미 촬영상을 받은 딘 새믈러가 카메라에 담은 스페인 소몰이축제의 박진감 넘치는 장면과 뉴멕시코에서 콜로라도에 이르는 미국 남서부의 장쾌하고 광활한 자연경관을 담은 화면은 문자 그대로 장관이다. 또, 암소가 송아지를 출산하는 장면, 미치가 급류에 휩쓸린 송아지를 구하기 위해 강물 속으로 뛰어드는 장면 등은 감동적이고 휴머니티도 물씬 풍긴다.

주인공 빌리 크리스탈은 '해리가 샐리를 만났을 때'(1989년)에서 해리 역을 맡아 세계적인 지명도를 얻은 다재다능한 배우이다. 브루노 커비는 그 영화에서 해리의 친구로 나왔던 배우이고, 다니엘 스턴은 '나 홀로 집에'(1990년)에서 꺼벙한 도둑으로 나왔던 키 큰 배우이다. 이들 삼총사가 처한 문제의 설정과 해법이 너무 도식적(圖式的)인 데다, 소몰이 행군 중에 벌어지는 해프닝에서 작위적인 설정이 더러 눈에 띄는 점이 흠이라면 흠이다.

예술성이나 작품성의 잣대로 보면 다소 미흡한 영화라고 할 수 있겠으나, 고달픈 일상에 시달리며 하루하루 살아가는 도시의 소시민들에게 휴가의 진정한 의미가 어떤 것인지를 보여주기에는 모자람이 없는 듯하다.

양들의 침묵(The Silence of the Lambs)

    '양들의 침묵(The Silence of the Lambs)'은 뉴욕 AP통신사 기자 출신의 소설가 토마스 해리스의 동명 소설을 각색하여 인디영화 출신의 조나단 뎀 감독이 연출한 공포영화이다. 한니발 렉터 시리즈 중에서 제일 먼저 나온 영화지만, 순서상으로는 세 번째에 해당된다. 원작 소설은 공포작가협회(HWA)에서 뛰어난 호러 및 다크 판타지에 수여하는 '브람 스토커상'을 받았다.

    이 영화는 아카데미 시상식에서 작품상과 감독상, 각색상, 남우주연상, 여우주연상 등 주요 5개 부문을 석권하는 그랜드슬램을 달성했다. 이 기록은 100년 가까운 역사를 가진 아카데미 시상식에서 세 번밖에 나오지 않았고, 호러 장르의 영화로는 처음 작품상을 수상한 것이다. 안소니 홉킨스는 러닝 타임 118분 중에서 불과 15분 (연계화면 포함 24분) 화면에 나오고도 남우주연상을 수상하여 강렬한 존재감을 보여주었다.

영화 '양들의 침묵'(1991년)은 제작비 1,900만 달러를 들여서 북미에서 1억 3천만 달러, 전 세계에서 2억 7천만 달러를 벌어들여 흥행 대박을 터뜨렸다. 우리나라에서도 흥행 돌풍을 일으키며 서울 관객 40만 명을 기록했고, 아카데미상 수상 후 재개봉 때도 서울 관객 20만 명을 기록했다. 당시에는 고교생 관람가였다.

FBI 수습요원 클라리스 스털링(조디 포스터 扮)은 FBI국장 잭 크로포드(스콧 글렌 扮)의 지시로 엽기적인 연쇄살인사건 수사에 투입된다. 피해자는 몸집이 비대한 여인이고 성폭행은 없었으며 모두 피부가 벗겨진 채 발견되는 공통점이 있었다. 벌써 다섯 건이나 발생했지만 유력한 용의자인 버팔로 빌에 대해서는 아무런 단서도 잡지 못한 채 미궁에 빠져있다.

크로포드 국장은 스털링에게 정신이상자 감호소에 8년째 수감되어있는 정신과 의사 한니발 렉터 박사(안소니 홉킨스 扮)를 찾아가서 도움을 받아보라고 한다. 렉터는 자신이 살해한 9명의 인육(人肉)을 먹어서 '식인종 한니발'로 불리는데, 감호소 관리자인 칠튼 박사는 그를 가둔 유리 울타리 근처에는 절대로 가지 말라고 당부한다.

3중의 차단문을 통과한 첫 만남에서, 렉터는 스털링의 옷차림과 체취, 간단한 몇 마디 대화로 그녀의 출신 지방과 사용하는 스킨로션의 이름을 맞힌다. 스털링은 공포감을 느끼면서도 내색하지 않고 정중하게 연쇄살인범 버팔로 빌에 대해서 물어보는데, 렉터는 처음에는 호기심을 보이다가 풋내기 같다며 스털링의 화를 돋우기도 한다.

렉터는 '내가 묻는 말에 솔직하게 대답하면 도와주겠다.'고 말한다. 그의 물음에 스털링은 어릴 때 어머니를 잃고, 열 살 때 경찰서장인 아버지마저 강도의 총에 죽자, 목축업을 하는 친척집에 보내져서 두 달 동안 지냈으며, 어느 새벽에 양들의 비명소리를 듣고 놀라서 도망치다가 잡혀서 고아원에 넘겨진 과거를 솔직하게 털어놓는다. 렉터는 창문이 달린 병원에서 수감생활을 하게 해주면 버팔로 빌에 대한 구체적인 정보를 주겠다고 말한다.

한 여인의 시체가 강에서 발견된다. 등 부분의 피부가 벗겨진 상태이고 목구멍에는 아시아산 거대 나방의 번데기가 들어있었다. 그 무렵 테네시주 출신의 연방 상원의원의 25세 외동딸 캐서린이 갑자기 연락이 끊기고 잘려진 상의가 발견되면서 버팔로 빌에게 납치된 여섯 번째 사건이 발생한다.

스털링이 번데기의 의미를 묻자, 렉터는 '번데기는 유충에서 변한 것이고 다시 나방으로 변하기 때문에 변신을 의미한다.'면서, 버팔로 빌은 어릴 때 아동학대를 당했고 커서는 여성으로 성전환수술을 하려고 병원에 갔다가 거절당한 성도착증 환자라고 한다. 그러면서 버팔로 빌의 범행 동기는 분노나 성적인 좌절감이 아니라 단순한 탐욕이라고 말한다.

렉터는 테네시주 멤피스에 있는 안락한 감호소로 이송 중에 캐서린의 어머니인 상원의원을 만나 버팔로 빌의 본명과 신체 지수, 특징 등 중요한 정보를 제공한다. 렉터는 자신을 거칠고 모질게 다루던 칠튼 박사로부터 입수한 볼펜의 핀을 이용하여 수갑을 풀고 도시락을 들고 온 경찰관 2명을 잔인하게 살해하고 탈출한다.

스털링은 아시아산 나방의 알을 수입한 사람을 추적하여 찾아가는데, 그의 집에서 사람 피부로 만든 여자 옷을 발견한다. 스털링이 그 사람의 은신처를 찾아가자, 30대 중반의 남자가 나오는데 그의 방에서 나방을 발견한다. 그가 버팔로 빌임을 확신한 스털링이 총을 꺼내는 순간, 그는 잽싸게 지하실로 도망친다. 뒤쫓아 가던 스털링은 우물에 갇혀서 구해달라고 소리치는 캐서린을 발견하는데, 지하실에서 버팔로 빌을 사살하고 나서 캐서린을 구출한다.

스털링은 졸업과 동시에 정식 FBI요원으로 발탁된다. 축하 파티 중에 스털링을 찾는 전화가 걸려오는데, 받아보니 렉터였다. 그는 '양들은 비명을 멈췄나?' 하고 물으며, '저녁 약속이 있어서 가는 중이니 나를 찾을 생각은 하지 마라.'면서 전화를 끊는다. 렉터가 행인들 속에서 칠튼 박사를 미행하는 모습을 보여주면서 영화가 끝난다.

이 영화는 어린 시절의 불행과 고통 때문에 트라우마를 가지고 있던 스털링이 천재 살인마 렉터의 도움으로 연쇄살인범을 잡고 자신의 트라우마를 극복하는 이야기이다. 렉터가 스털링을 도와준 이유는 그녀가 진심으로 그를 대했고, 그녀가 어린 시절에 겪은 이야기를 솔직하게 말해준 것에 고마움을 느꼈기 때문이다.

여자 요원은 처음에 미셸 파이퍼에게 제안이 갔으나, 시나리오를 읽어본 미셸 파이프가 내용이 너무 혐오스럽다며 출연을 거절했다. 그러자 맥 라이언, 로라 던 등을 검토하다가 제작진의 권유로 조디 포스터가 발탁되었다. 조나단 뎀 감독은 조디 포스터가 아카데미 여우주연상을 받은 '피고인'(1989년)에서의 연기가 썩 맘에 들지는 않았는데, 이 영화 촬영을 시작한 후에 조디 포스터의 연기를 보고 홀딱 반할 정도로 만족했다고 한다.

영화에세이(3-05)
헨리의 이야기(Regarding Henry)

　'헨리의 이야기(Regarding Henry)'는 '졸업'(1967년) 이후 오랜 공백 끝에 '워킹 걸'(1988년)로 재기에 성공한 마이클 니콜스 감독이 1991년에 연출한 가족영화이다. 우연한 사고로 기억상실증에 걸린 한 중년 남자가 다시 기억을 찾아가는 과정을 통하여 삶과 사랑, 가족의 의미에 대해 차분하게 조명하고 있다.

　어느 한 부분에서도 특별히 이목을 끌만한 요소는 없지만, 전혀 지루하게 느껴지지 않을 만큼 극의 흐름이 매끈하다. 할리우드 최고의 인기스타 해리슨 포드의 섬세한 연기가 작품의 완성도를 높이는 데 크게 기여하고 있다. 한스 짐머의 감미로운 음악도 빼놓을 수 없다. 부부싸움에 등장하는 주요 메뉴(?)와 그 해법(解法)이 모두 들어있으니, 부부가 함께 보면 좋을 것 같다.

주인공 헨리(해리슨 포드 扮)는 아름다운 아내 사라(아네트 베닝 扮), 딸 레이첼과 함께 뉴욕에서 살고 있는 저명한 변호사이다. 헨리라는 이름만 들어도 상대방 변호사가 변론을 포기할 만큼 그는 유명하고 유능하다. 헨리는 집에서도 일밖에 모른다. 아내와 딸에게도 쌀쌀하고 냉정하다. 그 때문에 그의 가정에는 늘 찬바람이 분다.

영화는 병원 측의 과실로 남편을 잃은 매튜 부인이 낸 의료사고 소송에서 병원 측 변호를 맡은 헨리가 열변을 토하는 장면으로 시작된다. 여기서 헨리는 교묘하고 치밀한 변론으로 병원 측에 승리를 안겨준다. 억울하게 패소한 매튜 부인은 원망에 찬 눈길로 헨리를 쳐다본다.

어느 날 밤, 담배를 사러 동네 구멍가게에 갔던 헨리는 때마침 가게 주인을 협박하고 있던 강도가 쏜 총에 머리를 맞고 쓰러진다. 바로 병원에 옮겨져 생명은 건졌으나 식물인간이 되고 만다. 며칠 후 깨어난 헨리는 재활원으로 옮겨졌지만, 말도 못 하고 아무런 기억도 하지 못한다.

유능한 변호사에서 졸지에 갓난아기 수준으로 떨어진 헨리는 다시 말을 배우고 걸음걸이도 배운다. 퇴원하여 집으로 돌아온 그는 가족들의 눈물겨운 도움으로 조금씩 회복되어 간다. 혼자 핫도그도 사 먹고 포르노 영화를 상영하는 극장에도 가고, 집에 돌아올 때는 레이첼에게 예쁜 강아지도 한 마리 사 올 만큼….

레이첼의 도움으로 다시 글을 읽게 된 헨리는 과거의 기억을 하나씩 되찾게 되자, 자신이 이룬 성공에 회의를 갖기 시작한다. 그동안 자신이 얼마나 이기적이며 위선에 찬 행동을 해왔는지 알게 되었기 때문이다.

헨리의 치료비 때문에 경제적 어려움을 겪게 된 헨리 부부는 작은 아파트로 이사하기로 하고 새 집을 보러 간다. 돌아오는 길에 헨리는 아내의 손을 꼭 잡는다. 전에 같으면 꿈도 꾸지 못할 일이라 아내가 감격하자, 헨리는 주위의 시선에 아랑곳하지 않고 아내에게 열렬한 키스를 퍼붓는다.

한편, 아빠를 닮아 총명하고 공부도 잘하는 레이첼은 집에서 가까운 중학교에 진학하기를 원했으나, 부부는 1년에 30명만 선발하여 엄격한 기숙사 생활을 하는 영재학교에 입학시킨다.

헨리의 직장 복귀를 환영하는 파티가 열린다. 헨리는 아내가 자신의 동료 변호사와 정을 통해왔음을 알아내고 아내의 사과에도 불구하고 문을 박차고 나간다. 그러나 그도 역시 회사 내의 한 아가씨와 불륜관계였던 사실이 밝혀지면서 심한 자괴감에 빠진다. 호숫가 벤치에 앉아 생각에 잠긴 헨리는 과거를 청산하고 다시 새로운 삶을 살아가기로 결심한다.

그는 자기 때문에 억울하게 패소한 매튜 부인을 찾아가 진심으로 사과하고, 항소 때 승소할 수 있도록 결정적인 자료를 넘겨준다. 그리고 회사에 찾아가 변호사 사직서를 내고 집으로 돌아온다.

다음날, 부부는 학교생활에 잘 적응하지 못하는 딸이 다니는 영재학교를 찾아가 '그동안 레이첼을 영재로 키우기 위해 12년을 잃었는데 이제는 더 이상 잃게 하고 싶지 않아요.' 하면서 딸을 학교에서 데리고 나온다.

단풍이 물든 교정에서 헨리 부부가 레이첼을 데리고 나오는 마지막 장면은 한 폭의 수채화처럼 포근하면서도 정겨운 느낌으로 다가온다. 첫 장면에서의 진눈깨비 날리는 뉴욕 거리와 뚜렷하게 대비되는 이 장면은 감미로운 주제음악과 함께 진한 여운으로 남는다.

이 영화는 '기억 찾기'라는 독특한 소재를 통하여 중년 부부가 실생활에서 부딪치게 되는 여러 문제에 대한 성찰과 함께 해법을 도출하고 있다. 영화의 세계는 허구의 세계이지만 영화에서 다루는 소재는 현실에 바탕을 두고 있다. 여기서 헨리에게 닥친 불행은 누구에게서나 일어날 수 있는 인생의 전기(轉機)이다.

그것은 한순간의 사고나 우연한 만남일 수도 있고, 한 권의 책, 한 편의 영화일 수도 있다. 프랑스 여류작가 사강(F. Sagan)은 단편집 '길모퉁이의 카페'에서 인간의 운명을 바꿔놓을 수 있는 것은 하나의 시선, 한마디의 말, 한순간의 충동 따위의 우연한 것이라고 했는데, 그런 의미에서 수긍이 가는 얘기이다.

이 영화에서 스토리의 대부분을 헨리의 재기(再起) 과정에 할애한 것은 인간은 결코 혼자서는 일어설 수 없다는 사실을 보여주기 위해서이다. 물리치료사를 비롯하여 아내와 딸, 가정부, 이들 모두의 따뜻한 애정과 보살핌이 있었기에 헨리가 다시 일어설 수 있었음은 두말 할 필요가 없다.

또, 총알이 머리에 박히기 전까지의 헨리에게 부여된 냉혹하고 위선적인 모습이 영재교육의 결과임을 암시하면서, 새롭게 태어난 헨리로 하여금 딸을 영재학교에서 데리고 나오게 함으로써 그런 가능성을 미리 차단하는 처방을 제시하고 있다. 세계 최고 수준의 교육열을 가진 우리 학부모들에게도 시사해 주는 바가 적지 않다.

이 영화가 주는 메시지는 지극히 평범하면서도 분명하다. 가족들은 성공한 아빠보다는 엄마와 함께 손잡고 걷고, 아이들과 함께 앨범을 보아주는 그런 아빠를 원한다.

프라이드 그린 토마토(Fried Green Tomatoes)

중년 부인 에블린(캐시 베이츠 扮)은 퇴근하면 마누라를 거들떠보지도 않고 스포츠 중계만 보는 남편과 함께 자주 양로원에 가 있는 괴팍한 성미의 시숙모를 찾아가 뒷바라지하면서 무미건조하게 살고 있다. 에블린은 그 양로원에서 우연히 만난 82세 할머니 니니(제시카 텐디 扮)가 들려주는 50년 전의 '휘슬 스탑' 카페에 관한 이야기에 빠져든다.

천방지축 소녀 잇지의 언니 결혼식 날, 잇지는 자신을 가장 아껴주는 오빠 버디와 그의 연인 루스(메리 루이스 파커 扮)와 셋이서 동네에서 데이트를 하고 있었다. 그러다가 바람에 날려가는 루스의 모자를 주우러 간 오빠가 철로(鐵路)에 발목이 끼인 채 열차에 치여 죽자, 잇지와 루스는 하늘이 무너진 것 같은 충격에서 헤어나지 못한다.

세월이 흘러, 숙녀가 되어서도 선머슴처럼 행동하는 잇지(메리 스튜어트 매스터슨 扮)를 길들이기 위해 루스가 찾아오지만, 오히려 잇지의 자유분방함에 빠져든다. 밤에 잇지를 따라 기차 짐칸에 몰래 올라탔다가 차 안에 있는 구호물품들을 밖에 있는 아이들에게 던져 주기도 하고, 고목나무 벌집에서 잇지가 꿀을 따오기도 한다. 또, 술을 마시고 야구를 하던 루스가 홈런을 치며 평생 잊지 못할 생일을 보내기도 한다. 그런데 루스가 부모의 뜻대로 결혼을 해버리자, 실망한 잇지는 다시는 루스를 보지 않겠다고 다짐한다.

　　그러나 그리움을 참지 못한 잇지가 루스의 집을 찾았다가 루스가 남편에게 구타당하며 산다는 사실을 알게 된다. 잇지는 집안일을 도와주는 흑인 빅 조지와 함께 차를 타고 가서 루스의 옷가방과 함께 루스를 집으로 데려온다. 임신한 루스가 아들을 낳자, 잇지는 루스와 함께 기차역 부근에 '휘슬 스탑'이라는 카페를 차리는데, '프라이드 그린 토마토'는 이 카페의 특별메뉴이다. 카페는 나날이 성황을 이룬다.

　　그런데, 흑인 식구들과 함께 카페에서 일하는 것 때문에 남부 백인들의 저항조직인 KKK단원들이 찾아와 빅 조지를 위협하기도 한다. 그러던 어느 날 루스의 망나니 남편 프랭크가 찾아와 어린 아들 버디를 강제로 데려가다가 차와 함께 실종된다. 아이를 찾아온 잇지와 빅 조지가 의심을 받지만 아무런 증거가 없다.

　　한편, 넘치는 식욕을 주체하지 못한 에블린은 편의점에서 초콜릿이랑 과자 등 간식거리를 잔뜩 사 오다가 젊은이들한테 '뚱땡이' 소리를 듣고 의기소침해한다. 이 얘기를 들은 니니가 과다식욕은 갱년기의 증상이라며 병원에서 호르몬 처방을 받으라고 얘기해주자, 그제야 에블린의 기분이 풀어진다.

며칠 후, 편의점 주차장에서 에블린이 주차하려는 자리에 젊은 아가씨들이 '젊고 잽싼 사람이 임자야.' 하면서 먼저 주차를 해버리자, 에블린은 예전에 잇지가 용기를 필요로 할 때마다 주문(呪文)처럼 했다는 "토완다!"를 외치며 그 차를 여섯 번이나 들이받아 버린다. 젊은 아가씨들이 뛰어나오자 "나이가 많으면 보험금을 더 탈 수 있지." 하고 쏘아붙인다. 에블린이 달라지고 있는 것이다.

루스의 다섯 살 아들 버디가 기차 사고로 한쪽 팔을 잃는다. 그 무렵, 보안관의 집요한 추적 끝에 실종된 루스의 남편 차가 5년 만에 강의 진흙구덩이에서 발견되고, 잇지와 빅 조지는 살인혐의로 재판정에 서게 된다. 판사가 루스에게 '왜 남편을 두고 저 여자를 따라나섰느냐?'고 묻자, 루스는 '잇지는 저의 제일 친한 친구이자 가장 사랑하는 사람입니다.' 하고 대답한다.

결국, 마을 목사가 그 시간에 잇지와 빅 조지가 사흘간 계속되는 교회 부흥회에 와있었다고 거짓 증언을 해준 덕분에 프랭크는 음주운전으로 인한 사고사로 처리되고, 두 사람은 무죄 판정을 받는다. 마을 목사가 잇지와 빅 조지를 교회에 나오게 하려고 일부러 소설책에 성경 표지를 씌워서 거기에 손을 대고 증인 선서를 했던 것이다.

얼마 후, 루스가 식욕을 잃고 점점 쇠약해지더니 진단 결과 암이 온몸에 퍼져서 2주밖에 살지 못한다는 판정을 받는다. 결국 루스는 잇지에게 부탁한 연못 이야기를 다시 들으면서 숨을 거둔다. 연못 이야기는 잇지의 죽은 오빠 버디가 잇지를 달랠 때 해주던 이야기로, 버디와 잇지, 그리고 잇지와 루스를 연결해주는 암호 같은 것이다.

"마을 앞에 연못이 있었어. 낚시와 수영을 즐기던 연못이었지. 어느 늦가을에 오리 떼가 날아와 앉았는데, 갑자기 기온이 떨어져서 연못이 얼어붙어 버렸어. 그러자 오리 떼들이 얼어붙은 연못을 매달고 날아가 버렸는데, 그 연못은 지금 조지아주 어딘가에 있어."

에블린은 루스의 무덤 앞에 놓인 메모지를 보고 니니 할머니가 바로 잇지임을 알게 된다. 그런데, 83세 생일을 맞은 니니가 양로원을 나오게 되었는데, 니니의 집이 너무 낡아 헐려서 갈 곳이 없어진 것이다. 에블린은 니니를 집에 모셔오려고 하는데, 남편이 반대를 한다. 그러나 별문제는 없다. 이제 에블린에게는 잇지한테서 배운 '토완다!'가 있지 않은가.

'프라이드 그린 토마토(Fried Green Tomatoes, 1992년)'는 레즈비언으로 알려진 패니 플래그의 동명 소설을 존 애브넷 감독이 영화화한 것이다. 중년 부인 에블린과 니니 할머니의 이야기, 그리고 니니가 들려주는 옛날이야기 속의 잇지와 루스의 이야기가 액자식으로 전개된다. 네 명의 여주인공은 유명 배우들은 아니지만, 모두 자신의 역할을 충실하게 해내어 이 영화를 명작의 반열에 올려놓았다.

이야기를 만들어가는 것이 삶이다. 물질적인 것은 언젠가는 사라지지만, 머릿속에 들어있는 것은 계속 남아서 앞으로의 삶에 영향을 끼친다. 니니 할머니가 들려주는 옛날이야기는 에블린에게 삶의 의욕과 자신감을 불러일으키는데, 특히 잇지가 살아온 삶의 방식이 그러하다. 이 영화는 인종차별과 가정폭력, 그리고 갱년기 문제 등 다양한 사회문제를 잔잔한 시선으로 풀어내는 놀랍고 감동적인 작품이다.

라스트 모히칸(The Last of the Mohicans)

　'라스트 모히칸(The Last of the Mohicans)'은 미국의 소설가 제임스 페니모어 쿠퍼가 1826년에 쓴 '가죽스타킹 이야기' 5부작 중에서 제2부 '모히칸족의 최후'를 각색하여 마이클 만 감독이 연출한 로맨스 모험영화로, 1993년 아카데미 시상식에서 음향효과상을 수상했다. 당시 군인들의 제복이나 전열보병(戰列步兵, Line infantry), 총기류 등의 고증이 상당히 정확하다는 평가를 받았다.

　주인공 나다니엘 역을 맡은 다니엘 데이루이스는 100년 가까운 아카데미 역사상 남자배우로는 최다기록인 남우주연상을 세 번이나 수상한 배우이다. 그는 이 영화에서 인디언이라고 해도 조금도 이상하지 않을 만큼 숲속을 자유자재로 뛰어다니는가 하면, 날렵하게 산 위를 오르고, 또 폭포 속으로도 거침없이 뛰어든다.

영국과 프랑스가 미국 식민지를 독차지하기 위해 치열하게 전쟁을 벌인 지 3년째가 되던 1757년, 어렸을 때 부모와 여동생이 살해당해 혼자 남은 영국계 백인 나다니엘(다니엘 데이루이스 扮)은 쇠망해가는 모히칸족의 추장 칭가츠국에 의해 그의 아들 웅카스와 형제처럼 키워져 어느덧 청년이 되었다.

이곳 인디언들은 영국 쪽과 프랑스 쪽 민병대로 나뉘어져 서로 싸우고 있다. 영국군이 민병대를 모으면서 모히칸족에게도 강제징집 명령이 하달되자, 이들 삼부자는 징집을 거부하고 대대로 살던 땅을 떠난다. 이들은 허드슨강 서부에서 덫이나 총으로 사슴 사냥을 하여 켄터키로 가서 겨울을 지내면서 웅카스의 아내감을 찾기로 한다.

한편, 영국 본토에서 이곳으로 갓 전입한 던컨 소령(스티븐 웨딩턴 扮)은 약혼녀 코라(매들린 스토우 扮)와 여동생 엘리스를 부하들과 함께 호위하여 그녀들의 아버지 먼로 대령이 있는 영국군 요새까지 데려다주는 임무를 맡고 있다. 마구아(웨스 스투디 扮)라는 원주민이 길잡이를 맡아서 안내를 하는데, 프랑스와 동맹을 맺은 휴런족의 첩자인 마구아는 영국군에게 가족을 모두 잃어 먼로 대령에게 깊은 원한을 가지고 있었다.

마구아가 깊은 숲속으로 유인해 들어가자, 매복해 있던 휴런족이 영국군을 공격하여 많은 사상자가 발생하고, 코라와 엘리스도 절체절명의 위험에 처하게 된다. 이때 켄터키로 향하던 모히칸 삼부자가 근처를 지나가다가 이들을 구해주는데, 던컨 소령과 두 자매는 삼부자의 안내로 무사히 아버지가 있는 요새로 들어가게 된다. 이 와중에 나다니엘과 코라는 운명처럼 사랑에 빠진다.

당시의 전황을 보면 먼로 대령이 지키는 영국군 요새는 화력이 우세한 프랑스군의 대포 공격으로 인해 거의 함락 직전의 상태였다. 나다니엘은 위험에 처한 가족을 지키기 위해 탈영하는 인디언 민병대를 도와주다가 체포되어 수감(收監)된다. 영국군의 패색이 짙어지자, 먼로 대령은 프랑스군 사령관으로부터 영국군이 무사히 요새를 빠져나갈 수 있도록 협조하겠다는 약속을 받고 퇴각한다.

그런데, 먼로 대령에 대한 복수심에 불타는 마구아와 프랑스 쪽 민병대인 휴런족 인디언들은 퇴각하는 영국군의 행렬을 기습하여 먼로 대령을 잔인하게 살해한다. 이때 포승줄을 푼 나다니엘은 모히칸 삼부자와 함께 코라와 엘리스를 보호하며 나룻배를 타고 강 하류로 도망치는데, 이를 본 던컨 소령도 나룻배를 타고 따라온다. 마구아 일행은 이들을 맹렬히 추격한다.

다시 육지로 올라온 이들이 마구아 일행에게 거의 따라잡히게 되었을 때, 나다니엘은 코라에게 '살아만 있어요. 어디든 찾아갈 테니.' 하고 말하고 폭포 속으로 뛰어든다. 결국 코라와 엘리스는 던컨 소령과 함께 마구아 일행에게 잡혀서 휴런족의 추장에게 끌려간다. 마구아는 추장에게 두 여자를 불에 태워죽이고 던컨 소령은 프랑스군에 팔아버리자고 한다. 이때 나다니엘이 나타나 이들을 모두 풀어주어야 영국군의 복수를 면할 수 있다고 말한다.

마침내 추장이 '큰딸 코라는 불에 태워 마구아의 원한을 풀어주고, 작은딸 엘리스는 마구아가 취하게 하여 먼로의 대를 잇게 할 것이며, 던컨 소령은 본국으로 돌아가게 하여 영국의 원한을 삭이게 하고, 나다니엘은 이곳을 떠나라.'고 판결을 내린다. 나다니엘은 코라 대신 자신이 화형당하겠다며 던컨 소령에게 불어로 통역해달라고 하는데, 던컨은 자신이 남겠다고 통역하여 코라 대신 화형을 당하게 된다. 통역을 잘못한 건지 숭고한 희생인지….

코라와 함께 이곳을 빠져나가던 나다니엘은 산채로 화형당하는 던컨 소령의 고통을 덜어주기 위해 총을 쏘아 절명(絕命)시키고, 엘리스를 구출하기 위해 마구아 일행을 추격한다. 그런데 엘리스를 좋아하던 웅카스가 엘리스를 구하려고 마구아와 결투를 벌이다가 패하여 절벽 아래로 떨어진다. 이를 본 엘리스도 절벽 아래로 몸을 던진다.

아들 웅카스의 죽음을 목격한 칭가츠국은 쫓아가서 치열한 격투 끝에 마구아를 참살한다. 다시 마지막 모히칸이 된 칭가츠국과 나다니엘, 코라가 웅장한 테마 OST가 울려 퍼지는 가운데 먼 산들을 굽어보며 산신에게 웅카스의 영혼을 잘 보살펴달라고 기원하면서 영화가 끝난다.

'모히칸족의 최후'는 원작 소설이 워낙 유명하다 보니 1920년 미국의 흑백무성영화를 필두로, 1932년과 1936년 미국, 1965년 서독, 1968년 루마니아, 1971년 프랑스, 1977년(TV용)에 이어 1992년에 미국에서 8번째로 영화화되었다. 1992년 말에, 극장에서 이 영화를 보면서 두 연인의 장엄한 사랑을 가슴 졸이며 지켜보던 기억이 생생하다.

그런데, 나이 들어서 다시 보니 빼어난 자연경관을 담은 영상미도 그대로이고, 두 연인의 장엄한 사랑도 그대로인데 그때만큼 가슴 졸이지 않는 것은 왜일까? 영화의 결말을 알고 있었기 때문인가. 아니면 그동안 살면서 세상의 때가 잔뜩 묻었기 때문인가. 아무래도 후자 같다. 이제 아름다운 사랑을 봐도 설레지 않는 나 자신이 속상하고 슬프다.

포레스트 검프(Forrest Gump)

　　'포레스트 검프(Forrest Gump)'는 스티븐 스필버그의 수제자로 불리는 로버트 저메키스 감독이 윈스턴 F. 그룸의 동명 소설을 각색하여 연출한 영화로, 경계선 지능에 있는 포레스트 검프가 격동기를 헤쳐 나가며 씩씩하게 살아가는 과정을 보여주는 휴먼 드라마이다. '검프(gump)'는 '얼간이' 혹은 '멍청이'라는 뜻을 지니고 있다.

　　이 영화는 북미에서 약 3억 3천만 달러, 전 세계에서 약 6억 8천만 달러의 수익을 올렸는데, 이 금액을 현재가치로 환산하면 각각 2배가 훌쩍 넘는다. 우리나라에서도 멀티플렉스 영화관이 없던 시절에 서울 관객 70만 명을 돌파하면서 흥행 돌풍을 일으켰다. 상영시간은 2시간 22분이다.

아이큐(IQ) 75에 다리마저 허약하여 보조기구를 끼고 걷던 외톨이 소년 포레스트 검프는 헌신적으로 보살펴주는 어머니(샐리 필드 扮)와 항상 그의 편을 들어주는 소꿉친구 제니 덕분에 어려움 속에서도 큰 탈 없이 학교를 다닌다. 늘 또래의 놀림과 괴롭힘을 피해 도망치던 포레스트에게는 누구보다도 빠르게 달릴 수 있는 재능이 있었다.

청년이 된 포레스트(톰 행크스 扮)는 빠르게 달리는 재능 덕분에 미식축구 특기생으로 대학에 진학하는데 전국 대표로도 뽑힌다. 대학 졸업 후에는 육군에 입대하여 온통 새우 생각뿐인 흑인친구 버바와 사귀게 되고, 베트남 전쟁에도 함께 가게 된다. 제대하면 버바는 새우잡이배의 선장이 되고, 포레스트는 일등항해사가 되기로 약속한다.

한편, 어릴 때 아버지에게 성적 학대를 당하다가 여자대학에 진학한 제니(로빈 라이트 扮)는 포크송 가수가 되는 것이 꿈인데, 자기 가슴이 노출된 사진이 한 잡지에 실리면서 학교에서 제적당한다. 그 후 제니는 술집에서 옷을 몽땅 벗고 통기타를 치며 노래를 부르기도 하고, 히피가 되어 동료들과 함께 전국을 떠돌아다니기도 한다. 그 때문에 포레스트가 베트남에서 거의 매일 제니에게 써 보낸 편지는 모두 반송되어 온다.

베트남에서 행군 중에 적의 기습공격을 받자, 포레스트는 제니의 당부대로 뛰어서 도망치지만, 다시 돌아와 쓰러진 전우와 다리를 다친 댄 중위(게리 시니즈 扮)를 차례로 둘러업고 강가로 피신시킨다. 그러다가 자신도 엉덩이에 유탄(流彈)을 맞는다. 다시 돌아와 가슴에 총을 맞은 버바를 안고 오는 중에 버바는 '집에 가고 싶어.'라는 말을 남기고 숨을 거둔다.

병원으로 후송된 포레스트는 동료들을 구한 공적으로 무공훈장을 받는다. 두 다리가 잘린 채 병원에서 다시 만난 댄 중위는 '소대원들과 함께 죽었어야 했는데, 왜 나를 구했느냐!'며 포레스트를 원망한다. 포레스트는 병원에서 배운 탁구에 천재적인 소질을 인정받아 핑퐁외교 차 닉슨 대통령과 함께 중국에 갔다 온다. 그리고 군에서 제대한다.

고향집으로 돌아온 포레스트는 탁구채 광고에 출연한 돈으로 죽은 버바의 꿈인 새우잡이 배를 마련하여 배 이름을 '제니호'라고 짓고, 댄 중위를 일등항해사로 위촉한다. 태풍으로 다른 배들이 모두 파선(破船)될 때 운 좋게 난파를 면한 제니호는 근해의 새우를 싹쓸이하여 큰돈을 번다. 댄 중위는 그제야 베트남에서 자신을 구해줘서 고맙다고 인사하면서 애플사에 투자하도록 권유하는데, 그 결과 포레스트는 백만장자가 된다.

포레스트의 어머니가 암에 걸려 세상을 떠나자, 포레스트는 고향집에 머물면서 돈을 모두 병원과 교회, 버바의 유족들에게 나눠주고, 자신은 잔디 깎는 일을 한다. 그때 제니가 집으로 찾아온다. 그날 밤 두 사람은 마침내 한 몸이 되고, 날이 밝자 제니는 또 어디론가 떠나간다.

포레스트는 무작정 달리기 시작한다. 그로부터 3년 2개월 15일 동안 미국대륙을 누비며 뛰고 또 뛴다. TV뉴스에서 포레스트를 본 제니로부터 연락이 와서 찾아갔더니 제니가 포레스트의 아들을 낳아 기르고 있었다. 이름도 포레스트 주니어라고 지어놓았다. 아들은 엄마를 닮았는지 상당히 똑똑하다.

에이즈에 걸린 제니는 자신이 병든 사실을 알리고 아이와 함께 포레스트의 고향집으로 온다. 어릴 때부터 제니를 감싸주고 사랑했던 포레스트는 드디어 제니와 결혼식을 올리지만, 제니는 얼마 후에 숨을 거둔다. 영화 초반에 포레스트의 어머니가 그랬듯이, 포레스트도 아들을 스쿨버스에 태워 학교에 보내는 장면으로 끝을 맺는다.

'포레스트 검프'(1994년)는 1995년 아카데미 시상식에서 12개 부문에서 후보에 올라 작품상과 감독상, 남우주연상, 각색상, 편집상, 시각효과상 등 6개 부문에서 수상하여 경쟁작인 '쇼생크 탈출'과 '펄프 픽션'을 제치고 1994년 최고의 영화에 등극하였다. 2011년에는 미국 의회도서관에 영구보존하는 미국 국립영화등기부에 등록되었다.

아카데미 시각효과상을 받은 당시의 CG는 엄청난 양의 필름을 하나하나 포토샵으로 수정하는 100% 수작업의 산물이다. 포레스트가 존 F. 케네디를 비롯한 존슨과 닉슨 대통령을 만나거나, 엘비스 프레슬리나 존 레넌을 만나는 장면 등은 모두 이런 과정을 거쳐서 탄생한 것이다.

이 영화는 주인공 포레스트 검프가 베트남전쟁 등 미국의 6,70년대 격동기를 몸소 체험한다는 점에서, 한국전쟁 때 남으로 피난 내려와 파란만장한 현대사를 살아간 한 남자의 인생을 다룬 우리나라 영화 '국제시장'(2014년)과 많이 닮아있다. 동시대의 유명 인물들을 만나는 장면이 많아서 실화라고 생각할 수 있겠으나 아니다. 둘 다 허구의 스토리이다.

포레스트의 어머니는 아들에게 '인생은 초콜릿 상자와 같은 것이다. 상자에 손을 넣을 때는 뭐가 손에 잡힐지 아무도 모른다.'는 불후의 명대사를 남긴다. 포레스트는 쓰디쓴 다크 초콜릿을 잡고 태어났지만, 순수하고 따뜻한 마음을 간직하고 살아가면서 마침내 자신의 인생을 달달한 밀크 초콜릿으로 변화시키지 않았나 싶다.

트루먼 쇼(The Truman Show)

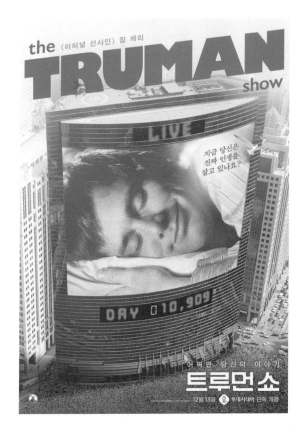

　'트루먼 쇼(The Truman Show, 1998년)'는 '죽은 시인의 사회'(1990
년)을 연출한 호주 출신의 피터 위어 감독의 작품으로, 제작비 4,000
만 달러를 들여 그 6배가 넘는 2억 6,400만 달러의 수익을 올린 SF
코미디드라마 영화이다. 주인공인 코미디배우 짐 캐리는 이 영화에
서 연기 변신에 성공하여 1999년 골든 글로브 남우주연상을 받았다.
　이 영화는 거대한 돔 안에 현실처럼 꾸며진 스튜디오 안에서 살
고 있는 한 남자의 인생사를 본인이 모르게 전 세계 사람들에게 TV
연속극으로 방영하고 있는데, 이러한 사실을 조금씩 인지해 가는 주

인공 트루먼이 자신의 인생에 대한 진실을 찾으려고 몸부림치는 과정을 통해 참다운 인생의 의미를 묻고 있다.

씨헤이븐이라는 작은 섬에 사는 트루먼은 태어날 때부터 하루하루 살아가는 모습이 자신도 모르는 사이에 '트루먼 쇼'라는 TV 리얼리티 쇼의 주인공이 되어 구석구석 숨겨진 5천 대의 카메라에 촬영되어 방영되고 있는데, 시청자는 세계 220개국 17억 명으로 집계되고 있다. 트루먼의 삶에 등장하는 가족과 친구, 직장동료들은 모두 연출자인 크리스토프 PD(에드 해리스 扮)의 지휘 아래 저마다 맡은 역할을 연기하는 배우들이다.

크리스토프 PD는 트루먼을 아예 섬 밖으로 나가지 못하게 하려고 트루먼이 8살이 되었을 때 아빠와 함께 바다에 낚시 여행을 가게 하는데, 이때 폭풍우를 일으켜 아빠를 물에 빠져 죽게 한다. 어린 트루먼에게 물 공포증을 심어준 것이다. 아울러 여행보다는 집 안에 머무는 것이 안전하다고 계속 방송하여 세뇌까지 시킨다.

청년이 된 트루먼(짐 캐리 扮)은 크리스토프 PD의 치밀한 통제에도 불구하고 예상치 못한 행동을 보이기도 하는데, 특히 아내로 맺어주려 했던 메릴(로라 리니 扮)이 아닌 실비아와 사랑에 빠지게 된다. 그러자 실비아는 바로 세트에서 제거되는데, 결국 트루먼은 메릴과 결혼하지만 피지로 간다고 한 실비아를 몹시 그리워한다.

보험회사원으로 근무하는 트루먼이 30세가 되던 무렵, 하늘에서 조명기구가 바닥으로 떨어지는 것을 보게 된다. 또, 길을 걷다가 마주친 노숙자가 22년 전에 죽은 아버지라는 사실을 알게 되는데, 그러자 사람들이 몰려와서 아버지를 강제로 버스에 태워서 가버린다. 또, 처음 만난 사람이 자신의 이름을 알고 있는 데다, 차에서 라디오 주파수를 맞추다가 자신의 일거수일투족이 라디오에 생중계되는 기이한 현상도 겪게 된다. 트루먼은 세상이 자신에게 맞춰져 돌아가는 것을 인식하게 되면서 자신의 일상생활에 의문을 갖기 시작한다.

트루먼은 그곳을 떠나려고 시도해 보지만 매번 급조된 긴급 상황이 생겨서 좌절된다. 그리고 아내 메릴의 행동도 의심스럽게 보이기 시작한다. 이를 눈치챈 메릴은 계속 남편을 속여야 한다는 부담감 때문에 스트레스가 급증하는데, 그러다 보니 두 사람의 결혼생활은 파탄에 이르고 만다. 결국 메릴도 '트루먼 쇼'에서 빠지게 된다. 트루먼은 친구인 말론과 상의를 해보지만, 트루먼을 안심시키기 위해 노력하는 말론 또한 크리스토프 PD의 지시대로 움직이는 연기자일 뿐이다. 트루먼은 지하실에 혼자 틀어박혀 고민을 한다.

어느 날 밤, 트루먼은 이불 속에서 잠자는 것처럼 꾸며놓고 비밀통로를 통해 지하실에서 빠져나온다. 뒤늦게 이를 알게 된 크리스토프 PD는 처음으로 '트루먼 쇼'를 일시 중단한다. 그러자 갑자기 시청률이 급등하면서 첫사랑 실비아를 포함한 많은 시청자가 트루먼의 탈출 시도를 응원한다. 크리스토프 PD는 모든 스태프와 배우들에게 온 마을을 샅샅이 뒤져서 트루먼을 찾으라고 지시하고, 심지어 어두운 새벽에 해를 띄우기까지 한다.

결국, 보트를 타고 바다 멀리 떠나고 있는 트루먼을 발견하는데, 그의 호주머니에는 실비아의 사진이 들어있었다. 크리스토프 PD는 트루먼이 탄 보트를 다시 돌아오게 하려고 기후 프로그램을 조정하여 폭풍우를 일으킨다. 번개도 치게 한다. 폭풍우에 휩쓸린 트루먼이 바다에 추락하여 익사할 위기에 처하자 그제야 크리스토프 PD는 폭풍우를 중단시킨다.

마침내 트루먼이 탄 보트가 돔의 가장자리에 도달하자, 트루먼은 돔 벽에 그려진 하늘을 보게 된다. 트루먼은 자신의 삶이 거대한 세트장에서의 실시간 리얼리티 쇼였고, 그의 주위에 있던 모든 상황이 설정이었음을 알게 되자, 분노를 참지 못하고 벽을 치며 울부짖는다.

그러다가 발견한 계단을 타고 올라가다가 'EXIT'라고 적힌 출구를 발견한다. 크리스토프 PD는 전 세계의 시청자들이 지켜보는 가운데 마이크를 통해 트루먼에게 세트장에 계속 머물러 있도록 설득한다. 그리고는 생방송 중이니 답변을 하라고 말한다.

트루먼은 과연 어떤 선택을 할 것인가? 크리스토프 PD의 제안을 받아들여 돔 안에 구축된 자신만의 세계에서 계속 살아가게 될 것인가? 아니면 지금까지 살아온 자신의 모든 것이었던 돔 안의 세트장을 벗어나 미지의 세계로 나갈 것인가? 트루먼은 잠시 생각한 뒤, 입을 연다.

"못 볼지도 모르니 미리 인사할게요. 굿 애프터 눈! 굿 이브닝! 굿 나이트!"

그는 시청자들에게 고개 숙여 큰절을 하고 출구로 나간다. 이제 자유의지에 의한 진짜 트루먼의 삶이 시작된 것이다. 시청자들은 박수를 치며 환호한다. 방송국의 경영진들은 지난 30년간 계속되었던 '트루먼 쇼'가 완전히 끝났다는 사실을 받아들이고, 충격을 받아 멍하게 있는 크리스토프 PD를 제쳐두고 방송중단을 지시한다. 시청자들은 잠시 혼란스러워하지만, 언제 그랬냐는 듯 다른 프로그램을 보기 위해 채널을 돌린다. 세상에는 '트루먼 쇼'만 존재하는 것이 아니기 때문이다.

트루먼은 첫사랑 실비아를 찾아 피지섬으로 떠난다. TV를 통해 이 모습을 지켜보던 실비아도 트루먼을 만나기 위해 LA에 있는 아파트에서 뛰쳐나가면서 영화가 끝난다.

노인을 위한 나라는 없다
(No Country for Old Men)

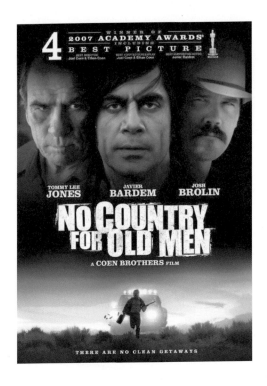

    2007년에 나온 조엘 코엔과 에단 코엔 형제 감독의 '노인을 위한 나라는 없다(No Country for Old Men)'는 2005년에 출간된 미국 현대 문학의 거장 코맥 매카시(1933~2023)의 동명 소설을 영화화한 것으로, 아카데미 시상식에서 작품상과 감독상, 각색상, 남우조연상을 받아 4관왕을 차지하였다.

    이 영화의 제목은 예이츠의 시 '비잔티움으로의 항해'의 첫 구절 '저곳은 노인들이 살 나라가 못된다(That is no country for old men).'에서 나온 것이다. 늙은 보안관 벨(토미 리 존스 扮)이 '예전에는 보안관들이 총을 들고 다닐 필요가 없었다.'며 과거를 회상하는 내레이션을 하면서 영화가 시작된다. 러닝 타임 2시간 2분.

　1980년 여름, 베트남전 참전용사였던 은퇴한 용접공 르웰린 모스(조쉬 브롤린 扮)는 미국 남부의 사막에서 사냥감을 뒤쫓다가 우연히 총격전이 벌어진 현장을 발견한다. 그곳에는 십여 명의 널브러진 시체와 함께 여러 대의 차가 있었다. 차 한 대의 문을 열자, 총상으로 죽어가는 사람이 르웰린에게 물을 달라고 한다. 차 트렁크에는 마약 자루가 쌓여있었고, 언덕 위 나무에 기대어 죽은 사람 옆에는 2백만 달러가 들어있는 돈가방이 있었다.

　르웰린은 돈가방을 들고 아내 칼라와 함께 사는 트레일러로 돌아온다. 자리에 누웠으나 물을 달라던 사람이 생각나서 쉽게 잠들지 못한다. 그는 새벽 일찍 일어나 물통을 들고 다시 그곳으로 가는데, 때마침 현장에 도착한 갱단에게 쫓기는 신세가 된다. 그는 차를 버리고 도망치다가 강물 속에 뛰어들어 겨우 목숨을 건진다. 다시 집에 온 르웰린은 칼라에게 '속히 장모님 댁에 가있으라.'고 말하고 사라진다.

　갱단에서는 그 돈을 되찾기 위해 사이코패스 살인광 안톤 쉬거(하비에르 바르뎀 扮)를 고용한다. 사건 현장에 온 안톤은 돈가방 추적장치 리모컨과 르웰린의 차량번호를 확인한 후 의뢰인들을 쏴 죽인다. 그는 차적 조회 후 르웰린의 트레일러로 찾아오지만 아무도 없다. 이어 보안관 벨과 그의 조수도 사건 현장과 트레일러를 방문하지만 한발 늦다.

　르웰린은 총기를 구입하여 도롯가의 싸구려 모텔에 들어간다. 돈가방을 벽장 안에 숨기고 잠시 외출한 사이 갱단이 모텔에 들어온 것을 알게 되자, 그는 자신의 방 뒤쪽에 방을 하나 더 얻는다. 이때 추적장치의 신호를 따라 모텔에 도착한 안톤은 투숙해 있던 갱단과 총격전을 벌여 세 사람을 쏘아 죽이는데, 그 사이 르웰린은 돈가방을 챙겨서 달아난다.

르웰린은 다른 모텔에 들어가서 돈가방을 열고 추적 장치를 찾아
내지만, 또다시 안톤이 뒤따라온다. 르웰린은 창문 밖으로 달아나다
가 허리에 총상을 입는데, 쫓아오는 안톤에게도 허벅지에 총상을 입
힌다. 안톤은 약품을 구입하여 자가 치료를 한다.

돈가방을 국경선 철조망 너머 풀밭에 던지고 멕시코로 가서 병
원에 누워있는 르웰린에게 갱단에서 보낸 해결사 카슨이 찾아온다.
카슨은 르웰린을 쫓아오는 자가 악명 높은 살인광 안톤 쉬거임을
알려주면서, 안톤이 당신의 가족을 죽이러 갈 것이라며 돈가방을
자신에게 넘기면 자신이 가족을 보호해 주겠다면서 자신의 연락처
를 놓고 간다.

길 건너 자신의 숙소로 돌아가던 카슨은 뒤따라 들어온 안톤에게
자신의 방에서 피살당한다. 그 방에서 카슨에게 걸려온 르웰린의 전
화를 받은 안톤은 돈가방을 가져오면 너의 아내를 살려주겠다고 하
는데 르웰린은 헛소리 말라고 한다. 돈가방을 찾아서 미국으로 넘어
온 르웰린은 아내 칼라에게 전화를 걸어 텍사스에 있는 디저트모텔
로 오라고 말한다.

친정어머니와 함께 택시를 타고 오던 칼라는 택시에서 내려서 보
안관 벨에게 전화를 걸어 남편을 보호해달라며 약속 장소를 알려준
다. 그 사이 친정어머니는 뒤를 쫓아온 갱스터의 친절에 속아서 약
속 장소를 알려주는 바람에 르웰린은 디저트모텔에서 피살되고 만
다. 뒤늦게 도착한 벨은 또 허탕을 치고….

세월이 얼마나 흘렀을까. 어머니의 장례를 치른 칼라가 집에 돌
아왔을 때, 안톤이 방에서 기다리고 있었다. 칼라가 '나를 죽일 필요
가 있나요?' 하고 말하자, 안톤은 네 남편이 당신을 살릴 기회를 놓
쳤다면서 동전을 던지겠으니 삶과 죽음 중에서 선택하라고 말한다.

칼라는 선택을 거부한다.

잠시 후, 그 집을 나온 안톤은 신발 바닥에 피가 묻었는지 확인하고, 차를 운전해 가다가 앞차를 들이받는 추돌사고로 팔뼈가 부러지는 부상을 입은 채 경찰차 소리를 듣고 도주한다. 돈가방의 행방은 끝내 밝혀지지 않는다.

보안관 벨은 자신이 감당하기 어려운 세상이 되었음을 절감한다. 그는 르웰린을 보호하면서 안톤을 체포하려 했지만, 두 가지 다 실패하고 결국 은퇴하게 된다. 벨이 집에서 자신의 아내와 함께 식사하며 지난밤의 꿈 이야기를 하면서 영화가 끝난다.

벨이 들려준 꿈 이야기를 통해서 이 영화의 제목을 유추해 보면, 할아버지와 아버지에 이어 3대째 보안관을 해온 벨이 이제 노인이 되면서 자신도 다음 세대에 자리를 물려줄 때가 되었다고 생각하는 것을 의미한다고 볼 수 있다.

1996년 영화 '파고(Fargo)'로 아카데미 각본상을 수상했던 코엔 형제는 '노인을 위한 나라는 없다'를 연출할 때는 쫓기는 자와 쫓는 자, 노쇠한 보안관의 추격전을 통하여 소름 끼치는 서스펜스와 온몸을 옥죄는 긴장감을 주면서도 세 사람이 한 프레임에 걸리지 않도록 배치하는 내공을 보여준다.

이 영화에서 길쭉한 압축가스 통과 소음기를 장착한 총을 들고 다니는 무표정한 살인마 안톤 쉬거가 뿜어내는 카리스마는 영화를 압도한다. 아카데미 남우조연상을 받은 그의 사이코 연기는 가히 이 시대 최강 빌런의 모습이다. 하물며 동전던지기로 죄 없는 상대방의 생사를 결정하는 장면에서는 어이가 없어서 입이 다물어지지 않는다.

그래비티(Gravity)

    러시아의 고장 난 인공위성이 자국에서 발사한 미사일에 맞아 폭파되면서 그 파편들이 고속으로 지구궤도를 돌고 있다는 뉴스가 전파를 탄다. 미국우주센터에서는 위험상황을 감지하고 지상에서 600km 상공에 떠 있는 우주왕복선 익스플로러호 팀의 조종사 맷 코왈스키(조지 클루니 扮)와 허블망원경 통신 패널을 수리하는 라이언 스톤 박사(산드라 블록 扮), 항공엔지니어 샤리프에게 임무를 중단하고 속히 지구로 귀환하라는 명령을 내린다.

    예상보다 빨리 날아온 인공위성의 파편들이 미국 우주정거장의 구조물들과 부딪치기 시작한다. 이때 밖에서 작업을 하던 샤리프는 날아오는 파편에 머리를 맞아 즉사하고, 스톤 박사는 우주선과 연결된 로봇 팔이 부러지면서 우주공간으로 튕겨 나가 표류한다. 코왈스키가 스톤 박사에게 다가가 서로의 우주복을 케이블로 연결하고 우주왕복선으로 돌아오면서 샤리프의 시신을 회수한다.

    우주왕복선 안은 인공위성의 파편에 맞아 처참하게 손상되어 있었고, 승무원들은 우주공간에 맨몸으로 노출된 탓에 모두 동사(凍死)한 상태였다. 이곳의 온도는 영하 100도와 영상 125도 사이를 오르내린다. 코왈스키와 스톤 박사는 생존자가 자신들 둘밖에 없음을 미국 우주센터에 보고하고, 가장 가까운 국제우주정거장(ISS)에 있는 러시아 우주선 소유즈를 타고 지구로 귀환하기로 한다.

그런데 소유즈에 도착해보니 이곳도 파편에 맞아 엉망이 되어있었다. 우주선 충돌사고 여파로 다리와 발목에 고장난 소유즈의 낙하산 줄이 감기어 둘 다 위험에 처해지자, 코왈스키는 '당신은 꼭 살아서 돌아가라.'며 자신에게 연결된 생명줄을 끊어버린다. 그러면서 통신기로 '소유즈를 타고 중국 우주정거장 텐궁으로 가서 우주선 센조를 타고 귀환하라.'고 말하고 우주 공간으로 사라진다. 스톤 박사는 이제 막막한 우주에 홀로 남겨진다.

스톤 박사는 소유즈에 들어가 우주복을 벗고 통신기를 찾아서 코왈스키를 계속 불러보지만 대답이 없다. 그때 우주정거장에 화재가 발생한다. 스톤 박사는 소화기를 찾아서 불을 끄다가 급히 소유즈로 들어가 거주부분과의 도킹을 해제한다. 조종석에 앉은 스톤 박사는 텐궁으로 가려고 시동을 켜는데, 아뿔싸! 연료가 하나도 없었다.

통신기를 켠 스톤 박사가 '메이데이! 메이데이!'를 외치자, 잠시 중국인의 응답이 있는 듯했으나 이내 교신이 끊어지고 만다. 스톤 박사는 '아, 여기서 죽는구나.' 생각하며 산소농도를 낮추고 눈을 감으며 지난날들을 되돌아보는데, 그때 죽은 줄 알았던 코왈스키가 해치를 두드리며 들어오는 것이 아닌가. 그는 '이봐, 라이언. 이제 집에 돌아갈 시간이야.' 하면서 연료가 없으면 지상착륙용 로켓엔진을 쓰면 된다며 옆에 앉아서 작동 방법을 가르쳐준다.

그런데 정신을 차리고 보니 옆에는 아무도 없었다. 환상이었을까? 용기를 얻은 스톤 박사는 다시 산소농도를 올리고 매뉴얼을 찾아보면서 코왈스키가 가르쳐준 대로 지상착륙용 로켓엔진을 작동한다. 그렇게 하여 톈궁 가까이 날아간 후, 밖으로 점프하여 소화기의 분사력을 이용하여 톈궁에 안착한다.

그러나 톈궁도 파편에 공격당한 여파로 많이 망가져서 급격히 고도가 떨어지면서 곧 대기권으로 진입하는 상황이었다. 스톤 박사는 급히 톈궁의 우주선 셴조의 조종실로 들어가는데, 조종 버튼이 모두 중국어로 되어있었다. 처음 조종법을 배울 때의 기억을 되살리며 가까스로 거주부분과의 도킹을 해제하고 발진을 시작한다. 셴조가 대기권에 진입하면서 신원을 밝혀달라는 미국우주센터의 교신소리도 들리고 라디오에서 노랫소리도 들려온다.

지상이 가까워지자, 낙하산이 펴지면서 셴조는 한 호수에 떨어진다. 셴조 밖으로 나온 스톤 박사는 우주복을 벗고 수면 위로 올라온다. 잠시 불타면서 떨어지는 우주 파편들을 바라보다가 천천히 배영을 하면서 호안(湖岸)에 닿는다. 일어서다가 중력 때문에 주저앉은 스톤 박사가 다시 땅을 밟고 일어서서 천천히 걸어가면서 영화가 끝이 난다.

'그래비티(gravity)'는 '중력'을 의미하는 말인데, '해리포터와 아즈카반의 죄수'(2004년)를 연출한 멕시코 출신의 알폰소 쿠아론 감독이 2013년에 만든 SF 재난영화이다. 아카데미 시상식에서 감독상과 촬영상, 편집상, 시각효과상, 음향상, 음향편집상, 음악상 7개 부분을 수상하는 등 여러 영화제에서 많은 상을 휩쓸었다. 러닝 타임 90분.

이 영화는 2013년 8월에 열린 베니스 영화제의 개막작품으로 상영되어 제임스 카메론 감독을 비롯한 여러 평론가의 극찬을 받았다. 로튼 토마토 신선도지수에서 96%라는 엄청난 평가를 받았고, IMDb 평점은 10점 만점에 7.7을 받았다. 국내에서는 별 5개를 주거나 10

점 만점을 주는 평론가도 있었다.

고립된 우주에서 느끼는 심리적 고통과 그것을 극복하는 모습을 관객이 직접 체험하는 것처럼 느껴지도록 연출한 점이 가장 돋보인다. 우주에서 보는 푸른 지구의 모습과 장엄한 해돋이 장면, 대기권으로 들어오면서 불타는 우주선의 모습 등에서 웅장한 영상미가 느껴진다. 또 소리를 죽여서 우주의 진공상태를 표현하거나, 긴박한 상황을 표현하는 음향 등 그때그때의 분위기를 살린 음악도 상당히 인상적이다. 과학과 예술의 협력이 영화를 새로운 차원으로 끌어올릴 수 있다는 점을 보여주는 확실한 사례가 아닌가 싶다.

스톤 박사 역은 원래 안젤리나 졸리가 맡기로 했으나 출연료와 스케줄 문제로 불발되었고, 이후 오디션 없는 캐스팅 제의에 응한 나탈리 포트먼에게 기회가 갔으나 임신과 스케줄 문제로 또다시 불발되어 결국 산드라 블록에게 돌아갔다. 코왈스키 역도 원래 로버트 다우니 주니어가 내정되어 있었지만, '아이언맨3'(2013년)의 촬영 스케줄과 겹치는 바람에 조지 클루니가 맡게 되었다고 한다.

영화에세이(3-12)
겨울왕국(Frozen)

　'겨울왕국(2013년)'은 미국 월트디즈니 컴퍼니 창립 90주년을 기념하여 만든 장편 애니메이션 뮤지컬 판타지 어드벤처 영화이다. 안데르센의 동화 '눈의 여왕(The Snow Queen)'에서 일부 설정과 캐릭터를 차용했으나 스토리가 전혀 다르기 때문에 영어 제목은 'Frozen'이다. 러닝 타임 108분.

　이 영화는 2014년 아카데미 시상식에서 장편애니메이션상과 주제가상을 받아 2관왕을 차지하였고, 골든 글로브 애니메이션상을 필두로 거의 모든 시상식의 애니메이션상을 휩쓸었다. 아울러 역대 애니메이션 영화 중에서 박스오피스 1위와 함께 최고의 매출 실적도 기록하였다.

아렌델 왕국, 무엇이든 얼게 하는 마법의 힘을 가지고 태어난 엘사 공주는 어린 시절 놀다가 실수로 여동생 안나 공주의 머리를 다치게 한다. 왕과 왕비는 산신족인 트롤을 찾아가 다친 안나를 치료한 후, 엘사에게 늘 장갑을 끼도록 조치한다. 아울러 엘사의 마법을 숨기기 위해 궁전의 문을 굳게 닫고, 두 자매를 각각 다른 방에서 지내게 한다.

세월이 흐르고, 왕과 왕비가 타고 가던 배가 폭풍우를 만나 침몰하여 갑자기 사망하게 되자, 3년 후 성년이 된 엘사는 대관식을 치르고 여왕의 자리에 오르게 된다. 동생 안나는 궁전 밖으로 나갔다가 서던제도 출신의 한스 왕자를 만나 함께 데이트하고 춤을 추면서 서로 사랑하게 된다. 한스 왕자가 청혼하자, 안나가 '좋아요!' 하고 수락한다.

그날 밤, 안나가 한스 왕자를 엘사에게 소개하면서 결혼하겠다고 하자, 엘사는 방금 만난 사람과의 결혼을 허락할 수 없다고 말한다. 두 자매는 말다툼을 하게 되고, 안나가 돌아서는 엘사의 손을 잡다가 장갑이 벗겨지는 바람에 갑자기 궁 안에 얼음 창들이 솟아오르면서 엘사의 마법이 세상에 알려지게 된다. 엘사는 궁을 떠나버리고, 아렌델 왕국에는 혹독한 겨울이 찾아온다.

북쪽 산으로 간 엘사는 그곳에 얼음궁전을 만들고 혼자 지낸다. 안나는 자신 때문에 떠난 엘사가 돌아와서 아렌델 왕국의 혹독한 겨울을 끝내도록 하려고 엘사를 찾아 나선다. 도중에 얼음장수 크리스토프와 순록 스벤을 만나는데, 그들은 안나를 썰매에 태우고 북쪽 산으로 데려간다. 가다가 늑대 떼를 만나 썰매를 잃게 되지만, 엘사가 어릴 때 만든 눈사람 올라프를 만난 덕분에 엘사의 얼음궁전에 도착하게 된다.

엘사를 만난 안나가 돌아가자고 하자, 엘사는 다른 사람들의 안전을 위해서 돌아가지 않겠다고 말한다. 그러다가 엘사가 실수로 안나의 심장을 얼게 하는데, 안나 일행은 엘사가 만든 얼음괴물에게 쫓겨난다. 크리스토프는 안나를 데리고 트롤을 찾아간다. 트롤은 안나의 심장이 얼었다면서, 언 심장은 진정한 사랑으로 녹일 수 있으며 그렇지 않으면 얼어 죽게 된다고 말한다. 크리스토프는 한스 왕자가 안나를 구할 수 있다고 생각하고, 안나를 스벤에 태우고 아렌델 궁전으로 달려간다.

한편, 한스 왕자는 두 공주를 찾기 위해 수색대를 이끌고 엘사의 얼음궁전에 도착한다. 수색대와 얼음괴물과의 싸움 중에 엘사는 천장에서 떨어진 샹들리에에 맞아 쓰러지는데 눈을 떠보니 아렌델 궁전의 감방이었다. 한스 왕자가 감방으로 찾아와서 혹독한 겨울을 끝내달라고 요청하는데, 엘사는 그렇게 하는 방법을 모른다고 말한다.

이때 아렌델 궁전에 도착한 안나는 한스 왕자에게 사랑의 키스를 요구하지만 거절당한다. 한스 왕자는 12명의 형이 있어서 서던제도의 통치자가 될 수 없었기 때문에 아렌델 왕국을 차지하려고 안나를 사랑하는 척했다고 말한다. 그러면서 엘사를 죽이고 아렌델 왕국을 차지하겠다며 얼어 죽어가는 안나를 방에 그대로 둔 채 나가버린다. 이때 눈사람 올라프가 와서 안나를 진정으로 사랑하는 사람은 크리스토프라며 빨리 그를 만나라고 말한다.

한편, 감방을 탈출한 엘사와 마주친 한스 왕자는 안나가 죽었다고 거짓말을 한다. 엘사가 쓰러져 울자, 한스 왕자가 칼을 빼 들고 엘사를 죽이려 한다. 이때 크리스토프를 만나러 가던 안나가 두 사람 사이로 뛰어드는데, 그 순간 안나는 얼어붙고 만다. 엘사가 얼어붙은 안나를 붙잡고 오열하자, 안나가 서서히 녹으면서 살아난다. 숭

고한 희생이야말로 진정한 사랑의 행동이었던 것이다.

　엘사는 진정한 사랑이 자신의 마법을 자유자재로 조절할 수 있다는 사실을 깨닫고 아렌델 왕국을 여름으로 되돌린다. 그리고 눈사람 올라프 위에 전용 눈구름을 만들어 여름에도 녹지 않게 해준다. 한스 왕자는 안나가 날린 분노의 주먹을 맞고 바다에 빠졌다가 서던 제도로 끌려가고, 엘사 여왕은 '다시는 궁전의 문을 닫지 않겠다.'고 약속한다. 안나는 크리스토프에게 새 썰매를 사주고 서로의 사랑을 확인하면서 영화가 끝난다.

　'겨울왕국'은 흥미진진하면서도 완성도 높은 스토리와 환상적이고 아름다운 영상으로 디즈니 애니메이션의 부활을 전 세계에 각인시킨 여성 취향의 영화로, 어린이와 청소년들에게 큰 인기를 모았다. 특히 주제곡인 'Let It Go'가 각종 음원차트에서 1위를 차지하면서 세계적인 선풍을 일으켰다.

　이 영화의 흥행 국가 순위는 미국, 일본 다음으로 한국이다. 2014년 1월 16일 개봉한 '겨울왕국'이 2014년 3월 2일 애니메이션 영화로는 최초로, 외국영화로는 '아바타'(2009년) 이후 두 번째로 1,000만 관객을 돌파하였다. 그리고 5년 후에 '겨울왕국2'(2019년)가 다시 1,377만 명을 기록하였다. 그 전의 우리나라 최다 관객 동원 애니메이션 영화는 506만을 기록한 '쿵푸팬더2'(2011년)였다.

　'겨울왕국'이 어린이들에게 공주와 왕자에 대한 터무니없는 환상을 심어준다는 부정적인 견해도 있다. 그러나 두 자매가 서로 시기하고 질투하면서도 결정적인 순간에는 서로를 위해 헌신하는 모습이 무척 감동적이고, 또 여러 난제(難題)의 해법으로 진정한 사랑을 제시한 것은 참으로 의미 있는 메시지가 아닌가 싶다.

매드 맥스: 분노의 도로(Mad Max: Fury Road)

핵전쟁으로 인해 생명체가 거의 절멸한 22세기, 가까스로 살아남은 인간들은 바위산 시타델에서 물과 기름을 독점하고 구세주 행세를 하는 임모탄(휴 키스 번 扮)의 압제하에서 살아가고 있다. 경찰관 출신 맥스(톰 하디 扮)는 아내와 딸을 잃고 황량한 사막에서 떠돌이 생활을 하다가 임모탄의 부하들에게 납치되어 시타델로 끌려간다.

임모탄은 기동대의 대장 퓨리오사(샤를리즈 테론 扮)에게 전투트럭에 유조탱크를 달고 무기농장과 가스타운에 가서 무기와 가솔린을 실어 오라고 지시한다. 어릴 때 임모탄에게 납치되어 이곳에 끌려온 퓨리오사는 전투트럭을 운전하는 기회를 틈타 임모탄으로부터 아이 낳는 도구 취급을 받아온 그의 아내 5명을 유조차에 숨기고 어릴 때 살던 고향인 녹색의 땅으로 탈출을 감행한다.

퓨리오사가 도망친 것을 알게 된 임모탄은 여러 특수차량을 동원하여 추격에 나서고, 그에게 세뇌된 암환자 눅스(니콜라스 홀트 扮)는 싸우다 죽어서 전사자의 천국인 발할라에 가겠다며 추격대에 자원한다. 눅스는 노예인 맥스의 입을 쇠창살로 봉하고 팔을 쇠사슬로 묶어서 자신의 팔에 연결하여 특수차에 세운 기둥에 그를 묶는다. 혈액형이 O형인 맥스는 눅스와 부상병들에게 혈액을 공급하는 피주머니 역할을 하게 된다.

맥스가 탄 차는 거대한 모래폭풍을 통과하다가 모래 속에 반쯤 파묻힌다. 모래를 헤치고 나온 맥스와 늦게 깨어난 눅스는 전투트럭에 있는 물로 몸에 묻은 모래를 씻어내고 있는 퓨리오사와 다섯 여인들을 제압하고 전투트럭을 탈취한다. 맥스는 눅스와 연결된 쇠사슬을 끊어내고 혼자 차를 타고 달아나지만, 퓨리오사가 설정해 놓은 도난방지 장치 때문에 얼마 못 가서 차가 멈춰 선다.

임모탄의 추격대에다 무기농장과 가스타운의 부대까지 뒤쫓아오자, 맥스는 퓨리오사 일행을 다시 전투차량에 태운다. 한 팀이 된 맥스와 퓨리오사는 협곡을 지나갈 때 바위 라이더들이 공격해오지만, 총격전 끝에 이들을 물리친다. 이때 유조탱크 밑에 숨어있던 임모탄의 골수추종자 눅스는 임모탄의 아내들로부터 임모탄의 총알받이라는 야유를 듣고 차차 변심하게 되는데….

거대한 바퀴를 단 트럭으로 갈아탄 임모탄이 따라오면서 총을 겨누지만, 만삭의 아내 스플렌디드가 전투트럭의 차문을 열고 몸뚱이를 보이자 차마 쏘지 못한다. 이때 차 문이 바위에 부딪치면서 스플렌디드가 땅바닥에 떨어지는데, 임모탄이 그녀를 차에 싣는다. 밤이 되고, 피아(彼我)의 차들은 안개 낀 늪지대에서 발이 묶인다. 임모탄은 죽어가는 스플렌디드의 몸에서 아기를 꺼내라고 생체기술자에게 지시하는데, 꺼내보니 아기는 이미 숨져있었다.

다시 출발한 퓨리오사 일행은 사지(四肢)를 장대에 의지한 채 늪지대를 걷는 괴상한 사람들 옆을 지나간다. 도와달라는 알몸 여성의 소리를 들은 퓨리오사는 차를 세우고 사람들을 만나는데, 그곳이 바로 자신이 가고자 했던 고향, 녹색의 땅이었다. 고향 사람들은 물과 토지가 오염된 탓에 농사를 지을 수가 없어서 굶주리고 있었다. 퓨리오사는 주저앉아 오열한다.

소금사막을 지나서 더 가보려고 하던 퓨리오사는 '물이 있고 농작물이 풍부한 시타델로 돌아가자. 그곳엔 지금 노약자들만 있다.'고 하는 맥스의 의견을 좇아 눅스와 고향사람들을 전투차량에 태우고 다시 시타델로 향한다. 가는 길에 임모탄의 추격대와 마주치자, 이들은 총탄과 화염, 작살이 난무하는 마지막 전투를 벌인다.

맥스와 눅스, 고향사람들은 합심하여 임모탄의 추격대, 무기농장과 가스타운의 부대를 괴멸시키고, 퓨리오사는 임모탄을 죽인다. 눅스의 희생으로 협곡을 무사히 통과한 이들은 마침내 시타델에 입성한다. 이때 퓨리오사는 심각한 부상을 당하는데, 맥스는 퓨리오사에게 직접 수혈을 해주며 간호를 한다.

이들은 시타델에 운집한 군중들 앞에 임모탄의 시체를 내던져서 그의 죽음을 알리고, 기적적으로 살아난 퓨리오사는 군중들에 의해 새 지도자로 추대된다. 물을 수로에 가득 흘려보내자 군중들은 환호한다. 맥스는 퓨리오사에게 눈인사를 하고 군중 속으로 사라지고, 엔딩 크레딧에 이런 문구가 나오면서 영화는 막을 내린다.

"이 황무지를 떠돌고 있는 우리는 더 나은 자신을 찾기 위해 어디로 가야하는가(Where must we go, we who wander this wasteland, in search of our better selves)."

'매드 맥스: 분노의 도로(Mad Max: Fury Road)'는 멜 깁슨이 전직 경찰관으로 나오는 '매드 맥스' 1편(1979년), 2편(1981년), 3편(1985년)에 이어지는, 30년 만에 나온 4편이다. 이 시리즈로 감독에 데뷔한 호주 출신의 조지 밀러는 4편의 각본과 제작, 연출까지 맡아 남아프리카 공화국과 나미비아 사막에서 9개월 동안 촬영을 했다. 2016년 아카데미 시상식에서 의상상과 분장상, 미술상, 편집상, 음향편집상, 음향효과상을 받았고, 전 세계에서 3억 7,400만 달러를 벌어들였다. 러닝 타임 1시간 54분.

  이 영화는 아포칼립스 이후 살아남은 인류가 생존의 열쇠인 물과 기름을 독점한 자들과 생존을 위해 사투를 벌이는 영화로, 현대사회를 살아가는 우리들에게 여러 가지를 시사한다. 황량한 사막과 초토화된 도시의 모습은 현대사회의 심각한 환경파괴와 그릇된 소비문화에 대한 냉철한 비판이며, 미래 사회에 대한 어두운 전망이기도 하다.

  '매드 맥스: 분노의 도로'는 사막에서 펼치는 기괴하게 생긴 특수차들의 기상천외한 전투 액션이 상당한 볼거리를 제공하는 21세기 최고의 블록버스터이다. 주인공 맥스 역을 맡은 톰 하디와 퓨리오사로 나오는 여전사 샤를리즈 테론의 터프한 연기는 혀를 내두를 정도로 강렬하다. 또, 1편에서 악당으로 나오는 휴 키스 번이 4편에서도 36년 만에 악당 임모탄 역을 맡아 노익장을 과시한다. 내 영화 이력을 통틀어 이보다 더 다이내믹하고 화끈한 액션영화를 본 적이 없다.

영화에세이(3-14)

라라 랜드(La La Land)

　'라라 랜드(La La Land)'는 '꿈의 나라' 혹은 '몽상의 세계'를 의미하는데, 할리우드를 품고 있는 도시 로스앤젤레스(LA)를 의미하기도 한다. 이 영화는 '위플래쉬'(2014년)를 연출한 데미안 셔젤이 각본과 감독을 맡아 만든 영화의 제목으로, 2016년 베니스영화제의 개막작으로 상영되어 역대급 뮤지컬 멜로드라마라는 찬사를 받았다.

　아울러 골든 글로브 시상식에서 작품상과 감독상, 각본상, 남녀주연상, 주제가상, 음악상 등 7개 부문을 수상하여 최다수상 기록을 세웠다. 아카데미 시상식에서도 14개 부문에서 후보에 올라 감독상과 여우주연상, 촬영상, 미술상, 주제가상, 음악상 등 6개 부문을 수상하는 외에도 여러 영화제에서 각종 상을 휩쓸었다.

　제작비 3,000만 달러의 저예산으로 만든 이 영화는 개봉 6개월 후 북미에서 흥행수입 1억 5,000만 달러를 돌파했다. 북미를 제외한 해외에서는 약 3억 달러를 벌어들였는데, 한국이 5천만 달러를 기록하여 가장 좋은 성적을 냈다. 그 뒤로는 일본, 영국, 중국 순이었다.

　'라라 랜드'(2016년)는 재즈 피아니스트 세바스찬(라이언 고슬링 扮)과 카페의 바리스타 미아(엠마 스톤 扮)가 꿈의 도시인 라라 랜드에서 만나 서로 사랑하고 영감을 주고받으면서 각자의 꿈을 이뤄가는 이야기를 사계절에 담아서 보여주고 있다.

　— 겨울: 워너브라더스 스튜디오에 있는 카페에서 일하는 미아는 번번이 오디션에서 떨어지는 배우지망생이다. 친구들과 파티에 갔다가 파트너가 없어서 밖으로 나오니 주차해놓은 차가 견인되어가고 없다. 집으로 걸어가던 미아는 우연히 레스토랑에서 나오는 피아노 소리에 이끌려 안으로 들어선다.

　정통 클래식 재즈를 추구하는 피아니스트 세바스찬은 '징글벨' 같은 캐럴송 연주를 요구하는 레스토랑 오너의 지시대로 연주를 하다가 자신의 기분대로 재즈곡을 연주했다가 바로 해고당한다. 이때 재즈를 연주하는 피아노 소리를 듣고 들어온 미아가 잘 들었다면서 칭찬을 건네지만, 일자리를 잃고 기분이 상한 세바스찬은 미아의 어깨를 툭 치며 나가버린다.

　— 봄: 어느 파티에서 미아는 밴드의 일원으로 연주하는 세바스찬을 만난다. 둘은 대화를 나누다가 어두워진 야외주차장을 함께 걸으며 춤을 춘다. 다음날 미아가 일하는 카페에 찾아온 세바스찬은 재즈를 싫어한다는 미아를 재즈 바로 데려간다. 그러던 중 미아에게 하이틴드라마 오디션 제의가 오고, 연기에 도움이 될 거라는 세바스찬의 말에 두 사람은 월요일 밤에 만나서 영화를 보기로 한다.

월요일 밤 10시, 두 사람은 영화관에서 만나 처음 손을 잡는다. 그러다가 차를 몰고 그리피스 천문대로 향한 두 사람은 은하수 속에서 춤을 추다가 달콤한 첫 키스를 나눈다.

— 여름: 두 사람은 동거를 시작한다. 후일 카페를 차리면 자신의 우상인 찰리 파커가 좋아하던 메뉴 'Chicken on a stick(닭꼬치)'이라고 카페 이름을 짓겠다는 세바스찬과, 세바스찬의 이름을 줄여서 만든 로고 'SEB'S(셉스)'로 해야 한다는 미아는 티격태격하면서 말다툼을 한다.

세바스찬의 동창인 키이스(존 레전드 扮)가 찾아와 '메신저스'라는 밴드를 결성한다며, 키보드 연주를 맡아달라고 한다. 정통 재즈가 아닌 일렉트로니카 음악이라서 썩 내키지는 않았지만, 돈을 벌어야하는 세바스찬은 그 제안을 받아들인다. 공연을 하는 틈틈이 유튜브 홍보활동도 열심히 한다. 미아는 새로 맡은 일인극의 리허설로 바쁘게 지낸다.

— 가을: 미아는 '메신저스' 밴드의 전국투어에 빠져서 꿈을 잃어가는 세바스찬에게 정통 클래식 재즈에 대한 꿈을 상기시키다가 말다툼을 벌이게 된다. 세바스찬이 화를 내자, 미아는 집을 뛰쳐나간다.

미아의 일인극 연극 공연이 끝난다. 몇 명 안 되는 관객에 실망해 있던 미아의 귀에 스태프들의 조롱하는 소리가 들려온다. '메신저스' 홍보물 촬영이 끝나자마자 달려온 세바스찬은 늦어서 미안하다고 사죄하지만, 미아는 이제 모든 게 끝났다며 차를 몰고 고향으로 가버린다.

세바스찬의 휴대폰으로 미아의 오디션을 제의하는 캐스팅 디렉터의 전화가 오자, 세바스찬은 미아의 집으로 찾아가 알려준다. 다음날 미아는 캐스팅 디렉터를 만나는데, 그날 세바스찬은 '이번에 붙거든 모든 것을 쏟아부어.'라고 하면서, '나도 열심히 해서 꿈을 이룰 거야.' 하고 말한다. 미아는 '언제나 셉을 사랑할 거야.' 하고 대답한다.

— 5년 후, 겨울: 할리우드의 대스타가 된 미아는 남편과 함께 걷다가 피아노 소리를 듣고 들어간 지하 바의 입구에서 'SEB'S'라는 로고를 보고 깜짝 놀란다. 자신의 재즈 바에서 연주자들을 소개하던 세바스찬은 미아를 보자, 피아노에 앉아서 미아와 처음 만난 레스토랑에서 쳤던 재즈곡을 연주한다. 한 곡이 끝나고 바를 나서던 미아는 무대를 돌아본다. 세바스찬이 미소를 짓자, 미아도 미소로 답하고 나가면서 영화가 끝난다.

당초 미아 역을 맡기로 했던 엠마 왓슨이 '미녀와 야수'(2017년)를 선택하는 바람에, 엠마 스톤이 미아 역을 맡아 인생작을 찍게 된다. 세바스찬 역의 라이언 고슬링은 3개월 동안 하루 4시간씩 피아노 레슨을 받은 결과, 모든 피아노 장면을 대역 없이 소화해냈다. 두 사람은 환상적인 케미를 보이며 격동적인 로맨스를 이어가지만, 끝내 맺어지지는 않는다.

'라라 랜드'는 꿈과 현실이 충돌하고 사랑과 야망이 춤을 추는 꿈의 도시 로스앤젤레스에 보내는 찬가(讚歌) 같은 영화이다. 두 주인공은 서로 격려하면서 역경을 이겨내어 마침내 자신들의 꿈을 성취한다. 이 영화는 노래와 춤 등 고전적인 음악 요소와 현대적인 서사를 매혹적으로 결합한 마법 같은 걸작으로, 시대를 초월하는 할리우드 뮤지컬 영화의 보석으로 남을 것 같다.

제4장

중국을 위시한
아시아 영화들

영화에세이(4-01)
요짐보(用心棒)

　'요짐보(用心棒)'는 일본의 거장 구로사와 아키라 감독이 1961년
에 연출한 흑백영화로, 그의 작품 중에서 최초로 해외에 수출된 시대
극이다. 다국적 서부극 '레드 선'(1971년)에 나오는 일본의 국민배우
미후네 토시로가 주연을 맡았고, 우리나라에서는 2004년에 개봉되었
다. 요짐보는 경호원 혹은 보디가드를 의미하는 일본의 속어이다.

　주인공 배우의 이름 미후네 토시로의 '토시'를 한자로 표시하면
민첩할 '민(敏)'자인데, 그는 이름 그대로 검을 상당히 민첩하게 다
룬다. 잠시 숨을 멈추고 전광석화처럼 상대를 벤 후에 숨을 몰아쉰

다. 그는 구로사와 아키라 감독의 불후의 명작들인 '라쇼몽'(1950년)과 '7인의 사무라이'(1954년), '요짐보'(1961년)의 속편 격인 '츠바키산주로'(1962년)에 모두 주인공으로 등장한다. 그는 구로사와 아키라 감독의 페르소나였다.

도쿠가와 막부가 쇠락하던 무렵, 떠돌이 무사 산주로(미후네 토시로 扮)가 어떤 마을에 들어서자, 개 한 마리가 사람의 손을 물고 지나간다. 마을의 식당 겸 여인숙에서 간단한 요기를 한 산주로는 주인장 노인으로부터 이 마을에는 '세이베이'와 '우시토라'라는 두 폭력 조직의 살벌한 세력다툼으로 한시도 조용한 날이 없다는 얘기를 듣는다. 산주로는 두 조직을 다 파멸시키고 마을을 구해야겠다고 생각한다.

산주로는 우시토라 파의 패거리 중에서 흉악범 3명을 마을 공터에서 순식간에 검으로 처치하여 실력을 보여준다. 그리고 세이베이 파를 찾아가 요짐보가 되기로 하고 선금 25료를 받는다. 일이 끝나면 잔금 25료를 더 받기로 했지만, 세이베이의 가족들이 나중에 잔금을 주지 않기 위해 자신을 죽이려고 모의하는 것을 엿듣고, 받은 선금을 던져주고 나와 버린다.

한 남자가 우시토라 파의 실력자에게 도박으로 미인 아내를 빼앗기는 일이 발생한다. 그녀의 어린 아들이 엄마를 찾으며 울부짖는 것을 본 산주로는 선금 30료를 받고 우시토라 파에 들어간다. 산주로는 세이베이 패거리들의 습격으로 여인을 감시하는 경비원 6명이 죽었다고 거짓보고를 하고, 자신이 경비원 6명을 단숨에 해치우고 여인을 구출하여 30료를 주면서 남편, 아이와 함께 멀리 도망을 가도록 한다.

그런데, 그 여인의 남편이 산주로에게 보낸 감사편지가 권총을 소지하고 있는 우시토라의 악질 동생 우노스케(나카다이 타츠야 扮)에게 발각되는 바람에 산주로는 끌려가서 심하게 구타를 당한 채 골방에 갇히고 만다. 우시토라 파의 패거리들은 몰려가서 세이베이의 가옥에 불을 지르고, 뛰쳐나오는 패거리들과 세이베이의 가족들을 모두 총과 칼로 몰살한다.

이 틈에 탈출한 산주로는 여인숙 주인장의 도움으로 산 중턱에 있는 움막으로 피신한다. 며칠 동안 여인숙 주인장이 갖다주는 음식으로 요기를 하며 몸을 추스른 산주로는 여인숙 주인장이 우노스케에게 잡혀갔다는 소식을 듣고 검을 차고 마을로 내려온다. 우시토라 파의 패거리들이 공터로 우루루 몰려나온다. 여인숙 노인장은 밧줄에 꽁꽁 묶여서 우시토라 가옥의 정문(旌門)에 대롱대롱 매달려있다.

산주로는 먼저 우노스케의 팔목에 단검을 던져 총을 못 쏘게 한 후 검으로 쓰러뜨린다. 이어서 우시토라와 남은 패거리 9명을 단숨에 처치한다. 이때 한 놈이 살려달라고 애걸하자 '집으로 가라. 가늘고 길게 사는 게 최고다.' 하면서 보내준다. 우노스케는 '지옥의 문에서 기다리겠다.'며 악담을 퍼붓고 숨을 거둔다.

드디어 이 마을에 평화가 찾아온다. 산주로는 여인숙 노인장을 묶은 밧줄을 풀어주고, 공터에 즐비한 패거리들의 시체를 뒤로한 채 다시 방랑길에 오르면서 영화가 끝난다.

'요짐보'는 60년 전 영화라고는 믿어지지 않을 만큼 탄탄한 시나리오와 정밀하게 짜인 화면구성, 망원렌즈를 활용한 촬영 등 다양한 영화적 기법을 동원하여 뛰어난 지모(智謀)로 두 폭력조직을 와해시키는 떠돌이 무사의 활약을 그려내어 작품의 완성도와 영화적 재미, 흥행에서 모두 성공한 작품으로 평가받고 있다. 아울러 칼날이 사람을 벨 때 나는 소리를 처음으로 영화에 삽입하여 주목받기도 했다.

구로사와 아키라 감독의 장면 연출 스타일을 살펴보면, 모든 것이 불확실한 오프닝 시퀀스에서는 주로 산주로의 뒷모습을 보여준다. 그러나 부상에서 회복된 후 마을 앞 공터에서의 마지막 시퀀스에서는 산주로가 패거리들과 당당하게 맞서는 앞모습을 망원렌즈로 심도(深度) 있게 보여주면서 상황에 따라 역동적인 화면을 구사한다.

그런데, '요짐보'는 1929년에 나온 미국의 소설가 대실 해밋의 장편소설 '피의 수확'과 스토리가 거의 유사하다. 또, 우연히 마을에 들어온 무사가 마을의 골치 아픈 문제를 해결한 뒤 홀연히 떠나가는 이야기 구조는 앨런 래드 주연의 '셰인'(1953년)과도 흡사하다.

이렇듯 서부극에서 영향을 받은 '요짐보'는 흥미롭게도 서구의 감독들에 의해 다시 인용되었다. 클린트 이스트우드가 주연을 맡은 세르지오 레오네 감독의 마카로니 웨스턴 '황야의 무법자'(1964년)에서 무단으로 재탕했고, 브루스 윌리스가 주연을 맡은 월터 힐 감독의 '라스트맨 스탠딩'(1996년)에서 정식으로 리메이크되어 3탕을 했다.

일본 검술영화의 특징을 살펴보자. 먼저 동양3국의 무(武)에 대한 명칭을 보면, 중국은 무술(武術), 한국은 무예(武藝), 일본은 무도(武道)라고 한다. 무협(武俠)이라는 장르를 탄생시킨 중국검술영화는 뛰거나 날아다니면서(?) 수시로 칼을 부딪치는 등 과장된 동작이 많다. 이를 답습한 한국 영화도 마찬가지이다.

반면에 일본영화의 검술은 '도(道)'라는 표현에 걸맞게 동작에 군더더기가 없고 아주 간결하다. 칼을 헛되이 맞부딪치지 않으며 기싸움을 하다가 순식간에 벤다. 이 영화에서도 주인공 산주로는 마지막에 9명의 패거리를 9초 만에 베어버린다.

영화에세이(4-02)

용문객잔(龍門客棧)

　1960년대 중국무협영화의 전성시대를 연 효시(嚆矢)는 홍콩 쇼브라더스에서 제작한 호금전 감독의 '대취협(大醉俠, 1965년)'이다. 우리나라에서는 1967년 '방랑의 결투'라는 제목으로 개봉되었다. 이 영화의 주인공인 여성협객 정패패는 '와호장룡'(2000년)에서 주윤발에게 독침을 쏘는 푸른 여우로 나온다.

　'대취협'의 속편 '금연자(金燕子, 1968년)'는 우리나라에서 '심야의 결투'라는 제목으로 개봉되어 큰 인기를 누렸다. 이 영화는 호금전 감독이 홍콩 쇼브라더스의 다작(多作) 스타일에 반기를 들고 대만으로 가버렸기 때문에 장철 감독이 연출했다. 이때 호금전 감독이 대만에서 연출한 영화는 '용문객잔(龍門客棧, 1967년)'이다. 우리나라에서는 '용문의 결투'라는 제목으로 1968년에 개봉되었다.

2011년, 대만에서 122명의 영화 관련 전문가들이 뽑은 '100대 중국어 영화'에서 '용문객잔'은 '화양연화'(2000년)와 함께 공동 9위를 차지했다. 객잔은 우리나라의 주막과 비슷한 개념으로, 음식점을 겸하고 있는 중국식 여관을 이르는 말이다.

중국 명나라 말기인 15세기 중엽, 동창(東廠)의 환관 출신 최고권력자 왕진(백응 扮)은 곧은 성품의 병부시랑 우겸에게 반역죄를 뒤집어씌워 처형하고 그의 자녀들을 변방으로 추방한다. 그러고도 후환이 두려운지 자신의 두 심복에게 동창의 관원들을 이끌고 가서 우겸의 자녀들을 처치하라고 밀명을 내린다.

추방 길에서의 암살 시도가 협객의 등장으로 실패하자, 두 심복은 우겸의 자녀들이 호송되는 변방의 길목에 위치한 용문객잔에 들어가 미리 내부를 장악한다. 그러자 무예 고수인 협객 서소주(석준 扮)가 객잔 주인을 만나기 위해 찾아오고, 이어 남매 무사인 추협객과 추낭자(상관영봉 扮)도 객잔으로 들어온다.

우겸의 동지였던 용문객잔의 주인 우대인은 서소주와 남매 무사를 은밀히 방으로 불러 동창의 만행과 두 심복의 흉계를 알려주면서 우겸의 자녀들을 보호하기 위한 대책을 협의한다. 다음날, 우겸의 자녀들이 객잔으로 들어오자, 협객들은 자녀들을 헛간에 숨기고 동창의 관원들과 치열하게 결전을 벌인다.

이때, 환관 왕진에게 잡혀서 거세당한 채 동창에 배속된 타타르족 형제가 왕진의 악행에 반기를 들고 우대인을 찾아와 협객들과 합류한다. 왕진의 두 심복은 협객들과 결전을 벌이다가 서소주와 추낭자의 칼에 목숨을 잃는다. 그러자 절대 무공을 지닌 왕진이 직접 관원들을 이끌고 용문객잔으로 향한다.

왕진과 그의 관원들은 산곡(山谷)에서 협객들을 포위한다. 추낭자가 우겸의 자녀들을 보호하는 사이 서소주와 추협객, 그리고 타타르족 형제가 한 팀이 되어 왕진과 무협대결을 펼치지만 역부족으로 밀린다. 결국 추낭자까지 합세하여 혼신의 힘을 다한 분투 끝에 가까스로 왕진을 처치하고 우겸의 자녀들을 안전하게 변방으로 보내면서 영화가 끝이 난다.

'용문객잔'은 잘 짜진 플롯에 뛰어난 화면구도와 영상미, 치밀하고 감각적인 미장센으로 많은 볼거리를 제공한다. 특히 황량한 사막한가운데 위치한 토담집 같은 객잔 안의 제한된 공간에서 펼쳐지는 심리전은 마치 한 편의 경극을 보는 것처럼 흥미롭고 스릴도 있다. 또 멀리서 추낭자가 객잔으로 걸어오는 롱 테이크 장면도 상당히 인상적이다.

홍콩 쇼브라더스 무협영화의 러닝 타임이 보통 1시간 30분 전후인데 비해 이 영화는 1시간 50분으로 좀 긴 편이다. 그것은 시퀀스마다 철저히 계산된 상황이 전개되고, 객잔 안팎에서 벌어지는 무협대결 후에는 약간 호흡을 가다듬는 시간을 주는 등 강약조절을 하는 호금전 감독 특유의 꼼꼼하고 진중(鎭重)한 연출 스타일 때문이다.

보통 무협영화에서 악당 두목은 초절정의 무예 고수로 나오는데, 이 영화에서도 환관 왕진은 흰 머리와 흰 수염, 그리고 붉은 도포로 카리스마를 뿜으며 무예 고수들인 서소주와 추낭자, 그리고 타타르족 형제를 압도한다. 확연한 실력 차이로 고전하던 협객들이 악전고투 끝에 왕진의 목을 날리는 장면은 이 영화의 하이라이트이다.

후일 '협녀'(1969년)에서도 주인공으로 나오는 석준은 호금전 감독의 페르소나라고 할 수 있는데, 그의 검술 연기는 어딘지 모르게 어설퍼 보인다. 그에 반해 추낭자로 나오는 상관영봉의 검술연기는 상당히 날렵하고 세련되어 보인다. 홍콩의 무협 여걸이 정패패라면 대만의 무협 여걸은 단연 상관영봉이다. 그녀는 이후 '일대검왕'(1968년) '용문객'(1970년) '흑백도'(1971년) '소림사 18동인'(1976년)에서도 맹활약을 펼친다.

'용문객잔'이 나온 지 25년 만인 1992년, 양가휘 임청하 장만옥 견자단 등 홍콩의 정상급 배우들의 현란한 액션을 조합하여 만든 리메이크작 '신용문객잔'이 나왔다. 이 영화는 그동안 눈부시게 발전한 촬영 기술을 적극 활용하여 이혜민 감독이 만든 블록버스터로, 중국 사천성 장강유역의 소삼협 중 용문협 부근의 한 객잔에서 촬영하였다.

중국 돈황 일대의 사막에서 촬영한 '용문객잔'은 나온 지 50년이 넘다 보니 액션이 너무 투박하고 허접한 것이 사실이다. 작품의 가치 측면에서는 중화권 무협물의 걸작으로 추앙받는 '용문객잔'이 앞서겠으나, 요즘 사람들의 입맛에는 장만옥의 색기(色氣) 넘치는 코믹 요소가 가미된 '신용문객잔'이 더 잘 맞겠다는 생각이 든다.

2천 년대에 들어와서, 대만의 채명량 감독은 폐업을 앞둔 영화관에서 '용문객잔'을 마지막으로 상영한다는 줄거리의 '안녕, 용문객잔'(2003년)을 연출하여 걸작에 대한 경의를 표했다. 또, 서극 감독은 이연걸을 주연으로 '용문객잔'의 속편 냄새를 풍기는 '용문비갑'(2011년)을 연출하여 평단의 찬사와 함께 여러 영화제에서 많은 상을 받았다.

세월이 더 흐르면 다시 또 '용문객잔'을 리메이크하는 감독이 나올지도 모르겠다.

13인의 무사(13太保)

중국무협영화의 인기가 절정에 달하던 1970년, 홍콩 쇼브라더스
의 간판 장철 감독은 당시로서는 엄청난 스케일의 스펙터클 무협영
화 연출에 도전한다. 장철 감독의 무협영화로는 드물게 러닝 타임이
120분이나 되는 '13인의 무사'는 쇼브라더스의 자본과 기술, 그동안
무협영화를 제작하면서 얻은 노하우까지 집대성하여 사운(社運)을
걸고 만든 대작이다.

'13인의 무사'는 홍콩에서 만든 영화지만, 우리나라에서는 신 필름이 '13인의 검객'이라는 제목으로 제작 신고를 했기 때문에 한홍합작영화로 개봉되었다. 이 영화에 한국 배우 남궁훈과 진봉진이 출연한 것은 이들이 쇼브라더스에 초빙된 전속배우였기 때문이다. 이후에도 이런 위장 한·홍 합작영화는 계속 제작되었다.

1970년 9월 15일, 전국에서 처음으로 부산의 대영, 태화, 삼성 3개 극장에서 '13인의 무사'가 추석 특선으로 동시 개봉을 했다. 그런데, 입석까지 매진되는 돌풍을 일으키면서 3일 만에 10만 관객을 돌파하여 당시 부산 영화사상 최고 기록을 세웠다. 서울에서는 다음 달인 10월 9일 개봉되어 흥행 기록을 이어갔다.

당나라 말기, 대규모의 농민반란인 황소의 난으로 수도 장안이 함락되자, 황제는 군웅(群雄) 이극용(곡봉 扮)을 진왕으로 봉하여 반란을 평정하게 한다. 그에게는 10만 대군과 5백 명의 호위대가 있었고, 그 외에도 아들과 같은 13명의 용맹한 무사들이 있었으니, 사람들은 그들을 13태보(太保)라 불렀다.

야심가인 변량태수 주 대인(진성 扮)이 찾아오자, 진왕은 연회자리에서 13태보를 자랑한다. 그러자 주 대인은 이 난국에 태보들이 술만 마시고 있다고 흉을 본다. 이때 반란군의 한 장수가 성 앞에서 난동을 부리자, 진왕은 태보 한 명을 지명하면 '저놈을 잡아오게 하겠다.'고 말한다. 주 대인은 13번째 태보인 춘자오(강대위 扮)를 지명하면서 '잡아오면 황제의 하사품인 옥대(玉帶)를 주겠다.'고 말한다. 춘자오는 '내 목을 걸겠다.'면서 내려가 격전 끝에 그 장수를 잡아서 묶어온다. 그리고 주 대인의 옥대를 잘라버린다.

진왕은 13태보 중 9명에게 장안성에 침투하여 반란군 진영을 교란하고 오라고 지시하고, 막내 춘자오에게 대장직을 맡긴다. 이들은 장안성에 잠입하여 반란군을 한껏 유린하고, 전각 위에 서 있는 수

괴(首魁) 황소에게 활을 쏘아 상투를 맞히는 등 간담을 서늘하게 한다. 그리고 한 민가에 들어가 주인 처자(이려려 扮)의 숙식 협조를 받는다.

그날 밤, 춘자오에게 불만을 품은 4번째(남궁훈 扮)와 12번째 태보(왕종 扮)가 주인 처자를 겁탈하려다가 춘자오의 제지를 받자, 임무를 망각하고 도망친다. 나중에 두 태보는 진왕에 의해 참형이 내려졌으나 춘자오의 건의로 곤장 30대로 감형된다. 그 후, 진왕 군사들의 눈부신 분전으로 장안성을 탈환한다.

한편, 혼란기를 틈타 황제의 자리를 노리던 변량태수 주 대인은 걸림돌인 진왕을 제거하기 위해 초대장을 보낸다. 진왕은 그런 줄도 모르고 11번째 태보인 진시(적룡 扮)를 대동하고 변량성에 간다. 진왕의 호위무사 진시가 과음으로 쓰러지자, 주 대인의 병사들이 공격을 시작한다. 잠에서 깬 진시가 눈부신 투혼으로 무용(武勇)을 발휘하지만 역부족으로 숨지고 만다. 그 사이 춘자오가 군사를 이끌고 달려와서 진왕을 구해낸다.

진시의 죽음으로 비탄에 빠진 진왕이 술에 취해 잠들자, 4번째와 12번째 태보는 진왕의 검을 훔쳐서 왕명이라고 속이고 춘자오를 끌고 가서 오마분시(五馬分屍)로 죽이고 변량성으로 도망친다. 뒤늦게 이 사실을 안 태보들이 추격하여 죽고 죽이는 혈전 끝에 다섯 태보만 남게 되면서 영화는 막을 내린다.

'13인의 무사'에 반란군의 장수로 출연했던 우리나라 배우 진봉진은 한 인터뷰에서, 홍콩 쇼브라더스는 이 영화를 위해 호화궁전과 성곽을 세트장으로 짓고, 성곽 앞에는 전투를 할 수 있는 공간도 조성하였다. 또 많은 엑스트라를 선발하여 조련했다고 증언하였다. 이 영화의 성공에 고무된 쇼브라더스는 다시 '14인의 여걸'(1972년) 제작을 추진한다.

영화 초반에 9명의 태보를 숨겨주는 민가의 처자가 다음날 아침 헤어질 때 마음의 징표인 수건을 춘자오에게 주는 장면이 나온다. 그런데, 장안성을 탈환한 후에 춘자오가 찾아갔을 때 그 처자는 보이지 않는다. 로맨스를 넣었으면 어떻게든 마무리도 해야 하는데 흐지부지 끝난 것 같아서 아쉽다.

이 영화의 하이라이트는 변량성의 태평교에서 벌어지는 적룡과 주 대인의 정예병들 간의 20분 정도 이어지는 결전 장면으로, 장철 감독의 연출력이 한껏 빛을 발한다. 수백 명의 적들과 처절하게 사투를 벌이다가 서서 죽는 적룡의 비장미 넘치는 앳된 모습은 '영웅본색'(1986년)에서의 앞머리가 벗겨진 적룡의 모습을 기억하는 사람들에게 적잖은 충격이 될 것 같다.

강대위 역시 대역 없이 성벽에서 뛰어내리고 결전 중에 코뼈를 다치기도 하지만, 발군의 무용으로 실감 나는 액션을 보여준다. 또, 비록 천막으로 가리기는 했지만, 그의 팔다리가 잘려나가는 장면이 화면에 시현됨으로써 장철 영화의 잔혹성의 끝을 보여준다. 거열형(車裂刑)과 비슷한 오마분시 장면은 일부가 삭제된 채 우리나라에서 개봉되었는데, 당시 너무 잔인하다며 원성이 자자했었다.

'13인의 무사'는 당나라 말기의 실존 인물인 진왕 이극용과 무사 이존효(영화에서는 춘자오)의 행적을 바탕으로 픽션을 가미해서 만든 영화이다. 이존효는 만 명의 적이 두려워서 피할 정도의 맹장이라고 사서에 기록되어 있지만, 그의 출중한 능력을 시기하던 두 태보에 의해 참혹한 최후를 맞고 만다. 13태보를 와해시킨 것은 외부의 적이 아니라 내부의 균열이라는 사실을 기억하는 것이 이 영화가 주는 메시지가 아닐까 싶다.

영화에세이(4-04)
사랑의 스잔나(秋霞)

　　어린 시절, 추하가 치고 있던 장난감 피아노를 동생 추운이 뺏어서 바닥에 내동댕이치자, 놀란 추하가 그 자리에 쓰러진다. 방 원장에게 검진한 결과 추하는 선천성 심장병을 앓고 있었다. 며칠 뒤, 방 원장을 따라온 그의 아들 자량이 추하에게 인형을 선물하자, 샘이 많은 추운이 뺏어가 버린다. 아버지는 음악을 좋아하는 추하에게 피아노를 사준다.

　　세월이 흐르고, 추하(진추하 扮)는 졸업공연에서 피아노를 연주하면서 'Graduation Tears(졸업의 눈물)'를 부른다. 부모님은 오셨는데, 추운(서희 扮)은 좋아하는 자량(종진도 扮)과 그의 친구들과 어울려

다니느라 공연이 끝난 후에야 나타난다. 다음날 유람선 파티에서 추하는 친구의 사촌오빠인 국휘(이승룡 扮)를 소개받는다.

국휘는 자신이 일하는 농아학교로 추하를 초대한다. 국휘의 아버지는 한국에서 농아학교를 운영하다가 돌아가셨는데, 국휘도 이를 이어받아 홍콩에서 농아학교를 운영하고 있는 것이다. 국휘가 추하에게 비어있는 음악교사를 맡아달라고 하자, 추하는 아버지의 허락을 받아 일주일에 두 번 농아학교에서 음악을 가르치기로 한다.

한편, 자량은 추하에게 곧 있을 음악제에 함께 출전하자고 하는데, 추하는 농아학교 핑계를 대며 확답을 하지 않는다. 방 원장으로부터 추하가 앞으로 몇 달밖에 살지 못한다는 얘기를 들은 아버지는 추하에게 가장 하고 싶은 것이 뭐냐고 물어본다. 추하는 조용한 방에서 작곡을 하고 싶다고 말하는데, 아버지는 추하에게 별장을 구해주고 피아노도 놔준다.

어느 날, 국휘는 농아학교에서 쓰러졌다가 깨어난 추하를 집에까지 바래다주는데, 추하는 최근에 만든 곡을 피아노 연주로 들려주며 가사를 부탁한다. 국휘가 'One summer night~'로 시작되는 가사를 써주자, 추하는 때마침 집에 온 방 원장에게 자량이 음악제에 나갈 때 쓰도록 전해달라며 악보를 건네준다. 가사 1절을 보자.

One summer night the stars were shining bright.
One summer dream made with fancy whims.
That summer night my whole world tumbled down.
I could have died. if not for you.
Each night I pray for you my heart would cry for you.
The sun won't shine again since you have gone.
Each time I think of you my heart would beat for you.
You are the one for me.

어느 여름날 밤에 별들이 밝게 빛나고 있었어요.

어느 여름날의 꿈은 내 기분을 들뜨게 만들었죠.

그 여름밤 내 모든 세계가 무너져버렸어요.

당신이 없었다면 나는 죽을 수도 있었어요.

매일 밤 당신 때문에 울면서 당신을 위해 기도했어요.

당신이 떠난 이후로 태양은 다시 빛나지 않았어요.

당신을 생각할 때마다 내 마음은 고동쳤어요.

당신은 나의 유일한 사람이에요.

방 원장이 다녀간 어느 날, 추하는 자신이 올해를 넘기기 어렵다는 부모님의 대화를 엿듣게 된다. 마음을 다잡은 추하는 추운을 별장으로 불러 자신은 자량이 아닌 국휘를 좋아한다고 말한다. 언니에 대한 적대감(?)을 내려놓은 추운은 음악제에 언니가 나가지 않으면 자량도 나가지 않겠다고 했다면서 언니가 꼭 출전해야 한다고 설득한다.

농아학교에 사표를 낸 추하는 별장으로 찾아온 국휘를 차갑게 돌려보내고 혼자 눈물을 흘린다. 음악제 전날 '가족들이 있는 한국으로 떠난다.'는 국휘의 편지를 받은 추하는 충격을 받아 쓰러지지만 다시 일어선다. 음악제에서 자량과 듀엣으로 'One Summer Night'를 불러 우승한 추하는 자량에게 추운을 사랑해달라고 부탁한다.

한편, 추하의 일기장을 보고 그간의 내막을 알게 된 추운은 눈을 좋아하는 언니를 위해 성탄기념 가족여행으로 한국행을 추진한다. 가족들은 추운의 편지를 받고 공항에 마중 나온 국휘의 안내로 경복궁과 한국민속촌을 관광한다. 추하와 국휘가 강원도의 스키장에서 둘만의 오붓한 시간을 보내다가 스키를 타고 내려오던 중 추하가 쓰러져 죽으면서 영화가 끝난다.

'사랑의 스잔나'는 1976년에 제작된 한국·홍콩 합작영화로, 동남 아에서 젊은 세대의 폭발적인 반향을 불러일으켰고, 우리나라에서도 학생들의 열렬한 응원에 힘입어 17만 명이 넘는 관객을 동원하였다. 그러나 이 영화는 9년 전에 아시아에서 선풍을 일으켰던 리칭 주연 의 '스잔나'(1967년)의 아류작이라는 굴레를 벗어나지 못하고 있다.

냉정하게 평가하자면, 평범한 영화인데 영화에 삽입된 진추하의 자작곡들이 큰 인기를 끌면서 흥행에 성공한 것이다. 우리나라에서 는 'Graduation Tears'와 'One Summer Night'가 큰 사랑을 받았고 OST 음반도 많이 팔렸다. 후자(後者)는 '말죽거리 잔혹사'(2004년)의 배경음악으로 사용되기도 했다. 진추하는 이 영화로 대만 금마장영 화제에서 여우주연상을 수상하였다.

1977년, 속편 '추하 내 사랑'이 나왔다. CF감독인 종진도가 광고 모델 진추하를 우연히 만나 우여곡절을 겪다가 맺어지는 이야기인 데, 큰 주목을 받지는 못했다. 진추하는 1981년 말레이시아의 사업 가와 결혼하면서 연예계를 은퇴했다가, 2006년 새 앨범을 발표하고 우리나라에서 발표회를 가지기도 했다.

영화에세이(4-05)
가을날의 동화(秋天的 童話)

　　'가을날의 동화'(1987년)는 홍콩의 대표적인 여성 감독 장완정의 섬세하면서도 여성적인 감성이 잘 녹아있는 작품으로, '첨밀밀'(1996년)과 함께 홍콩멜로영화의 쌍벽을 이루는 걸작으로 꼽힌다. 2000년 가을에 KBS에서 방영된 한류 드라마 '가을동화'는 이 영화에서 제목을 차용한 것으로 알려져 있다.

　　홍콩의 최고스타 주윤발과 홍콩의 마릴린 먼로라고 불리던 종초

홍이 알콩달콩 케미를 이어가는 스토리인데, 홍콩 금상장영화제 작품상과 각본상, 촬영상을 비롯하여 대만 금마장영화제 남우주연상을 수상하였다. 우리나라에서는 1989년에 개봉하여 젊은 층, 특히 여성 관객들의 뜨거운 반향을 불러일으켰다.

홍콩에서 사는 23세의 제니퍼(종초홍 扮)는 미국에서 유학 생활을 하는 남자친구 빈센트(진백강 扮)와 함께 공부하려고 뉴욕으로 향하는 비행기에 오른다. 제니퍼는 공항에 마중 나온 먼 친척 샘팬(주윤발 扮)의 도움으로 기찻길 옆 샘팬의 방 바로 위층에 방을 얻는다. 제니퍼는 일이 있어서 공항에 나오지 못한다던 빈센트가 딴 여자와 사귀고 있다는 사실을 알게 되자, 괴로워하며 우울한 나날을 보낸다.

샘팬은 10년간 배를 타다가 33세가 된 지금은 간간이 고급 식당에서 서빙 일을 하는데, 돈이 생길 때마다 도박판에 쏟아부으며 화교(華僑) 친구들과 어울려 다니면서 건달 생활을 하고 있다. 넉살이 좋은 데다 따뜻한 감성을 지닌 샘팬은 제니퍼를 가까이에서 돌봐주면서 어느새 마음마저 뺏기게 되는데, 제니퍼는 샘팬의 보살핌에 힘입어 아르바이트를 하면서 점차 안정을 찾아간다.

둘이 함께 바닷가를 걸으면서 샘팬이 '대서양을 마주하고 있는 저 바닷가에 식당을 차리고 싶어. 저녁노을을 바라보며 맥주도 마시고….' 하고 말하자, 제니퍼가 '식당 이름을 샘팬이라고 지으면 좋을 것 같아요.' 하고 말한다. 제니퍼는 샘팬이 자신을 사랑하고 있다고 느끼면서, 자신도 샘팬에게 호감을 가지고 있지만 그것은 사랑이 아닌 우정이라고 생각한다.

어느 날, 샘팬은 친구들과 제니퍼, 그리고 그녀의 친구들을 집 앞 테라스로 초대하여 자신의 생일 파티를 연다. 직접 요리를 한 음식으로 손님 접대를 하며 한창 분위기가 무르익을 무렵, 빈센트가 찾아와 '페기랑 헤어졌어.' 하면서 제니퍼에게 다시 시작하자고 한다.

두 사람이 다정하게 얘기를 나누는 모습을 본 샘팬은 밖으로 나가버린다.

얼마 후, 제니퍼는 아르바이트를 하던 집에 입주보모(babysitter)로 들어가게 된다. 제니퍼가 '저 롱아일랜드로 이사 가요.' 하고 말하자, 샘팬은 '거기는 가을이 특히 예쁘지.' 하고 답한다. 이삿날, 빈센트가 차를 가지고 와서 제니퍼의 이삿짐을 도와준다. 샘팬은 자신의 고물차를 팔아서 제니퍼가 갖고 싶어 하던 시곗줄을 사서 담은 선물상자를 건넨다. 제니퍼도 선물상자를 내미는데 가고 나서 열어보니 제니퍼가 차고 다니던 손목시계가 들어있었다.

세월이 흐르고, 제니퍼는 보살피던 어린아이와 함께 바닷가를 걷다가 'SAMPAN(샘팬)'이란 이름의 레스토랑을 발견한다. 가까이 가보니 정장을 입은 샘팬이 손님을 배웅하고 있었다. 서로를 발견한 두 사람이 마주 보며 아련하게 미소를 지으면서 영화가 끝난다.

뉴욕을 배경으로 홍콩 출신 두 남녀의 애틋한 사랑을 잔잔하게 그려낸 수채화 같은 영화이다. 서로의 마음만 교감한다면 스킨십이 없어도 얼마든지 아름다운 사랑을 할 수 있고, 함께하는 것보다 멀리서 바라보며 추억을 되새기는 것이 더 고귀한 사랑일 수도 있다는 사실을 실감 나게 보여주고 있다. 시곗줄과 시계 선물은 오 헨리의 단편 '크리스마스 선물'을 떠올리게 한다. 두 주인공이 찰떡같은 연기 호흡을 보여준다.

주윤발은 당시 한 달에 한 편꼴로 영화를 찍으면서 최고의 인기를 구가하고 있었다. 그의 트레이드마크는 선글라스를 끼고 트렌치코트의 깃을 세운 채 성냥개비를 물고 서 있는 누아르 장면이지만, 이 영화에서는 옛 남자친구를 잊지 못하는 종초홍의 주변을 맴도는 순정파의 면모를 보여주면서 멜로드라마에서의 연기력도 입증하는 저력을 보여준다. 그러므로 '가을날의 동화'는 주윤발의 필모그래피

중에서 결코 빼놓을 수 없는 작품이다.

종초홍은 1979년 미스홍콩대회에 출전하여 하이힐 때문에 넘어지고도 4위에 입상하면서 영화계에 데뷔하였고, 1980년대 임청하 장만옥, 매염방과 함께 중화권 4대 미녀로 꼽혔다. 홍금보 감독의 '오복성'(1983년) 출연에 이어 '귀신랑'(1987년), '타이거맨'(1989년), '종횡사해'(1991년) 등에서 주윤발과 콤비를 이뤘다. 그 무렵 한 사업가로부터 500만 달러를 주겠다는 유혹을 받았으나 거절한 일화는 유명하다. 1991년 홍콩의 광고업자 주가정과 결혼하면서 은퇴했는데, 2007년 남편이 암으로 사망한 후 혼자 살고 있다.

또 한 사람, 빈센트로 나오는 가수 겸 배우인 진백강은 무명시절부터 장국영과 절친한 사이였다. 그런데 먼저 스타가 된 진백강은 한 방송에서 진행자가 '피부가 너무 좋다.'고 칭찬을 하자, '타고난 피부'라고 대답했는데, 장국영이 '피부가 좋은 게 아니라 화장을 진하게 해서 그렇게 보인다.'고 노골적인 디스를 했다. 이에 진백강이 불같이 화를 내며 절교를 선언했고, 이런저런 오해가 더해지면서 철천지원수가 되고 말았다. 영화 '성탄쾌락'(1984년)에서는 진백강과 장국영이 함께 촬영하지 않는다는 조건으로 공연(共演)하기도 했다.

1992년 5월, 우울증을 앓던 진백강이 약물과다복용으로 의식을 잃은 채 자택에서 발견되어 17개월 동안 병원에서 혼수상태에 빠져 있었는데, 그때 장국영이 찾아가서 사과하고 용서를 빌었다고 한다(MBC 서프라이즈, 2014. 2.16). 진백강은 1993년 10월에 35세로 사망했고, 장국영은 10년 뒤인 2003년 4월에 46세로 자살했다.

비정성시(悲情城市)

　'비정성시(悲情城市)'는 영어제목 'A City of Sadness'가 말해주듯
'슬픔의 도시'라는 뜻으로, 대만의 허우 샤오셴 감독이 1989년에 연
출한 영화이다. 중국어 영화로는 처음으로 베니스영화제에서 황금사
자상을 수상했고, '스크린' 선정 20세기 100대 영화에서 5위를 차지
했다. 에드워드 양 감독의 '고령가 소년 살인사건'(1991년), 차이밍량
감독의 '애정만세'(1994년)와 함께 대만 뉴웨이브의 3대 걸작으로
꼽힌다.

　이 영화는 대만이 51년간의 일본 식민통치에서 해방된 1945년부

208

터 장개석의 국민당이 모택동의 공산당에 패퇴하여 대만에서 임시정부를 수립한 1949년까지 4년 동안 대만에서 일어난 일을 임가네 네 아들의 행적을 통해 보여준다. 이들의 이야기는 대만의 근대사와 맥을 같이 한다.

1945년 8월 15일, 일본천황의 무조건 항복 방송이 나오고 있을 때, 대만 최북단 기룽시에 사는 임가네에는 장손이 태어난다. 첫째 문웅(진송용 扮)은 식당을 운영하는 아버지를 돕고 있고, 의사인 둘째 문상은 일본군의 군의관으로 징집되어 필리핀 전선으로 간 뒤 소식이 없다. 셋째 문량(고첩 扮)은 본토에 건너가 일본군에 물자를 대는 장사를 하고 있고, 8살 때 나무에서 떨어진 후 귀머거리에다 벙어리가 된 넷째 문청(양조위 扮)은 지우펀에서 사진관 일을 하고 있다.

문청과 가까운 관영과 그의 친구들은 처음에는 본토에서 건너온 국민당을 환영했으나, 이들이 점령군 행세를 하며 대만인을 핍박하기 시작하자 반발심을 갖게 된다. 병원에서 간호사로 일하는 관영의 여동생 관미(신수분 扮)는 문청이 전축으로 독일 가곡 '로렐라이 언덕'을 들려주자 필담(筆談)으로 로렐라이 전설을 이야기해준다.

"옛날 독일 라인강 언덕에 살고 있던 아름다운 여자 귀신이 늘 꾀꼬리 같은 목소리로 노래를 불렀어요. 그러자 배를 타고 지나가던 어부들이 모두 그 노랫소리에 혹하여 정신 줄을 놓는 바람에 배가 암초에 부딪히곤 했어요. 그래서 많은 사람이 죽었어요."

다가올 비극을 암시하는 것일까. 국민당이 대만에 들어온 후 갑자기 식량문제와 실업문제, 인플레 문제 등이 봇물처럼 터져서 민생이 파탄할 지경에 이르렀는데도 이들은 아랑곳하지 않고 온갖 비리를 저지른다. 이에 대만인들이 거세게 항의하며 소요(騷擾)가 발생하자, 국민당은 대만에 계엄령을 선포하고 민간인들에게 발포하는 2·28 사건이 터진다.

셋째 문량은 상하이에 본거지를 둔 폭력조직과 함께 거래하다가 마약 밀수에 손을 대는데, 그러다가 조직원들과 트러블이 생기자 이들은 문량이 해방 전에 일본군을 도왔다며 고발한다. 장남 문웅이 상하이파 두목을 찾아가 뇌물까지 줘서 겨우 석방시키지만, 매국노로 몰린 문량은 혹독한 고문을 받아 반미치광이가 되고 만다.

전쟁이 끝나도 소식이 없던 둘째 문상의 유품이 집에 도착한다. 옷소매 안에 자신의 아이들에게 쓴 것으로 보이는 유서가 들어있었다. '너희들은 삶을 중시하고 주관적으로 살아라. 아빠는 죄가 없다.'라고 씌어있었다. 붙잡혀서 전범으로 처형당한 것으로 추정된다. 살아서 돌아올 것이라고 굳게 믿고 있던 그의 아내를 비롯한 가족들은 오열한다.

매일 문청의 집에 모여서 시국을 토론하던 관영과 그의 친구들은 산간 지역에 숨어서 반정부 활동을 시작한다. 영문도 모르고 끌려가서 처형당할 뻔했다가 석방된 문청은 관영을 찾아가 자신도 싸우고 싶다고 의사표시를 하는데, 관영은 필담으로 '내 동생 관미와 결혼해서 생업에 충실하기 바란다.'고 간곡히 조언한다.

그 무렵, 임가네의 한 직원과 문량을 고발했던 상하이파 조직원 사이에 시비가 붙는다. 연락을 받고 현장으로 달려간 문웅도 싸움에 말려들게 되고, 결국 문웅은 상하이파 두목이 쏜 총에 맞아 목숨을 잃고 만다.

문웅의 장례를 치른 후 결혼식을 올린 문청과 관미는 사진관에서 번 돈으로 관영이 활동하는 조직에 자금을 대주며 아들도 낳고 행복한 시간을 보낸다. 그러다가 관영과 친구들이 국민당 군에게 총살되었다는 소식을 듣게 되는데, 문득 불길한 예감이 든 문청은 관미, 아들과 함께 가족사진을 찍는다. 사흘 후 사진을 인화하던 문청은 찾아온 군인들에게 체포되어 어디론가 끌려간다.

세월이 흐르고, 늙은 아버지와 폐인이 된 셋째 문량, 그리고 1945년 8월 15일에 태어난 문웅의 아들이 식탁에 둘러앉아 식사를 한다. '1949년 12월, 본토는 공산화되고 장개석의 국민당 정부는 대만으로 철수하여 타이베이를 임시수도로 정했다.'는 자막이 나오면서 영화가 끝난다.

국민당 군의 가혹한 진압으로 약 3만 명의 대만인이 희생된 2·28 사건은 우리나라의 제주 4·3 사태나 5·18 광주민주화운동처럼 대만에 계엄령이 내려진 1947년부터 금기어(禁忌語)가 되었다. 1987년 계엄령이 해제되자, 허우 샤오셴 감독은 역사의 격랑이 한 가족을 어떻게 붕괴시키는지 관찰자의 시선으로 다큐멘터리처럼 158분 동안 담담하게 보여준다. 말 못하는 문청은 관찰자가 되어 사진을 찍었고, 관미는 그날그날을 일기에 기록하였다.

허우 샤오셴 감독은 간단한 항의조차도 할 수 없었던 당시 대만인의 위상(位相)은 귀머거리이면서 벙어리인 문청과 다르지 않았다고 강변한다. 네 아들 중에서 가장 순해서 평탄하게 살 것 같았던 문청이 가족사진 한 장만 달랑 남기고 잡혀가는 장면은 2·28 사건이 남긴 비정한 뒷모습이다.

문청 역을 맡은 양조위는 '비정성시'를 통해 우리나라에 처음 알려지게 되는데, 그는 홍콩 출신으로 대만 말을 전혀 못 하기 때문에 감독이 고심 끝에 벙어리 캐릭터로 만들었다고 한다. 산간마을 지우펀은 금맥이 발견되면서 한때 화려하게 번창했으나 금맥이 끊어지면서 한산해졌다. 그러다가 이 영화 덕분에 다시 대만의 손꼽히는 관광명소가 되었다.

영화에세이(4-07)

소오강호(笑傲江湖)

　경비가 삼엄한 명나라 황궁의 서고(書庫)에 도둑이 침입하여 당대 최고의 무공비법이 수록된 규화보전을 훔쳐 간다. 관리책임자인 내시총관은 은밀한 수사 끝에 최근에 근위대장직을 사임하고 낙향한 임진남을 범인으로 지목하고, 심복 구양전(장학우 扮)를 앞세워 그의 집을 포위한다.

　이때 화산파의 수제자 영호충(허관걸 扮)이 사부 악불군의 명을 받고 사부의 딸인 사매(엽동 扮)와 함께 포위망을 뚫고 임진남을 찾아온다. 신변에 위협을 느낀 임진남은 영호충에게 집 안 물레방아 밑에 규화보전을 숨겨놓았다면서 이 사실을 자신의 아들 임평지에게 꼭 전해달라고 당부를 한다. 내시총관은 무예 고수 좌냉선을 초빙하여 규화보전을 찾게 하는데, 좌냉선은 임진남이 실토하지 않자 임진남과 그의 가족들을 무참히 살해하고 일월신교 교도들의 소행으로 꾸며놓는다.

영호충과 사매는 강호를 은퇴하고 떠나는 순풍당 당주와 그의 친구인 일월신교 곡장로와 함께 배를 타게 되는데, 두 노인은 은퇴하면 함께 부르기로 한 소오강호를 거문고로 연주하면서 합창한다. 창해일성소(滄海一聲笑)로 시작되는 이 노래는 가락이 웅장하고 가사에 낭만과 기개가 넘친다. 가사의 번역문을 보자.

창해의 도도한 파도가 해안을 때리며 한바탕 웃는구나.
물결 따라 떠올랐다가 잠기며 아침을 맞이한다네.
푸른 하늘이 웃고 있네. 어지러운 세상을 보면서
누가 이기고 누가 지는지는 하늘만이 안다네.
강과 산이 웃고 있네. 물안개가 노래하고 있네.
풍랑이 다하고 늙어가니 세상사 알려고 하지 않네.
맑은 바람이 웃고 있네. 적막하고 고요하다네.
사나이 가슴에 다시 저무는 노을이 머물고 있네.
세상 만물이 웃고 있네. 더 이상 적막함은 없다네.
이 어리석은 사나이도 그렇게 껄껄껄 웃는다네.

이때, 좌냉선이 탄 함선이 이들의 배를 들이받으면서 배 위에서 격투가 벌어진다. 중상을 입은 당주와 곡장로는 소오강호의 악보와 거문고를 영호충에게 건네주고 배에 불을 질러 죽음을 택한다. 화산파 동지들이 있는 객잔으로 향하던 영호충은 풍청양이라는 괴노인을 우연히 만나 신기(神技)의 검술인 독고구검을 전수받고, 사부를 조심하라는 충고를 듣는다.

한편, 구양전은 임평지를 찾아서 죽이고 자신이 임평지로 행세하며 객잔에서 화산파의 사부 악불군과 그의 제자들을 만난다. 날이 저물자, 한족을 원수처럼 생각하는 일월신교의 단주(장민 扮)와 피리로 뱀과 벌들을 자유자재로 부리는 남봉황(원결영 扮)을 비롯한 교도들이 객잔으로 들어오고, 이어 영호충과 사매도 객잔에 들어온다.

영호충은 임평지 행세를 하는 구양전에게 속아 규화보전의 위치를 알려주는데, 규화보전을 찾는데 혈안이 되어있는 악불군도 엿듣게 된다. 구양전이 준 독주를 마신 영호충이 의식을 잃고 쓰러지자, 영호충과 곡장로 간의 친분관계를 알게 된 단주는 영호충을 해독하여 살려낸다. 이때 좌냉선이 기습해오지만 남봉황이 부리는 뱀과 벌떼 공격에 목숨을 잃는다.

구양전은 딸을 주겠다며 한사코 따라오는 악불군을 대동(帶同)한 채 내시총관이 기다리는 임진남의 집에 도착한다. 그날 밤 구양전이 물레방아 밑에서 규화보전을 찾아내지만, 미행하던 악불군에게 빼앗긴다. 이때 영호충이 집 안으로 들어오고 곧이어 단주와 남봉황도 영호충을 도와주러 찾아온다.

악불군은 자신의 옷 속에 숨긴 규화보전이 떨어진 줄 모르고 말을 타고 달아난다. 내시총관이 영호충을 공격하자, 남봉황이 들고 온 화약총을 입수한 구양전은 늘 자신의 충성심을 의심하던 내시총관을 쏜다. 총에 맞은 내시총관이 비틀거리자, 영호충과 단주가 힘을 합쳐서 내시총관을 처치한다. 이때, 바닥에 떨어져있던 규화보전을 손에 넣은 구양전은 회심의 미소를 지으며 슬그머니 도망쳐버린다.

달아났던 악불군이 다시 나타나 규화보전을 내놓으라며 영호충과 사제들을 공격한다. 계속 뒷걸음치던 영호충은 괴노인에게서 배운 독고구검을 구사하여 사부를 제압하지만, 사매의 간청으로 그의 목숨을 살려준다. 말에 오른 영호충이 사매를 태우고 단주, 남봉황과 함께 길을 떠나면서 영화가 끝난다.

영화가 끝나도 '소오강호' 주제곡의 가락이 계속 입에서 맴돈다. 이야기 구조가 톱니바퀴 물리듯 치밀하게 짜여있고 배우들의 검술

액션도 과장이 심하지 않아서 무협영화의 진수를 보는 것 같다. 거장 호금전을 비롯하여 서극 정소동 이혜민 등 내로라하는 6명의 감독이 공동 연출한 영화답게 가히 무협영화의 최고봉으로 꼽을 만하다.

소오(笑傲)는 거만하게 웃는다는 의미이고, 강호(江湖)는 강과 호수 즉 사람 사는 세상을 의미한다. 그러므로 소오강호는 '세상사를 보며 웃어버린다' 혹은 '세상을 비웃는다'는 뜻이다. 영화 '소오강호'는 '사조영웅전' '신조협려' '의천도룡기' '천룡팔부' '녹정기' 등을 쓴 중국 무협소설의 거장 김용의 동명 소설을 영화화한 것이다. 임청하와 이연걸을 주인공으로 내세워 빅히트한 '동방불패'(1992년)는 이 소설의 일부분을 영화로 만든 것으로, '소오강호'(1990)의 속편이라고 할 수 있다.

'소오강호'에서 가공할 절대무공이 담겨있는 규화보전을 마지막에 손에 넣은 사람은 구양전 즉 장학우이다. 그런데 속편에서 규화보전을 마스터하여 '동방불패'가 된 배우가 임청하로 바뀐 것은 내시인 구양전이 수련의 결과 중성화된 것으로 볼 수 있다. 또 영호충 역이 허관걸에서 이연걸로 바뀐 것은 그 당시 무협의 대세가 이연걸이었기 때문이리라.

영화에세이(4-08)
아비정전(阿飛正傳)

　'아비정전'(1990년)은 홍콩영화계의 거장 왕가위 감독이 '열혈남아'(1987년)에 이어 두 번째 연출한 영화로, 고독한 청춘의 미학적 걸작으로 불리며 그의 대표작으로 꼽히고 있다. 제목 '아비정전'은 '아비의 일대기'라는 뜻이고, 영어제목 'Days of Being Wild'는 '거칠게 산 나날들'이라는 뜻이다.

　이 영화는 1991년 홍콩 금상장영화제에서 작품상과 감독상, 남우주연상(장국영), 촬영상, 미술상을 수상했고, 대만 금마장영화제에서 감독상을 수상하였다. 영화평론가 이동진은 이 영화를 '화양연화'와 함께 5점 만점을 주었다.

혼자 사는 청년 아비(장국영 扮)는 매일 오후 3시가 되면 축구장 매표소에서 일하는 아가씨 소려진(장만옥 扮)을 찾아가 작업을 건다. 그러다가 어느 날 "내 시계 좀 봐요. 지금은 1960년 4월 16일 오후 3시 1분 전…, 당신은 나와 1분 동안 함께 있었어요. 지금부터 우린 친구예요." 하면서 그녀의 마음을 흔들어놓는다.

소려진도 "이 1분을 영원히 기억하겠어요." 하며 아비를 사랑하게 되고 두 사람은 아비의 셋방에서 동거생활에 들어간다. 그러던 어느 날 소려진은 "저와 결혼 안 할 거예요?" 하고 묻는데, 구속당하는 것을 싫어하는 아비는 "안 해." 하고 단호하게 말한다. 소려진은 "다시는 오지 않겠어요." 하면서 떠나간다.

소려진과 헤어진 아비는 댄서인 미미(유가령 扮)와 또 다른 사랑을 이어간다. 미미도 아비의 셋방에 와서 살면서 아비의 친구(장학우 扮), 아비의 양어머니와 마주치기도 한다. 어느 날 자신의 짐을 찾으러 온 소려진이 아비에게 '같이 있고 싶어.' 하고 말하는데, 아비는 '난 독신주의야.' 하면서 매정하게 거부한다. 이 모습을 지켜본 미미는 아비와 헤어지지 않기 위해 더욱 집착한다.

소려진이 짐을 찾으러 왔을 때, 때마침 이곳을 순찰하던 경관(유덕화 扮)과 대화를 나누게 되는데, 이후에도 두 사람은 몇 번 더 만난다. 소려진은 "1분이 쉽게 지나갈 줄 알았는데 영원할 수도 있더군요." 하면서 실연의 상처를 토로하고, 경관은 그녀의 상처를 위무해 주면서 서로 호감을 갖게 된다. 그러나 소려진이 차츰 안정을 찾아가면서 두 사람의 만남도 흐지부지되고 만다. 경관 일을 그만둔 남자는 평소에 꿈꾸던 선원이 되어 필리핀으로 향한다.

아비는 어려서 친부모에게서 버림을 받아 지금의 양어머니에게로 입양되어 성장한 것에 대한 정신적인 트라우마가 있다. 양어머니는 남자관계가 복잡해서 자주 아비와 다투는데, 아비는 양어머니와 담판 끝에 기어이 친어머니의 주소를 알아낸다. 아비는 셋방 키를 친구에게 주고 친어머니를 만나기 위해 필리핀으로 떠난다.

한편, 미미는 자신을 짝사랑해 온 아비의 친구로부터 아비가 필리핀으로 친어머니를 찾아갔다는 이야기를 듣는다. 미미가 필리핀으로 아비를 찾아가겠다고 하자, 아비의 친구는 아비가 넘겨준 차까지 팔아서 미미의 여비를 보태준다. 그러면서 만약 거기서 아비와 잘되지 않거든 자신에게 와달라고 말한다.

1961년 어느 날, 아비는 필리핀에서 친어머니의 저택을 찾아가지만, 친어머니의 거절로 만나지 못하고 돌아간다. 술에 만취하여 필리핀의 차이나타운 길바닥에 쓰러져 있던 아비는 경관이었다가 선원이 된 남자에게 발견되어 그의 숙소로 따라간다. 두 사람은 밤새 술을 마시며 친해진다. 다음날 아침, 아비는 기차역의 식당에서 한 남자와 위조여권 문제로 다투다가 그 남자를 칼로 찌르고 선원과 함께 도망쳐서 열차에 탑승한다.

선원이 잠시 자리를 비운 사이, 위조여권 문제로 다투던 남자의 동료가 아비를 총으로 쏘고 달아난다. 자리에 돌아온 선원은 배에서 피를 흘리는 아비에게 '영원히 기억될 1분'에 대해서 말을 꺼내고, 아비는 선원이 소려진과 친한 사이임을 알게 된다. 아비는 "소려진을 만나거든 그 1분을 기억하고 있지만 지금은 잊었다고 전해줘." 하고 숨을 거둔다.

마지막 장면에서, 미미는 막 필리핀에 도착하여 여장을 풀고 있고, 소려진은 여전히 매표소에서 일하고 있다. 그런데, 뜬금없이 양조위 배우가 좁은 골방에서 외출을 준비하는 모습을 2,3분간 보여주다가 방에서 나가면서 영화가 끝난다.

이것은 속편을 예고하는 것인데, '아비정전'의 흥행 실패로 속편 제작은 무산될 수밖에 없었다. 그런데 '아비정전'(1990년), '화양연화'(2000년), '2046'(2004년)을 시리즈로 보는 견해도 있다. 세 편 모두 왕가위 감독의 작품이고 여주인공이 소려진이다. '아비정전' 의 시대적 배경은 1960~61년, '화양연화'는 1962~66년, '2046'은 1966~69년이기도 하다.

영화의 앞부분에서 소려진을 떠나보낸 아비는 허전한 마음을 스스로 달래듯 독백한다. '발 없는 새가 있지. 이 새는 날아가다가 지치면 바람 속에서 쉬지. 평생 한 번 땅에 내려앉는데, 그건 죽을 때지.' 그러면서 아비는 이 영화에서 가장 유명한 장면인 속옷 차림으로 방에서 혼자 맘보춤을 춘다.

이때 흘러나오는 곡이 저 유명한 'Maria Elena'이다. 멕시코의 작곡가 로렌조 바르셀라타가 1932년 당시 멕시코 대통령의 영부인 Maria Elena에게 헌정한 곡으로, 첫 음률의 임팩트가 워낙 강렬해서 한번 들으면 잘 잊히지 않는다. 이 영화 개봉 후, 우리나라에서도 한동안 이 음악이 유행하면서 이 춤 장면을 패러디한 광고가 나오기도 했다.

'아비정전'에는 남자 3인과 여자 2인의 5각 관계가 형성되는데, 한 커플도 맺어지지는 않는다. 그것은 '발 없는 새' 이야기에도 드러나 있고, 양모와 친모 사이에 갈등하면서 한 여자에게 정착하지 못하고 방황하는 아비에게서도 보듯이, 1997년 홍콩 반환을 앞둔 당시 홍콩 주민들이 처한 불안한 상황과 맞닿아있다.

영화에세이(4-09)

인생(人生)

    한 사람의 인생 행보가 현대사의 주요 사건들을 관통하는 모습을 실감 나게 보여주는 영화가 있다. 미국의 '포레스트 검프'(1994년)나 중국의 '인생'(1994년), 우리나라의 '국제시장'(2014년) 등이다. 세 편 모두 20세기 중반에 청장년기를 보낸 남자주인공의 파란만장한 인생사를 다루고 있다. 중국영화 '인생'에 대해서 살펴보고자 한다.

    이름처럼 복 많고 귀한 부잣집 아들 복귀(福貴, 갈우 扮)는 매일 도박장에 드나들며 가산을 탕진하더니, 드디어 남은 저택 한 채마저 도박장 주인에게 털리고 만다. 충격을 받은 아버지가 심장마비로 급사하고 임신한 아내(공리 扮)는 어린 딸을 데리고 집을 나가버린다. 복귀는 허름한 집을 얻어 몸져누운 홀어머니를 모셔다 놓고 길거리에서 장사를 시작하지만 입에 풀칠도 못 할 지경이다.

집 나갔던 아내가 1년 만에 아들을 낳아 돌아온다. 그제야 정신을 차린 복귀는 도박장 주인을 찾아가서 전에 도박장에서 재미로 즐기던 그림자 인형극 세트를 얻어 이 동네 저 동네 돌아다니며 공연을 하면서 생계를 꾸려나간다.

1940년대, 국공내전이 벌어지고, 복귀는 그림자 인형극 공연을 하다가 갑자기 들이닥친 장개석의 국민군에 끌려간다. 7년 동안 국민군을 따라다니던 중 패색이 짙어지자 부대원들은 모두 도망가고, 복귀와 춘성(곽도 扮)은 모택동이 이끄는 공산군의 포로가 된다. 공산군에 입대한 복귀는 부대에서 그림자 인형극 공연을 하면서 지내다가 전쟁이 끝나자 전역확인서를 받아 고향 집으로 돌아온다.

8년 만에 집에 오니 홀어머니는 돌아가셨고, 아내와 딸, 아들이 반겨주는데, 딸은 열병을 앓아 귀도 어둡고 벙어리가 되어있었다. 공산통치가 시작되고, 복귀의 저택을 가져간 도박장 주인은 반동분자로 몰려 총살당한다. 복귀는 도박으로 저택을 잃지 않았으면 내가 총살당했을 것이라며 가슴을 쓸어내린다.

1950년대, 대약진운동이 시작되면서 국민 총동원령이 내려졌다. 부녀자와 어린아이도 철강 생산 증대운동에 동원되어 밤늦게까지 일해야 했다. 아이들은 너무 힘들어서 낮에 아무 데서나 쓰러져 잠들곤 했다. 위원장이 학교를 방문하는 날, 복귀는 늦잠 자는 아들을 깨워서 학교에 보냈는데, 위원장이 몰고 온 지프차가 후진하다가 담장을 들이받는 바람에 담장 밑에서 잠든 아들이 깔려죽었다는 연락을 받는다. 복귀는 아들을 땅에 묻으며 '여태 편히 잠든 날이 없으니 이제 푹 자거라.' 하면서 눈물을 흘린다.

그런데 아들의 무덤으로 조문(弔問) 온 위원장이 공교롭게도 전에 국민군에서 함께 살아남아 공산군의 포로가 된 전우(戰友) 춘성이었다. 복귀의 아내가 '여기 왜 왔느냐, 내 아들을 살려내라!'며 춘성을 쫓아낸다.

1960년대, 문화대혁명이 시작된다. 과거의 잔재는 모두 없애버리라는 당의 지시가 내려지고, 복귀는 그림자 인형극 소품을 모두 불태운다. 성년이 된 벙어리 딸은 절름발이인 노동 감독관에게 시집간다. 딸 결혼 축하차 춘성이 집으로 찾아온다. 그는 자본주의자로 몰려 곧 숙청당할 위기에 놓여있었다. 춘성이 '어제 아내가 자살했다. 나도 곧 죽을 것이다.'라면서 전 재산을 담은 통장을 건넨다. 복귀는 돌아가는 춘성에게 통장을 돌려주면서 '무슨 일이 있어도 견뎌내길 바란다.'고 격려한다.

복귀의 딸이 병원에서 아들을 낳고, 출혈이 멈추지 않는 위급한 상황에 처하지만, 처치(處置)해줄 의사가 없어서 숨지고 만다. 감옥에서 3일을 굶은 노(老) 의사를 사위가 급히 데려왔으나 복귀가 사온 왕찐빵 7개를 먹고 급체로 쓰러지는 바람에 아무런 도움이 되지 못했다. 문화대혁명 때 수많은 지식인이 자본주의를 신봉한다는 비판을 받아 처형되었는데, 의사들은 모두 감옥에 가 있었던 것이다.

1970년대, 에필로그이다. 머리가 희끗희끗한 노인이 된 복귀 부부는 딸이 남기고 간 손자 만두와 함께 살아간다. 어느 날, 복귀 부부는 아들과 딸이 나란히 묻혀있는 묘지에 사위와 만두를 데리고 가서 만두의 커가는 모습을 찍은 사진들을 묘지 앞에 늘어놓는다.

집으로 돌아온 복귀는 만두에게 사준 병아리들을 비어있는 그림자 인형극 소품 통에 넣어주며 '병아리들이 자라면 거위가 되고, 거위가 자라면 양이 되고, 양이 자라면 소가 되지. 소가 자랄 때면 만두 너도 다 컸을 거야. 그때쯤이면 너는 기차도 타고, 행복하게 살거야.' 하고 말한다. 복귀 부부가 집에서 사위, 만두와 함께 둘러앉아

오손도손 식사를 하면서 영화가 끝난다. 러닝 타임 125분.

   '인생'은 '허삼관매혈기'로 우리에게 알려진 위화(余華)의 소설을 바탕으로 거장 장예모 감독이 연출한 영화로, 소설의 원제목은 살아간다는 의미인 '활착(活着)'이다. 주인공 복귀가 굴곡진 현대사의 여러 난관을 극복하고 꿋꿋이 살아가는 모습은 일제강점기와 한국전쟁, 월남파병과 파독 광부 등을 기억하는 우리에게도 눈물겨운 감동을 주고 있다.

   이 영화에 나오는 그림자 인형극은 줄에 매단 인형을 각본에 맞춰 손으로 조작하여 인형의 그림자를 스크린에 비추면서 육성과 연주(演奏)로 메시지를 전달하는 공연예술이다. 그림자 인형극은 힘들게 사는 사람들에게 고달픈 일상을 잊게 하거나, 아픈 사람들의 마음을 달래주는 역할을 한다. 그 속에는 기쁨도 있고 슬픔도 있다. 인생은 희로애락이 담겨있는 그림자 인형극에 다름 아니다.

   영화 '인생'에는 현대 중국의 흑역사가 그대로 드러나 있어 중국 상영이 금지되었고, 장예모 감독과 주인공인 갈우와 공리에게는 5년간 영화 연출 및 출연 금지조치가 내려졌다. 그러나 이 영화가 1994년 칸영화제에서 심사위원 대상(장예모) 및 남우주연상(갈우)을 수상하고, 골든 글로브와 영국아카데미에서 외국어영화상을 받으면서 예술성까지 평가받게 되자, 이 조치는 바로 해제되었다. 영화는 1990년대 말에 풀려서 비디오와 CD로 나왔다.

서초패왕(西楚霸王)

초한지는 진시황 사후의 혼란기에 일어선 군웅 중에서 마지막까지 패권을 다툰 항우와 유방의 5년간의 대결을 그린 역사소설이다. 초한지를 다룬 영화로는 '서초패왕'(1994년)과 '초한지-천하대전'(2011년), 그리고 '초한지-영웅의 부활'(2012년) 등이 있는데, 세편 모두 상당한 작품성을 지닌 수작으로 평가받고 있다.

'서초패왕'은 항우와 유방의 만남에서부터 승부가 갈리는 해하전투까지의 전 과정을 간략하게 보여주고 있다. '천하대전'은 홍문연

(鴻門宴)을 중심으로 모사 범증과 장량의 두뇌싸움에 초점을 맞춰 보여주고 있다. '영웅의 부활'은 승자인 한고조 유방의 플래시백으로 이어지는 회고담이다. 셋 중에서 초한지의 내용에 가장 충실한 '서초패왕'을 다루고자 한다. 러닝 타임이 181분으로 1부와 2부로 나눠져 있다.

1부는 진시황이 죽은 후 차남인 호해가 장남 부소를 죽이고 2세 황제에 등극하면서 시작된다. 각지에서 군웅들의 반란이 일어난다. 초나라의 장군 집안 출신인 항량은 조카 항우(여량위 扮)와 함께 초나라의 왕손을 찾아내 회왕으로 옹립하고 범증을 군사(軍師)로 삼아 회계에서 반란을 일으킨다.

패현에서 죄수들과 함께 여산릉을 건설하던 정장(亭長) 유방(장풍의 扮)도 죄수들을 규합하여 반란을 일으키지만, 무기와 군량이 부족하여 항량의 휘하로 들어간다. 항량이 진나라 장수 왕리와의 전투에서 전사하자, 20대 후반인 항우가 초군의 중심인물이 된다. 초 회왕은 진의 수도 함양을 먼저 차지하는 장수를 관중왕으로 봉하겠다고 선포한다.

항우는 먼저 함양에 들어가지 않겠다는 유방의 다짐을 받고 거록으로 출병, 진나라 장수 왕리를 죽여 숙부의 원수를 갚는다. 항우는 다시 극원에서 진나라 장수 장한의 대군과 싸워 승리하는데, 투항해 온 병사 20만 명을 반란이 두려워 구덩이를 파서 생매장한다.

2세 황제가 환관에게 살해되고 그의 조카 자영이 3세 황제로 즉위한다. 함양에 입성한 유방은 황제로부터 옥새를 받고 약법 3장을 발표하여 민심을 얻는다. 그러나 함곡관을 공략한 항우가 대군을 이끌고 함양으로 향하자, 유방은 군사 장량의 조언대로 함양에 먼저 들어간 데 대해 홍문연에서 항우에게 사죄한다.

2부는 아방궁을 불태운 항우가 자영을 죽이고 초 회왕을 의제(義

帝)로 추대하면서 시작된다. 항우는 스스로 서초패왕이 되고, 유방을 한왕으로 봉해 파촉으로 보낸다. 인질로 남게 된 유방의 부인 여치(공리 扮)는 유방의 동진(東進)을 은밀히 돕기 위해 항우에게 제나라 왕 전영의 모반을 진압하는 것이 시급하다고 조언한다. 항우는 출병하여 전영을 죽인다.

의제는 자신의 친척인 전영을 죽인 항우를 문책하려 했으나, 우희(관지림 扮)의 오빠인 우자기가 반대하자 그를 죽이려다가 도리어 시해되고 만다. 군사 범증은 우자기를 처형하지 않으면 제후들이 들고일어날 것이라고 하는데, 항우는 실수에 의한 일이라며 처벌하지 않는다. 죄책감을 느낀 우자기가 자결하자, 항우는 자신이 의제를 죽였다고 공표한다.

드디어 유방은 전국의 제후들을 규합하여 의제를 죽인 항우를 공격한다. 본격적인 패권쟁탈전이 시작된 것이다. 그러다가 광무산에서 대치하던 두 사람은 극적으로 화해를 하고 홍구를 경계로 동은 초, 서는 한이 차지하기로 휴전협정을 맺는다. 이때 유방은 약속을 어기고 느긋하게 회군하는 초군을 기습 공격하여 궤멸시킨다. 해하에서 한군에게 포위된 항우는 사방에서 초가(楚歌)가 흘러나오고 탈영병이 속출하자, 자신의 처지를 이렇게 한탄한다.

力拔山兮氣蓋世 힘은 산을 뽑고 기백은 세상을 덮었는데
時不利兮騅不逝 때가 불리하니 애마도 나아가지 않는구나.
騅不逝兮可奈何 애마마저 나아가지 않으니 어찌해야 하나.
虞兮虞兮奈若何 우희야 우희야, 아 너를 어찌하면 좋을까.

애첩 우희가 스스로 목숨을 끊자, 항우는 수백 명의 군사를 이끌고 포위망을 돌파하여 마침내 오강에 다다른다. 이제 남은 군사는 28명, 강만 건너면 고향 땅이고, 마침 배도 한 척 있었다. 그러나 항

226

우는 고향에 돌아갈 면목이 없다며 몰려오는 한군 수백 명을 물리치고 자신의 목을 찔러 쓰러지면서 영화가 끝난다.

서초패왕은 항우가 초왕인 자신을 높여 부른 말이고, 영어제목 'The Great Conqueror′s Concubine'은 '위대한 정복자의 첩'이란 뜻으로, 유방의 부인 여치를 지칭하는 말이다. 유방은 여치를 만나기 전에 한번 결혼한 적이 있는데 그래서 여치를 첩으로 표현한 것인지, 아니면 동양적인 겸양으로 부인을 첩으로 표현한 것인지….

영화 '서초패왕'은 여치의 활약을 비중 있게 다루고 있다. 여치가 항우의 인질로 있을 때 자객을 끌어들여 항우의 암살을 시도하기도 하고, 항우의 동정을 적어 유방에게 밀서를 보내기도 한다. 이를 눈치챈 범증이 여치를 죽이려 하자, 항우는 오히려 범증을 쫓아낸다. 나중에는 여치가 항우와 유방의 휴전협정까지 주선한다.

후일 유방이 죽고 그의 아들 유영이 혜제로 등극하자, 여치는 여태후가 되어 정권을 장악한다. 먼저 유방의 총애를 받던 척 부인의 아들을 독살한다. 그리고 척 부인의 손발을 자르고, 눈알을 뽑고, 귀와 목에 약을 부어 보고 듣고 말하지도 못하게 만들어 돼지우리에 처넣는다. 그런 다음 황족인 유 씨들을 모두 몰아내고 조정을 여 씨 천하로 만든다.

여태후가 죽고 나서야 유 씨들은 권력을 되찾는다. 여태후는 당나라의 측천무후, 청나라 말기의 서태후와 함께 5천 년 중국 역사를 통틀어 3대 악녀에 이름을 올리게 된다.

첨밀밀(甜蜜蜜)

'첨밀밀(甜蜜蜜)'은 꿀처럼 달콤하다는 뜻으로, 인도네시아 민요를 개사하여 1979년에 대만출신 가수 등려군이 불러 크게 히트한 노래의 제목이다. 태국출신으로 홍콩에서 활동하던 진가신 감독이 1996년에 동명의 영화를 연출하여 아시아권에서 흥행돌풍을 일으켰고, 이 영화는 대만의 금마장영화제 작품상 및 홍콩의 금상장영화제 작품상과 감독상, 여우주연상을 수상했다.

1986년 3월, 중국 본토 무석에서 열차를 타고 홍콩에 온 소군(여명 扮)은 광동어와 영어가 서툰데다 숫기도 없는 청년이다. 고모가 운영하는 원룸에 기거하면서 배달 일을 하게 된 소군은 햄버거를 사러 맥도날드에 갔다가 종업원 이요(장만옥 扮)를 알게 되고 그녀의 소개로 영어학원에 등록한다. 순박한 그에게 호감을 느낀 이요는 그가 태워주는 자전거의 뒷좌석에 앉아서 '첨밀밀'을 부른다.

달콤해요, 당신의 미소는 얼마나 달콤한지
봄바람에 피어난 한 송이 꽃 같아요.
봄바람에 피어난 꽃말이에요.
어디, 어디선가 당신을 본 것 같아요.
당신의 미소는 이렇게 낯이 익은데
잠시 생각이 나지 않았어요.
아아~ 꿈속이었어요.
꿈에서 꿈속에서 당신을 보았어요.
달콤해요, 더없이 달콤한 그 미소
당신, 꿈에서 본 건 바로 당신이었어요.

소군도 등려군의 열성팬인 것을 알게 되자, 자신감을 얻은 이요는 큰돈을 벌어 집을 살 욕심으로 그동안 번 돈을 모아 등려군의 노래 테이프를 파는 이동 노점상을 차린다. 그러나 뜻대로 되지 않아 큰 손해를 보고 정리한다.

1987년 구정 전야, 소군의 원룸에서 저녁을 먹고 비 내리는 창밖을 보며 함께 설거지를 하던 두 사람은 갑자기 달아올라 사랑을 나눈다. 이요가 본토인 광주에서 왔다는 사실을 알게 된 소군은 자신도 돈을 벌면 무석에 있는 약혼녀 소정을 데리고 와서 가정을 꾸릴 생각이라고 털어놓는다. 두 사람의 우정도 사랑도 아닌 미묘한 관계는 계속된다.

소군은 소정에게 보낼 팔찌를 사러 가는데, 함께 간 이요에게도 똑같은 팔찌를 선물한다. 약혼녀 소정의 존재가 현실감으로 다가오자, 이요는 소군의 곁을 떠난다. 이요는 가진 돈을 전부 주식에 투자하지만 모두 까먹고 빚까지 지게 되자, 마사지 업소에서 일하면서 만난 돈 많은 폭력조직의 보스와 사귀게 된다.

1990년 겨울, 홍콩에서 소정과 결혼식을 올리는 소군은 축하하러 온 이요와 3년 만에 만나는데, 그녀의 조폭 애인과도 인사를 나눈다. 이요는 조폭 애인 덕분에 큰 부자가 되어있었다. 이요가 발레를 하는 소정에게 무용학원의 교사 자리를 마련해주자, 소정은 답례로 이요에게 손수 지은 저녁식사를 대접한다. 그렇게 세 사람은 친하게 지낸다.

어느 날, 소군과 이요가 함께 차를 타고 가다가 거리에서 등려군을 발견하는데, 소군이 뛰어가서 점퍼를 입은 채로 등에 사인을 받는다. 두 사람은 예전의 감성이 되살아나 진하게 키스를 하다가, 소군의 방으로 가서 뜨거운 사랑을 나눈다. 이요가 '매일 눈 뜰 때마다 당신이 보고 싶어.' 하고 말한다. 두 사람은 각자의 관계를 정리하고 합치기로 한다.

이요는 경찰을 피해 배를 타고 떠나려는 조폭 애인을 찾아가지만, 차마 헤어지자는 말을 꺼내지 못하고 그와 함께 배를 타고 대만으로 간다. 소군은 홍콩에 왔을 때부터 이요와 사귀었다고 소정에게 고백하고 이혼을 한다. 소정이 떠나가고, 소군을 돌봐주던 고모도 세상을 떠나자, 의지할 곳이 없어진 소군은 새 삶을 찾기 위해 미국행 비행기를 탄다.

1993년 가을, 늘 쫓겨 다니는 조폭 애인을 따라 미국에 온 이요도 쫓기는 삶을 살아가고 있다. 그러다가 조폭 애인은 길거리에서 불량배의 총에 맞아 죽고, 비자가 만료된 이요는 강제추방을 집행하는 차에 태워져 공항으로 가고 있다. 그때 자전거를 타고 지나가는 소군을 발견한 이요는 잽싸게 차에서 내려 쫓아가지만 소군을 만나지는 못한다.

1995년 5월, 뉴욕에서 여행 가이드를 하는 이요와 뉴욕의 식당에서 부주방장으로 일하는 소군이 거리를 걷고 있는데, 등려군의 월량대표아적심(月亮代表我的心, 저 달이 내 마음을 대신하오)이 흘러나온다. 한 전자대리점에 진열된 TV에서 나오는 등려군의 사망 소식을 지켜보던 이요와 소군의 눈이 마주치면서 영화가 끝난다.

'첨밀밀'은 홍콩드림을 꿈꾸는 소군과 이요가 만남과 이별, 재회를 반복하는 10년간의 행적을 군더더기 없이 진솔하게 보여주고 있다. 소군과 이요가 만날 때마다 등장하는 등려군은 두 사람을 연결해주는 중요한 고리 역할을 한다. 아무리 멀리 떨어져 있어도 인연이 있으면 다시 만나게 된다는 것이 이 영화가 주는 메시지가 아닌가 싶다.

아울러, 영화 곳곳에는 1997년 홍콩의 중국반환을 앞둔 불안한 정서가 표출되고 있다. AIDS 환자인 영어학원의 백인 교사는 자신의 생이 얼마 남지 않았다며 홍콩을 떠나는데, 이것은 영국령 홍콩의 남은 수명을 의미하는 것 같다. 또, 소군의 고모는 젊었을 때 '모정'(1955년)을 촬영하러 홍콩에 온 윌리엄 홀든과 반도호텔에서의 단 한 번의 식사 데이트를 평생 가슴에 담고 살아가는데, 이것은 후일 중국령이 된 홍콩에서 옛 영국령 홍콩을 그리워하며 사는 모습을 예견하는 것이 아닌가 싶다.

영화에세이(4-12)

철도원

전세계 19개 영화상 수상, 6개 부분 노미네이트 찬란했던 인생, 기차는 사라지지만 추억이 남는다.

히로스에 료코 / 다카쿠라 겐 주연
2월 4일, 전 세계를 울린 걸작이 다시 온다

철도원

디지털 리마스터링

　일본의 한적한 시골 호로마이역에서 홀로 역장으로 근무하는 사토 오토마츠(다카쿠라 켄 扮)는 아버지에 이어 2대째 철도원으로 근속하여 이제 정년퇴임을 앞두고 있다. 이곳 호로마이 노선은 예전 탄광촌이 번창할 때는 활기가 넘쳤지만 그 후에 적자 노선이 되어 조만간 운행이 중단될 예정이다. 그는 철도원 정복을 입고 눈이 수북이 쌓인 플랫폼에 서서 고개를 들어 먼 하늘을 바라보며 상념에 잠긴다.

17년 전, 오랜 기다림 끝에 임신을 한 아내(오타케 시노부 扮)가 기쁨에 겨워 콧노래를 흥얼거리며 역으로 달려왔었다. 그리고 흰 눈이 펑펑 쏟아지던 날 딸을 낳았다. 아들을 낳아 3대째 철도원을 이어가기를 바라던 오토마츠는 곧 마음을 고쳐먹고 딸에게 '눈(雪)의 아이'라는 뜻의 유키코란 이름을 지었다.

두 달쯤 지났을까. 온몸이 불덩이 같은 유키코를 안고 혼자 기차를 타고 도시의 병원에 갔던 아내가 돌아오는 기차를 오토마츠가 수신호로 맞이하자, 아내는 "당신은 죽은 딸도 깃발을 흔들며 맞이하는군요." 하면서 눈처럼 차갑게 식은 유키코의 시신을 끌어안고 넋이 나간 듯 뇌까렸다. 아내가 그에게 볼멘소리를 한 것은 그때 한 번뿐이었다.

세월이 흐르고, 깊은 병을 얻은 아내가 병원에 입원할 때도 오토마츠는 아내를 홀로 병원에 보냈고, 젊었을 때부터 증기기관차를 운행하며 함께 일했던 동료 센(고바야시 넨지 扮)의 부인이 아내 곁을 지켜주었다. 그런데 하늘도 무심한지 아내마저 세상을 떠나고 말았다. 오토마츠가 병원에 도착하자, 센의 부인은 "그동안 왜 안 왔어요? 왜 안 울어요?" 하고 따져 물었지만, 오토마츠는 "철도원은 집안일로 울 수가 없어요." 하고 대답할 뿐이었다.

아내가 떠난 지 2년, 정년퇴직을 하는 해의 새날이 밝았다. 오토마츠가 플랫폼에 쌓인 눈을 쓸어내고 있을 때, 7살쯤 되어 보이는 여자아이가 인사를 하더니 인형을 가지고 놀다가 역무실에 인형을 놓고 사라졌다.

그날 오후에 절친 동료 센이 찾아왔다. 막차를 보내고 두 사람은 밤늦게까지 술잔을 기울이며 얘기를 나누었다. 올가을에 정년퇴직을 하는 센은 인근 리조트에 중역으로 가기로 했다면서, 자신이 잘 말해볼 테니 퇴직 후에 함께 가자고 했다. 그러나 오토마츠는 '나는 철도 일밖에 모른다.'며 거절한다.

그날 밤, 낮에 왔던 아이의 언니라며 사토라는 6학년 소녀가 인형을 찾으러 왔다. 근처에 사는 사토 할아버지의 손녀냐고 물었더니 그렇다고 했다. 그 소녀는 오토마츠에게 눈을 감으라고 하더니 입술에 뽀뽀를 하고는 인형을 그대로 놔두고 갔다. 인형을 자세히 보니 예전에 오토마츠가 갓난아이였던 딸 유키코에게 사준 인형과 같은 것이었다.

센이 아침 첫차로 돌아간 후, 철도청 간부인 센의 아들로부터 전화가 왔다. 아버지가 알아봐달라고 했다면서, 퇴직 후에 할 수 있는 철도 관련 일을 찾아봤는데 여의찮다는 것과 호로마이 노선은 3월까지만 운행하고 폐선 될 것이라고 알려주었다.

다음날 저녁, 어저께 왔던 소녀들의 언니라며 고등학교 교복을 입은 여학생(히로스에 료코 扮)이 찾아왔다. 오토마츠는 팥죽을 데워주면서, 그 여학생이 철도에 관해 궁금해하는 것들을 알려주고 이야기도 나누었다. 오토마츠가 막차 운행을 점검하러 간 사이에 그 여학생은 냉장고에 있는 재료로 찌개를 끓여 저녁식사를 준비했다. 오토마츠는 오랜만에 받아보는 따뜻한 저녁상에 감격한다.

그때 전화가 와서 사토 영감과 통화를 하던 오토마츠는 그 소녀들이 사토 영감의 손녀가 아니고 갓난아기 때 죽은 자신의 딸이라는 사실을 알게 된다. 그는 여학생을 포근히 안아주면서 이렇게 말한다.

"유키코, 어제는 초등학교에 가는 모습과 중학교에 가는 모습을 보여주더니, 오늘은 고등학교 교복을 입고 17년간 자란 모습을 아비에게 보여주는구나."

그러자 유키코는 "아버지는 기쁜 일이 없으셨잖아요. 저까지 자식노릇도 못 하고 죽어버렸고요. 저는 아버지가 자랑스러워요."하고 말하고는 인형을 들고 사라진다. 그 인형은 유키코가 죽었을 때 관에 넣어준 것이었다. 오토마츠는 그날도 역무일지에 '이상 없음'

이라고 기록하고 하루 일과를 마친다.

다음날, 첫 기차가 들어올 때 오토마츠는 호로마이역 플랫폼에서 눈 위에 쓰러져 죽은 모습으로 발견된다. 연락을 받고 온 센과 그의 아들, 동료들이 오토마츠의 관을 기차의 운전석에 태운다. 센이 오토마츠의 역장 모자를 쓰고 마지막 운전을 하면서 영화가 끝난다.

'철도원'은 아사다 지로의 동명 소설을 1999년에 영화화한 것으로, 사라져가는 것들에 대한 따뜻한 애정이 담겨있는 슬픈 이야기이다. 일본의 국민배우 다카쿠라 켄이 역장 역을 맡아 아시아태평양영화제 및 몬트리올영화제 남우주연상 등 전 세계에서 19개 상을 휩쓸었다. 이 영화의 배경인 호로마이역의 실제 이름은 이쿠토라역이고 홋카이도 중간쯤에 있는 작은 역이다.

이 영화는 대부분 오토마츠 역장의 플래시백으로 이루어져 있다. 오토마츠는 일 때문에 딸과 아내의 임종을 지키지 못했는데, 이런 우직하면서도 무책임한 구세대 가장(家長)의 행적을 죽은 딸을 환생시켜 자랑스러워하는 모습을 보여줌으로써 구세대와 신세대의 화해를 시도하고 있다.

여기서, 생후 두 달 만에 죽은 유키코가 7살, 13살, 17살의 모습으로 아버지 앞에 나타나 이야기를 나눈 것을 어떻게 해석해야 할까? 생각건대, 과학적으로는 무리가 있지만, 아버지의 죽음을 예견한 유키코의 귀신이 아버지와 함께 즐거운 시간을 보내면서 그동안의 노고를 위로해 주고 딸과의 행복한 추억을 안고 삶을 마감할 수 있도록 해주려고 찾아와준 것이 아닐까.

영화에세이(4-13)
화양연화(花樣年華)

　'화양연화'(2000년)는 많은 사람이 인생작으로 꼽는 홍콩영화로, 각자 배우자가 있는 중년 남녀의 원숙하면서도 애잔한 사랑을 담아낸 왕가위 감독의 수채화 같은 멜로드라마이다. 2000년 부산국제영화제의 폐막작으로 상영되었으며, BBC에서 선정한 비영어권 100대 영화에서 9위를, 21세기 영화에서 2위를 차지하였다. 러닝 타임은 1시간 38분.

　화양연화(花樣年華)는 꽃이 피는 때처럼 인생에서 가장 아름다운 시절을 의미하는데, 이 영화는 칸영화제에서 홍콩배우 최초로 남우주연상 수상과 함께 기술상을 받았다. 이어 대만 금마장에서 여우주연상 등 3개 부문을, 홍콩 금상장에서도 남녀주연상 등 5개 부문을 석권하였다.

1962년 홍콩. 한 아파트의 옆집에 방 하나씩 세를 얻은 두 부부가 동시에 이사를 온다. 신문사의 편집기자로 일하는 차우(양조위 扮)와 그의 아내, 그리고 무역회사 사장의 비서로 일하고 있는 첸 부인(장만옥 扮)과 그녀의 남편이다. 차우의 아내는 호텔에서 일하는 관계로 주로 야간에 집을 비우고, 첸 부인의 남편은 사업상 일본 출장이 잦다.

차우와 첸 부인은 아파트 상가의 국수가게로 오가는 계단에서 자주 마주치는데, 어느 날 두 사람은 따로 만나 이야기를 나눈다. 차우는 첸 부인이 자신의 아내와 똑같은 핸드백을 가지고 있고, 첸 부인은 차우가 자신의 남편과 똑같은 넥타이를 매고 있다는 사실을 아는지 묻는데, 두 가지 다 첸 부인의 남편이 일본에서 사 온 것이었다. 두 사람은 자신들의 배우자가 불륜관계에 있다는 사실을 알게 된다.

어느 날, 차우는 아픈 어머니를 돌보러 친정에 간 아내로부터 편지를 받는데, 일본우표가 붙어있었다. 차우는 아내가 친정에 간다고 거짓말을 하고 첸 부인의 남편을 따라 일본에 갔다는 사실을 알고 억장이 무너진다. 차우와 첸 부인은 자주 만나 서로를 위로하는데, 그러다 보니 두 사람의 감정적인 유대감은 더욱 깊어진다.

차우는 아내의 불륜을 마음에서 지우려고 오랜 꿈이던 무협소설을 써서 신문에 연재한다. 첸 부인이 무협소설을 좋아한다는 사실을 알게 된 차우는 주변의 눈을 피해 동방호텔 2046호실을 빌려서 거의 매일 저녁 그곳에서 첸 부인과 만나 스토리를 상의하면서 소설을 쓴다. 두 사람은 차츰 사랑의 감정을 느끼게 되지만 결코 선을 넘지는 않는다.

어느 날, 첸 부인은 집주인 손 부인으로부터 '유부녀가 매일 밤늦게 들어오면 안 된다.'는 훈계를 듣는데, 그러다 보니 두 사람은 한동안 만나지 못한다. 차우는 오랜만에 만난 첸 부인에게 자신의 사랑을 고백하면서 곧 싱가포르로 갈 것이라고 말한다. 두 사람은 집 앞 골목에서 이별얘기를 하다가 서로 끌어안는다. 첸 부인은 차우의 품에서 흐느끼다가 '오늘은 집에 들어가지 않겠어요.' 하고 말한다.

차우가 떠나자, 첸 부인은 동방호텔의 2046호실에 가서 혼자 눈물짓는다. 얼마 후, 첸 부인은 자신의 생일에 맞춰 남편이 신청한, 이 영화의 제목으로도 차용된 저우쉬안(周璇)의 '화양적 연화(花樣的 年華)'가 라디오에서 흘러나오는 것을 듣고 있고, 그 시간 차우가 있는 곳에서는 냇 킹 콜의 'Quizas, Quizas, Quizas'가 흐르고 있다.

1963년 싱가포르. 싱가포르신문사에서 일하는 차우는 어느 날 신문사에서 자신을 찾는 전화를 받는데, 상대방이 아무 말도 하지 않고 끊었다. 그날 저녁 방에 돌아와 보니 자신의 방에 두었던 첸 부인의 실내화가 없어지고 재떨이에는 립스틱이 묻은 담배꽁초가 있었다. 차우는 첸 부인이 자신의 방에 들어왔다고 생각하는데, 두 사람은 끝내 만나지 못한다.

1966년 홍콩. 손 부인이 미국에 있는 딸에게 가기 위해 집 안의 가재도구들을 정리한다. 손 부인의 배표를 사 가지고 온 첸 부인은 손 부인에게서 옆집에 구씨네가 살았던 때가 좋았다는 이야기를 듣고, 그때 구씨네 집에 세 들어 살던 차우를 떠올리며 눈물을 글썽인다.

홍콩으로 돌아온 차우는 구씨네 집을 찾아가는데, 그곳엔 다른 사람이 살고 있었다. 옆집 손 부인의 가족도 이사를 가고, 그 집엔 애 하나 딸린 젊은 여자가 살고 있다는 얘기를 듣는다. 차우는 잠시 옆집을 바라보다가 이제 자신의 화양연화가 끝났다는 사실을 깨닫는다. 그 젊은 여자가 첸 부인인 것을 모른 체….

1966년 캄보디아. 취재차 캄보디아의 앙코르와트에 간 차우는 전설에 전해져오는 대로 벽에 난 구멍에 입을 대고 자신의 하고 싶은 비밀 얘기를 털어놓는다. 그리고 풀을 뽑아서 그 구멍을 메운 뒤 앙코르와트를 떠나는데, 화면에 이런 자막이 나오면서 영화가 끝난다.

'지나간 시절은 먼지 쌓인 유리창처럼 볼 수는 있어도 만질 수가 없기에 그 시절을 그리워한다. 유리창을 깰 수 있다면 다시 그 시절로 돌아갈 수 있을까.'

'화양연화'는 왕가위 감독이 절제된 미장센으로 그려낸 사랑과 이별의 영상시라고 할 수 있다. 영화에서 차우의 아내와 첸 부인의 남편이 뒷모습과 목소리만 나오는 것은 다분히 의도적인 것으로, 1960년대의 보수적인 사회분위기를 반영한 것이다. 결국 차우와 첸 부인은 사랑을 이루지 못한 채 아름다운 추억만 남기게 되는데, 이에 대해 왕가위 감독은 '나는 불륜의 다른 쪽 당사자들의 비밀스럽고 내밀한 감정의 여운들을 보여주고 싶었다.'고 말했다.

영화 내내 잔잔하게 깔리는 화양연화의 OST 'Yumeji's theme'가 헛헛한 느낌을 주고, 여주인공 장만옥이 계속 갈아입고 나오는 타이트한 치파오가 눈요깃거리를 제공한다. 마지막에 손 부인과 구씨네가 이사를 가는 것은 홍콩의 장래에 대한 불안감을 반영한 것이고, 객실번호 2046은 홍콩의 일국양제(一國兩制)가 끝나고 중국에 완전히 귀속되는 해를 의미한다.

세 얼간이(3 Idiots)

'세 얼간이(3 Idiots, 2009년)'는 인도 영화 중에서 흥행 1위를 기록한 코미디영화로, 전 세계가 '아바타'(2009년) 열풍에 빠져있을 때도 14억 인구의 인도에서 굳건히 1위를 지킨 영화이다. 이 영화를 감독한 인도의 라지쿠마르 히라니 감독은 2010년 필름페어 어워즈(Filmfare Awards)에서 감독상을 수상하였다.

'세 얼간이'의 원작은 인도역사상 가장 많이 팔린 영어소설인 체탄 바갓의 'Five Point Someone: What not to do at IIT!(5점 누군가: IIT에서 하면 안 되는 것들!)'이다. IIT는 인도 공과대학(Indian Institutes of Technology)의 약칭이다. 영화는 원작의 큰 줄기를 유지하면서 잔가지들을 완전히 각색하여 액자식으로 구성하였다. 주인공 란초 역을 맡은 아미르 칸은 발리우드의 3대 칸(영웅) 중 한 명으로 꼽히는 인도의 국민 배우이다.

우리나라에서는 2010년 부천국제판타스틱영화제에서 '못 말리는 세 친구'라는 이름으로 첫선을 보였고, 그 후 불법복제가 성행하여 미리 본 사람이 많았는데도 2011년 극장개봉 때 46만 관객을 기록하여 흥행에도 성공했다. 영화 개봉 한 달 전에 원작 소설이 우리나라에서 출간되어 베스트셀러에 오르기도 했다.

40만 명이 지원하여 단 200명만 합격하는, 천재들만 들어간다는 인도의 명문대학 임페리얼 공대(ICE, Imperial College of Engineering). 영화는 이곳에 들어온 신입생 중에서 란초(아미르 칸 扮)를 중심으로 기숙사 룸메이트 삼총사가 펼치는 파란만장한 대학 생활을 플래시백으로 보여준다. 러닝 타임 2시간 51분.

주인공 란초는 주입식 교육을 비판하고 창의적 사고를 몸소 실천하는 미스터리한 공학천재이다. 파르한(마드하반 扮)은 야생동물 사진작가의 꿈을 가졌지만 엄격한 아버지 때문에 억지로 공대에 들어온 친구이다. 라주(셔먼 조쉬 扮)는 전신마비 아버지와 교사를 그만두고 아버지를 돌보는 어머니, 지참금이 없어서 결혼을 못 하는 누나를 두고 있어서 가족을 부양하기 위해 대기업에 취직해야 하는 압박감에 시달리는 친구이다.

이 학교의 비루 총장은 입학식 날부터 자신의 말을 따지려 들고, 다른 교수들의 수업방식에 시비를 걸며 트러블을 일으키는 란초를 문제아라며 매우 싫어한다. 결국 총장은 그와 함께 어울려 다니는 파르한과 라주의 부모에게 란초라는 못된 친구 때문에 아드님의 성적이 떨어지고 있다는 편지를 보낸다. 그러나 삼총사의 좌충우돌 행각은 4년 내내 계속된다.

란초는 1등을 위해 수단과 방법을 가리지 않는 우간다 출신 차투르의 힌두어 실력이 부족함을 간파하고 발표문을 몰래 바꿔놓아 골탕을 먹이기도 하고, 위급상황에 처한 라주의 아버지를 총장의 작은딸 피아의 스쿠터에 태우고 병원에 가서 목숨을 구하기도 한다. 또 란초와 함께 피아에게 프로포즈하러 몰래 총장 관사에 들어갔다가 나오면서 삼총사가 현관문에 오줌을 싸고 도망치기도 하고….

졸업반이 되자, 저명한 사진작가의 조수로 채용하겠다는 제의가 온 파르한은 결국 완고한 아버지를 설득하여 사진작가의 길을 가게 된다. 자신을 믿지 못하는 겁쟁이 라주는 3층에서 떨어져 두 달 동안 누워있다가 깨어나면서 자신감을 얻어 취업에 성공한다. 둘 다 란초의 진심어린 조언 덕분에 트라우마를 극복하고 자신들이 원하는 삶을 살게 된 것이다.

어느 날, 폭우로 온통 물바다인데 정전까지 되어 구급차가 출동하지 못하는 상황에서 만삭인 총장 큰딸의 양수가 터진다. 이런 긴급 상황을 알게 된 란초는 기지(機智)를 발휘하여 진공청소기로 진공 컵을 만들어 아기를 끄집어내는 데 성공한다. 이때 비로소 란초의 천재성을 알아본 비루 총장은 32년 동안 뛰어난 제자를 찾지 못해 물려주지 못한 우주비행사 펜을 란초에게 물려준다. 그런데 수석으로 졸업한 란초가 사라져버린다.

5년 후, 란초를 찾았다는 차투르의 전화를 받은 파르한은 급히 라주에게 연락한다. 세 사람은 만나서 차투르의 차를 타고 란초의 주소지 저택으로 찾아간다. 그런데, 이름이 분명히 맞는데 딴사람이었다. 이들이 찾는 란초는 이 저택 정원사의 아들이었고, 지금 라다크에 있다며 주소를 알려주었다.

그때 란초의 연인이었던 총장의 작은딸 피아가 오늘 결혼식을 한다는 소식을 전화로 확인한 세 사람은 예식장으로 찾아간다. 그리고 아직도 란초를 잊지 못하고 있는 피아에게 란초에게 가자고 설득한다. 이들은 예식장을 뛰쳐나온 피아를 차에 태우고 라다크로 향한다. 차투르는 란초를 만난 후, 400개의 특허를 가진 과학기술계의 거물 푼수크에게 1년간이나 매달렸던 중요한 계약서에 서명을 받으러 갈 예정이다.

주인집 아들의 학위를 대신 취득해준 란초는 라다크에 대안학교를 설립하여 아이들을 가르치면서 살고 있었다. 삼총사인 파르한과 라주, 연인 피아, 어린이학교 교사라고 란초를 깔보는 대기업 부회장 차투르가 반갑게 란초와 재회하면서 영화가 끝난다. 그런데 차투르는 푼수크를 만나러 갈 필요가 없었다. 란초의 진짜 이름이 푼수크였다.

이 영화는 주입식 교육의 한계와 함께 자유롭고 창의적인 사고의 중요성을 일깨워준다. 란초는 '다 잘 될 것이다(All is well).'라는 뜻의 '알 이즈 웰(Aal izz well)'을 입버릇처럼 외치며 이 영화의 메시지인 '너의 재능을 따라가면 성공은 반드시 뒤따라온다.'를 몸소 실증한다. 그러면서 현실과 이상의 괴리 때문에 적당히 타협하려는 청춘들에게 진정한 성공의 의미와 참된 우정의 가치를 보여준다.

'세 얼간이'는 발리우드 역사상 가장 위대한 영화를 논할 때 반드시 거론되는 명작이다. 인도판 '죽은 시인의 사회'(1989년)라고도 할 수 있는데, 자신의 인생을 설계하는 대학생, 그리고 자녀의 진로에 대해서 고민하는 부모님들에게 꼭 한번 보시라고 권하고 싶다.

영화에세이(4-15)

대지진(Aftershock)

　　지진을 소재로 한 영화는 상당히 많고, '대지진'이라는 제목을 가진 영화도 5~6편이나 된다. 그중에서 진도 7.8 규모의 단 23초간의 지진으로 27만 명이 사망(공식 사망자 25만 5천 명)하여 20세기 최고의 피해를 기록한 당산 대지진을 다룬 중국영화 '대지진'(2010년)에 대해서 살펴보고자 한다. 러닝 타임 136분.

　　펑 샤오강 감독은 당산대지진으로 희생된 영혼들을 기리는 영화를 제작해 달라는 당산시의 부탁을 받고 여류작가 장링의 소설 '여진'을 원작으로 하여 '대지진(Aftershock)'을 연출하게 된다. 이 영화는 영어 제목에서 드러나듯 지진 이후에 살아남은 사람들이 겪어온 고통과 치유에 초점이 맞춰져 있다.

1976년 7월 28일 중국 하북성 당산. 위엔니(쉬판 飾)는 남편과 일곱 살 쌍둥이 남매 팡다, 팡등과 함께 평온하게 살아가고 있다. 부부가 함께 무더위를 피해 빌라 밖으로 나와 자신들의 화물차에 머물던 중 갑자기 지진이 일어나 빌라가 순식간에 무너져 내린다. 남편은 아이들을 구하러 빌라 안으로 뛰어 들어가고….

아비규환 속에서 무너진 건물잔해 사이를 정신없이 헤집고 다니던 위엔니가 먼저 찾은 남편은 이미 숨졌고, 쌍둥이 남매는 콘크리트 덩어리 양쪽에 깔려 겨우 목숨만 부지하고 있었다. 콘크리트를 한쪽으로 들어 올리면 반대쪽은 치명타가 되는 상황이었다. 구조요원들이 누구를 살릴 것인지 묻자, 위엔니가 "둘 다 살려주세요." 하고 대답한다.

구조요원들이 다른 곳으로 가려고 하자, 그제야 위엔니는 "아들을 살려주세요!" 하고 외친다. 이 소리를 들은 딸 팡등은 눈물을 흘리면서 죽어가고, 한쪽 팔이 깔린 아들 팡다는 살아남게 된다. 죽은 딸의 시체를 안은 위엔니는 오열하면서 지진사망자 안치소로 가서 남편의 사체 옆에 팡등을 눕는다.

얼마나 시간이 흘렀을까. 죽은 줄 알았던 팡등은 기적적으로 일어나 폐허 속에서 헤매다가 구조요원에게 발견되어 이재민보호소로 옮겨진다. 그러다가 구조대로 파견된, 아이가 없는 군인 부부에게 입양된다. 팡등은 실어증으로 한동안 말을 하지 못한다.

한편, 위엔니는 새로 이사한 집 거실 벽에 죽은 남편과 딸의 액자를 걸어놓고 봉제공장에서 일하면서 한쪽 팔을 잃은 아들 팡다를 꿋꿋이 키워낸다. 재혼을 하려고 접근하는 남자도 있었지만 단호히 거절한다. 성장한 아들 팡다(리천 飾)는 대학에 가지 않고 항주로 가서 관광안내원을 하며 억척같이 돈을 번다.

양부모의 사랑을 받으며 성장한 팡등(장징추 扮)은 양아버지(진도명 扮)의 지나친 보살핌을 양어머니가 경계하자, 집에서 멀리 떨어진 항주의 의대에 진학하여 기숙사에 입소한다. 몇 년 후, 병에 걸린 양어머니는 팡등에게 '당산에 가서 가족을 찾으라.'고 말하고 세상을 뜬다. 팡등은 친절한 남자 선배와 사귀다가 그의 아이를 임신하게 되는데, 그가 낙태를 강요하자 학교를 자퇴하고 사라진다.

한편, 돈을 많이 벌어서 회사를 차린 팡다는 어머니를 항주로 모셔가려고 여자친구와 함께 찾아오는데, 어머니는 이곳을 떠나면 네 아버지와 누이의 영혼이 찾아올 수 없다며 한사코 당산을 떠나지 않겠다고 한다. 여자친구와 결혼하여 아이를 낳은 팡다는 봉제 일을 하는 어머니를 쉬게 하려고 아이를 맡기고 간다.

10년 후, 딸을 데리고 양아버지를 찾아온 팡등은 당산대지진 때 자신이 어머니에게 버려진 기억 때문에 아이를 낳아 키우게 되었다고 말한다. 그 후 나이 많은 외국인 남편을 만나서 캐나다에서 살게 된 사연까지….

2008년, 사천성에 대지진이 발생한다. 뉴스를 본 팡다와 팡등은 구조대원을 자원하여 지진현장으로 온다. 팡등은 건물잔해에 다리가 깔린 어린 딸을 살리기 위해 한쪽 다리를 절단케 하는 어머니를 보면서 자신의 어머니가 짊어졌던 마음의 짐과 고통을 생각하게 된다. 그러던 중, 옆에서 두 남자가 당산대지진 때의 이야기를 하는 것을 듣고 한 남자가 자신의 쌍둥이 오빠임을 알게 된다.

팡등은 오빠를 따라와서 32년 만에 어머니를 만나게 된다. 어머니가 무릎을 꿇고 '날 용서하렴….' 하고 말하자 팡등은 '어머니, 일어나세요.' 하면서 눈물만 뚝뚝 흘린다. 다음날, 가족들은 당산대지진 희생자 묘지를 찾아가는데, 어머니가 아버지의 무덤 옆에 팡등의 가상무덤을 만들어놓고 그곳에 책가방과 함께 초등학교 때부터 고등학교 때까지 해마다 교과서들을 갖다놓은 것을 보고 팡덩은 '32년 동안 어머니를 괴롭혀서 죄송해요.' 하면서 울면서 사죄한다. 두 모녀가 부둥켜안으면서 영화는 끝이 난다.

이 영화는 당산 대지진 때 헤어진 모녀가 사천성 대지진을 계기로 다시 만나게 되는 이야기를 중국 최초로 IMAX 스크린에 담아 아시아권 영화제에서 많은 상을 받았다. 또 개봉 17일 만에 6억 6천만 위안(한화 1,130억 원)의 매출을 올려, 중국 및 아시아 최고 흥행 기록을 세웠는데, 어인 일인지 우리나라에서는 흥행에 성공하지 못했다.

영화 초반에 나오는, 당산시 인구가 거의 절반으로 줄어들 정도로 참혹하게 폐허가 된 당산대지진의 현장은 어디까지가 실사이고 어느 부분이 컴퓨터그래픽인지 구분되지 않을 정도로 리얼하다. 이 장면들은 '태극기 휘날리며'(2004년)에 참여했던 우리나라 특수 분장 팀과 특수 효과 팀이 큰 도움을 주었다고 한다.

재난에서 살아남은 것은 분명히 행운이지만, 그 행운아들은 남들이 모르는 후유증과 트라우마에 시달리며 살아가게 된다. 이 영화의 어머니와 쌍둥이 아들딸도 지진 이후에 참으로 눈물겹게 살아오지 않았는가.

세상의 때가 많이 묻어서 그런지 이제 영화를 봐도 웬만하면 눈물을 흘리지 않는데, 32년 만에 모녀가 상봉하는 장면에서 나도 모르게 울컥하며 눈물을 흘리고 말았다.

제5장

프랑스를 위시한
유럽 영화들

자전거 도둑(Ladri di biciclette)

    제2차 세계대전이 끝난 후, 패전국인 이탈리아는 수도 로마를 비롯한 주요 도시들이 폐허를 딛고 재건에 박차를 가하고 있었지만, 거리에는 실업자들이 넘쳐나 대다수의 국민이 궁핍의 수렁에서 허덕이고 있었다. 영화계도 제작 여건이 아주 열악하여 전문 배우 기용이나 세트장 촬영, 인공조명 사용 등이 거의 불가능할 정도였다.

    이런 사회적 배경에서, 이탈리아 영화계는 무명 배우나 비전문 배우를 캐스팅하여 길거리 로케이션으로 노동자 및 하층민 들의 삶을 롱테이크로 촬영하여 여과 없이 흑백영상에 담아 영화를 만들었다. 이러한 경향과 사조는 네오리얼리즘(neo-realism)으로 불리며 전후(戰後) 약 10년 동안 이탈리아 영화계를 풍미했다.

    루이지 바르톨리니의 동명 소설을 비토리오 데 시카 감독이 흑백

영화로 만든 '자전거 도둑'(1948년)은 이탈리아 네오리얼리즘의 특징이 잘 나타나 있는데, 미국 아카데미위원회에서는 이 작품을 탁월한 외국어 영화라며 1949년 아카데미 시상식에서 특별상인 명예상을 수여하였다. 아카데미 외국어영화상은 1956년부터 시상이 시작되었다.

아내와 두 아이를 부양해야 하는 안토니오(람베르토 마지오라니 扮)는 오랜 실업자 생활 끝에 로마 시내를 돌아다니며 벽보를 붙이는 일자리를 갖게 되었다. 그 일에는 자전거가 꼭 있어야 하는데, 그의 자전거는 전당포에 저당 잡혀 있었다. 그의 아내는 아끼던 침대보 6장을 팔아서 자전거를 되찾아 주었다.

첫 출근을 한 안토니오가 벽에 자전거를 세워놓고 포스터를 붙이고 있을 때, 웬 청년이 그의 자전거를 타고 달아났다. 안토니오가 바로 쫓아갔으나 도저히 잡을 수가 없었다. 경찰서에 찾아가 '피데스 1935년 모델 자전거' 도난신고를 했더니 접수만 하고 자전거는 본인이 찾으라고 한다.

다음날, 안토니오는 친구들, 10대 초반의 아들 브루노(엔조 스타이올라 扮)와 함께 자전거를 판매하는 중고 시장을 뒤져보았으나 찾을 수가 없었다. 친구들이 돌아가고, 브루노와 함께 돌아다니던 안토니오는 갑자기 퍼붓는 소나기를 피해 한 건물의 처마 밑에 서 있었다. 그때, 도난당한 자전거와 비슷한 자전거를 탄 청년과 한 노인이 저쪽 공터에서 이야기를 나누고 있었다. 안토니오가 뛰어가자, 청년은 자전거를 타고 쏜살같이 도망쳐 버렸다.

그 청년에 대해서 알아보기 위해 노인을 찾아 나섰다. 가까스로 교회로 들어가는 노인을 찾은 안토니오는 따라 들어가 노인의 옆자리에 앉았다. 그리고 자전거를 탄 청년의 이름과 사는 곳을 알려달라고 부탁하자, 노인은 모른다며 계속 잡아뗐다. 그러다가 점점 언성이 높아져서 목회자로부터 주의를 받게 되고, 그 와중에 노인은 도망치고 만다.

식당에서 간단히 점심 요기를 한 부자(父子)는 용하다는 점집에 들어가는데, '오늘 찾을 수도 있고, 영영 찾지 못할 수도 있다.'는 점패가 나왔다. 다시 걷다가 자전거를 훔쳐 간 도둑과 비슷한 인상의 청년을 발견하고 그의 뒤를 따라 한 빈민가로 들어섰다. 안토니오가 다가가서 자전거를 내놓으라고 하자, 그 청년은 모르는 일이라며 발뺌했다. 둘이서 실랑이를 벌이자, 동네 주민들이 모여들고 청년은 갑자기 간질발작을 일으키며 쓰러졌다.

눈치 빠른 브루노가 근처에 있던 경찰을 모셔왔다. 안토니오는 경찰과 함께 그 청년의 아파트에 들어가 보는데, 아파트에는 자전거는커녕 자전거와 관련된 그 어떤 물품도 보이지 않았다. 더욱이 동네 사람들이 모두 그 청년 편을 드는 데다, 확실한 목격자도 없는 상황이라 안토니오는 결국 그 동네에서 쫓겨난다.

경기장 옆을 지나가던 안토니오는 어느 집 앞에 세워져 있는 자전거를 보게 된다. 차비를 줘서 브루노를 먼저 보낸 안토니오는 잽싸게 그 자전거를 훔쳐 타고 달아나지만, 얼마 못 가서 잡히고 만다. 사람들이 경찰에 넘기자고 했으나, 전차를 놓친 브루노가 다가와 애처로운 눈빛으로 아빠를 쳐다보자, 자전거 주인은 안쓰러웠는지 안토니오를 그냥 보내준다.

군중들과 함께 걸어가는 안토니오가 소리 없이 울먹이고, 그 옆을 브루노가 걸어간다. 흐르는 눈물은 금방 마르지만 가슴속의 먹먹함은 쉽게 가라앉지 않는다. 걸어가는 부자(父子)와 군중들을 카메라가 비추면서 영화가 끝난다.

'자전거 도둑'의 원제목은 'Ladri di biciclette'이다. ladri는 이탈리아어 ladro(도둑)의 복수형이므로 '자전거 도둑들'이 정확한 번역이다. 여기서 도둑들은 안토니오의 자전거를 훔친 청년과 남의 자전거를 훔치게 된 안토니오를 함께 지칭하는 말이지만, 두 사람 말고도 자전거 도둑으로 전락할 수밖에 없는 하층민들을 통칭하는 의미로 해석해도 무방할 것 같다.

주인공 안토니오는 이탈리아의 철도 제조회사의 노동자였으며, 안토니오의 아들로 나오는 브루노는 거리를 떠도는 부랑아였다. 비토리오 데 시카 감독은 이들을 캐스팅하여 빈곤계층의 삶을 있는 그대로 실감 나게 연기하도록 잘 이끌어냈다. 이들이 연기한 영화 속의 역할과 이들이 처한 현실이 비슷하므로 어찌 보면 다큐멘터리 같은 느낌도 든다.

이 영화를 감독한 비토리오 데 시카는 이탈리아 출신의 배우 겸 감독으로, '무기여 잘 있거라(A Farewell to Arms, 1957년)'에서는 조연으로 출연하는 등 연기자로서도 꽤 유명하다. 그러나 그의 명성은 이미 불후의 고전 반열에 오른 '자전거 도둑'을 비롯하여 '종착역(Terminal Station, 1953년)', '해바라기(Sunflower, 1970년)' 등을 연출한 명감독으로 더욱 찬란하게 빛난다.

요즈음, 아파트단지 내의 자전거 거치대에 방치되어 있거나, 주택가의 근린공원 주변이나 길거리에 버려져 있는 자전거들을 심심찮게 볼 수 있다. 요즘 사람들은 자전거가 예전에는 요긴한 생계 수단이었고, 아울러 시골 학생들의 중요한 통학 수단이었다는 사실을 잘 모르는 것 같다.

그리고 신은 여자를 창조했다
(Et Dieu... créa la femme)

　'미국에 마릴린 먼로가 있다면 유럽에는 브리짓 바르도가 있다.' 5,60년대 프랑스의 섹스 심벌 브리짓 바르도의 매력을 단적으로 표현한 말이다. '그리고 신은 여자를 창조했다(Et Dieu... créa la femme)'는 그녀의 남편 로제 바딤의 감독 데뷔작으로, 브리짓 바르도의, 브리짓 바르도에 의한, 브리짓 바르도를 위한 영화라고 해도 과언이 아니다.

　어촌 마을에서 양부모와 함께 사는 고아 출신의 줄리엣(브리짓 바르도 扮)은 서점에서 일하는 18세 소녀로 마을 남자들의 관심과 사랑을 독차지하고 있다. 빨간 원피스를 즐겨 입는 줄리엣은 빼어난 미모와 뇌쇄적인 매력으로 마을 남자들을 애태우며 자유분방하게 살아간다. 줄리엣의 이러한 행동거지를 못마땅하게 여기는 양어머니는 여러 번 주의를 줘도 고쳐지지 않자, 그녀를 데리고 왔던 보육원으로 다시 돌려보내려고 한다.

이 마을의 돈 많은 부동산개발업자 에릭(커드 저진스 扮)은 줄리엣보다 나이가 배 이상 많지만, 빨간 컨버터블 자동차를 선물하겠다며 그녀를 유혹한다. 줄리엣도 싫지는 않은 듯 미소를 지으며 에릭의 애간장을 태우지만, 줄리엣이 좋아하는 남자는 투롱에서 조선소를 운영하는 키 크고 잘생긴 마을 청년 앙트완(크리스티앙 마르캉 扮)이다.

마을 무도회에 참석한 줄리엣은 투롱에서 돌아온 앙트완과 춤을 추면서 뜨겁게 키스를 하는데, 앙트완은 오늘 밤을 같이 지내고 내일 아침에 함께 투롱으로 가자고 한다. 그러나 자신을 하룻밤 즐길 여자라고 하는 앙트완의 얘기를 엿들은 줄리엣은 내일 아침에 만나서 첫 버스를 타고 따라가겠다고 말한다. 다음날 아침, 줄리엣은 짐을 싸서 첫 버스를 기다리지만, 그 버스에 타고 있던 앙트완은 줄리엣을 보고도 버스를 세우지 않고 그냥 지나가버린다. 줄리엣의 첫사랑이 무참히 좌절된다.

줄리엣이 보육원으로 돌아가기 전날, 앙트완의 동생 미셸(장 루이 트랭티냥 扮)이 줄리엣에게 청혼을 한다. 그는 줄리엣이 헤픈 여자라는 마을의 평판과 어머니의 반대에도 불구하고 그녀를 묘한 매력을 지닌 발랄한 아가씨로 생각한다. 줄리엣은 자신을 속물로 보지 않는 21세 청년의 순수함에 이끌려 결혼을 승낙한다.

줄리엣은 미셸과 결혼식을 올리고 행복하게 살려고 노력한다. 미셸이 먼 곳으로 일하러 떠나면서 하루 집을 비웠을 때, 줄리엣은 음악을 들으러 주크박스에 가는데, 마침 그곳에 있던 에릭이 "행복해?"하고 묻는다. 줄리엣이 "물론이에요."하고 대답하자, 그는 "거짓말, 결혼은 너와 어울리지 않아. 넌 앞으로는 돈을 좇게 될 거야. 나한테 오면 그런 것들을 다 채워줄 수 있어." 하고 말한다. 그러나 줄리엣은 흔들리지 않는다.

그러나 투롱에 가 있던 앙트완이 집으로 돌아오자, 줄리엣의 마음이 흔들리기 시작한다. 줄리엣은 작은 배를 타고 혼자 바다로 나갔다가 엔진에 불이 붙는데, 이를 본 앙트완이 헤엄쳐 들어가 줄리엣을 구하게 되고, 둘은 해변 풀밭에서 결국 선을 넘고 만다. 집으로 돌아온 줄리엣은 열병을 앓고, 앙트완을 통해서 둘의 불륜 사실을 알게 된 시어머니는 줄리엣을 쫓아내기로 한다.

미셸이 돌아오자, 앙트완은 줄리엣이 먼저 자신을 유혹했다며 그녀를 버리라고 말한다. 미셸은 형에게 처음으로 화를 내며 대든다. 줄리엣이 집을 나간 것을 확인한 미셸이 줄리엣을 찾으러 나가자, 어머니는 찾지 말라고 한다. 미셸은 나가지 못하게 제지하는 형 앙트완을 밀쳐서 쓰러뜨리고 권총까지 들고 나간다.

한편, 줄리엣은 바에 들어가 독한 술을 마시고 지하클럽에 내려가서 음악에 맞춰 춤을 춘다. 거의 무아지경인 상태에서 온몸을 리듬에 맡기고 미친 듯이 몸을 흔들어댄다. 에릭과 미셸이 차례로 클럽으로 들어오고 곧이어 앙트완도 들어온다. 미셸이 "제발 그만해!" 소리치지만 줄리엣은 아랑곳하지 않고 계속 춤을 춘다.

미셸이 총을 꺼내 줄리엣을 쏘려고 하자, 막아서던 에릭이 옆구리에 관통상을 입는다. 다친 에릭은 앙트완이 운전하는 차를 타고 병원으로 가면서 '이제 우리는 저 부부 일에서 빠져나오자.'고 말한다. 미셸은 줄리엣의 뺨을 세게 때리는데, 줄리엣은 맞으면서도 야릇한 미소를 짓는다. 미셸이 줄리엣을 다시 집으로 데려오면서 영화가 끝난다.

이 영화는 개봉과 함께 브리짓 바르도를 전 세계에 알리며 엄청난 센세이션을 불러일으켰다. 로제 바딤 감독은 브리짓 바르도의 발랄하면서도 관능적인 자태를 화면 가득히 담아냈다. 이 영화가 나온 후 '신은 여자를 창조했고, 악마는 브리짓 바르도를 창조했다.'는 말이 인구에 회자되기도 했다.

1950년대 할리우드에서는 마릴린 먼로(MM)가 섹스 심벌로 명성을 떨쳤는데, 프랑스의 브리짓 바르도(BB)가 이 영화를 통해 유럽을 대표하는 섹스 심벌로 화려하게 부상하였고, 1960년대에는 이탈리아계 클라우디아 카르디날레(CC)가 유럽을 대표하는 섹시 스타 대열에 합류하게 된다.

'그리고 신은 여자를 창조했다'(1956년)에서 미셸 역으로 나오는 장 루이 트랭티냥은 '남과 여'(1966년), '세 가지 색 레드'(1994년) 등에서 남자주인공을 맡는 등 프랑스를 대표하는 대배우로 성장한다. 다섯 번 결혼한 로제 바딤 감독은 플레이보이로도 유명한데, 그의 부인들 중에는 브리짓 바르도 외에 제인 폰다도 있고, 3년간 동거한 카트린 드뇌브는 그의 아들을 낳았다.

열여덟 살에 로제 바딤과 결혼한 브리짓 바르도는 이 영화에서 남편으로 나오는 장 루이 트랭티냥과 눈이 맞아 로제 바딤과 이혼한다. 그녀는 네 번 결혼하는 동안 어림잡아 100명이 넘는 남자들과 염문을 뿌린다. 1970년대에 은퇴한 이후에는 동물권익보호 운동가로 활동하면서 '한국인은 개고기를 먹는 야만인'이라고 비난하는 바람에 우리나라 사람들에게는 욕을 많이 먹고 있다.

네 멋대로 해라(À bout de souffle)

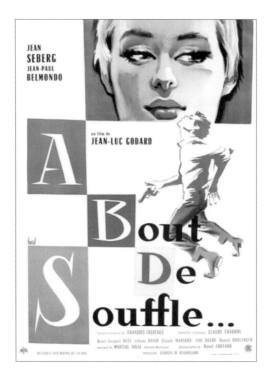

    현대영화의 시작점이라는 평을 듣는 '네 멋대로 해라(À bout de souffle)'를 연출하여 세계적인 명성을 얻은 프랑스의 장 뤽 고다르 감독이 2022년 9월 13일, 91세를 일기로 세상을 떠났다. 안락사였다. 1960년, 그는 프랑스의 독창적이고 재능 있는 젊은 감독에게 주는 장비고상(Prix Jean-Vigo)과 베를린국제영화제 감독상(은곰상)을 받았다.

    그의 첫 장편영화인 '네 멋대로 해라'(1959년)는 프랑스 누벨바그의 기념비적인 작품이면서 1960년을 전후한 유럽의 청춘 문화를 상징하는 아이콘 같은 영화이다. 그는 이 영화에서 실험적인 카메라 워킹과 파편적인 내러티브를 구사하는 파격적인 시도로 전 세계 영화계를 놀라게 했다. '시민 케인'(1941년) 이후 이렇게 큰 반향을 불러일으킨 영화는 없었다.

불어제목 'À bout de souffle'는 '숨의 끝'이란 뜻이다. 이 영화는 일반적인 상업영화와는 달리 처음부터 끝까지 시간적 공간적 연속성에 대한 일반적인 영화 규범을 지키지 않는 점프 컷(Jump Cuts) 형식으로 만들어져 있다. 그 때문에 화면이나 대사도 건너뛰거나 비약이 많고, 사건들을 이어주는 스토리의 흐름도 기승전결과는 거리가 있다.

이 영화는 영화학도들의 교과서라고 할 만큼 누벨바그의 핵심 영화기법들을 다양하게 보여주고 있다. 35mm 카메라 들고 찍기(hand held), 자연광을 이용한 현지 촬영, 즉흥적인 플롯과 겉도는 대사, 소형 녹음기를 이용한 현장 녹음, 점프 컷을 통한 간결한 편집 등이 그것이다.

할리우드 배우 험프리 보가트를 선망하는 좀도둑 미셸(장 폴 벨몬도 扮)은 대낮에 마르세유 부두에서 승용차를 훔쳐 타고 파리로 향한다. 친구를 만나 미국 물건값(?)도 받고, 3주 전에 니스에서 만나 함께 지냈던 미국 애인도 만나고…. 미셸은 시골길을 과속으로 달리다가 차가 갑자기 고장 나는 바람에 길옆 풀밭에 차를 세운다. 그때 오토바이를 탄 경찰이 다가와 검문하려 하자 미셸은 차 안에 있던 권총으로 경찰을 쏘아 죽이고 도망친다.

파리에 도착한 미셸은 공중화장실에서 노신사의 돈을 강탈하여 용돈을 마련한 후 샹젤리제 거리에서 뉴욕헤럴드 신문을 팔고 있는 미국 애인 패트리샤(진 세버그 扮)를 만난다. 함께 이야기를 나누다가 패트리샤가 내일 만나자며 신문기자를 만나러 가자, 미셸은 몰래 뒤따라가는데 둘이 데이트하다가 차에서 키스하는 것을 본다.

다음날, 경찰살인범으로 자신을 추적하는 신문기사를 본 미셸은 패트리샤가 사는 곳을 찾아가 키를 받아서 룸으로 올라간다. 얼마 후에 패트리샤가 오자 두 사람은 죽음, 음악, 책에 대해서 얘기를 나누지만, 각자의 생각만 얘기할 뿐 대화는 겉돌기만 한다. 두 사람은 다음날 정오까지 방에서 뒹굴며 정사(情事)를 벌인다.

미셸은 '난 너 없이 못 살아.' 하면서 패트리샤에게 함께 로마로 가자고 말한다. 그런 미셸에게서 묘한 매력을 느낀 패트리샤는 막 사귀기 시작한 신문기자를 차버리고 추적해오는 형사들을 따돌리며 미셸과 함께 즐거운 시간을 보낸다. 그러나 패트리샤는 정말로 자신이 미셸을 사랑하는지 확신이 서지 않는다.

패트리샤는 시간이 지날수록 차량 절도를 일삼는 지명수배자 미셸을 사랑하지 않는다는 판단이 들자, 경찰에 '미셸이 이곳에 있다.'고 신고한다. 그리고 그 사실을 미셸에게도 알려주면서 빨리 도망치라고 말하는데, 미셸은 교도소에 가고 싶다고 말한다. 그때 친구가 미국 물건값을 가져오자 미셸은 친구에게 곧 경찰이 들이닥칠 거라며 빨리 가라고 말한다. 그 친구는 미셸에게 권총을 던져주고 사라진다.

미셸은 그 총을 주워 들고 쫓아오는 경찰들을 피해 달아나지만 경찰이 쏜 총에 등을 맞고 비틀거리며 뛰어가다가 도로 위에 쓰러진다. 미셸은 뒤쫓아 온 패트리샤와 경찰들을 올려다보며, "정말 역겨워!"라는 한마디를 남기고 숨을 거둔다.

그러자 패트리샤는 '역겹다는 말이 무슨 뜻이지?' 하고 반문하고는, 미셸이 습관처럼 험프리 보가트 흉내를 내던 것처럼 엄지손가락으로 입술을 좌우로 문지르고 돌아서면서 영화가 끝난다.

'네 멋대로 해라'는 약 4주 만에 완성된 저예산 영화로, 점프 컷을 통해 시간과 공간을 과감하게 생략하고 압축하면서 주요 행위만을 간결하게 보여준다. 요즘에는 이런 점프 컷이 영화나 텔레비전에서도 흔하게 사용되지만, 1959년 당시에는 이런 편집방식이 매우 혁신적이었고 누벨바그 스타일 가운데서도 가장 두드러진 것이었다.

이 영화의 또 다른 특징은 남녀주인공의 상반되는 캐릭터가 빚어내는 부조화이다. 프랑스 출신의 미셸은 아무런 고민이나 주저함 없이 즉흥적으로 행동하는 염세주의자이다. 반면 미국 출신의 패트리샤는 지적(知的)이고 합리적이며 자신의 육체를 이용해서라도 원하는 것을 얻으려 하는 현실주의자이다. 이들 사이에는 섹스만 있을 뿐, 진정한 의사소통은 없다. 결국 패트리샤는 미셸을 경찰에 신고하고, 미셸은 도망가는 것이 귀찮아서 머뭇거리다 죽는다.

장 뤽 고다르 감독은 동기 없는 살인과 동기 없는 사랑, 동기 없는 죽음으로 이어지는 이야기를 통해 방향감각을 잃고 방황하는 젊은이들의 모습을 그려내고 있다. 불통(不通), 권태, 허무주의에 빠진 남녀주인공의 모습은 전후(戰後) 급격한 현대화에 적응하지 못하고 방황하는 서구 젊은이들의 초상이라고 할 수 있다.

1983년, 미국의 짐 맥브라이드 감독은 야성미 넘치는 리처드 기어와 프랑스의 신예 발레리 카프리스키를 기용하여 '브레드레스(Breathless)'라는 제목으로 '네 멋대로 해라'를 리메이크했다. 미국 LA를 무대로 원작의 스토리 구조를 최대한 살려서 만들었는데, 미성년자 관람불가라서 그런지 당시 야하다는 소문을 타고 상당한 화제가 되기도 했다.

부베의 연인(La Ragazza di Bube)

    2주마다 한 번씩 기차를 타고 교도소에 있는 연인에게 면회를 가는 시골처녀 마라(클라우디아 카르디날레 扮)의 회상으로 영화가 시작된다.

    마라가 부베(조지 차키리스 扮)라는 청년을 처음 만난 것은 제2차 세계대전이 막바지로 치닫던 1944년 7월 어느 날 이탈리아 북부의 빈촌(貧村) 마라의 집에 부베가 찾아오면서였다. 파시스트 정권에 저항하는 파르티잔인 부베는 나치에게 처형된 동지 산테의 전사(戰死) 소식을 전하러 왔다가 집 앞에서 산테의 여동생을 만난 것이다.

    마라와 부베는 처음 본 순간 서로에게 끌렸고, 마라는 부베를 집 안으로 들어오게 하여 바지 무릎의 터진 곳을 꿰매어준다. 마라의 집에서 하룻밤을 묵은 부베는 떠날 때 배낭에서 낙하산 실크 원단을 꺼내 마라에게 주면서 옷으로 만들어 입으라고 한다.

한 달쯤 지나서 부베가 두 번째 왔을 때, 마라는 그가 준 실크 원단으로 만든 블라우스를 입은 모습을 보여준다. 부베는 "멋지네요." 하면서 마라의 침대에서 낮잠을 자고 훌쩍 떠난다. 가을이 되자, 부베로부터 생필품을 담은 조그만 소포가 오더니, 그 후에는 매주 편지가 온다. 부베가 자신을 사랑하는 마음을 느낄 수는 있었지만 사랑한다는 말은 없었다.

1년이 지났을까. 불쑥 찾아온 부베는 마라의 의사도 묻지 않고 마라의 아버지에게서 마라와의 약혼 승낙을 받는다. 마라의 어머니는 파르티잔은 위험하다며 반대했지만, 파시스트를 혐오하는 마라의 아버지는 부베를 믿음직한 사윗감으로 생각하고 있었다. 부베는 마라를 데리고 시내로 나가 뱀가죽 하이힐을 사준다. 마라의 얼굴에 미소가 피어난다.

얼마 후에 다시 마라의 집으로 온 부베는 파르티잔인 친구가 파시스트 헌병대 준위에게 사살되자 보복으로 준위와 그의 아들을 죽였고, 그 때문에 헌병들에게 쫓기고 있었다. 부베는 마라를 데리고 자기 집으로 가서 가족들에게 소개시켜주고, 함께 변두리 외진 곳으로 가서 몸을 숨긴다. 거기까지 헌병들이 추적해오자, 부베는 파르티잔과 사촌의 도움으로 국외 탈출을 시도한다. 마라는 자고 나면 떠나야 하는 부베에게 "꼭 안아줘요." 하면서 처음으로 몸을 허락한다. 날이 밝아오자, 부베는 차를 타고 떠난다.

친구 집에 기거하면서 다림질하는 일을 하던 마라는 인쇄소를 운영하는 스테파노라는 청년을 알게 되고, 그가 마련해준 인쇄소 일을 하면서 함께 영화구경도 하는 등 즐거운 나날을 보낸다. 마라는 재력도 있고 매너까지 좋은 스테파노의 적극적인 구애를 받자, 잠시 부베를 잊고 행복한 미래를 꿈꾸기도 한다.

한편, 마라 곁을 떠난 지 1년 만에 유고슬라비아에서 체포된 부베는 이탈리아로 송환되어 재판을 받게 된다. 교도소로 찾아간 마라는 "보고 싶었어. 당신 생각을 하며 하루하루 버텼어." 하고 말하는 부베를 보고, 그의 연인이 되기로 결심한다. 마라는 청혼하는 스테파노에게 "이해해줘요. 저는 부베의 여자예요." 하면서 이별을 고한다.

전에 부베는 버스에서 봉변을 당하는 파시스트 사제(司祭)를 구해준 적이 있었는데, 그 사제가 법정에서 유리한 증언을 해준 덕분에 종신형을 면하고 징역 14년 선고를 받는다. 마라는 그가 출옥하면 그와 행복한 가정을 꾸릴 꿈을 꾸면서, 2주에 한 번씩 그를 만나러 가는 여정을 시작한다.

7년이 지난 어느 날, 부베를 보러 가던 마라는 기차역에서 우연히 스테파노를 만난다. 2주마다 면회를 가고 있다는 얘기를 들은 스테파노는 "당신은 참 강한 여자예요." 하고 말하는데, 마라는 "부베는 더 강해요. 7년이나 교도소에 있으면서도 희망을 잃지 않고 있어요. 7년 후면 저는 34살, 부베는 37살이 되는데, 그때도 아이를 낳을 수 있어요." 하고 말한다. 마라가 탄 기차가 출발하면서 영화가 끝난다.

'부베의 연인(La Ragazza di Bube)'을 이야기할 때, 두 연인이 만나거나 함께 있을 때마다 잔잔하게 흐르는 애잔하면서도 감미로운 선율의 주제곡 OST를 결코 빼놓을 수 없으리라. 이 영화에서 음악을 맡은 '카를로 루스티첼리'는 영화를 좋아하는 올드팬들에게 익숙한 '철도원'(1956년)의 주제곡과 "아모레 아모레 아모레 아모레 미오~"로 시작하는 '형사'(1959년)의 주제곡 'Sinno me moro(죽도록 사랑해서)'를 작곡한 사람이다.

부베 역을 맡은 조지 차키리스는 뮤지컬 명작 '웨스트사이드 스토리'(1961년)로 아카데미 및 골든 글로브 남우조연상을 받은 미국 배우로 '부베의 연인'(1963년)이 그의 인생작이라고 할 수 있다. 마라 역을 맡아 순박하면서도 지조(志操)가 있는 여성상을 선보인 '클라우디아 카르디날레'는 이 영화로 골든 글로브 여우주연상을 받았다.

클라우디아 카르디날레(CC)는 북아프리카의 튀니지에서 태어나 그곳에서 초등학교 교사를 하다가 1956년 튀니지에서 열린 '이탈리아 영화제'의 미인대회에 출전하여 168cm, 56kg의 몸매로 1등을 하면서 영화계에 입문하였다. '형사'와 '가방을 든 여인'(1961년)에서 일약 여주인공을 맡아 단숨에 톱스타의 반열에 올랐다.

할리우드로 진출한 후에는 '4인의 프로페셔널'(1966년)과 '옛날 옛적 서부에서'(1968년) 등에서 여주인공을 맡아 세계적인 명성을 얻었다. 실바나 망가노와 소피아 로렌을 잇는 이탈리아 출신 여배우의 계보에도 당당히 이름을 올렸고, 마릴린 몬로(MM), 브리짓 바르도(BB)와 함께 섹스 심벌로 한 시대를 풍미하기도 했다.

'부베의 연인'은 이탈리아 루이지 코멘치니 감독이 제2차 세계대전의 후유증을 그린 흑백영화로, 우리나라에는 1965년에 개봉되어 큰 인기를 누렸다. 그것은 역경 속에서도 꿋꿋이 사랑을 지켜내는 여주인공의 순애보와 감미로운 OST가 큰 감동을 주었기 때문일 것이다.

영화에세이(5-05)
시실리안(Le Clan Des Siciliens)

　‘시실리안(Le Clan Des Siciliens)’은 ‘25시’(1967년)를 연출한 앙리 베르누이 감독이 1969년에 만든 프랑스의 마피아 범죄영화이다. 흥미진진한 플롯에 캐릭터가 뚜렷한 세 주연배우의 열연이 뒷받침되어 러닝 타임 116분 내내 긴장의 끈을 늦출 수가 없다. 범행의 전모를 적나라하게 보여주는 케이퍼 무비로서의 특징도 잘 드러나 있다.

　시칠리아 출신의 마피아 보스인 비토리오(장 가뱅 扮)는 파리에서 자신의 성을 딴 '마나레제'라는 전자게임기 판매 사업을 하고 있는데, 실제로는 두 아들과 며느리, 사위로 구성된 가족범죄단을 이끌고 있다. 그는 경관 2명을 죽인 죄로 수감된 보석 전문 강도 로저(알랭 드롱 扮)가 호송될 때 아들과 부하들을 보내 탈출을 도와준다.

로저는 재판정에 들어가기 전에 비토리오의 부하가 호주머니에 넣어준 조그만 전동커터로 호송 중에 차 바닥을 뚫는다. 그리고 비토리오의 부하들이 차가 고장 난 척하며 호송차를 가로막고 있는 사이 탈출에 성공한다. 비토리오는 로저의 숙소를 마련해주고 큰아들 알도의 아내 잔느에게 먹거리 등을 챙겨주게 한다.

한편, 로저의 검거에 혈안이 된 프랑스 경찰청의 수사국장 르 고프(리노 벤추라 扮)는 로저의 누나가 일하는 가게 전화기에 도청장치를 해놓고 근처에 잠복하면서 로저의 전화를 기다리지만, 로저는 기상천외한 방법으로 누나를 만나기도 한다. 그러다가 숙소에 콜걸을 부른 로저는 룸서비스를 가장한 르 고프 팀에게 거의 잡힐 뻔했으나 구사일생으로 도망친다.

로저는 교도소 동료로부터 입수한 사상 최대의 보석들을 전시 중인 로마 건물의 경비시스템 도면을 비토리오에게 제공한다. 비토리오는 미국 뉴욕에 있는 죽마고우 마피아인 보안전문가 토니를 로마로 불러 함께 현장을 방문한 결과 보안시스템이 완벽하다는 사실을 확인한다. 그래서 2주 후 뉴욕 전시를 위해 보석들을 비행기로 수송할 때, 하이재킹으로 탈취하기로 계획을 변경한다.

잔느는 로저와 함께 간 바닷가에서 전라(全裸)로 일광욕을 하며 로저를 유혹하는데, 로저가 다가오자 기다렸다는 듯 뜨겁게 키스하며 애욕을 불태운다. 그러다가 공놀이를 하던 시누이의 7살짜리 아들에게 들키고 마는데, 잔느는 어린 조카에게 아무에게도 말하지 말라고 신신당부한다.

보석들을 실은 비행기가 파리를 경유할 때, 비토리오 가족들은 모두 가짜 여권으로 탑승한다. 보험회사 직원을 다른 데로 빼돌리고 그 여권으로 탑승한 로저는 남편을 만나러 온 보험회사 직원의 아내 때문에 그 비행기에 탑승한 사실이 발각된다. 13년간 담배를 끊었던 르 고프 국장은 다시 담배에 불을 붙이고, 뉴욕공항에는 경찰들이 쫙 깔린다.

비행기가 뉴욕 상공에 접어들자, 로저와 비토리오는 조종사를 협박하여 비행기를 탈취한다. 잔느는 재빨리 스튜어디스로 변신하고, 아들과 사위는 승무원들을 통제한다. 비행기는 공사 중인 고속도로에 착륙한다. 미리 대기하고 있던 토니와 뉴욕의 마피아들이 비행기에서 보석들을 꺼내 차에 싣고, 비토리오의 가족들은 흩어져서 다시 귀국하는 비행기에 오른다. 로저는 뉴욕의 은신처에서 자신의 몫을 기다리고 있다.

파리로 돌아온 비토리오의 가족들은 모두 한자리에 모여 거사 성공을 자축한다. 그때 TV에서 젊은 남녀의 키스 장면이 나오자, 비토리오의 어린 외손자가 '잔느 외숙모와 로저 아저씨가 저렇게 했어.' 하고 소리친다. 당황한 잔느가 아니라고 부인을 하지만….

비토리오는 배당금을 주겠다며 로저에게 속히 귀국하라고 연락한다. 로저의 귀국시간을 알게 된 잔느가 로저의 누나에게 전화를 걸어 비행기 도착시간을 알려준다. 이를 도청한 르 고프 팀이 공항으로 가고, 로저의 누나도 공항으로 향한다. 비토리오는 아들과 사위에게 공항에 가서 로저를 데려오라고 한다. 그런데 바로 앞 비행기로 귀국한 로저는 숨어서 이 상황을 지켜보고 있었다. 로저의 누나, 비토리오의 두 아들과 사위가 모두 공항대합실에서 르 고프 팀에게 체포된다.

로저의 전화를 받고 잔느를 차에 태워 온 비토리아가 교외에서 로저를 만난다. 비토리오가 돈가방을 던져주자, "조심해요!"하면서 로저에게 뛰어가던 잔느와 돈가방을 확인하던 로저는 비토리오의 총에 맞아 쓰러진다. '마나레제'로 돌아온 비토리오가 기다리고 있던 르 고프 국장을 따라나서면서 영화가 끝난다.

큰돈을 벌어 고향 시칠리아에서 떵떵거리며 살고 싶었던 비토리오의 노후 계획은 거의 성공했으나 며느리의 치정(癡情) 때문에 실패하고 만다. 영화제목에 붙어있는 'clan'은 한 가족 혹은 씨족을 의미하는데, 이 범죄가 가족 단위로 이루어지고 있음을 나타낸다. 음악을 맡은 엔니오 모리코네의 음울한 주제곡의 선율이 주요 장면마다 낮게 깔린다.

'시실리안' 등 여러 범죄영화에서 무표정한 얼굴과 꽉 다문 입술로 특유의 카리스마를 보여준 장 가뱅은 프랑스 정부로부터 레지옹도뇌르 훈장을 받았으며, 지금도 프랑스가 낳은 위대한 배우로 추앙받고 있다. 이탈리아에서 태어난 리노 벤추라는 프랑스로 건너와 프로레슬러로 활동하다가 장 가뱅의 추천으로 영화계에 입문하여 선 굵은 연기를 해왔다.

20세기 최고의 미남 배우 알랭 드롱은 주로 범죄영화에서 악역을 맡았다. 그런데 한 가지 특이한 점은 그가 출연한 '시실리안'(1969년)을 비롯한 '볼사리노'(1970년) '미망인'(1971년) '레드선'(1971년) '암흑가의 두 사람'(1973) 등은 모두 그의 죽음으로 영화가 끝난다는 사실이다.

알랭 드롱은 2021년 한 인터뷰에서 "안락사에 찬성한다. 우리는 특정시점부터는 생명유지장치를 거치지 않고 조용히 떠날 권리가 있다."고 말했다. 2022년 3월, 그는 결국 안락사로 세상을 떴다. 87세였다.

새벽의 7인(Operation Daybreak)

　　제2차 세계대전을 일으킨 나치 독일의 핵심인물은 히틀러를 비롯하여 괴벨스, 괴링, 하이드리히, 힘러, 아이히만 등이 있는데, 이들에 대한 암살 시도는 여러 번 있었다. 그러나 이러한 시도는 히틀러 암살미수 사건에서 보듯이 철통같은 보안 때문에 번번이 실패하고, 딱 한 번 성공한다. 유일하게 성공한 암살 작전을 다룬 영화 '새벽의 7인'(Operation Daybreak)에 대해서 살펴보고자 한다.

　　'새벽의 7인'(1975년)은 아카데미 5개 부문에서 후보에 오른 '알피'(1966년)와 제임스본드 영화의 고전 '007 두 번 산다'(1967년)를 연출한 영국 출신의 루이스 길버트 감독이 미국과 체코슬로바키아 합작으로 연출한 작품이다. 그는 실화를 바탕으로 한 이 영화를 위해 1940년대 프라하의 모습을 세밀하게 재현하고, 탁월한 연출력으로 배우들의 열연을 이끌어내 영화의 작품성과 완성도를 높였다. 이 영화는 1976년 우리나라에서 개봉할 때 서울 관객 31만 명을 기록하며 흥행에도 성공했다. 상영시간 118분.

　제2차 세계대전이 일어나자, 나치 독일은 체코슬로바키아를 무력으로 점령한다. 그리고 유태인 학살을 기획하고 설계한 최종책임자로, SS보안대와 경찰의 고위 실세이며 게슈타포의 2대 국장으로 있던 라인하르트 하이드리히(안톤 디프링 扮)를 체코슬로바키아 총독 겸 주둔군 사령관으로 보낸다. 체코에서 악명을 떨치던 그는 얼마 안 가서 '프라하의 도살자'라는 별명을 얻는다.

　1941년, 영국 런던에 있는 체코의 망명정부에서는 영국 공군과 협의하여 '유인원 작전(Operation Anthropoid)'을 수립하고, 체코 공수부대 출신의 하사관 얀(티모시 보텀즈 扮)과 요셉(앤서니 앤드류스 扮), 카렐(마틴 쇼 扮)에게 하이드리히를 암살하라는 밀명을 내린다.

　이들 3인의 특공대원은 영국 공군기와 낙하산으로 체코의 수도 프라하 근처에 침투하는데, 얀은 프라하에서 레지스탕스로 활동하고 있는 연인 안나를 만나고, 카렐은 집에 가서 아내와 어린 딸을 만난다. 다시 모인 3인은 현지의 레지스탕스와 협력하여 기차역에서 하이드리히를 저격하려다 때마침 교행(交行)하는 기차 때문에 실패한다. 이에 망명정부에서는 특공대원 5명을 추가로 체코에 보내준다.

　1942년 5월 27일, 출근하는 하이드리히의 벤츠 무개차(無蓋車)가 코너 길에서 감속(減速)할 때 요셉이 하이드리히를 저격하려다 기관총이 불발되자, 얀이 재빨리 차에 수류탄을 던져 넣고 도주한다. 수류탄 파편들이 주요 장기에 박힌 하이드리히는 병원으로 후송되었으나, 체코인 의사의 수술을 거부하고 베를린에서 오는 히틀러의 주치의를 기다리다가 패혈증으로 사망한다.

　하이드리히의 장례식이 거창하게 치러지고, 나치는 무자비한 보복을 단행한다. 마치 나치에 저항하면 어떻게 되는지 본보기를 보이

듯 특공대원들을 도와준 프라하 부근의 리디체 마을에 무차별 포격을 가해 마을을 초토화시킨다. 또 성년 남자들을 모두 학살하고, 여자들을 난민수용소로, 아이들을 특별교육기관으로 보낸다. 아울러 암살자들에게 거액의 현상금을 걸고 대대적인 색출작업에 들어간다.

이때 가족과 함께 있던 카렐은 독일군의 잔혹한 보복과 좁혀오는 수사망에 겁을 먹고, 아내와 어린 딸을 지키기 위해 나치 부대에 찾아가서 동료들을 밀고한다. 그러자, 독일군은 자전거를 타고 특공대원들을 도와주면서 레지스탕스 활동을 하던 소녀의 집에 들이닥쳐 소녀의 엄마와 오빠를 잡아간다.

연인 안나와 눈물겨운 작별 인사를 한 얀은 특공대원들이 기다리고 있는 성당으로 들어가고, 카렐의 밀고로 7인의 특공대원들이 숨어있는 곳을 알게 된 독일군은 중무장한 대규모 병력으로 성당을 포위하고 성당 입구로 진입한다. 특공대원들은 기관총과 수류탄으로 독일군 수십 명을 사살하지만 중과부적(衆寡不敵)으로 하나 둘 전사한다.

날이 어두워지자, 남은 특공대원들은 성당 지하실로 대피하는데 결국 얀과 요셉만 남게 된다. 특공대원들을 생포하라는 지시를 받은 독일군은 카렐을 시켜 항복을 권유하지만…. 독일군은 성당 지하실 창으로 고무호스를 넣고 최루가스를 투입한다. 다시 지하실에 물을 투입하기 시작한다. 무릎까지 차오르던 물은 어느새 어깨까지 차오른다.

1942년 6월 18일 새벽, 밤새도록 캄캄한 물속에 서 있던 얀과 요셉은 저체온증으로 더 이상 버틸 수 없는 한계에 도달한다. 이때 아침 해가 떠올라 창 너머로 지하실을 비춰준다. 얀과 요셉은 말없이 눈빛을 교환하면서 서로를 감싸 안고 서로의 머리에 총구를 겨눈다. 이윽고 두 발의 총성이 울리고…, 관중들 속에서 성당의 상황을 지켜보던 소녀와 안나가 쓸쓸히 돌아가면서 영화가 끝난다.

엔딩 크레딧에서는 폐허가 된 리디체 마을이 재건되었다는 소식과 함께, 영화에 등장하는 실존 인물들의 근황이 자막으로 나온다. 특공대원들을 보살펴주던 성당의 신부는 현장에서 체포되었고, 소녀와 안나는 수용소에서 사망했다. 배신자 카렐은 1947년 체코 재판에서 사형선고를 받고 처형되었다.

이 영화의 영어 제목은 'Operation: Daybreak(작전명: 새벽)'인데 영화의 제목을 '새벽의 7인'으로 정한 것은 원작 소설의 제목 'Seven Men At Daybreak'를 직역한 일본의 영화제목을 그대로 우리나라 영화제목으로 썼기 때문이다. 실제 영화의 내용은 얀과 요셉, 카렐의 3인을 중심으로 전개된다.

마지막 격전지인 프라하의 성(聖) 키릴 메소디우스 성당에서는 처절한 총격전의 흔적인 총알 자국을 그대로 두고 유리창을 설치하여 보존하고 있으며, 안에 들어가서 보려면 입장료를 내야 한다고 한다. 조국을 위해서 고귀한 목숨을 바친 두 젊은이가 물속에서 서로 껴안고 서로의 머리에 방아쇠를 당기는 마지막 장면은 오랫동안 잊히지 않을 뜨거운 감동으로 짙은 여운을 남기고 있다.

라 붐(La Boum)

　영화를 좋아하는 올드팬 중에는 오래전에 나온 프랑스 흑백영화 '금지된 장난'(1952년)의 다섯 살짜리 꼬마 여주인공 폴레트를 기억하는 사람이 많이 있을 것이다. 톡 튀어나온 이마와 초롱초롱한 눈, 자그마한 입…. 프랑스의 로맨틱 코미디 '라 붐'(1980년)에서 소피마르소의 엄마로 나오는 여배우가 바로 폴레트 역을 맡았던 브리지트 포세이다.

여성관사인 La와 폭발음 Boum이 합쳐져서 '10대들의 파티'를 의미하게 된 '라 붐'(La Boum)은 소피 마르소의 청순미에 힘입어 유럽에서만 1,500만 관객을 동원하는 폭발적인 인기를 누렸다. 그런데, 우리나라에서는 무슨 이유에서인지 비디오로만 발매되었다. 1984년에 서울 세종문화회관 소강당과 부산 시민회관에서 열린 월간 '스크린' 창간기념 시사회에서 700여 명이 관람했을 뿐, 정식 극장개봉은 2013년에 이루어졌다.

막 이성에 눈을 뜬 13세 여중생 빅(소피 마르소 扮)은 치과의사인 아빠 프랑수아(클로드 브라스 扮)와 만화가인 엄마 프랑수와즈(브리지트 포세 扮)를 따라 파리로 이사 와서 새로운 학교생활을 시작한다. 빅은 자신의 일에 바쁜 엄마와 아빠보다는 신세대 감성에 조예가 깊고 얘기도 잘 통하는 증조할머니 푸페트와 더 가깝게 지낸다.

어느 날, 빅은 친구의 초대로 간 파티에서 헤드폰을 씌워준 마튜(알렉산드르 스털링 扮)와 친해져서 서로 좋아하는 사이가 된다. 처음으로 사랑에 눈뜬 빅은 이런 감정을 어떻게 받아들이고 상대방에게는 어떻게 표현해야 할지 고민하다가 푸페트 할머니에게 고백하고 코치를 받는다.

한편, 프랑수아는 치과에 손님으로 온 과거의 애인 바네사와 하룻밤 외박을 하는데, 한쪽 다리에 석고붕대를 붙이고 교통사고로 다쳤다고 아내에게 거짓말을 한다. 그러다가 진심으로 걱정하는 아내를 보고 죄책감이 들어서 바네사와의 관계를 털어놓는다. 분노한 아내는 프랑수아와 별거를 선언하고, 푸페트 할머니와 함께 바네사의 화장품 가게를 찾아가 진열대를 박살 낸다.

빅은 남친 마튜가 한 여학생과 롤러장에서 데이트하는 것을 목격하고 분개한다. 때마침 자신을 데리러 온 아빠에게 일부러 키스를 퍼붓는데, 이 모습을 본 마튜는 빅이 치한에게 추행당하는 것으로 오해한다. 빅의 학교에 간 엄마 프랑수와즈는 독일어 선생 에릭과 면담을 하다가 그와 친한 사이가 된다.

며칠 후, 프랑수아는 아내 프랑수와즈를 집에까지 바래다주는 에릭을 미행한다. 그러다가 불량배들에게 봉변당하는 것을 보고 에릭을 구해준다. 프랑수아는 감사하다고 인사하는 에릭에게 아내를 내버려 두라고 하면서 주먹을 날린다. 프랑수아는 딸을 데리러 학교에 갔다가 치한으로 오해한 마튜에게 공격받고 싸우는데, 때마침 빅이 나타나 오해가 풀린다. 그날 밤, 프랑수아는 아내와 오붓한 시간을 보내는데….

여름방학이 되자, 마튜는 호텔종업원 견습을 위해 카부르로 간다. 마튜를 만나고 싶어 하던 빅은 푸페트 할머니와 함께 차를 타고 카부르로 향한다. 마튜는 빅을 자신의 비밀 아지트에 데려가서 키스를 하며 즐거운 시간을 보내는데, 견습 일정 때문에 새벽에 빅을 그대로 두고 가버린다. 상심한 빅은 푸페트 할머니가 묵고 있는 호텔로 되돌아간다. 아침에 빅과 푸페트 할머니는 그곳 식당에서 서빙 견습을 하는 마튜를 어색하게 조우한다.

한편, 프랑수와즈가 임신을 하자, 남편은 에릭의 아이라고 오해하는데, 이에 화가 난 프랑수와즈는 에릭을 찾아간다. 거기서 아프리카로 휴가를 떠나자는 에릭의 제안을 받고 당일 공항에서 에릭을 만나지만 비행기 탑승구 앞에서 뒤돌아선다. 오는 길에 부부의 추억이 담긴 식당에서 혼자 식사하고 있는 남편을 발견하고 그 식당으로 들어간다.

빅은 14세 생일을 맞아 집에서 파티를 연다. 빅은 마튜에게 서운한 감정이 남아있었지만, 마튜가 파티장에 찾아오자 그 감정은 눈 녹듯 사라진다. 빅이 마튜와 함께 춤을 추고 있는 사이, 또 다른 멋진 남자아이가 파티장에 나타난다. 빅이 이번에는 그 남자아이와 춤을 추면서 영화가 끝난다. '라 붐 2'(1982년)에 대한 예고인지….

'라 붐'은 중학생인 빅의 첫사랑 이야기와 함께 바람피운 남편과 그의 아내가 사춘기 딸을 사이에 두고 별거를 하면서 티격태격하며 엮어가는 중년의 사랑을 투 트랙으로 이어가고 있다. 파리 여중생의 사고(思考)와 행동은 우리나라보다 훨씬 앞서는 것 같고, 중년 부부의 사는 모습은 우리나라와 별반 다를 바 없는 것 같다.

1980년대 브룩 쉴즈, 피비 케이츠와 함께 3대 책받침 여신으로 꼽혔던 소피 마르소는 13세 때 오디션에 참가하여 700:1의 경쟁률을 뚫고 '라 붐'의 빅으로 발탁된다. 갸름한 얼굴에 요정 같은 이목구비, 티 없이 맑은 피부와 검은 생머리가 묘한 조화를 이루며 전 세계 소년들의 가슴을 설레게 하면서 하루아침에 세계적인 스타가 되었다.

헤드폰 장면과 함께 나오는 불후의 명곡 'Reality'는 유럽 15개국 차트에서 1위에 오르는 등 빅 히트하여 무명이었던 영국 출신 가수 리처드 샌더슨을 단숨에 스타덤에 올려놓았다. 그의 독특한 미성과 결합된 감미로운 멜로디와 가사는 사랑에 빠진 소녀의 설렘을 그대로 옮겨놓은 듯 매혹적이면서 순수한 감성이 물씬 묻어난다.

이 영화를 보면서 연푸른 눈동자의 브리지트 포세가 나올 때마다 '금지된 장난'의 다섯 살짜리 폴레트의 앙증맞은 모습이 떠올랐다. 그동안 영화에서 본 브리지트 포세(1946~)의 성장 과정을 살펴보면 '금지된 장난'(1952년)은 6세, '아듀 라미'(1968년)는 22세, '라 붐'은 34세, '라 붐2'는 36세, '시네마천국'(1988년) 확장판은 42세 때의 모습이 나온다. 이제 그녀도 80세를 눈앞에 두고 있다.

아, 그러고 보니 나야말로 브리지트 포세의 찐 팬인가 보다.

영화에세이(5-08)
마농의 샘(Manon des Sources)

　'마농의 샘'은 프랑스 영화의 대부라는 별명을 지닌 클로드 베리 감독이 마르셀 파뇰의 동명 소설을 영화화한 것으로, 도시에서 산촌 으로 이사 온 한 가족이 토착민들의 횡포에 맞서 고군분투하는 모습 을 그린 대(代)를 이은 정착기라고 할 수 있다. 1부는 꼽추인 아버지 를 중심으로, 2부는 그의 딸을 중심으로 펼쳐진다.

　1부 장 드 플로레트(Jean de Florette). 병역을 마치고 고향 마을로 돌아온 위골랭(다니엘 오테유 扮)은 혼자 사는 백부 세자르(이브 몽탕

扮)의 집 근처에 정착한다. 위골랭이 늘 꿈꾸어오던 카네이션 시험재배에 성공하자, 세자르는 조카를 위해 투자를 결정한다. 그런데 카네이션은 물을 많이 필요로 하는 작물인데, 세자르의 땅에는 물 나오지 않는다.

바로 옆 플로레트라는 여인의 땅에 물이 나오는 샘이 있는 것을 아는 세자르는 위골랭과 함께 샘의 입구를 시멘트로 막아버린다. 물이 없으면 그 땅을 헐값으로 살 수 있기 때문이다. 플로레트가 죽자, 그녀의 아들 장(제라르 드파르디외 扮)이 아내와 어린 딸 마농을 데리고 이곳으로 이사 온다. 세자르는 장이 세무공무원 출신인 데다 꼽추여서 이곳에 적응하지 못하고 돌아갈 것으로 생각하고 위골랭을 앞세워 장에게 위선적인 친절을 베푼다. 장은 토끼를 키우면서 감자와 옥수수, 토마토 등을 재배하는데 그런대로 성공을 거둔다.

그러나 해가 거듭될수록 마을 사람들이 장을 따돌리는 데다 혹독한 가뭄이 계속되자, 토끼들은 떼죽음하고 농작물은 죄다 말라 죽어간다. 산 아래 민가에서 물을 길어 나르던 장의 가족들도 지쳐가고, 아내의 목걸이를 판 돈마저 바닥이 난다. 장은 마지막 수단으로 땅을 세자르에게 저당 잡히고 빌린 돈으로 우물을 파기로 하는데, 우물 속 암벽에 설치한 다이너마이트가 터지면서 낙석에 머리를 맞은 장이 숨지고 만다.

장의 아내는 이곳 생활을 포기하고 도시로 떠날 준비를 한다. 드디어 장의 땅을 헐값으로 손에 넣은 세자르와 위골랭은 쾌재를 부르며 막았던 샘의 입구를 다시 뚫어 물길을 튼다. 그런데, 어린 마농이 그 모습을 지켜보고 있었다.

2부 마농의 샘(Manon des Sources). 10년 후, 서른 살이 된 위골랭은 카네이션 재배에 성공하여 부자가 되었다. 열여덟 살이 된 마농(엠마누엘 베아르 扮)은 어머니가 떠난 후 홀로 남아 염소를 키우며 살아가고 있다. 위골랭은 마농이 계곡에서 목욕하는 모습을 보고 반해서 상사병을 앓는다. 그는 새나 토끼를 잡아 마농이 설치한 덫에 몰래 끼워주기도 하고, 마농의 머리 리본을 주워 자신의 가슴에 피를 철철 흘리며 꿰매는 엽기적인 행동도 하는데, 마농은 그를 피하기만 한다. 마농이 좋아하는 사람은 학교 선생 베르나르인 것을….

마농은 우연히 마을 사람들의 대화를 엿듣게 되는데, 세자르와 위골랭이 아버지 땅에 있는 샘을 막았고, 마을 사람들은 알고 있었으면서도 아버지에게 알려주지 않았으며, 그 때문에 아버지가 우물을 파다가 폭발 사고로 돌아가셨다는 사실을 알게 된다. 마농은 울부짖으며 아버지를 죽게 한 세자르와 위골랭, 그리고 마을 사람들에게 복수를 다짐한다.

어느 날, 마농은 염소를 찾으려고 들어간 굴에서 마을 저수조로 흘러가는 물의 원천을 발견하고 그곳을 막아버린다. 물이 끊기자 마을 사람들은 저수조에 모여서 아우성친다. 베르나르 선생의 생일파티에서 마농은 세자르와 위골랭이 아버지 땅에 있는 샘을 막았다고 폭로한다. 세자르가 발뺌하지만, 그 현장을 본 목격자가 나타나 증언한다.

위골랭은 그 자리에서 마농에게 공개 청혼을 했다가 거절당하자, 뛰쳐나가 나무에 목을 매달아 자살한다. 유일한 혈육인 조카마저 잃은 세자르는 망연자실한다. 그날 밤, 마농은 마음을 고쳐먹고 베르나르 선생과 함께 굴로 들어가 막았던 곳을 뚫어 마을 저수조로 물이 다시 흘러오게 한다.

마농과 베르나르 선생이 결혼식을 올린다. 연인 플로레트를 잊지 못해 독신으로 살아온 세자르는 결혼식에 온 플로레트의 친구로부터 충격적인 얘기를 듣는다. 세자르가 입대한 후 임신 사실을 알게 된 플로레트가 '당신의 아이를 가졌어요. 당신을 기다리겠어요.' 하고 편지를 보냈는데, 세자르로부터 답장을 받지 못한 플로레트는 아이 지우는 약을 먹고 다른 사람과 결혼했고, 결국 꼽추를 낳았다고 한다.

그때 아프리카의 알제리 전선에 갔던 세자르는 플로레트의 편지를 받지 못했기 때문에 그런 사정을 전혀 모르고 있었다. 그렇다면 죽은 장은 자신의 아들이고 마농은 자신의 손녀가 아닌가. 식음을 전폐한 세자르는 마농에게 용서를 비는 편지와 함께 전 재산을 물려주겠다는 유서를 남기고, 플로레트의 유품인 머리빗을 쥐고 누워서 잠자듯 숨을 거두면서 영화가 끝난다.

'마농의 샘'은 자기 가족만 잘 살겠다는 과도한 탐욕과 이기심은 자기 자신과 가족을 파멸로 이끌게 된다는 운명의 역리(逆理)를 보여주면서 막을 내린다. 마농이 인생의 전환점을 맞을 때마다 흐르는 주제곡 베르디의 오페라 '운명의 힘' 서곡은 깊은 울림을 준다. 러닝타임 4시간이 전혀 지루하지 않다. 명작의 힘이 아닌가 싶다.

세자르 역을 맡은 프랑스의 국민배우 이브 몽탕은 저 유명한 샹송 '고엽'을 부른 가수이기도 하다. 장 역의 제라르 드파르디외와 아내 역의 엘리자베스 드파르디외는 실제 부부이다. 위골랭 역의 다니엘 오테유와 마농 역의 엠마누엘 베아르는 1993년에 결혼하여 딸을 낳고 살다가 2년 후에 이혼했다.

엠마누엘 베아르가 계곡에서 목욕하다가 벌거벗은 채 하모니카를 불며 춤추는 장면은 아주 인상적이다. 산에 핀 매화처럼 화사한 얼굴에, 허리에서 둔부로 이어지는 곡선은 신이 빚은 솜씨가 아닐까 싶을 정도로 당돌하게 아름답다. 보는 순간 숨이 멎는 것 같았다.

멤피스 벨(Memphis Belle)

'멤피스 벨(Memphis Belle)'은 아날로그 시대 최고의 명작 '벤
허'(1959년)를 감독한 윌리엄 와일러가 제2차 세계대전 중에 선보인
다큐영화 '멤피스 벨: 플라잉 포트리스 이야기'(1944년)를 각색하여
만든 영화이다. 그의 딸 캐서린 와일러가 제작에 참여하였고, 화제작
'스캔들'(1989년)로 감독에 데뷔한 영국 출신의 마이클 카튼 존스가
1990년에 연출하여 윌리엄 와일러에게 헌정하였다.

제2차 세계대전이 절정에 이르던 1943년, 영국에 기지를 둔 연
합군의 공군기는 연일 출격하여 독일군과 싸웠다. 격추되어 돌아오
지 못하는 공군기도 많았다. 10회 출격하여 귀환할 확률은 50%밖에

되지 않았다. 그래서 25회 출격하여 임무를 완수하면 대원들을 모두 명예롭게 제대하도록 하는 제도가 시행되고 있었다.

제91비행단 소속의 B-17 폭격기 '멤피스 벨'은 총 24회 출격하여 임무를 성공적으로 수행했다. 이제 한 번만 더 출격하여 귀환하면 대원들은 모두 영웅이 되어 고향으로 돌아가게 된다. '멤피스 벨'의 대원은 모두 10명이고, 18세부터 22세까지의 소년병들로 구성되어 있다. 그런데 이들의 마지막 임무는 독일 본토의 브레멘 군수공장 폭파이다. 독일군의 촘촘한 대공 포화를 뚫고 폭격해야 하는 아주 위험한 임무이다.

출격일 전날 밤, 대원들은 모두 부대에서 마련한 파티에 참석하여 술을 마시고 노래를 부르며 흥겨운 시간을 보낸다. '멤피스 벨'의 후미사수(해리 코닉 주니어 扮)는 파티에서 '대니 보이'를 부르고, 기장 데니스(매튜 모딘 扮)는 심란한 마음을 달래기 위해 밖으로 나와 기체 옆면에 빨간 수영복을 입은 젊은 여자가 그려져 있는 '멤피스 벨'을 꼼꼼히 살펴본다.

1943년 5월 17일, '멤피스 벨'은 드디어 마지막 출격에 나선다. 독일국경에 가까워지자, 적기(敵機)들이 나타나 숨 막히는 공중전이 벌어지고 아군의 선두기가 적탄에 맞아 검은 연기를 내뿜으며 추락한다. 연이어 바로 옆 폭격기도 두 동강 나면서 낙하하고, 이제 '멤피스 벨'이 선두에 나서게 된다.

독일 상공에 들어서자, 호위하던 아군 전투기는 돌아가고 적의 대공포화가 사방에서 폭죽처럼 터지는 가운데 '멤피스 벨'은 드디어 목표지점의 상공에 도달한다. 그러나 악천후 때문에 기체 아래에는 구름만 보일 뿐 목표물이 보이지 않는다. 대원들은 아무 데나 폭탄을 떨어뜨리고 돌아가자고 하는데, 기장 데니스는 '우리가 목표물을 폭파하지 못하면 누군가 여기에 또 와야 한다.'며 목표물 찾기를 고집한다.

브레멘 상공을 선회하면서 독일 전투기들과 격전을 치르는 동안 구름이 걷히면서 마침내 목표물인 군수공장이 보이기 시작한다. '멤피스 벨'은 목표물에 정확히 폭탄을 투하하고 귀환 길에 들어선다. 갑자기 오른쪽 날개에 불이 붙고, 무전사 대니(에릭 스톨츠 扮)는 총탄에 맞아 쓰러진다. 데니스는 위험을 무릅쓰고 급강하 비행을 하여 날개에 붙은 불을 끈다. 정신을 잃은 대니는 폭격수 벨(빌리 제인 扮)의 응급처치로 다시 눈을 뜬다.

엔진 하나가 고장이 난다. '멤피스 벨'은 결국 한 개의 엔진만으로 겨우 출발기지 가까이 돌아오는데, 이번에는 착륙 바퀴 하나가 나오지 않는다. 급히 수동으로 바퀴를 꺼내면서 착륙을 시도한다. 전 부대원들이 밖으로 나와서 숨죽이며 지켜보고 있는 가운데 두 바퀴가 활주로에 닿는 순간, 동체가 한번 튕기지만 무사히 착륙에 성공한다. 10명의 대원이 중상을 입은 대니를 들것에 싣고 활주로 잔디에 내려선다. 전 부대원들이 환호하는 가운데 '대니 보이'가 울려 퍼진다.

첫 장면에서 '멤피스 벨' 대원들이 활주로 잔디 위에서 자유분방하게 공놀이를 하고 있는 모습을 보여주었듯이, 마지막 장면에서도 '멤피스 벨' 대원들이 활주로에 내려서서 잔디에 키스하면서 환호하는 모습을 보여주면서 끝을 맺고 있다.

영화 '멤피스 벨'은 화끈하게 물량 공세를 펼치는 할리우드 전쟁영화와는 달리 눈부신 창공에서 펼치는 공중전을 뛰어난 영상으로 재현하여 명품 항공 전쟁영화의 반열에 올라섰다. 제작진은 제2차 세계대전 당시와 똑같은 공군기지 세트를 만들고, B-17 폭격기는 미국 2대, 프랑스 2대, 영국 1대 등 전 세계에 남아있는 5대를 모두 입수하여 실감 나는 공중전 영상을 창출해 냈다. 프랑스에서 가져온 1대는 촬영 중에 추락하여 전소되었고, '멤피스 벨'은 미국 오하이오주에 있는 공군박물관에 전시되고 있다.

실화를 소재로 한 영화답게 '멤피스 벨' 내에서 일어나는 상황들을 시시각각으로 보여주면서, 소년병들이 두려움을 극복해 가는 과정을 진솔하게 화면 속에 담고 있다. 출격 전야와 당일 이틀 동안의 '멤피스 벨' 대원들의 불안 심리와 인간적인 고뇌, 전우애에 초점을 맞춰 전투 이면의 모습을 사실적으로 화면에 담아냈다.

'멤피스 벨'은 직업군인이 아닌 소년병들을 주인공으로 대거 등장시켜 전쟁의 참상을 있는 그대로 보여주는 반전(反戰) 영화이다. 어린 배우들을 그 시대의 군인으로 변신시키기 위해 대원들을 모두 영국군에 의뢰하여 혹독한 특수훈련을 받게 했다. 그 결과, 촬영이 끝날 무렵에는 모두 전우애로 똘똘 뭉친 훌륭한 전사(戰士)가 되어있었다고 한다.

이 영화는 주인공이 따로 없으며 여성 출연자는 한 명도 나오지 않는다. 마이클 카튼 존스 감독은 전쟁영화에서 흔히 보이는 한 개인에 대한 영웅주의에서 탈피하기 위해 주인공을 따로 내세우지 않고 '멤피스 벨' 대원들을 똑같은 비중으로 다루고 있다. 이 시대의 젊은이들에게 꼭 한번 보여주고 싶은 영화이다. 마지막 장면에 나오는 자막이 가슴을 팬다.

"제2차 세계대전 때 25만 대의 전투기가 유럽 전선에 출격했고, 20만 명의 젊은이가 하늘에서 숨졌습니다. 국적을 초월하여 하늘에서 숨진 젊은이들에게 이 영화를 바칩니다."

영화에세이(5-10)
연인(The Lover)

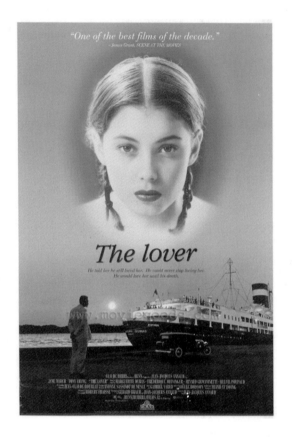

    1984년, 70세의 프랑스 여류작가 마르그리트 뒤라스는 프랑스의 식민지였던 베트남에서 보낸 여고 시절을 회고하는 자서전 형식의 장편소설 '연인(L'Amant)'을 발표하여 프랑스 최고 권위의 콩쿠르상을 수상하였다.

    이 소설은 '불을 찾아서'(1981년)와 '장미의 이름'(1986년), '베어'(1988년) 등을 연출하여 세계적인 명성을 얻은 프랑스의 장 자크 아노 감독이 1992년에 동명의 영화로 만들었다. 이 영화는 전 세계에서 센세이션을 일으켰고, 우리나라에서도 서울에서만 37만 관객을 동원하는 빅 히트를 기록하였다. 원작 소설도 엄청나게 팔렸다.

1929년, 조숙하면서도 감수성이 풍부한 15세의 프랑스 소녀(제인 마치 扮)는 베트남의 집에서 방학을 보내고 사이공(현재의 호치민)에 있는 고등학교 기숙사로 가기 위해 버스를 탄 채 배에 승선한다. 버스에서 내린 소녀는 황갈색 원피스에 남자 중절모를 쓰고 배의 난간에 서 있다.

이때 검은색 리무진이 배에 승선하여 버스 뒤에 정차한다. 파리 유학을 마치고 고향으로 돌아온 32세의 중국 청년(양가휘 扮)이 리무진에서 내려 소녀에게로 다가간다. 청년이 '모자가 멋져요. 아주 독창적이네요.' 하고 말을 건네면서 두 사람은 이야기를 나누게 된다. 배가 메콩강을 가로질러 선착장에 도착하자, 소녀는 흰 양복을 입은 그 중국 청년과 함께 리무진의 뒷좌석에 앉는다. 두 사람의 손이 닿을 듯 말 듯 하다가 청년이 소녀의 손을 잡고 깍지를 끼자, 소녀가 스르르 눈을 감는다.

며칠 후, 중국 청년이 학교 기숙사로 찾아와 소녀를 시장 골목에 있는 어두침침한 독신자의 방으로 데려간다. 소녀는 그의 손길에 몸을 맡기면서 처음으로 육체적인 쾌락을 경험한다. 직업이 없는 그는 틈만 나면 기숙사로 찾아와 소녀를 데리고 나가 이제 막 성에 눈뜬 소녀와 함께 육욕(肉慾)을 불태운다.

방학이 되자, 소녀는 그 청년의 리무진을 타고 집으로 돌아온다. 집에는 사업을 하다가 사기를 당해 빈털터리가 되어 교사 생활을 하고 있는 프랑스인 엄마와 아편에 찌들어 살며 무위도식하는 망나니 오빠, 그리고 오빠의 횡포에 주눅이 든 남동생이 살고 있다. 소녀는 죽이고 싶도록 미운 오빠와 그런 오빠만 챙기는 엄마에 대한 반항심이 쌓여갈수록 중국 청년과의 성희(性戲)에 몰두한다.

소녀가 리무진을 타고 온 것을 알게 되면서 중국 청년의 존재가 가족들에게도 알려진다. 가족들은 중국인이라는 점 때문에 그 청년을 싫어하는데, 그가 가족들을 고급 음식점에 초대하여 식사를 대접하고, 소녀를 통해 엄마에게 목돈을 쥐여주자 금세 분위기가 호의적으로 바뀐다. 소녀와 그 청년의 밀회가 1년 이상 계속되자, 소녀는 중국인에게 몸을 파는 창녀라고 학교에서 소문이 난다. 그러나 소녀는 개의치 않는다.

이 지역 최대 부호(富豪)의 외아들인 중국 청년은 아편에 중독된 아버지를 찾아가서 사귀고 있는 프랑스 처녀와 결혼하고 싶다고 얘기를 꺼낸다. 그러자 아버지는 네가 프랑스 여자와 결혼하는 것을 보느니 차라리 내가 죽는 것이 낫겠다고 하면서 정혼한 중국 처녀와 결혼하지 않으면 유산을 한 푼도 물려줄 수 없다고 말한다.

청년은 소녀에게 아버지가 정해준 정혼자가 있다고 고백하고, 여태 자신을 만난 것은 돈 때문이라고 말하게 한다. 소녀는 그의 말대로 따라하면서 그를 사랑한 적이 없다고 말한다. 결국 중국 청년은 소녀와의 관계를 끝내고, 얼굴도 모르는 중국의 부잣집 처녀와 결혼식을 올린다.

소녀가 고등학교를 졸업하자, 소녀의 가족들은 모두 프랑스로 떠난다. 여객선이 출발할 때, 소녀는 부두 모퉁이에 서 있는 리무진 뒷자리에 그가 앉아있는 것을 보게 된다. 여객선에서, 소녀는 그가 첫사랑이었으며 이제 그를 잃었다는 사실을 체감하고 오열한다.

오랜 세월이 지난 어느 날, 프랑스에서 성공한 작가로 활동하고 있는 그녀에게 전화가 온다. 그 사람이었다. 부부가 함께 프랑스에 왔다면서, 훌륭한 작가가 된 것을 안다면서, 죽은 남동생을 애도한다면서, 그가 떨리는 목소리로 꼭 해야 할 말이 있다고 하면서 '아직도 그녀를 사랑하고, 영원히 그녀를 사랑할 것이고, 죽는 순간까지 그녀를 사랑할 것이라고' 말하면서 영화가 끝난다.

'연인'은 프랑스 감독이 연출한 영어 영화로, 배 위에서 보는 황토색 짙은 메콩강의 모습과 달리는 리무진의 차창 너머로 보이는 사이공 교외의 광활한 들판은 그림처럼 아름답고 목가적이다. 소설 '연인'이 정물화라면 영화 '연인'은 풍경화라고 할 수 있으리라.

이 영화는 한 시대를 치열하게 살다간 여인의 흔적과 함께 연애와 결혼에 대한 동서양의 문화적 차이를 극명하게 보여준다. 두 주인공인 10대의 프랑스 소녀와 30대의 중국 청년은 이름이 없다. 소녀나 그녀, 혹은 나로 불리는 여성과 중국 청년이나 중국 남자, 혹은 그로 불리는 남성이 존재할 뿐이다. 굳이 이름을 정할 필요가 없었던 것일까?

이 영화는 성애(性愛) 장면이 대담하고 노출 수위도 상당히 높아서 '예술이냐 외설이냐' 하는 평단의 논쟁을 불러일으키기도 했다. 영화에서 15살하고도 반년을 더 산 것으로 나오는 제인 마치의 음모(陰毛)가 노출되는 등 문제가 될 소지가 있었지만, 그녀는 1973년생으로 당시 열아홉 살, 우리 나이로는 스무 살이었다. 어려보일 뿐이지 미성년자는 아니었다.

방년 19세에 데뷔작인 '연인'을 자신의 인생작으로 만들면서 세계적인 스타가 된 제인 마치는 영국인 아버지와 베트남계 중국인 어머니 사이에 태어난 영국 배우이다. 그녀는 이 영화 이후에도 여러 영화에서 주연을 맡았으나 브루스 윌리스와 공연한 '컬러 오브 더 나이트'(1994년) 외에는 크게 주목받지 못하면서 세계 영화계의 관심에서 멀어지고 말았다.

영화에세이(5-11)
피아노(The Piano)

1993년에 제작된 '피아노(The Piano)'는 각본과 연출을 맡은 뉴질랜드의 여성 감독 제인 캠피온을 하루아침에 유명 인사로 만든 뉴질랜드와 호주, 프랑스의 합작영화이다. 전 세계에서 핫 이슈가 되었고 우리나라에서도 개봉 당시 주인공 남녀의 전라(全裸) 노출이 큰 화제가 되면서 서울 관객 47만 5천 명을 기록하며 흥행 대박을 터뜨렸다. 청소년 관람불가이다.

아카데미 여우주연상(홀리 헌터)과 여우조연상(안나 파킨), 각본상

〈제인 캠피온〉 수상을 비롯하여 칸영화제 황금종려상과 여우주연상, 골든 글로브 여우주연상 등 각종 영화제에서 총 68개의 상을 받았다. 벙어리로 나오는 홀리 헌터는 얼굴 표정과 눈빛, 손가락 하나까지 혼신의 연기를 펼쳐 여러 영화제에서 여우주연상을 휩쓸었다.

19세기 말, 여섯 살 때부터 언어를 잃어버린 채 피아노를 연주하며 살아온 스코틀랜드 출신의 20대 미혼모 에이다(홀리 헌터 扮)는 얼굴도 모르는 남자와 결혼하기 위해 아홉 살 난 사생아 플로라(안나 파킨 扮)를 데리고 낯선 땅 뉴질랜드에 도착한다. 에이다가 세상과 소통하는 방식은 피아노와 딸 플로라뿐이다.

거센 파도가 몰아치는 뉴질랜드 해변에 피아노 한 대와 다른 짐들, 그리고 두 모녀가 서 있다. 원주민들과 함께 모녀를 데리러 온 남편 스튜어트(샘 닐 扮)는 피아노가 너무 무겁다는 이유로 버려두고 다른 짐들만 챙겨서 집으로 간다.

다음날, 남편의 친구인 원주민 베인즈(하비 케이틀 扮)와 함께 다시 온 그 해변에서 에이다가 피아노를 치는 모습에 반한 베인즈는 피아노가 그녀에게 어떤 가치를 지녔는지 금방 알아본다. 베인즈는 스튜어트에게 80에이커의 땅을 주고 교환한 그 피아노를 원주민들과 함께 자신의 집으로 가져간다.

스튜어트는 베인즈가 피아노 레슨을 받을 수 있게 에이다를 매일 그의 집으로 보내준다. 피아노 레슨보다 에이다에게 관심이 있는 베인즈는 "피아노를 되찾고 싶지 않소?"하면서 에이다에게 거래를 하자고 한다. 피아노를 칠 때 검은 건반을 누르는 횟수에 따라 베인즈가 하자는 대로 해주면 피아노를 돌려주겠다는 것이다.

베인즈는 처음에는 치마를 올려보라고 하고 다음날에는 윗옷을 벗어보라고 하더니 그 다음날에는 옷을 모두 벗고 함께 누워있자고 한다. 마침내 두 사람은 옷을 모두 벗고 한 몸이 된다. 그러자 베인즈는 '이 피아노는 이제 당신 거요.' 하면서 피아노를 스튜어트의 집으로 보내준다. 그러나 이미 사랑의 포로가 된 에이다는 베인즈를 찾아가 애욕을 불태우는데, 마침 그 집 옆을 지나가던 스튜어트에게 들키고 만다.

스튜어트는 에이다의 방문에 빗장을 건다. 그러자 에이다는 '사랑하는 베인즈, 내 마음은 당신을 향하고 있어요.'라고 새긴 나무막대를 베인즈에게 갖다주라고 플로라를 시킨다. 그런데 플로라는 그것을 베인즈가 아닌 스튜어트에게 갖다준다. 이것을 보고 질투와 분노에 휩싸인 스튜어트는 에이다의 오른손 검지를 도끼로 자르고, 자른 손가락을 플로라를 시켜 베인즈에게 갖다 준다. 또다시 그러면 손가락을 또 자르겠다고 엄포를 놓으면서….

그러나 아무리 노력해도 에이다의 마음을 되돌릴 수 없다고 판단한 스튜어트는 총을 들고 베인즈를 찾아가 에이다와 플로라를 데리고 이곳을 떠나라고 한다. 베인즈와 에이다가 피아노를 배에 싣고 떠나는데, 에이다는 피아노를 바다에 빠뜨려버리라고 한다. 베인즈의 만류도 소용이 없자, 뱃사공들은 피아노를 바닷속에 밀어 넣는다. 이때 피아노를 묶은 밧줄에 한쪽 발이 걸린 에이다도 바닷속으로 끌려 들어간다. 피아노와 함께 바닷속으로 가라앉던 에이다는 발에 걸린 밧줄을 풀고 물 위로 올라온다.

세월이 흐르고, 에이다는 뉴질랜드 남섬의 최북단 넬슨에 정착하여 피아노를 가르치고 있다. 에이다가 다시 피아노를 칠 수 있도록 베인즈가 금속으로 된 손가락을 만들어 주었기 때문이다. 에이다는 침묵 속에서 살았던 지난날과 작별하고 말하는 법을 배우기 시작하면서 영화는 막을 내린다.

'피아노'는 영국의 식민 통치를 받던 뉴질랜드의 아름다운 풍광을 배경으로 피아노를 통해 세상과 소통하는 벙어리 미혼모가 결혼한 남편과 그의 친구 사이에서 벌이는 사랑과 질투를 치열하게 풀어낸 로맨스 영화이다. 애 하나 딸린 벙어리라는 악조건 속에서도 자신의 인생을 개척해 나가는 여성을 그린 페미니즘 영화라고 할 수 있다.

에이다는 피아노 대신 땅을 선택한 남편 스튜어트를 배척하고, 자신의 땅을 내어주면서 피아노를 선택한 남편의 친구 베인즈를 선택한다. 에이다의 불륜에 화가 난 남편이 도끼로 에이다의 손가락을 자르는 장면은 상당히 충격적이다. 그것은 에이다의 불륜에 대한 응징이기도 하고, 동시에 에이다가 영원히 피아노를 칠 수 없도록 만드는 행위이기도 하다.

제인 캠피온은 여성 특유의 섬세한 시각으로 성(性)을 통해서 자아를 찾아가는 에이다의 미묘한 감정선(感情線)을 좇아간다. 그 과정에서 피아노는 에이다의 희망의 끈이 되기도 하고 나락으로 끌어내리는 도구가 되기도 하는데, 결국 피아노는 에이다와 베인즈를 연결하는 사랑의 끈 역할을 한다.

에이다가 피아노와 함께 바닷속에 끌려 들어가는 순간 현생(現生)을 마감했다고 볼 수 있다. 그리고 삶을 선택하고 자신의 정체성과 사랑을 찾아 물 밖으로 나오면서 다시 새롭게 태어난다. 피아노와 함께 바다에 침잠(沈潛)했던 에이다가 그 순간을 회상하는 독백에서 이 영화의 메시지를 찾을 수 있을 것 같다.

"밤에는 바다 무덤 속의 내 피아노를 생각한다. 그리고 가끔은 그 위에 떠 있는 나 자신도 생각한다. 그 아래는 모든 게 너무도 고요하고 조용해서 나를 잠으로 이끈다. 그것은 기묘한 나의 자장가이다. 소리가 존재한 적이 없는 그런 고요가 있다. 깊고 깊은 바다 차가운 무덤 속에…."

세 가지 색: 레드(Three Colors: Red)

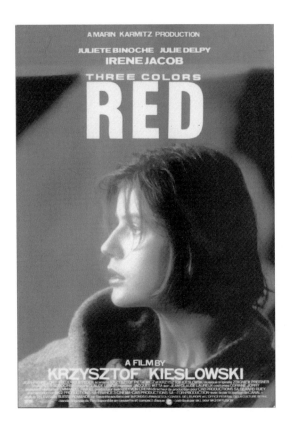

프랑스 국기는 블루(靑) 화이트(白) 레드(紅)가 3등분 되는 삼색
기인데, 이 색들은 프랑스혁명의 3대 이념인 자유 평등 박애를 각각
상징하고 있다. 폴란드의 거장 크쥐시토프 키에슬로브스키 감독은
이 세 가지 색을 모티브로 하여 연작 시리즈를 연출하였다.

첫 번째인 '블루'는 줄리엣 비노쉬(1993년), 두 번째인 '화이
트'(1994년)는 줄리 델피를 여주인공으로 기용했고, 시리즈의 마무
리인 '레드'(1994년)는 키에슬로브스키 자신이 연출한 '베로니카의
이중생활'(1991년)의 이렌느 야콥을 여주인공으로 발탁하였다. 1990

년대 카페 등의 인테리어에 '블루'와 '레드'의 포스터가 많이 사용되었는데, 박애의 색인 '레드'를 살펴보고자 한다. 카메오로 출연한 줄리엣 비노쉬와 줄리 델피의 모습은 마지막에 나온다.

　스위스의 제네바대학 학생이면서 패션모델인 발렌틴(이렌느 야곱 扮)은 영국에 있는 남자친구와 매일 밤 장거리전화를 한다. 남자친구는 통화를 할 때마다 정말 혼자 있었는지, 지금도 혼자 있는지 물어본다. 발렌틴은 남자친구를 사랑하고 있지만, 그의 과한 집착과 의심에는 적잖이 신경이 쓰인다.

　어느 날, 발렌틴은 패션쇼를 마치고 운전을 하면서 귀가하던 중 개를 치는 교통사고를 낸다. 개의 목에 걸린 인식표의 주소지로 찾아가 개의 주인인 노인(장 루이 트랭티냥 扮)에게 '개가 다쳤는데 병원에 데리고 갈까요?' 하고 묻는데, 그는 '개가 어제 집을 나가서 안 들어왔다.'면서 마음대로 하라며 대수롭잖은 반응을 보인다.

　병원에 간 발렌틴은 개가 임신 중이라는 얘기를 듣고 치료 후에 개를 자신의 집으로 데려온다. 함께 산책하다가 개가 사라져버리자, 발렌틴은 개 주인을 찾아가 보는데, 다행히 개가 그곳에 있었다. 그런데 노인은 무선기를 이용하여 이웃집 전화를 도청하고 있었다. 발렌틴은 '역겨워요. 사람은 누구나 사생활을 보호받아야 할 권리가 있어요.' 하고 말한다.

　발렌틴은 노인이 은퇴한 법관이라는 사실을 알고는 더욱 놀란다. 노인은 '법정에 있을 때보다 세상일이 더 잘 보여. 적어도 여기엔 진실이 있어.' 하고 말한다. 발렌틴이 도청 사실을 알리겠다고 하자 노인은 그러라고 말한다. 발렌틴은 이웃집에 찾아가 불륜을 저지르고 있는 남편의 전화가 도청당하고 있다는 사실을 아내에게 알려주려고 했으나, 그 집 딸이 아빠의 전화를 몰래 엿듣고 있는 것을 보고는 집을 잘못 찾아왔다고 말하고 그냥 나온다.

문득 자신의 아버지가 계부(繼父)라는 사실을 작년에 알게 된 16살 남동생이 떠올랐기 때문이다. 몰라도 되는 진실이 존재한다는 것을 발렌틴도 알고 있었다.

　　발렌틴의 옆모습이 담긴 붉은 바탕의 대형 브로마이드 껌 광고가 거리에 걸린다. 그 무렵, 은퇴한 판사가 이웃집의 전화를 도청했다는 신문기사가 난다. 발렌틴이 찾아갔을 때, 노인은 자신이 이웃과 경찰에 편지를 써서 알렸다면서 자신을 역겹다고 한 발렌틴이 신문기사를 보고 어떤 반응을 보일지 궁금했다고 말한다. 발렌틴으로 인해 심경의 변화가 온 것 같았다. 이웃들은 노인의 집으로 돌을 던졌고 유리창이 깨지기도 했다.
　　35년 전, 노인은 한 선원에게 무죄를 선고했는데 오판이었다. 그는 유죄였다. 후일, 노인은 그가 결혼해서 세 자녀, 손자와 화목하게 살고 있는 모습을 보게 되었는데, 자신의 실수가 그의 인생을 구한 것을 보고, 옳고 그름을 판단하는 일은 오만한 행위 같다는 생각을 하게 되었다고 한다. 발렌틴은 점점 노인을 이해하게 된다.
　　발렌틴의 이웃에 법대생 오귀스트(장 피에르 로릿 扮)가 살고 있었다. 발렌틴과 오귀스트는 자주 마주치면서도 서로의 존재를 알지 못했다. 오귀스트의 애인은 노인이 도청했던 이웃 중 날씨 정보를 제공해주는 여인이었다. 전화도청 문제로 법정에 갔을 때, 노인은 그 여인에게 딴 남자가 생긴 것을 보게 된다.
　　오귀스트는 길을 걷다가 책을 떨어뜨렸는데, 우연히 펼쳐진 페이지의 내용을 읽었고, 용케도 그 부분이 시험에 나와서 법관 시험에 합격한다. 오귀스트는 애인이 전화를 받지 않자, 벽을 타고 올라가 그녀의 방 안을 들여다보다가 기겁을 한다. 그녀가 다른 남자와 알몸으로 뒹굴고 있었던 것이다. 낙담한 오귀스트는 페리호를 타려고 표를 예매한다.

발렌틴은 초청장을 보낸 노인과 패션쇼가 끝나고 나서 얘기를 나누게 된다. 노인에게도 젊은 시절 사랑한 여자가 있었는데, 한 남자가 그녀를 낚아채갔다. 그녀가 사고로 죽은 후, 그 남자가 지은 건물이 부실공사로 무너져지면서 사상자가 발생하여 노인에게 재판이 맡겨졌다. 노인은 법대로 유죄를 선고했지만 마음이 편치 않았다. 자신이 내린 판결에 회의를 느낀 그는 결국 조기퇴직을 했다고 한다.

영국에 있는 애인을 만나러 가는 발렌틴에게 노인은 페리호를 타라고 한다. 발렌틴이 돌아오면 개가 낳은 강아지 7마리 중에서 한마리를 선물로 받기로 한다. 그런데, 발렌틴이 탄 페리호가 갑작스러운 폭풍우로 전복되어 1,435명의 승선자 중 대부분이 실종되고 7명이 구조된다. 생존자 7명의 얼굴이 TV에 나오는데, 마지막에 스위스인 발렌틴과 오귀스트가 함께 나온 것이다. 안도하는 노인의 얼굴이 화면에 클로즈업되면서 영화가 끝난다.

이 영화에서 발렌틴은 모든 일에서 적극적으로 행동한다. 자신을 의심하는 남자친구에게는 항변하기보다는 찾아가서 만나고자 했고, 우연한 교통사고로 만난 노인의 닫혀있던 마음도 적극적인 대화를 통해서 열어놓는다. 또, 이웃으로 살 때는 서로 모르고 지내던 오귀스트를 우연히 페리호에서 만나 함께 살아남기도 한다.

'레드'는 개인의 삶에서 사람과의 관계가 얼마나 쉽게 깨어지는지, 어떻게 우연 속에서 다시 이어지는지 실감 나게 보여주고 있다. 박애는 모든 사람을 평등하게 사랑하는 것이다.

오만과 편견(Pride & Prejudice)

'오만과 편견(Pride & Prejudice)'은 영국의 여류작가 제인 오스틴의 동명 소설을 조 라이트 감독이 2005년에 영화로 만든 고전 로맨스 영화이다. 19세기 초 영국 시골을 배경으로 베넷(도널드 서덜랜드 扮) 부부의 다섯 딸 중에서 가장 매력적인 둘째 딸 엘리자베스(키이라 나이틀리 扮)를 중심으로 이야기가 전개된다.

베넷의 집 인근 대저택에 부잣집 아들 빙리와 그의 친구인 귀족 집안의 자제 다아시(매튜 맥퍼딘 扮)가 여름 동안 머물기 위해서 오자, 베넷 씨의 다섯 딸은 모두 마음이 설렌다. 첫 무도회 때 다섯 딸 중에서 가장 아름답고 착한 큰딸 제인(로저먼드 파이크 扮)과 빙리가 서로 호감을 느끼며 함께 춤을 춘다. 총명하면서 예쁜 둘째 딸 엘리자베스는 키가 크고 잘생긴 다아시와 함께 춤을 추고 싶었으나 다아시가 냉담한 반응을 보여서 좌절된다.

며칠 후 제인이 빙리의 여동생으로부터 저녁 식사 자리에 초대받자, 어머니는 제인을 빙리와 맺어주려고 '비가 올 것 같으니 마차를 타지 말고 말을 타고 가라.'고 조언한다. 말을 타고 가다가 비를 맞으면 손님을 젖은 채로 돌려보내지 않고 자고 가게 할 것이라는 계산을 한 것인데, 실제로 비를 맞은 제인이 감기에 걸리는 바람에 그곳에서 며칠 묵으며 빙리와의 연정도 더욱 깊어지게 된다.

이 무렵, 엘리자베스는 읍내에 주둔하고 있는 민병대 소속의 위컴 중위를 만난다. 잘생긴 데다 입담도 좋은 그는 어릴 때부터 다아시와 형제처럼 지냈는데, 다아시가 자신의 재산을 다른 사람에게 넘겨버려서 빈털터리가 되었다며 다아시를 나쁘게 이야기한다. 엘리자베스는 그 말을 듣고 다아시를 오만한 속물이라고 생각하게 된다.

다음 무도회 때, 엘리자베스는 위컴 중위를 애타게 찾았으나 보이지 않자, 얼떨결에 다아시의 춤 신청을 받아들이고 그와 춤을 춘다. 그 후에도 몇 번 다아시와 마주치게 되지만, 엘리자베스는 다아시가 무뚝뚝하고 거만해 보여서 도무지 마음에 들지 않는다.

큰딸 제인이 부끄러움을 많이 타는 성격이어서 적극적인 호감 표시를 하지 않아서 그런지, 빙리가 분명히 제인을 좋아하는 것 같은데 청혼을 하지 않고 떠나가 버리자, 제인은 크게 상심한다. 제인의 어머니는 머리를 식히고 오라며 제인을 런던 이모 댁으로 보낸다.

다아시는 엘리자베스의 아름답고 지적인 매력에 점점 빠져들어 폭우가 쏟아지는 어느 날 엘리자베스에게 사랑을 고백하며 청혼한다. 그러나 엘리자베스는 위컴 중위로부터 들은 얘기도 있고, 오만하다고 생각하는 다아시가 언니 제인에게 청혼하려던 빙리를 명망 있는 가문이 아니라며 말린 것을 알게 되자, 냉정하게 거절한다.

그 후, 엘리자베스는 다아시의 선친이 아들처럼 생각해서 남겨준 유산을 모두 도박으로 탕진한 위컴 중위가 재산을 노리고 다아시의 어린 여동생을 꾀어서 함께 달아나려 했다는 사실을 다아시의 편지를 보고 알게 되어 큰 충격을 받는다. 또 언니 제인을 데리고 집으로 온 이모 부부와 함께 여행을 떠난 엘리자베스가 다아시의 저택에 찾아갔을 때, 하인들의 말과 엘리자베스의 이모 부부를 대하는 태도 등을 보고 다아시에 대한 자신의 생각이 잘못된 편견이었음을 깨닫게 된다.

한편, 그 무렵 막내딸 리디아가 위컴 중위와 함께 야반도주해서 집이 발칵 뒤집어진다. 이제 겨우 15살인데…. 이 소문이 퍼지면 언니들의 혼삿길이 막힌다. 이를 알게 된 다아시가 발 벗고 나서서 위컴 중위를 찾아내어 함께 간 이모 부부의 주선으로 결혼식을 올리고 집으로 오게 해서 부모님께 정식으로 인사를 한 후 다시 임지로 떠나게 한다. 결국 다섯 딸 중에서 막내딸이 가장 먼저 결혼한다.

그러던 어느 날, 빙리와 다아시가 사냥을 왔다며 집으로 찾아온다. 그러더니 빙리가 제인에게 청혼하고 감격한 제인이 눈물을 흘리면서 수락하여 두 사람의 결혼이 갑자기 성사된다. 제인이 수줍음 때문에 애정 표현을 못 한 것을 알게 된 다아시가 빙리에게 청혼하도록 조언한 것이었다.

며칠 후, 다아시의 고모인 캐서린 공작부인이 느닷없이 집으로 찾아와 엘리자베스와 다아시가 결혼할 것이라는 소문을 들었다며, 엘리자베스에게 자신의 딸과 다아시가 어릴 때부터 정혼한 사이이니 다아시와 결혼할 꿈도 꾸지 말라고 윽박지른다. 그러나 엘리자베스는 "그런 약속은 할 수 없어요." 하고 대답한다.

다음날 새벽, 일찍 잠이 깨서 집 근처 언덕길을 산책하던 엘리자베스는 때마침 저쪽에서 걸어오는 다아시와 마주친다. 그도 잠이 오지 않아서 나온 것이란다. 다아시는 고모가 찾아가서 소란을 피워서 미안하다고 사과하면서 다시 청혼한다. 엘리자베스가 다아시의 손에 키스로 화답하면서 영화는 해피엔드로 끝난다.

'오만과 편견'은 베넷 씨 딸들의 결혼 이야기라고 할 수 있는데, 사회적인 신분과 재산이 개인의 삶과 결혼에 큰 영향을 주는 19세기 초 영국의 실상을 가감 없이 재현하고 있다. 요즘의 로맨스 영화에서 흔히 보는 키스 장면이나 선정적인 베드신 없이도 얼마든지 감동적인 로맨스 드라마가 가능하다는 것을 보여준다.

이 영화는 매혹적인 스토리텔링과 배우들의 섬세한 연기, 아름다운 전원풍경 등이 돋보이는데, 특히 결혼 적령기의 여성들에게 큰 반향을 불러일으켰다. 원작 소설이 나온 지 2백 년이 넘었지만, 이제 시대적 배경을 뛰어넘어 세대를 초월하는 불후의 고전으로 자리매김하고 있다.

제목에 나오는 '오만(pride)'은 다아시의 무뚝뚝하고 거만해 보이는 특징을 표현한 말이고, '편견(prejudice)'은 엘리자베스가 다아시를 오만한 속물이라고 생각한 선입견을 표현한 말이다. 생각건대, 오만한 사람은 다른 사람이 나를 사랑하지 못하게 하고, 편견을 지닌 사람은 다른 사람을 사랑하지 못할 것 같다.

영화에세이(5-14)

라비앙 로즈(La Vie En Rose)

프랑스 파리의 빈민가, 서커스 단원인 아버지와 길거리 가수인 어머니 사이에서 태어난 에디트는 주정뱅이 어머니에 의해 외할머니에게 맡겨졌다가 다시 아버지에 의해 친할머니에게 맡겨진다. 친할머니는 매춘업소를 운영하는 포주였는데, 어린 에디트는 이곳에서 유년 시절을 보낸다. 제때 끼니를 챙겨 먹지 못해서 늘 몸이 허약했고, 각막염을 심하게 앓아 한동안 앞을 보지 못하기도 했다.

열 살 무렵, 에디트는 서커스단에서 나온 아버지를 따라 이곳저곳 떠돌아다니며 아버지의 공연에 맞춰 노래를 부르며 구걸한다. 성장한 에디트(마리옹 코티아르 扮)는 아버지와도 떨어져 친구 모몽(실비 테스티 扮)과 함께 길거리에서 노래를 불러서 번 돈으로 술을 마시고 불량배들과 어울려 다니며 문란한 생활을 한다. 에디트가 17세에 낳은 아이는 뇌수막염으로 숨을 거둔다.

스무 살 무렵, 길거리에서 에디트의 노래를 들은 파리의 유명한 카바레 사장 루프레(제라르 드파르디외 扮)가 에디트에게 '작은 참새'라는 뜻의 '에디트 피아프'라는 예명을 지어주고, 자신의 카바레에서 가수로 데뷔시킨다. 에디트는 그 카바레의 스타가 되어 매스컴에도 오르내리게 된다. 그러다가 아버지처럼 의지하던 루프레가 마피아에 의해 살해되면서 에디트는 온갖 모함에 시달리게 되고 인기도 시들해진다.

에디트는 전에 자신에게 명함을 주면서 찾아오라고 했던 시인이며 작사가인 레이몽을 찾아간다. 레이몽은 에디트에게 발성과 창법에서부터 제스처, 무대 매너까지 혹독하게 트레이닝을 시키는데, 그의 지도를 받은 에디트는 가수로서 비약적인 성장을 한다. 이제 대형 홀에서 공연을 하고 프랑스 전역에 순회공연도 하게 된다.

에디트의 공연을 본 프랑스인들은 작은 체구에서 뿜어져 나오는 폭발적인 가창력과 엄청난 에너지, 열정적인 무대 매너에 열광한다. 드디어 거리의 가수에서 불멸의 아티스트로 성장한 것이다. 미국으로 건너간 에디트는 '라비앙 로즈(La Vie En Rose)' '사랑의 찬가(Hymne A L'amour)' '파담 파담(Padam Padam)' '아니, 난 후회하지 않아(Non, Je Ne Regrette Rien)' 등 수많은 히트곡을 내며 최고의 전성기를 구가한다. '라비앙 로즈' 앞부분의 우리말 가사이다.

나의 시선을 떨구게 하는 눈, 입가에서 사라진 미소...
바로 그 남자의 초상화예요. 나는 그의 것이에요.
그는 나를 안아줄 때마다 내게 속삭이면서 말해요.

'내 눈에 장밋빛 인생이 보여.'

에디트가 무대에서 부르는 '라비앙 로즈'를 들은 당대 최고의 여배우 마를레느 디트리히는 에디트의 테이블로 찾아와 "오랫동안 파리에 못 갔는데, 오늘 밤 당신의 노래를 들으니 파리에 와있는 것 같았고, 그 목소리에 파리의 영혼이 담긴 것 같았어요." 하며 인사를 한다.

이 무렵, 에디트는 세계 미들급 권투 챔피언 막셀(장 피에르 마틴 扮)을 만나 사랑에 빠진다. 막셀에게는 아내와 세 아이도 있었지만, 그도 에디트와의 은밀한 사랑을 불태운다. 에디트는 막셀을 운명의 남자로 생각하며 열정을 쏟는다.

막셀에 푹 빠져있는 에디트에게 소외감을 느낀 친구 모몽이 떠나가고, 사랑하는 막셀은 저 멀리 바다 건너에 있고…. 미국에서 홀로 지내며 외로움에 지친 에디트는 프랑스에 있는 막셀에게 전화를 걸어 속히 비행기를 타고 뉴욕으로 와달라고 한다.

다음날, 막셀이 탄 비행기가 대서양에 추락했다는 소식을 듣고 에디트는 절망과 고통의 늪에 빠지고 만다. 이때부터 에디트는 술과 마약에 의존하게 되면서 건강이 급속도로 악화된다. 몸도 마음도 망가져서 무대에 서는 것조차 어려워졌지만, 그녀는 죽기 1년 전인 1962년, 46세의 나이로 프랑스 올림피아공연장에서 혼신의 힘을 다해 마지막 공연을 한다. 이곳에서 자신의 주제가 같은 '아니, 난 후회하지 않아'를 열창하면서 영화가 끝난다.

'라비앙 로즈'는 '장밋빛 인생'이란 뜻으로, 프랑스의 국민가수 에디트 피아프가 1947년에 발표한 노래의 제목이다. 아울러 올리비에 다앙 감독이 연출한 에디트 피아프의 일대기를 담은 전기(傳記)영화의 제목이기도 하다. 이 영화는 프랑스 대중가요 역사상 최고의 가수였던 에디트 피아프의 삶을 플래시백으로 시간대 순으로 보여주고 있다. 영화를 보고 나면 에디트 피아프의 전기를 읽은 느낌이 든다.

보통 전기 영화는 주인공의 특정 시기 혹은 특정한 주제에 집중하기 마련이다. 그런데 이 영화는 에디트의 불우했던 어린 시절과 화려한 성공, 사랑하는 사람과의 이별, 말년까지의 치열했던 삶을 모두 보여준다. 에디트는 말년에 한 잡지와의 인터뷰에서 자신의 지난 날에 대해서 "후회는 없다."고 하면서 모든 여성에게 "사랑하세요."라는 말을 남긴다. 이 영화는 에디트의 굴곡진 인생과 주옥같은 음악들로 2시간 8분의 러닝 타임을 꽉 채우고 있다.

'라비앙 로즈'는 아카데미 시상식에서 여우주연상과 분장상을 수상했다. 에디트 피아프 역을 맡아 혼신의 연기를 펼친 마리옹 코티아르는 비영어권에서 소피아 로렌에 이어 두 번째로 아카데미 여우주연상을 받았다. 아울러 세자르 영화제 5개 부문을 포함해서 골든 글로브와 영국 아카데미 등에서 여우주연상을 휩쓸었다.

여주인공 마리옹 코티아르는 에디트 피아프에 완전히 빙의된 듯 그녀의 말투나 표정, 목소리 톤, 몸짓까지 신들린 듯 재현해낸다. 젊은 에디트부터 약물에 중독된 에디트, 사랑하는 사람을 잃은 에디트까지…. 굳이 흠을 잡자면 에디트 피아프의 키가 147cm인데 비해, 마리옹 코티아르의 키는 166cm라는 것 정도이다.

제6장

우리 시대를 빛낸
한국 영화들

영화에세이(6-01)

자유부인(自由夫人)

　'자유부인(自由夫人)'은 한국 영화 최초의 키스 신으로 유명한 '운명의 손'(1954년)을 연출한 한형모 감독이 정비석의 동명 소설을 원작으로 하여 1956년에 연출한 영화이다. 상류층 가정주부의 탈선과 보수적인 가치관이 충돌하는 모습을 실감 나게 보여주어 한국 영화사에 한 획을 그은 작품이다.

　이 영화는 서울 인구가 200만 명이 채 안 되던 시절 15만 명이 관람했을 정도로 엄청난 성공을 거두었다. 나온 지 70년이나 지난 영화지만 지금 봐도 스토리가 흥미진진하고 재미있다. 2007년, '자유부인'은 문화적인 가치를 인정받아 국가등록문화유산 제347호로 지정되었다.

6·25 전쟁이 끝난 후 서울신문에 연재를 시작한 정비석의 소설 '자유부인'은 대학교수의 부인이 춤과 연애에 빠지는 스토리인바, 단숨에 장안의 화제가 되면서 해당 신문의 구독자를 폭증시켰다. 그러자 서울대 법대 H교수가 내용이 퇴폐적이고 음란하다며 비난의 글을 올렸고, 작가가 반박문을 게재하는 등 격론이 벌어지기도 했다. 이에 대학교수단과 여성단체까지 논쟁에 뛰어들어 한쪽에서는 연재 금지를 요구했고, 다른 쪽에서는 '용기를 갖고 계속 집필하라.'는 격려가 쏟아졌다.

또, 부유층의 타락상이 담긴 소설의 내용이 북한 정권의 체제선전에도 이용되는 바람에 작가가 반공법 위반 혐의로 수사기관에서 조사받기도 했다. 이 소설은 1954년 단행본으로 출간되자마자 초판 3천 부가 당일에 매진되는 기염을 토하며 총 14만 부가 팔려나가 우리나라 출판 사상 처음으로 10만 부가 넘는 베스트셀러가 되었다.

명망가인 장 교수(박암 扮)의 아내 오선영(김정림 扮)에게 양품점의 점장 취업 제의가 온다. 초등학생 아들을 가정부에게 맡겨놓고 양품점 주인을 만나러 가던 선영은 길에서 동창생 윤주(노경희 扮)를 만나게 되고, 두 사람은 그날 명사(名士) 부인들의 모임인 화교회에 참석한다. 2차로 댄스파티가 열렸는데, 춤을 출 줄 모르는 선영은 윤주의 놀림을 받는다.

충격을 받은 선영은 자신을 좋아한다며 치근거리던 옆집 청년 춘호를 찾아가 춤을 배운다. 한복을 벗어던지고 양장 차림으로 양품점에 출근하기 시작한 선영은 퇴근 후 춘호와 만나 춤을 추면서 차츰 연애 감정에 빠져든다. 또, 양품점의 주인 한 사장(김동원 扮)도 선영에게 고가의 화장품을 선물하는 등 호의를 베풀면서 접근하고 있다.

한편, 장 교수는 화장품 회사의 타이피스트 은미가 찾아와 여사원들의 한글 맞춤법 교습을 부탁하자 기꺼이 승낙하면서 은미와 자주 만나게 된다. 세련된 미모의 은미가 적극적으로 자근대면서 두 사람 사이에도 핑크빛 분위기가 무르익지만, 장 교수가 워낙 목석같은 사내인지라 한글 교습이 끝나면서 두 사람의 로맨스도 시들고 만다.

이 무렵, 무역업을 하는 백 사장이 양품점에 자주 드나드는데, 그는 물건값을 제때 주지 않는 등 미심쩍은 구석이 있다. 그런데 윤주는 백 사장의 허풍에 넘어가 거액을 투자하여 동업하고 함께 온양온천으로 여행을 가는 등 불륜 행각을 벌인다. 또 여기저기 꾸어서 마련한 목돈을 백 사장에게 빌려주기도 한다.

선영은 댄스 때문에 가까워진 춘호와 선을 넘고 마는데, 욕심을 채운 춘호는 선영을 멀리하고 젊은 여자에게 가버린다. 그러자 선영은 자신에게 호의를 베풀던 한 사장에게 다음 화교회에 함께 가서 자신의 댄스파트너가 되어달라고 부탁하고, 한 사장은 승낙하면서 자신의 애인이 되어달라고 한다. 한 사장의 부인은 남편이 선영에게 빠져있는 것을 알아채고 선영의 일탈 행적을 자세히 적어서 장 교수에게 편지를 보낸다.

자, 이제 결말을 보자. 백 사장은 사기죄로 붙잡혀 경찰의 취조를 받고, 윤주는 백 사장과의 불륜이 보도되어 망신당한 데다, 빌려준 돈도 받지 못하자 화교회 댄스파티에서 약을 먹고 자살한다. 그날 밤, 선영은 화교회에 가지 않고 한 사장과 호텔방에 들어갔다가 현장을 덮친 한 사장의 부인에게 따귀를 맞는다.

그제야 정신을 차린 선영은 부랴부랴 집으로 향하지만, 장 교수는 선영을 받아주지 않고 집밖으로 내친다. 그러나 '엄마! 엄마!'를 애타게 부르는 어린 아들 덕분에 무사히 집 안으로 들어가게 되면서 영화는 해피엔드로 끝이 난다.

화교회 모임에서 '아베크 토요일'을 열창하는 꾀꼬리 목소리의
주인공은 가수 전영록의 어머니인 인기가수 백설희이고, 한 사장 역
으로 나오는 배우 김동원은 통기타 가수 김세환의 아버지이다. 또,
당시의 유명 댄서 나복희가 댄스홀에서 섹시한 벨리댄스를 추면서
남성 관객들의 혼을 빼놓기도 한다.

'자유부인'은 1950년대 당시 금기시되던 사치와 댄스, 불륜 등을
다루면서 사회적으로 큰 반향을 불러일으켰다. 촬영 현장에서는 우
리나라 최초로 크레인을 이용하거나, 카메라를 카트에 장착하고 레
일 위로 오가며 촬영하는 달리(dolly) 기법을 도입하여 혁신적인 화
면을 선보였다.

영화 속에 나오는 양장 패션과 고급 화장품, 화려한 댄스홀 등은
이때가 전후(戰後) 서구 문명이 급격히 유입되던 시기임을 보여준다.
또 엔진룸이 앞으로 툭 튀어나온 버스나 고풍스러운 외제 승용차,
온통 한자 일색인 도심의 간판들을 보면 타임머신을 타고 그 시절로
온 것 같은 착각에 빠져들기도 한다.

이 영화에서 주인공 오선영이 춤과 연애에 빠지는 것은 억압된
성적 욕망의 발현으로 볼 수 있는데, 이것은 앞으로 우리나라에 불
어 닥칠 성문화의 급격한 변화를 예고하는 것이다. 마지막에 여주인
공이 다시 가정으로 돌아오는 것은 당시가 보수적인 가부장제 사회
임을 반영한 결말이라고 볼 수 있다.

'자유부인'은 여성의 결혼생활에 대해서 많은 생각을 하게 한다.
오늘날에도 여성으로서의 주체성과 욕망이 사회적 규범과 충돌할
때 어떤 선택을 해야 할지 질문을 던져주고 있다.

오발탄(誤發彈)

　'오발탄(誤發彈)'은 소설가 이범선이 1959년 10월《현대문학》에 발표한 단편소설로, 6·25전쟁이 끝난 후 해방촌에 사는 한 실향민 가족의 암담한 현실을 사실적으로 묘사한 초기 분단소설의 걸작이다. 거장 유현목 감독이 흑백영화로 만들어 1961년 봄에 개봉하였으나 크게 주목받지는 못했다.

　그러다가 5·16 군사혁명이 터지자, 이 영화는 사회의 어두운 면을 부각시켰다는 점과 주인공의 노모가 수시로 "가자!"하고 외치는 것이 월북을 암시하는 메시지로 해석된다는 이유로 군사정부에 의해 상영 중지 처분이 내려졌다. 작가와 감독이 그것은 이상세계를 상징하는 대사라고 해명하였으나 통하지 않았다.

그 후, '오발탄'이 제7회 샌프란시스코영화제에 출품되어 본선에 진출하고 주인공 김진규가 남우주연상 후보에 오르게 되자, 1963년 재상영 때 뜨거운 화제가 되면서 '아리랑'(1926년) 이후 최고의 영화라는 평가를 받으며 큰 반향을 불러일으키게 된다.

이 영화는 부족한 제작비 때문에 여러 번 촬영이 중단되다가 13개월 만에 완성되었다. 당시로서는 드물게 조명 담당자와 카메라 담당자가 유현목 감독과 함께 공동책임을 지는 동인제(同人制)로 제작하였고, 거의 모든 배우와 스텝 들이 무보수로 출연하거나 봉사했다. 당시 김지미가 나오는 홍성기 감독의 '춘향전'(1961년) 제작비가 8,000만 환인데 비해 이 영화는 그 10분의 1에 해당하는 800만 환으로 제작되었다.

후암동 언덕배기에 있는 허름한 판자촌에 사는 송철호(김진규 扮)는 계리사(計理士) 사무소에서 성실하게 일하고 있지만, 딸린 식구가 많아서 겨우 입에 풀칠을 하면서 살아가고 있다. 그는 오래전부터 앓던 치통으로 고통스러워하면서도 경제적인 여유가 없어서 치과에 가지 못하고 있다.

정신착란증으로 늘 누워있는 그의 노모는 북쪽에 두고 온 고향을 그리워하며 6·25전쟁 때 비행기 폭음의 충격으로 환청에 시달릴 때마다 시도 때도 없이 벌떡 일어나 '가자!' 하고 외친다. 여러 식구를 뒷바라지하는 만삭의 아내(문정숙 扮)는 가난에 찌들려 영양실조 상태이다. 어린 딸 해옥은 새 고무신을 갖고 싶어 한다.

하사관 출신 철호의 동생 영호(최무룡 扮)는 제대한 지 2년이 지났으나 취직이 되지 않아 군인출신 동료들과 어울려 다니며 허황된 꿈을 꾸고 있다. 여동생 명숙(서애자 扮)은 사귀던 장교가 상이군인이 되어 돌아와 자신의 처지를 비관하며 떠나버리자, 식구들 몰래 짙게 화장하고 밤거리를 돌아다니며 양갈보 생활을 하고 있다. 막내동생 민호는 다니던 학교를 중퇴하고 신문팔이를 하고 있다.

어느 날, 사무실에서 전화를 받은 철호는 중부경찰서에 가는데, 거기서 권총으로 은행을 털고 도주하다가 체포된 영호를 보게 된다. 두 손에 수갑이 채워진 영호는 찾아온 형에게 '왜 왔어요?' 하면서 '구경꾼들이 많은 시내 한복판에서 내 목을 매달아줬으면 좋겠어.' 하고 빈정거리듯 말한다.

철호는 사무실에 들어가려다 말고 아침에 해산 끼가 있던 아내 생각에 후암동으로 향하는데, 집 가까이 언덕배기에 올라서자 노모의 "가자!" 하는 소리가 들려온다. 집에 도착하니 여동생이 '빨리 대학병원에 가보세요. 언니가 위독해요. 난산(難産)이래요.' 하고 말한다. 그러면서 자신의 핸드백에서 지폐 한 다발을 꺼내 건네준다. 철호가 병원에 도착하니 아내는 이미 사망하여 영안실로 옮겨져 있었다.

퀭한 눈으로 병원을 나온 철호는 갑자기 치통이 심해져 근처 치과에 들어간다. 앓던 사랑니를 뽑은 그는 거리를 헤매고 다니다가 입안에 고인 핏덩어리를 배수로에 뱉어내고 택시를 탄다. 해방촌으로 가자고 했다가 다시 대학병원으로 가자고 한다. 그러다가 다시 중부경찰서로 가자고 한다. 철호가 횡설수설하자 운전기사가 옆에 있는 조수를 보며 '자기 갈 곳도 모르는 오발탄 같은 손님이 걸렸어.' 하며 중얼거린다. 머리를 앞으로 수그린 철호의 입에서 흘러내린 선지피가 와이셔츠를 적시는 장면을 보여주면서 영화가 끝난다.

원작 소설을 그대로 충실하게 영상으로 구현한 '오발탄'은 6·25 전쟁 이후 한국 사회에 남겨진 상흔(傷痕)과 부조리, 궁핍한 사회상이 흑백화면 속에 고스란히 녹아있다. 아울러 민생고에 시달리는 한 가족 구성원들이 처한 가혹한 현실을 의표를 찌르는 전개와 영상으로 심도 있게 보여주고 있다.

이 영화는 한국 영화사에서 리얼리즘을 논할 때 빠지지 않고 등장한다. 그것은 당시의 영화들이 두리뭉실한 화면과 신파조의 대사, 고진감래 식의 이야기 전개와 뻔한 귀결에 비해 이 영화는 탄탄한 원작을 기반으로 유현목 감독 특유의 화면구도와 사실적인 영상, 절제된 대사와 한 템포 빠른 전개가 이어지기 때문이다. 아울러 국보급 배우인 김진규와 배우 최민수의 아버지인 최무룡의 열연도 톡톡히 한몫한다.

'오발탄'의 원본 필름은 이미 분실되어 없어졌고, 우리가 볼 수 있는 영상은 제7회 샌프란시스코영화제에 출품한 프린트를 토대로 1975년 영화진흥공사에서 새롭게 복원한 것이다. 어쨌거나, 이 영화는 거의 모든 영화인으로부터 100년이 넘는 한국 영화사에서 최고의 걸작으로 평가받고 있다.

1984년 영화진흥공사의 '광복 40년 영화 베스트10'에서 1위, 1998년 조선일보의 '대한민국 50년 영화 50선'에서 1위에 선정되었다. 또, 1999년에는 한국일보의 '21세기에 남을 한국의 명화'와 월간 '스크린' 창간 15주년 기념 '한국 영화 베스트20'에서 1위, KBS TV의 '20세기 한국 톱 영화'와 MBC TV의 '20세기를 빛낸 한국 영화'에서도 1위를 차지하였다. 2014년 영상자료원에서 발표한 '한국 영화 100선'에서도 '하녀'(1960년), '바보들의 행진'(1975년)과 함께 공동1위로 선정되었다.

아카데미 4관왕 '기생충'(2019년)이 '오발탄'의 이 기록들을 넘어설 수 있을까?

빨간 마후라

'빨간 마후라' 하면 1990년대 후반에 빨간색 스카프를 두른 10대 남학생 두 명이 한 여학생과 벌인 섹스 장면을 촬영한 비디오테이프를 떠올리는 사람이 많다. 일본의 포르노 비디오를 모방한 이 불법 복제 테이프는 한때 학원가에서 날개 돋친 듯 유통되었고, 훗날 영화 '여교수의 은밀한 매력'(2006년)의 소재가 되기도 했다.

진짜 '빨간 마후라'는 1964년에 나온 공군 조종사들의 우정과 사랑을 다룬 영화로, 15만 명이 넘는 관객을 동원하여 그해 최고의 흥행 기록을 세웠다. 이 영화는 우리나라 공군사에서 유일한 203회 출격 기록을 세우고, 6·25전쟁 때는 승호리철교 폭파작전 등 많은 전투에서 명성을 떨친 공군 조종사 출신 유치곤 장군을 모델로 하여 원로작가 한운사가 극본을 쓰고 신상옥 감독이 연출한 작품이다.

6·25 전쟁이 한창이던 무렵, 배 중위(최무룡 扮)를 포함한 9명의 신임 보라매는 강릉에 있는 공군전투기지로 향한다. 기지에 도착한 이들은 전대장으로부터 공군 조종사의 상징인 빨간 마후라(머플러가 표준어)를 지급받고, 편대장이며 직속상관인 나 소령(신영균 扮)의 실전지도를 받는다.

나 소령은 100회 출격 때 장렬하게 전사한 절친 노 대위(남궁원 扮)의 미망인 지선(최은희 扮)이 공군장교들의 단골 바(bar)에 출근하는 것을 보고 가슴 아파한다. 나 소령은 지선을 돌봐주겠다고 한 노 대위와의 약속을 상기하며 부하인 배 중위를 지선에게 소개하는데 두 사람은 사귀다가 이내 결혼에 골인한다.

한편, 나 소령의 편대는 적진 깊숙이 위치한 협곡 사이의 다리 폭파 임무를 맡게 된다. 편대는 1차 출격에서 다리 폭파에 실패하고 적기와 치열한 공중전을 벌이던 중 배 중위의 전투기가 적탄에 맞아 추락한다. 부상당한 배 중위는 낙하산으로 탈출하지만 적진의 산 중턱에 떨어진다.

나 소령은 지선을 다시 미망인으로 만들지 않기 위해 위험을 무릅쓰고 구조기(救助機)를 급파하여 가까스로 배 중위를 구조한다. 다시 2차 출격에 나선 편대는 목표물 가까이로 초저공비행을 하다가 나 소령의 전투기가 적탄에 맞고 만다. 나 소령은 불붙은 전투기와 함께 다리에 돌진하면서 폭파 임무를 완수하고 장렬히 산화한다.

이 마지막 장면은 1952년 1월에 실제로 있었던 승호리철교 폭파작전을 화면에 시현한 것이다. 이 철교는 대동강의 상류에 위치한 전략요충지로 북한군과 중공군의 보급물자가 전선으로 향하는 길목에 자리하고 있는데, 미국 공군 전폭기들이 여러 차례 폭격했으나 북한군의 방공망을 뚫지 못하고 다리 폭파에 실패하였다.

우리 공군 제10전투비행전대가 나섰다. 제1편대의 엄호 속에 제 2편대의 6대 F-51 무스탕 전폭기가 극도로 위험한 초저공비행으로 폭격을 감행하여 마침내 승호리철교를 폭파한다. 미국 공군이 실패한 작전을 우리 공군이 성공시킨 이 쾌거는 찬란한 금자탑으로 추앙받으며 전설로 남아있는데, 이를 극화하여 '빨간 마후라'의 클라이맥스로 장식한 것이다.

이 영화의 주제가인 '빨간 마후라'는 극 중에 여러 번 나오는데, 극본을 쓴 한운사가 작사했고, 황문평이 작곡했다. 남성 4중창단 쟈니 브라더스가 불러서 크게 히트하면서 자연스레 공군의 군가가 되어버렸다. 이 장쾌하면서도 낭만 가득한 노래를 한 번도 들어보지 못한 우리 국민은 아마 없으리라. 옛날 노래라서 가사가 3절까지 있다. 1절 가사를 보자.

빨간 마후라는 하늘의 사나이 하늘의 사나이는 빨간 마후라
빨간 마후라를 목에 두르고 구름 따라 흐른다 나도 흐른다
아가씨야 내 마음 믿지 말아라 번개처럼 지나갈 청춘이란다

공군참모총장을 지낸 장지량 장군의 회고담을 보면, 극작가 한운사가 신상옥 감독과 함께 찾아와 공군 조종사들의 우정과 사랑 이야기를 영화로 만들겠다며 공군의 지원을 요청했고, 공군에서는 파일럿의 세계를 널리 알리고 우리 공군의 위상을 제고하는 기회로 삼기 위해 전폭적인 지원을 결정했다. 촬영 세트장으로는 수원비행장을 제공하고, F-51 무스탕 편대도 함께 지원했다. 그렇게 해서 탄생한 이 영화는 국내의 흥행대박과 아울러 일본과 대만, 홍콩, 태국 등지에까지 수출하여 국위선양에도 크게 기여했다.

초등학교 4학년 때, 학교에서 단체행사로 20리가 넘는 신작로를

걸어 읍내 극장에서 '빨간 마후라'를 처음 보았다. 그때는 64년 동경 올림픽 경기나 김일의 레슬링 경기, 혹은 유명한 반공 영화들이 오면 일 년에 한두 번 단체로 극장에 갔었다. 가는 길이나 오는 길에 다른 학교 학생들과 마주치면 패싸움을 벌이기도 했는데, 그러다가 나중에 읍내 중학교에 진학하면 그 학생들을 다시 만나게 되어 친구가 되기도 했다.

'빨간 마후라'를 57년 만에 유튜브에서 봤는데, 다시 봐도 재미있고 박진감이 넘친다. 미망인 지선의 러브스토리도 흥미진진하다. 그런데, 창공을 비행하는 조종사 뒤의 배경 하늘이 움직이지 않아 세트장에 앉아서 촬영한 티가 나고, 불타는 탱크나 불붙은 전투기도 모형(模型) 티가 난다. 우리나라 영화사상 처음으로 전투기들의 공중전 장면을 보여준 60년대 영화라는 점을 감안하여 이해해야 할 것 같다.

2012년 8월, 영화 '빨간 마후라'를 리메이크한 'R2B: 리턴투베이스'가 개봉되었다. 정지훈 유준상 신세경 등이 출연하여 의욕을 보였고 제작비로 130억 원이 들었으나 흥행에 참패했다. 영화제목을 '레드 머플러' '비상: 태양 가까이' '하늘에 산다' 등으로 바꾸었다가 'R2B: 리턴 투 베이스'로 최종 낙점했다고 한다. 참패 원인은 여러 가지가 있겠으나, 제목에서부터 최악의 선택을 한 것 같다.

월하의 공동묘지

자전거를 타고 20리가 넘는 등굣길을 오가던 중학교 1학년 때의 어느 날, 읍내 극장에 소복 차림의 산발(散髮)한 여자 귀신이 입에 피를 흘리며 노려보는 간판 그림이 큼지막하게 걸려 있었다. 그 순간, 열세 살 소년을 오싹한 공포감에 휩싸이게 했던 '월하의 공동묘지'는 내 뇌리에 뚜렷이 각인되었다. 그러나 정작 내가 그 영화를 본 것은 오랜 세월이 흐른 후였다.

영화가 시작되면 공포 분위기를 조성하려는 듯 흉측한 얼굴의 변사가 나와서 해설을 한다. 음산한 달빛 아래 공동묘지에서 한 무덤이 양쪽으로 갈라지면서 소복을 입은 월향(강미애 扮)의 원귀(冤鬼)

가 나타난다. 그 시간, 월향의 집에서는 찬모(饌母)였다가 안방을 차지한 난주(도금봉 扮)가 시키는 대로 그녀의 어미(정애란 扮)가 월향의 어린 아들에게 독약을 먹이고 나가는데, 곧바로 월향의 원귀가 나타나 젖을 물리면서 아기는 다시 살아난다.

5년 전, 독립운동가의 딸인 명순은 독립운동을 하다가 일본경찰에 끌려가 투옥된 오빠 춘식(황해 扮)과 애인 한수(박노식 扮)의 옥바라지를 위해 돈을 벌려고 이름을 월향으로 바꾸고 기생이 된다. 춘식은 고생하는 여동생을 돌봐줄 사람이 필요하다며 자신이 혼자 죄를 다 뒤집어쓰고 친구이면서 매부가 될 한수를 풀려나게 한다.

석방된 한수는 월향과 결혼하여 아들을 낳고 사업가로 크게 성공한다. 장안의 갑부가 된 한수는 풍족한 생활을 하지만, 춘식은 몇 번 탈옥을 시도하다 붙잡혀 무기수(無期囚)가 된다. 월향은 오빠 때문에 고심하다가 병에 걸려 아랫방에서 누워 지낸다. 그러자 난주는 안방을 차지하기 위해 가짜의사(허장강 扮)와 짜고 월향이 먹는 음식에 독을 타기 시작한다.

어느 날 밤, 술에 취해 귀가한 한수는 난주의 유혹에 넘어가 동침하게 되고, 때마침 탈옥에 성공한 춘식이 집에 찾아온다. 딴 여자와 동침하고 있던 한수와 병색이 완연한 여동생을 보고 춘식은 분노하지만, 월향은 자신 탓이라며 남편을 감싸준다. 이때 호각 소리가 나자, 춘식은 동생을 잘 보살펴달라고 당부하고 황급히 집을 빠져나간다.

안방을 차지한 난주는 다시 음모를 꾸민다. 한밤중에, 수면제를 먹여 잠에 곯아떨어진 월향의 방에 돈으로 매수한 남자를 들어갔다가 나오게 하는데, 이를 알게 된 한수는 아내가 외간 남자를 끌어들였다며 기생 전력까지 들먹이면서 구타한다. 억울한 누명에 괴로워하던 월향은 어린 아들을 잘 부탁한다는 유서를 남기고 목숨을 끊는다.

가짜의사와 함께 그 외간 남자를 죽인 난주는 한수마저 없애버리고 이 집 재산을 가로채 달아날 계략을 꾸민다. 난주는 한수가 탈옥한 춘식과 내통하고 있다고 경찰에 밀고하는데, 이로 인해 한수는 일본경찰에 끌려가 혹독한 고문을 당한다.

난주는 어미를 시켜서 다시 월향의 어린 아들을 죽이려 한다. 이때 월향의 원귀가 나타나 계속 쫓아오자, 난주의 어미는 미쳐 날뛰다가 우물에 빠져 죽는다. 밤새 원귀에 시달리던 난주는 닭 우는 소리가 들리자마자 가방을 들고 집을 나서는데 대문 앞에서 역시 원귀에 쫓기던 가짜의사와 마주친다. 그는 '왜 혼자 도망치느냐'며 난주의 얼굴에 염산을 뿌리고, 난주는 그를 칼로 찌르는데, 둘 다 끔찍하게 횡사(橫死)한다.

그날 밤, 춘식이 '경주이씨월향지묘'라고 쓴 나무비석을 가지고 와서 월향의 무덤 앞에 세운다. 곧이어 한수가 아들을 안고 무덤에 찾아와 참회의 눈물을 흘리며 아들을 훌륭하게 키우겠다고 다짐하는 것을 보고, 춘식은 쓸쓸히 도피의 길을 떠난다. 다시 무덤이 갈라지고 월향의 원귀가 승천(昇天)하면서 영화는 끝이 난다.

권철휘 감독의 '월하의 공동묘지'(1967년)는 억울하게 죽은 여인이 원귀가 되어 복수극을 펼치는 호러물로, 우리나라 공포영화의 전형(典型)이면서 기념비적인 작품이다. 영화 속에 나오는 제목인 '기생월향지묘'가 너무 고리타분해서 '월하의 공동묘지'라는 새 제목을 만든 것 같은데, 의표를 찌르는 놀라운 작명이다. 오래오래 기억될만한 제목이다.

두 여주인공의 상반되는 캐릭터가 단연 돋보인다. 단아한 미모의 강미애는 여리고 다소곳한 성정(性情)이지만, 귀신이 되어서는 강인하고 억척스러운 모성을 발휘하여 어린 자식의 목숨을 여러 번 구한다. 반면에 육감적인 미모의 도금봉은 과도한 욕심으로 한 가정을 송두리째 파괴하는 악녀 역을 능청스럽게 소화하면서 영화를 끝까지 드라마틱하게 이끌어간다.

1960년대 영화라서 더러는 조잡한 티가 나지만, 원귀출몰 때의 재빠른 장면전환과 여러 가지 특수음향, 그리고 고양이와 해골, 날아다니는 등불 등 소품들을 적절히 활용하면서 다양한 영화적 기법과 미장센으로 공포심을 자극하고 있는 점은 돋보이는 연출이다.

초장에 무덤이 갈라지면서 월향의 원귀가 등장하는 모습은 이 영화의 명장면으로 꼽힌다. 또 파장(罷場)에 가짜의사가 뿌린 염산으로 인해 얼굴이 피범벅이 되어 죽는 난주의 모습도 상당히 충격적인 장면이다. 그러나 중반에 오누이가 서로 끌어안고 '홍도야 우지마라 오빠가 있다'식의 신파조 같은 대사를 하는 것은 왠지 어색해 보인다.

한을 품고 죽은 여자가 원귀가 되어 복수하는 우리나라 호러물의 계보는 '월하의 공동묘지'에서 시작되어 '여곡성(女哭聲, 1986년)'으로 이어진다. 1990년대 후반부터 나오기 시작한 '여고괴담'(1998년) 시리즈도 시대상의 변화에 따라 무대가 가정에서 학원으로 바뀌었을 뿐 맥락은 거의 같다. 그 후에 나온 '알 포인트'(2004년)나 '곡성'(2016년)은 전혀 다른 성격의 호러물이다.

2017년 12월, '월하의 공동묘지'가 나온 지 50년 만에 리메이크작 '월하'가 개봉되었으나 세인의 관심을 끌지 못했다. 예전에는 귀신이 세상에서 가장 무서웠으나, 요즘은 아무도 귀신을 무서워하지 않는다. 귀신보다 사람이 더 무서운 세상이 된 지 이미 오래다.

영화에세이(6-05)
어우동

　　1980년대 우리나라 영화계는 이장호와 배창호라는 두 감독의 시대였다고 해도 과언이 아니다. 이장호 감독은 '바람 불어 좋은 날'(1980)과 '바보선언'(1983)으로, 배창호 감독은 '꼬방동네 사람들'(1982)과 '고래사냥'(1984)으로 단연 두각을 나타냈다. 1985년에는 배창호 감독의 '깊고 푸른 밤'과 이장호 감독의 '어우동'이 각각 서울 관객 49만 명과 48만 명을 동원하여 그해 한국 영화를 이끈 쌍두마차가 되었다.

　　'어우동'은 조선 성종 때 세상을 떠들썩하게 만든 팜 파탈의 이름이면서, 소설가 방기환이 1981년에 발표한 동명 소설을 각색하여 만든 영화의 제목이다. 이 영화는 제58회 아카데미상 외국어 영화 부

324

문에 출품되었고, 타이틀 롤을 맡아 열연한 이보희는 백상예술대상 시상식에서 여우주연상을 받았다.

사대부집 규수 어우동(이보희 扮)은 왕실의 종친 태산군에게 시집을 갔는데, 3년이 지나도록 아이를 낳지 못한데다 하인과 시시덕거렸다는 이유로 시댁에서 쫓겨난다. 친정에서도 출가외인이라며 받아주지 않자 어우동은 강물에 뛰어든다. 때마침 좌의정 윤필상(신충식 扮)과 함께 야유회를 가던 기생 향지(박원숙 扮)에게 발견되어 목숨을 건지는데, 향지는 어우동에게 기생수업을 시킨다.

타고난 미모에 가무(歌舞)까지 익힌 어우동은 기방에서 남존여비와 칠거지악(七去之惡)을 들먹이는 고관대작들에게 자신의 발가락을 핥게 하면서 농락하는데, 그럴수록 어우동의 명성은 더욱 높아만 간다. 그러자, 가문의 명예를 중요시하는 어우동의 친정아버지와 전남편 태산군은 곤혹스럽기 짝이 없다.

영의정 정창손의 매제인 어우동의 친정아버지는 고심 끝에 표창(鏢槍)의 달인 갈매(안성기 扮)를 고용하여 어우동을 고통 없이 죽여서 잘 묻어주라고 당부한다. 그때부터 갈매는 숨어서 어우동의 일거수일투족을 지켜보는데, 어느 날 선비 복장으로 미행(微行) 나온 임금과 어우동이 계곡으로 야유회를 갔다가 널따란 바위에 알몸으로 선 어우동이 자신의 쇄골 사이로 술을 붓고 다리로 흘러내리는 술을 임금이 핥아먹는 것을 보기도 한다.

갈매는 양반들에게 핍박을 받아온 자신의 어린 시절을 반추(反芻)하면서 어우동에게서 묘한 동병상련을 느낀다. 갈매는 활 솜씨가 뛰어난 벙어리 천가(김명곤 扮)와 함께 태산군이 어우동을 죽이려고 보낸 자객들을 여러 번 물리치고 어우동을 구해준다. 어릴 때, 갈매는 반가(班家)의 소녀와 사랑을 나누다가 처자의 부모에게 생식기가 잘렸고, 이 장면을 보게 된 천가는 혀가 잘려서 벙어리가 된 것이었다.

드디어 풍기문란죄로 어우동 체포령이 내려지고, 어우동은 서로 사랑하게 된 갈매와 함께 잡혀서 옥에 갇힌다. 성종은 어우동에게 교수형을 내리는데, 때마침 어우동이 탈옥했다는 소식을 들은 좌의정은 어우동이 있는 곳의 기생들을 모두 죽이게 하고 기생 향지를 어우동이라고 속여 교수형을 집행한다. 영의정을 망신시켜서 물러나게 하여 자신이 그 자리를 차지하기 위해서.

한편, 천가의 도움으로 탈옥한 어우동과 갈매는 동굴로 도피하여 모닥불을 피워놓고 육체를 초월하는 영육합일(靈肉合一)을 기원하며 서로를 칼로 찔러 함께 이승을 하직하면서 영화는 끝이 난다.

이 영화는 사극 에로물답게 첫 장면부터 물레방앗간에서 어우동이 한 사내와 여성 상위 정사 신을 보여주고 그 사내가 자객에게 살해되는 사건으로 시작한다. 포도대장(김성찬 扮)이 범인을 추적하는 과정과 아울러 좌의정이 어우동의 외삼촌인 영의정을 겨냥하는 심모원려(深謀遠慮)도 함께 다루고 있다. 파격적인 정사 신과 노출 장면 때문에 에로물로 분류될 수밖에 없는 영화지만, 애써 범죄 스릴러 색깔을 덧씌웠다.

각 인물의 캐릭터가 스토리에 잘 녹아있다. 또, 플래시백으로 보여주는 어우동의 새색시 시절과 천민 갈매와 천가의 핍박받는 소년 시절 영상으로 양반들의 만행을 부각하면서, 다시 어우동의 조그맣고 연약한 발과 엉덩이로 양반들을 깔아뭉개는 장면들을 보여줌으로써 당시 사회를 조롱하고 비판하는 메시지도 담고 있다. 그 때문에 평론가들로부터 영화적 완성도가 높다는 평가를 받지 않았나 싶다.

'어우동'이 빅 히트를 기록하면서 전국의 나이트클럽에서 한때 어우동 춤이 유행하기도 했다. 1987년에는 김문희, 박근형 주연의 영화 '요화 어을우동' 나왔고, 2014년에는 다시 강은비, 백도빈이 주연한 영화 '어우동: 주인 없는 꽃'이 나왔으나 둘 다 별로 주목받지 못했다. 이보희의 어우동을 능가하는 어우동 영화는 아직까지 없었다.

실존 인물인 어우동은 조선 성종 때의 정3품 박윤창의 딸로 본명은 박구마로 알려져 있다. 효령대군의 손자인 태강수(泰江守) 이동과 혼인하여 외명부 정4품 혜인(惠人)에 봉작되었다. 딸 번좌를 낳았으나 하인과 간통했다는 누명을 쓴 채 쫓겨났다. 친정에서도 받아주지 않자, 따로 거처를 마련하여 여종과 함께 살았다.

미모에 지성미까지 갖춘 어우동은 수많은 남성을 안방으로 끌어들였다. 세종대왕의 서손자인 방산수(方山守) 이난과 정종의 아홉째 아들 석보군의 서손자인 수산수(守山守) 이기를 포함한 왕족에서부터 사대부, 노비에 이르기까지 신분도 다양했는데, 실록에 이름이 오른 사람만 17명이었다.

풍기문란죄로 의금부에 잡혀온 어우동은 그동안 관계했던 남자들의 이름을 모조리 토설했다. 성종은 왕족인 방산수와 수산수만 귀양 보내고, 나머지 중신들에게는 가벼운 처벌을 내렸다. 어우동이 문제였다. 원로대신 정창손이 전례를 들어 귀양을 보내자고 했으나 성종은 극형을 명했다. 어우동은 교수형에 처해졌고 왕실 족보에서도 삭제되었다. 40세였다.

어우동이 5백 년 후인 이 시대에 태어났다면 지금 어떤 인생을 살고 있을까?

겨울 나그네

　　'겨울영화' 하면 불후의 명작으로 꼽히는 '닥터 지바고'(1965년)와 눈이 오면 어김없이 라디오에서 흘러나오는 snow frolic(눈 장난)으로 유명한 '러브 스토리'(1970년)가 떠오른다. 우리나라 영화로는 첫사랑의 아픔이 잔잔하게 묻어나는 '겨울 나그네'(1986년)와 살을 에는 맹추위가 실감 나게 느껴지는 '만무방'(1994년)이 생각난다.

　　'겨울 나그네'는 슈베르트의 연가곡집의 이름이다. 연가곡(連歌曲)이란 하나의 줄거리를 이루는 여러 가곡을 차례대로 모은 것인데, 슈베르트는 1824년 빌헬름 뮐러의 시에 붙인 '아름다운 물방앗간의 아가씨'라는 연가곡집(20곡)을 냈다. 1827년에는 다시 뮐러의 시에 붙인 '겨울 나그네'라는 연가곡집(24곡)을 내어 찢어진 사랑에 상심한 겨울 나그네의 쓸쓸한 심경을 곡으로 만들었는데, 제5번 '보리수'가 가장 유명하다. 슈베르트는 그 이듬해인 31세에 가난과 병으로 세상을 떠났다.

영화 '겨울 나그네'는 곽지균 감독의 데뷔작으로, 젊은 네 남녀의 사랑과 번민, 방황을 섬세하면서도 감성적인 영상으로 담아낸 청춘영화이다. 1986년 개봉 당시 서울 관객 22만 명을 기록하여 성공을 거두었으며, 당시 평단(評壇)으로부터 우리나라 멜로영화의 새로운 지평을 열었다는 찬사를 받았다. 당시 한 유명 가전사에서 VTR을 사면 이 영화 비디오테이프를 사은품으로 끼워주기도 했다.

의대에 다니는 약간 내성적인 성격의 민우(강석우 扮)는 교정에서 자전거를 타고 가다가 부딪친, 첼로를 전공하는 음악학도 다혜(이미숙 扮)에게 첫눈에 반한다. 민우는 친하게 지내는 복학생 선배 현태(안성기 扮)의 도움으로 다시 다혜를 만나게 되고 둘은 점차 연인관계로 발전한다.

민우는 임종을 앞둔 아버지의 병실을 찾아와 행패를 부리는 채권자를 제지하다가 실수로 그 사람을 죽이게 된다. 체포되어 수감생활을 하던 민우가 집행유예로 풀려나 보니 아버지는 돌아가셨고, 남은 식구들은 모두 이민을 떠나고 없었다. 민우는 아버지가 남긴 편지를 보고 자신의 생모가 기지촌의 여성이라는 충격적인 사실을 알게 된다.

망연자실한 민우는 갈 곳마저 없어지자 자신을 쓰레기라고 자학(自虐)하며 차를 타고 기지촌으로 간다. 그곳 나이트클럽에서 죽은 생모를 잘 아는 왕마담(김영애 扮)을 만나게 되고, 다시 거기서 일하는 은영(이혜영 扮)이라는 양공주를 알게 된다. 은영의 적극적인 구애를 받은 민우는 자포자기의 심정으로 그녀와 동거를 시작한다. 연락이 끊어진 민우 때문에 힘겨워하던 다혜는 기다림에 지쳐서 점점 현태에게 의지하게 된다.

왕마담의 일을 돕던 민우는 범죄사건에 연루되어 수감생활을 하다가 출감하자마자 다혜를 만나러 학교로 달려간다. 온종일 교정을 돌아다녀도 만나지 못해 집으로 찾아가는데 이사를 가고 없었다. 밤늦게 기지촌으로 돌아와 보니 은영이 민우의 아이를 낳아 키우고 있었다. 이제 부양가족까지 생긴 민우는 왕마담의 수족이 되어 점점 타락의 길로 빠져든다.

어느 날, 학교를 졸업하고 취직한 현태가 기지촌으로 찾아와 민우와 은영이 아이와 함께 사는 모습을 보고 돌아간다. 졸업 후 잡지사에 취직한 다혜도 기지촌에서 민우가 사는 모습을 확인한 후 현태의 프러포즈를 받아들인다. 다혜와 현태의 결혼식을 먼발치에서 바라보고 돌아선 민우는 다시 왕마담의 밀수에 가담한다. 그러다가 거래 현장에서 발각되어 체포될 위기에 처하자, 동승자를 내리게 한 후 차를 몰고 저유소(貯油所)로 돌진하여 폭사한다.

5년 후, 은영이 현태를 찾아와 민우가 몇 년 전에 죽었다고 알려주고, 자신은 미국인과의 결혼 때문에 다음 달 미국으로 떠난다며 7살이 된 민우의 아들을 맡아달라고 부탁한다. 현태와 다혜가 흰 눈이 소복이 쌓인 민우의 무덤에 가서 헌화하고 민우의 아들과 함께 돌아오면서 영화는 끝이 난다.

1986년, 이 영화로 대종상 감독상을 받은 곽지균 감독은 영화평론가협회에서 주는 신인상도 함께 받았는데, '그 후로도 오랫동안'(1989년) '젊은 날의 초상'(1991년) '장미의 나날'(1994년) 등 연이어 내놓은 감성적인 멜로 영화로 상당한 인기를 누렸다. 그러다가 '사랑하니까 괜찮아'(2006년)가 흥행에 실패한 후 크게 좌절하여

2010년 자신의 노트북에 '일이 없어 괴롭고 힘들다'는 메모를 남기고 독신으로 살아온 생을 스스로 마감했다. 56세였다.

이 영화에서 양공주 역을 맡아 대종상 여우조연상을 받은 이혜영은 '돌아오지 않는 해병'(1963년) '만추'(1966년) 등을 연출하였고, 1975년 '삼포가는 길'을 연출하다가 44세에 간경화로 타계한 우리 영화계의 거장 이만희 감독의 딸이다. 요즘에도 감초 같은 조연 역할을 꾸준히 해오고 있다.

'겨울 나그네'의 원작은 소설가 최인호가 동아일보에 연재한 소설이다. 그는 이 시대를 살아가는 인간 군상들의 이야기를 탁월한 필치로 그려내어 한 시대를 풍미했으나 2013년 68세에 침샘암으로 별세했다. 또, 기지촌 나이트클럽의 왕언니로 나오는 김영애는 주로 TV에서 활약하다가 2017년 췌장암으로 66세에 세상을 떠났다. 모두 너무 일찍 세상을 떠난 것 같아 참으로 안타깝다.

이 영화의 세 주인공인 청춘남녀들은 모두 환갑을 넘겼다. 우리나라를 대표하는 국민배우로 확고히 자리를 굳힌 안성기는 혈액암으로 투병 중이고, 비운의 남자주인공 강석우는 영화와 TV에서 활약하며 한 시대를 풍미했다. 풋풋한 여대생 역을 맡은 이미숙은 충무로를 대표하는 여배우로 성장했으나 나이 들어서는 이미지가 많이 변한 것 같다.

어쩌다 '겨울 나그네' 영화가 생각날 때면, 교도소를 나온 민우가 눈발이 흩날리는 교정에서 '보리수' 노래가 흘러나오는 가운데 다혜를 찾으려고 이리 뛰고 저리 뛰다가 운동장 계단에 멍하게 앉아있던 장면이 떠오르면서 가슴이 시려온다.

영화에세이(6-07)
우리들의 일그러진 영웅

　할리우드 영화나 프랑스 영화, 혹은 홍콩 영화를 즐겨 보다 보면 자신도 모르는 사이에 우리나라 영화를 좀 낮춰보게 된다. 그러다 가 어떤 계기로 우리나라 영화를 보고 나서 '어, 우리나라 영화도 볼 만한데…!' 하고 놀라는 시점이 생기게 된다. '우리들의 일그러진 영 웅' 비디오를 보고 나서 그런 생각이 들었다.

　'우리들의 일그러진 영웅'은 1987년 《세계의 문학》에 발표된 이 문열의 중편소설로, 그해 이상문학상을 받았다. 1992년 박종원 감독에 의해 영화로 만들어졌는데, 스토리도 탄탄하고 러닝 타임의 대부분을 차지하고 있는 아역배우들의 연기도 기대 이상이다. 특히 반원들을 살벌하게 철권통치하는 반장 역의 홍경인이 명연기를 펼친다.

이 영화는 청룡영화제 작품상과 감독상을 비롯하여 대종상 3관왕, 춘사영화제 5관왕, 백상예술대상 4관왕 등 각종 상을 휩쓸었고, 아역배우 홍경인과 고정일은 여러 영화제에서 특별상을 받았다. 몬트리올영화제와 하와이국제영화제, 아시아태평양영화제 등 국제영화제에서도 수상을 하면서 비디오 대여시장에서 꾸준히 상위권에 올랐다.

서울의 한 학원에서 영어강사를 하고 있는 40대 중반의 한병태(태민영 扮)는 어렸을 적에 다녔던 시골의 초등학교 동창으로부터 5학년 때 담임교사의 부음(訃音)을 듣는다. 반장이었던 엄석대도 올 거라고 한다. 다음날, 병태는 기차를 타고 가면서 30여 년 전의 기억을 더듬어본다.

자유당 정권이 막바지 기승을 부리던 1959년 가을, 서울의 명문 초등학교에 다니던 한병태(고정일 扮)의 가족들은 시골 군청으로 전근 가는 공무원 아버지를 따라 이사를 하는데, 병태도 시골의 초등학교로 전학을 간다. 병태가 배정된 5학년 2반에는 절대 권력을 휘두르는 반장 엄석대(홍경인 扮)가 있었다. 그는 담임인 최 선생(신구 扮)의 비호 아래 반원들에게 벌칙을 주거나 청소검사를 하는 권한까지 가지고 있었다.

병태는 전학 온 첫날 점심때 석대의 물 당번을 거절하면서 그에게 도전해 보지만 반원들의 심한 야유를 받는다. 다시 병태는 한 친구가 가지고 온 라이터를 빼앗은 석대의 만행을 일러바치지만 최 선생은 그럴 리가 없다며 석대를 옹호한다. 오히려 병태가 고자질이나 하는 말썽꾸러기로 인식되어 선생님들의 눈총을 받게 된다.

어느 날, 몇몇 반원들과 읍내 극장에 갔다는 이유로 6학년 선도부가 병태를 구타하려 하자 석대가 나서서 막아준다. 또래보다 몇 살 많은 석대는 중학생과 담력 내기도 한다. 철교 위 철로에 나란히 누웠다가 기차가 달려오자 중학생은 겁을 먹고 도망치지만, 석대는 다리 아래에 매달려서 버티며 승리한다. 이때부터 병태는 석대에게 굴복하고 그의 충복(忠僕)이 된다. 그해 석대는 도지사 명의의 표창장을 받는다.

1960년 봄, 3·15 부정선거를 규탄하며 '이승만 물러가라!'는 데모가 연일 벌어지고 있다. 6학년이 된 병태의 반에도 젊고 유능한 김 선생(최민식 扮)이 담임을 맡아 진실과 자유를 설파(說破)하고 있다. 김 선생은 엄석대가 반장 선거에서 받은 몰표와 늘 1등을 하는 성적에 의문을 품고 조사를 하여 과목별 우등생이 자신의 시험지에 석대의 이름을 써내는 것을 알게 된다.

김 선생은 석대와 과목별 우등생을 불러내 체벌을 가하고, 반원들에게 차례대로 돌아가면서 석대의 비행을 털어놓게 한다. 반원들은 한 사람씩 석대의 비리를 폭로하며 '저 새끼 나쁜 놈이에요.' 하고 욕을 하지만 병태는 '모른다'고 대답한다. 그러자 석대는 "잘 해 봐. 이 개새끼들아!" 하고 소리 지르면서 뛰쳐나간 뒤, 밤에 교실에 불을 지르고 사라진다.

30여 년의 세월이 흐르고, 이제 중년이 된 반원들은 5학년 때 담임이었던 최 선생의 상갓집에 모여든다. 이들은 '요즘 시대에는 엄석대 같은 인물이 나와서 꽉 잡아야 해.'라고 하는 등 세태에 관한 이야기와 함께 그 시절에 대한 추억담을 늘어놓기 시작한다.

이때 만순은 석대의 오른팔이었던 체육부장에게 "너는 어렸을 때 엄석대 똘마니나 하더니, 겨우 택시기사나 하고 있냐?!" 하고 말한다. 그러자 체육부장은 "너는 옛날 같았으면 그냥 내 한방에 죽었어!"하고 받아친다. 만순은 졸부가 되었고, 체육부장은 석대가 사라지자 바로 몰락해버린 것이다.

병태가 석대의 충복이 되었을 때, 약간 모자라는 듯한 영팔이는 "너랑 안 놀아!" 하면서 병태에게 준 선물인 탄피를 돌려달라고 했었다. 또 반원 모두가 엄석대를 성토할 때도, 영팔이는 "니네들도 나빠!" 하면서 반원들에게 일침을 가했었다. 그런 영팔이는 정직하게 땀을 흘려야 먹고 살 수 있는 농부가 되어 고향을 지키고 있다.

좀 있으니 6학년 때의 담임인 김 선생이 국회의원 금배지를 달고 도착한다. 그는 최 선생을 아주 훌륭한 교사였다고 치켜세우더니, 조문객 중에 좀 높은 사람이 보이면 연신 일어나 굽신거린다. 이에 다들 "변해도 너무 변했어. 출세가 뭔지…." 하면서 참 교사답던 김 선생의 변모에 대해 실망한 표정이 역력하다.

모두가 기다리던 엄석대는 끝내 나타나지 않았고, 대신 그의 이름 석 자가 적힌 커다란 근조화환이 도착한다. 그 화환만으로는 엄석대가 어디서 무엇을 하는지, 얼마나 성공했는지 알 수가 없었다. 그러다가 만순이 "내가 술 한 잔 살 테니 나가자."라는 말에 줄줄이 따라나서는 것을 보면 이제 권력 대신 돈이 지배하는 세상이 된 것 같기도 하다.

이 영화는 반장 엄석대의 몰락을 통해 자유당 정권의 붕괴와 권력의 허상을 지적하고, 부조리한 현실에 순응하게 되는 소시민들의 모습을 은유적으로 보여주고 있다. 귀경길에 오른 병태는 생각에 잠긴다.

'지금 이 사회도 여전히 그때의 5학년 2반과 크게 다를 바 없고, 엄석대는 어디선가 또 다른 반장이 되어 자신의 뜻대로 반을 주무르고 있을 것이다. 그러면 우리는 그의 그늘에서 벗어날 수 있을 것인가.'

만무방

    10여 년 전 어느 일요일 늦은 밤, EBS TV에서 방영하는 한국 영화 '만무방'을 보게 되었다. 내일 아침 출근 때문에 조금만 보다가 자려고 했으나 끝까지 다 보았다. 깔끔한 영상에 흥미진진한 스토리, 월척을 낚은 기분이었다. 밤 한 시쯤 잠자리에 들었지만, 뇌리에 남아있는 영화의 잔상(殘像)들 때문에 밤잠을 설치다가 출근했던 기억이 생생하다.

    만무방은 염치가 없는 막된 사람을 뜻하는데, 주로 강원도에서 쓰는 말이다. 춘천 출신 김유정의 단편소설 '만무방'을 영화화한 것으로 생각했는데 아니었다. 원작은 소설가 오유권이 1960년 《현대문학》에 발표한 '이역(異域)의 산장(山莊)'이란 중편소설이었다. 그는 이 작품으로 1961년에 현대문학 신인상을 받았다.

'변강쇠'(1986년)와 '사노'(1987년), '변금련'(1991년) 등 에로사극으로 유명한 엄종선 감독이 1994년에 영화로 만들어 그해 대종상영화제 여우주연상 등 6관왕, 춘사영화제 남우주연상 등 3관왕을 차지했고, 인도와 몬트리올, 마이애미 국제영화제에 출품하여 본선에 진출하였다. 또, 아태영화제 남우주연상을 비롯하여 로더데일 국제영화제와 마이애미 폴라델 국제영화제에서 작품상을 수상하는 등 해외에서도 그 진가를 인정받았다.

'만무방'은 국내외의 많은 수상에도 불구하고, 제작한 지 1년이나 지나서 개봉한 탓인지 서울 관객 1만 4천 명이라는 초라한 성적을 남겼다. 그런데, 개봉한 지 24년이 지난 2018년 말에 한 유튜버가 유튜브에 영상을 공개하자, 불과 3년 만인 2021년 말까지 170만 명이 넘는 조회 수를 기록했다. 유튜브의 '만무방' 돌풍은 지금도 계속되고 있다.

한국전쟁이 막바지로 치닫던 무렵, 접전지역의 눈 덮인 산등성이에 자리 잡은 외딴 오두막집에 전쟁으로 남편과 아들을 잃은 중년여인(윤정희 扮)이 혼자 살고 있다. 낮에는 태극기를 걸고 밤에는 인공기를 걸며 위태로운 줄타기를 하면서 살아가던 그녀의 집에 전쟁통에 가족을 모두 잃은 노인(장동휘 扮)이 절뚝거리며 찾아든다.

여인은 노인의 다리를 치료해주면서 문간방에 거처하게 한다. 살을 에는 맹추위를 견디지 못한 노인은 안주인이 자는 안방에 입성하게 되고, 언제 죽을지 모른다는 절망감에 두 남녀는 살을 섞게 된다. 방에 군불을 넣을 땔감이 바닥나자, 문간방의 마루를 뜯어서 불을 지피지만 이마저 금방 동이 난다.

그 무렵, 인민군에게 쫓기던 젊고 건장한 남자(김형일 扮)가 땔감을 해오면서 이 오두막집은 두 남자가 생존경쟁을 벌이는 전쟁터로 변한다. 한 여인을 사이에 둔 두 남자의 전쟁에서 안주인에 의해 판정승을 거둔 젊은 남자는 따뜻한 안방에서 안주인을 안고 자게 되고, 패자로 전락한 노인은 다시 냉기 가득한 문간방으로 내쳐지고 만다.

팽팽한 긴장 속의 삼각관계는 인민군에게 가족을 모두 잃은 새색시(신영진 扮)가 찾아와 문간방에서 하룻밤 추위를 피하면서 새로운 국면에 접어든다. 자신을 재워준 노인의 은혜를 잊지 않은 새색시가 집에 가서 식량과 땔감, 이불을 싸 들고 와서 문간방에 입성함으로써 노인은 다시 삶의 활기를 되찾는다.

그러자, 젊은 남자는 동거 중인 안주인 몰래 새색시에게 눈독을 들인다. 새색시가 산에 나무를 하러 가자 젊은 남자도 따라나선다. 그는 새색시에게 '노인들끼리 안방에 살게 하고 우리 둘이 문간방에서 함께 살자.'고 제안하는데, 새색시는 '인간이 어찌 그럴 수가 있느냐?'며 일언지하에 거절한다. 젊은 남자는 새색시를 강간하려다 실패하고, 이를 눈치챈 안주인은 문간방에 신접살림을 차린 노인과 새색시를 쫓아내려 하는데….

욕망을 좇는 세 사람과 상식을 지키려는 새색시 사이의 긴장감은 파국으로 치닫는다. 젊은 남자가 휘두른 폭력에 넘어진 새색시가 돌부리에 머리를 부딪쳐 사망하고, 달려들던 노인마저 젊은 남자의 무자비한 폭력에 목숨을 잃는다. 이를 지켜보던 안주인은 호롱불이 넘어져 불붙는 안방에서 뛰쳐나와 젊은 남자의 가슴에 칼을 꽂는다.

오두막집은 불길에 휩싸여 거의 다 타버리고, 영화의 첫 장면처럼 혼자 남은 안주인은 태극기와 인공기를 양손에 쥐고 어느 것을 걸어야 할지 갈팡질팡하면서 영화가 끝난다.

인간의 진면목은 위기상황에 처했을 때 제대로 드러난다. 이 영화는 일시적으로 법과 질서가 정지된 전쟁 상황과 외딴 오두막집이라는 제한된 공간에서 생존경쟁을 벌이는 네 사람의 삶에 대한 욕구와 원초적인 욕망에서 비롯된 갈등과 투쟁을 적나라하게 보여준다. 결국 두 만무방과 새색시를 죽음에 몰아넣고서야 끝이 난다.

　기승전결의 전개가 깔끔하고 배우들의 실감 나는 연기와 함께 엄종선 감독의 탁월한 연출력도 빛을 발한다. 한국전쟁이 무수한 사상자를 내고 남북이 분단된 원상태로 돌아갔듯이 이 오두막집의 전쟁도 세 사람의 주검을 남기고 안주인만 남은 처음 상태로 되돌아간 것은 참으로 아이러니가 아닐 수 없다. 전쟁에는 승자도 패자도 없다. 모두가 패자일 뿐이다.

　'만무방'에서의 외딴 오두막집은 4명의 배우가 출연하는 연극무대라고 해도 과언이 아닌데, 엄동설한에 무대에 선 배우와 스텝 들의 고생이 이만저만이 아니었을 것 같다. 60년대 액션영화의 주인공으로 한 시대를 풍미했던 장동휘는 70대 중반에 베테랑다운 열연으로 말년의 대표작을 만들어냈다. 1960년대 트로이카 여배우 중에서 가장 생명력이 긴 여자주인공 윤정희는 중년의 나이에 원숙한 연기로 또 하나의 값진 필모그래피를 남겼다.

　2023년 1월 19일, 알츠하이머와 치매로 파리의 아파트에서 홀로 투병 중이던 배우 윤정희가 세상을 떠났다. 남편과 딸이 친정 쪽 형제자매들의 연락을 차단하고 환자를 방치하고 있다는 소식이 들려서 참 안타까웠었는데….

봄 여름 가을 겨울 그리고 봄

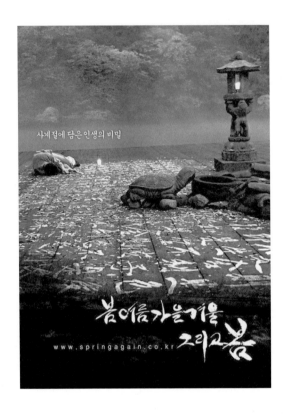

'봄 여름 가을 겨울 그리고 봄'은 경북 청송군 주왕산 국립공원에 있는 주산지 안에 그림처럼 떠 있는 작은 암자에서 노승과 함께 기거하는 어린 동자승이 소년기와 청년기, 장년기를 거쳐 노승이 되기까지 겪게 되는 파란만장한 인생사를 사계절에 함축하여 파노라마처럼 담아낸 영화이다.

이 영화는 독특한 미장센으로 인간의 성장과 욕망, 고통과 이를 극복하는 과정을 시적(詩的), 서정적으로 그려내어 김기덕 감독의 작품 중에서 완성도나 대중적인 평가에서 최고작으로 불리고 있다. 또

불교적인 세계관을 무난하게 잘 표현했다는 평도 듣고 있다.

어린 동자승이 성장해가는 과정을 사계절의 흐름에 맞춰서 살펴보자.

— 봄: 어린 동자승은 노승(오영수 扮)과 함께 산중 호수 안에 있는 암자에서 생활하고 있다. 봄이 되자, 심심해진 동자승은 호숫가에서 물고기와 개구리, 뱀을 잡아 몸뚱이를 실로 묶어서 돌맹이를 매달아 놓아주는데, 이들이 허우적거리는 것을 보면서 깔깔 웃으며 좋아하고 있다.

봄은 인생의 유년기로 업(業)을 쌓기 시작하는 시기이다. 동물들을 괴롭히는 동자승을 지켜보던 노승은 잠든 동자승의 등에 큰 돌을 묶어놓는다. 잠에서 깬 동자승이 힘들다고 하소연하자, 노승은 동물들을 괴롭힌 것은 평생의 업이 될 것이라며 원래대로 해놓으라고 한다. 동자승이 그 동물들을 찾아서 묶은 실을 풀어주지만….

— 여름: 동자승은 자라서 17세의 건장한 소년(서재경 扮)이 된다. 몸이 허약한 동갑내기 소녀(하여진 扮)가 요양을 위해 암자를 찾아온다. 이성에 호기심을 가진 소년과 소녀는 서로 눈이 맞는가 싶더니 어느새 함께 나룻배를 타고 다니다가 노승의 눈을 피해 호숫가에서 애욕을 불태운다.

여름은 급격한 성장기이며 욕망에 휘둘리는 시기이다. 불당(佛堂)은 밤에는 침실이 되는데, 방 가운데의 문지방 너머로 소녀를 따로 자게 하지만, 한밤중에 소년은 소녀가 자고 있는 방으로 넘어간다. 이들의 밀회를 감지한 노승은 소녀를 집으로 돌려보낸다. 소녀가 떠난 후 집착을 떨치지 못한 소년도 암자를 떠나 세상으로 나간다.

— 가을: 소년은 떠난 지 10여 년 만에 배신한 아내를 죽인 청년(김영민 扮)이 되어 암자로 돌아오는데, 머리는 덥수룩하고 눈빛에는 광기가 번뜩인다. 청년은 솟구치는 배신감과 분노를 참지 못하고 발

악하다가 불상 앞에서 자살을 시도하지만 실패한다. 노승은 청년을 못난 놈이라며 모질게 매질한다.

가을은 성숙과 좌절이 판가름 나는 고난의 시기이다. 노승은 암자 앞 나무 바닥에 붓으로 반야심경을 쓰면서 청년에게 살인한 칼로 그 글을 새기게 한다. 형사들이 암자로 찾아온다. 밤새도록 반야심경을 새기며 마음을 다스리던 청년은 날이 새자 형사들을 따라간다. 노승은 청년의 죄를 자신에게 물어 나룻배에서 스스로 열반(涅槃)과 다비(茶毘)를 행한다.

— 겨울: 형기를 마친 청년은 장년(김기덕 扮)이 되어 폐허가 된 암자로 돌아온다. 그는 얼어붙은 나룻배에서 노승의 사리를 수습해 얼음불상을 만들고, 심신을 수련하면서 승려의 본분을 찾아간다. 그리고 뒷산 정상에 세울 불상의 받침돌로 쓰일 맷돌을 줄로 묶어 허리에 매고 불상을 안고 눈 덮인 산을 오른다. 어릴 때 동물들을 괴롭히던 업을 장년승이 되어서 스스로에게 행하는 것이다.

겨울은 자신을 돌아보는 반성과 참회의 시기이다. 보자기로 얼굴을 가린 여인이 갓난아기를 안고 암자를 찾아온다. 장년승은 여인이 자고 있을 때 보자기를 벗겨 얼굴을 보려 하지만, 여인은 조용히 그의 손을 잡으며 거부한다. 여인은 한밤중에 아기를 남겨둔 채 얼어붙은 호수를 건너가다가 얼음구덩이에 빠져 죽고 만다.

— 그리고 봄: 장년승은 남겨진 아기를 맡게 되고 다시 새로운 사계(四季)가 시작된다. 장년승은 어느새 노승이 되고, 자라난 동자승과 함께 봄날을 맞이하고 있다. 심심해진 동자승은 물고기와 개구리를 잡아서 입속에 돌멩이를 넣고 있고, 동물들이 괴로워서 허우적거리는 것을 보면서 해맑게 웃고 있다. 윤회(輪廻)인가, 반복되는 업인가.

영화 '봄 여름 가을 겨울 그리고 봄'은 2003년 청룡영화상에서 작품상과 기술상, 2004년 대종상영화제에서 작품상을 수상했고, 해외에서도 많은 상을 받았다. 이 영화에서 각본과 연출을 맡고 장년 승 역할까지 한 김기덕은 세계 3대 영화제로 꼽히는 칸과 베니스, 베를린 영화제에서 모두 수상경력을 가진 유일한 한국 감독이다. 그런데 이 영화에서 장년승 역할은 전문배우에게 맡기는 것이 몰입도 면에서 더 나았을 것 같다는 생각이 든다.

한 가지 의문은 소녀와 아기를 버리고 간 여인이 동일인물인가 아닌가 하는 점이다. 동일인물이라는 견해는 소녀와 헤어지게 된 청년이 이후에 결혼한 아내가 불륜을 저질러 살해한 것이며, 그 소녀가 아니라면 얼굴 보여주기를 거부할 이유가 없다는 것이다. 동일인물이 아니라는 견해는 불륜을 저질러 살해당한 아내가 바로 그 소녀라는 것이다. 전자가 더 유력해 보인다.

이 영화에서 암자의 주위 배경이 빙빙 돌아가는 장면이 나오는데, 그것은 암자가 바지선 위에 지어진 세트이기 때문에 가능한 것이다. 노승 역은 도올 김용옥에게 맡길 예정이었으나 연락이 닿지 않아서 오영수 배우가 맡게 되었다고 한다. 오영수는 '오징어게임'으로 골든 글로브 남우조연상을 수상했으나 성희롱 사건에 연루되어 곤욕을 치렀다.

김기덕 감독은 그의 페르소나인 배우 조재현과 함께 자신의 영화에 출연했던 여배우를 성폭행한 것으로 밝혀져 논란이 되었다. 그러자 그는 해외도피를 생각했는지 발트 3국의 하나인 라트비아에서 살 집을 알아보다가 2020년 12월 11일 코로나 합병증으로 갑자기 세상을 떠났다. 향년 60세였다.

그의 업적은 업적대로, 허물은 허물대로 평가받아야 하지 않을까 싶다.

태극기 휘날리며

자택 정원을 둘러보던 노인 이진석(장민호 扮)은 육군에서 걸려온 전화를 받는다. 한국전쟁 유해발굴단이 강원도 양구 두밀령에서 '이진석'이라고 새겨진 만년필을 발견했는데, 참전용사 신원조회를 해보니 생존자로 나와서 전화를 한 것이란다. 그는 오래전의 가족사진을 보다가 형이 준 구두 한 켤레를 옷장에서 꺼내 만져보고 50년 전을 회상하며 집을 나선다.

1950년 6월, 서울 종로에서 구두닦이를 하는 진태(장동건 扮)는 내년 서울대 진학을 목표로 열심히 공부하는 동생 진석(원빈 扮)에게

'이진석'이라고 이름을 새긴 만년필을 선물한다. 우애가 돈독한 형제는 국수 가게를 운영하는 벙어리 홀어머니와 가게를 도와주고 있는 진태의 약혼녀 영신(이은주 扮), 그리고 영신의 어린 세 동생과 함께 허름한 초가에서 행복하게 살아가고 있다.

6월 25일, 서울 거리에 갑자기 북괴군이 쳐들어왔다는 가두방송과 함께 호외신문이 뿌려지고, 헌병들이 탄 군용트럭들이 돌아다니며 휴가 나온 장병들을 급히 복귀시키고 있다. 진태의 가족들은 짐을 꾸려 등에 지고 머리에 이고 피난민들과 함께 무작정 남쪽으로 가는데, 7월 어느 날 대구에서 운명의 소용돌이에 빠져들고 만다.

만 18세이던 진석이 대구역 앞에서 군인들에 의해 강제로 징집되어 학도의용군으로 가득 찬 군용열차를 타게 된다. 진석을 되찾아오기 위해 군용열차에 오른 진태 또한 군인들과 대판 싸움을 벌이지만 결국 징집이 되어, 뒤쫓아 온 엄마와 영신과 열차 차창에서 안타까운 생이별을 한다.

진태와 진석은 제대로 훈련도 받지 못한 채 쉴 새 없이 포탄이 떨어지고 피비린내가 난무하는 낙동강 전선에 투입된다. 진석과 같은 소대에 배치된 진태는 대대장으로부터 무공훈장을 받으면 동생을 전역(轉役)시킬 수 있다는 말을 듣고, 위험한 작전에도 앞장서서 용감하게 싸운다. 인천상륙작전이 성공하자, 낙동강 방어선을 지켜낸 국군은 북진을 시작한다.

악랄하게 전공(戰功)을 쌓아가는 진태, 자신 때문에 괴물이 되어가는 형을 보면서 진석은 "그렇게 해서 훈장을 받아 내가 집에 가면 무슨 낯으로 어머니와 영신 누나를 보겠어?"하며 제발 그러지 말라고 하지만, 진태는 전쟁영웅이 되어 중사로 진급하고, 형제 사이에는 금이 가기 시작한다.

10월이 되자, 승승장구하던 국군은 평양에서 시가전을 벌인다.

진석은 인민군에게 끌려가서 앞잡이 노릇을 하다가 포로로 잡힌 동네 동생 용석으로부터 엄마가 아픈 몸을 이끌고 영신 누나와 함께 서울 집으로 돌아왔다는 소식을 듣는다. 압록강의 혜산진까지 북진하여 통일을 눈앞에 둔 상황에서 드디어 진태가 태극무공훈장을 받게 되는데….

갑자기 중공군이 물밀듯이 쏟아져 내려오고, 국군은 다시 후퇴한다. 이때 진태가 용석을 쏘아죽이자, 진석은 "살려내 새끼야!"하며 형을 때리며 대든다. 서울근교에서 잠시 시간이 나자 진석에 이어 진태도 집으로 향한다. 이때 보리쌀 준다고 보도연맹에 가입했던 영신이 반공청년단에 끌려가 총살당하는데, 그 과정에서 격렬히 저항하던 진태와 진석은 제압당해 창고에 갇힌다. 진태가 빠져나온 후 창고에 불이 나고, 불이 꺼진 뒤에 창고를 둘러보던 진태는 '이진석'이라고 새겨진 만년필과 그 옆에 불에 탄 유골을 발견하고 진석이 죽은 것으로 생각한다. 이성을 잃은 진태는 방화를 지시한 상관을 돌로 쳐 죽이고 인민군에 귀순한다.

그때 가까스로 창고를 빠져나온 진석은 대전의 야전병원에서 치료받던 중 진태가 인민군 소좌가 되었다는 삐라를 보고 자신이 죽은 줄 알고 그랬다는 사실을 알게 된다. 진석은 제대를 며칠 앞두었지만 원대(原隊)로 복귀하여 전선(戰線)을 넘어가 두밀령에서 국군과 대치하고 있는 형을 찾아낸다. 진태는 얼이 빠진 듯 진석을 알아보지 못한다. 잠시 후, 진석을 알아본 진태가 "먼저 가면 곧 뒤따라가겠다."고 하면서 진석이 안전하게 귀대할 수 있도록 인민군을 향해서 기관총을 발사하기 시작한다. 빗발치는 총탄 속에서 진석은 무사히 돌아가지만, 진태는 결국 쓰러져 죽고 만다.

그로부터 50년이 지난 뒤 노인이 된 진석은 진태가 쓰러져 백골이 된 자리에서 '이진석'이라고 새겨진 만년필을 집어 들며 "돌아온다고 했잖아요. 이러고 있으면 어떡해요?" 하면서 흐느낀다.

346

'태극기 휘날리며'(2004년)는 강제규 감독이 각본과 연출을 맡아 제작비 147억 원을 들여 경남 합천 영상테마파크에서 촬영한 전쟁 블록버스터이다. 한국전쟁에 참전한 두 형제의 드라마틱한 행적을 다루어 한국 영화사상 두 번째 천만(1,175만) 관객을 돌파하여 불후의 명작 반열에 올라섰다. 그해 대종상과 청룡상, 백상예술대상에서 작품상과 촬영상, 남우주연상(장동건), 신인남우상(원빈) 등을 휩쓸었고, 아태영화제에서도 작품상과 감독상을 수상했다. 미국에서는 'Brotherhood'라는 제목으로 개봉되었으며, 아카데미 외국어영화상 후보작으로 출품되었다. 러닝 타임 148분.

이 영화에서 피아(彼我)의 참호와 백병전 모습, 평양시가전 장면, 인민군이 주민들을 참살한 현장 등을 보면 스티븐 스필버그 감독의 '라이언 일병 구하기'(1998년)에 비견될 정도의 리얼리티로 한국 영화의 무한한 발전 가능성을 보여주었다. 그러나 태극무공훈장까지 받은 국군 중사가 갑자기 인민군 소좌가 되고, 그의 동생이 다시 인민군으로 넘어가 참호를 휘젓고 다니며 형을 찾는 마지막 부분은 비현실적이라는 생각이 든다.

영화 초반에 진석과 진태 형제를 강제로 입대시켜 징병제를 비판한 점, 후반에 보도연맹 가입자를 처단하는 반공청년단을 사악한 단체로 부각시킨 점 때문에 국방부에서 이 영화 상영금지 가처분 신청을 했다. 그러자 영화 제작진도 국방부를 업무방해죄로 맞고소했는데, 영화 제작진이 승소했기 때문에 이 영화가 개봉될 수 있었다.

말죽거리 잔혹사

영화 '말죽거리 잔혹사'는 군복을 입은 예비역 군인이 고등학교에서 교련을 가르치던 시절에 서울 강남에 있는 한 고등학교 학생의 거친 우정과 사랑을 다룬 116분 분량의 액션 멜로물이다. '말죽거리'는 말에게 죽을 먹이는 거리라는 뜻으로, 서울 양재역 사거리의 옛날 명칭이다. 조선시대 한양에서 남쪽 지방으로 내려가거나, 남쪽 지방에서 한양으로 올라올 때 거쳐 가는 곳이다.

1978년 봄, 말죽거리에 있는 정문고 2학년에 전학 온 소심한 성격의 현수(권상우 扮)는 같은 반 우식(이정진 扮)과 친하게 지낸다. 이소룡의 열렬한 추종자라는 공통점 때문에 금방 친해진 것이다. 우식은 정문고의 싸움 짱을 놓고 선도부장 종훈(이종혁 扮)과 대립하고 있었다. 현수는 우식을 따라 반 친구들과 함께 가발을 쓰고 고고장에 들락거렸고, 성적은 뚝뚝 떨어졌다.

어느 날, 현수와 우식, 햄버거(박효준 扮)는 하굣길 버스 안에서 이웃 은명여고 3학년 은주(한가인 扮)가 정문고 선배들에게 희롱당하면서 가방을 뺏기는 것을 보게 된다. 우식이 그 선배를 발길로 걷어차면서 대판 싸움이 벌어진다. 버스가 정차하자, 세 친구는 은주를 데리고 골목길로 도망친다. 다음날, 현수와 우식은 3학년 선배 반에 불려가서 거의 초주검이 되도록 얻어터진다.

현수와 우식은 둘 다 올리비아 핫세를 닮은 은주를 좋아하는데, 은주는 거칠고 남자다운 우식과 사귀게 된다. 은주와 같은 버스를 타는 현수는 우식을 부러워하면서 괴로움을 삼킨다.

얼마 후, 우식이 현수에게 '은주와 헤어졌으니 좋아하면 니가 가져라.'고 말해 복도에서 둘이 치고받고 대판 싸우기도 한다. 현수는 은주와 기차를 타고 교외로 나가 보트를 타고 기타를 치면서 함께 노래를 부르는 등 즐거운 시간을 보낸다. 처음으로 입맞춤도 하고….

한편, 3성장군의 아들인 같은 반 성춘은 찍새(김인권 扮)와 짤짤이를 하다가 돈을 잃자 교련교관을 찾아가 고자질하는데, 그 때문에 교관에게 불려가 혼이 난 찍새는 볼펜으로 성춘의 머리를 찍어버린다. 급우에게 업혀가는 성춘을 따라가던 담임은 마주친 교장한테서 '애들을 어떻게 가르쳐서 이 모양이냐!'는 꾸중을 듣고 뺨까지 맞는다. 성춘은 교장의 등에 업혀간다.

그 전에, 수업시간에 야한 잡지를 보다가 들킨 우식이 햄버거가 가져왔다고 실토하자, 선생한테 호되게 얻어맞은 햄버거는 선도부장 종훈 편에 붙는다. 며칠 후, 점심시간에 햄버거는 염산을 들고 와서 우식에게 뿌리다가 빗나가자 송곳으로 우식의 허벅지를 찌른다. 우식이 지혈을 하는 사이 햄버거가 종훈을 데려온다. 종훈이 우식에게 맞짱을 뜨자고 한다.

우식이 다음에 하자고 하자 종훈은 식모아들(우식의 어머니는 식모 역할을 주로 하는, 전원일기에서 쌍봉댁으로 나오는 탤런트 이숙이다)이라 며 우식을 모욕하는데, 결국 둘은 옥상에 올라간다. 종훈은 한쪽 다 리를 제대로 쓰지 못하는 우식을 거의 일방적으로 두들겨 패고, 참 패한 우식은 바로 학교를 떠난다. 우식이 은주와 함께 가출했다는 소문이 돌자, 친구도 잃고 사랑도 잃은 현수는 대학에 진학하려는 의욕마저 잃고 만다.

우식이 없는 정문고교는 종훈의 세상이었다. 종훈이 우식의 단짝 친구였던 현수를 갈구는 바람에, 실의에 빠져있던 현수는 드디어 할 일을 찾았다며 종훈을 응징할 결심을 한다. 매일 체력단련을 하고 이소룡이 쓰던 쌍절곤을 사서 익히고 틈틈이 절권도도 수련한다. 드 디어 준비를 끝낸 현수는 교실로 찾아와 행패를 부리는 종훈에게 도 전장을 낸다.

"니가 그렇게 싸움을 잘해? 옥상으로 따라와!"

함께 계단으로 올라가던 현수는 언젠가 우식이 '애들 싸움은 먼 저 때리는 놈이 이긴다.'고 말하던 것을 기억해 내고 옥상 입구에서 쌍절곤을 꺼내 종훈의 뒤통수를 갈긴다. 그리고 숨 돌릴 틈을 주지 않고 바로 주먹세례와 발차기로 종훈을 옥상 바닥에 뉘고, 그의 똘 마니 7명마저 주먹과 쌍절곤으로 때려눕힌다. 그리고 "대한민국 학 교 X까라 그래!"하고 일갈하고 학교를 나간다.

그날 저녁 병원, 종훈과 그의 똘마니들이 붕대로 칭칭 감은 채 침 상에 누워있고 그 옆에 서 있던 부모들이 거세게 항의하자, 현수의 아버지는 무릎을 꿇고 사죄한다.

1년 후, 고졸 검정고시를 보기 위해 학원에 다니던 현수는 은주 가 재수 학원에 다닌다는 소식을 듣는데, 그날 저녁 버스에서 우연히 만난 현수와 은주는 서로 의례적인 안부만 묻고 헤어진다. 이소룡의 시대가 가고 성룡의 시대가 온 것을 보여주면서 영화는 끝이 난다.

이 영화에서 정문고는 상문고, 은명여고는 은광여고를 패러디한 것인데, 둘 다 강남의 8학군에 자리하고 있다. 이 영화의 각본까지 쓴 유하 감독은 1978년에 상문고를 다녔기 때문에 그 시절의 미장센을 거의 완벽하게 재현해 낸다. 현수와 은주의 풋풋한 로맨스는 학창 시절의 아련한 추억을 되새기게 해준다.

주연배우들의 몸을 사리지 않는 액션은 단연 돋보인다. 특히 격투 장면들은 놀라울 정도로 리얼하다. 또 선도부장 이종혁과 햄버거 박효준, 찍새 김인권 등 조연들도 뚜렷한 캐릭터를 보여주며 열연한다. 그 외에 왕년의 유명 레슬러 천규덕의 아들이면서 태권도장의 관장으로 나오는 현수의 아버지 천호진, 애마부인 3편의 여주인공 출신으로 현수를 유혹하는 떡볶이집 아줌마 김부선, 선도부장 종훈의 똘마니로 나오는 조진웅 등도 제 몫을 다한다.

이 영화는 OST인 'One Summer Night'과 'Feelings'가 군데군데 깔리면서 애잔한 감흥을 불러일으킨다. 또 현수가 부르는 양희은의 '이루어질 수 없는 사랑'은 현수와 은주가 펼쳐가는 로맨스의 결말을 미리 암시하는 것이 아닌가 싶다.

밀양(Secret Sunshine)

　'밀양'은 이청준 소설가가 1985년에 발표한 중단편소설 '벌레 이 야기'를 문화관광부 장관을 지낸 이창동 작가 겸 감독이 직접 각색 하고 제작까지 맡아 2006년에 연출한 영화이다. 여자주인공 전도연 은 이 영화로 2007년 칸영화제에서 우리나라 배우 최초로 여우주연 상을 수상했고, 이를 필두로 이 영화는 국내외 여러 영화제에서 남 녀주연상과 감독상을 휩쓸었다.

　영화의 제목은 경남 밀양이라는 지명에서 따온 것으로, 한자로는 빽빽할 밀(密) 또는 비밀 밀(密), 그리고 볕 양(陽)을 쓴다. 밀양이 한 여름에 전국 최고 온도를 기록하여 자주 방송에 나오는 것과 밀양에

벼 품종 등을 개량하는 기관인 국립식량과학원 남부작물(舊 영남작물시험장)이 있는 것은 분명히 빽빽한 햇볕과 관련이 있다. 영어제목 'Secret Sunshine'은 '비밀스러운 햇빛'이란 뜻이다.

남편과 사별한 33살 신애(전도연 扮)는 5살 아들 준과 함께 남편의 고향으로 가던 중 목적지 밀양을 5km 앞두고 차가 고장이 난다. 연락을 받고 온 카센터 사장 종찬(송강호 扮)은 모자(母子)를 밀양까지 인도한다. 이곳에 정착하기로 한 신애는 먼저 살 집을 구한 다음, 전공을 살려 피아노교습소를 열고, 아들을 웅변학원에 보낸다. 그리고 주위 사람들에게 기죽지 않으려고 약간 허세를 부려 여기저기 땅을 보러 다니기도 한다.

39살 노총각 종찬은 처음부터 신애에게 마음이 끌려 신애가 살 집을 구할 때나 피아노 학원을 차릴 때도 살뜰히 챙기고 보살펴준다. 또 신애가 땅을 보러 다닐 때도 여기저기 알아봐 주고 따라다닌다. 그러나 신애는 그런 종찬이 더러 고마울 때도 있지만, 별로 달갑지 않고 거북하다. 그럼에도 종찬은 계속 신애를 쫓아다닌다.

어느 날 밤, 외출했다가 돌아와 보니 아들 준이 보이지 않는다. 좀 있으니 협박 전화가 온다. 신애는 준이 유괴되었다는 사실을 알고 도움을 청하려고 종찬의 카센터로 뛰어간다. 그러나 종찬이 카센터에서 노래방 기기에 맞춰 노래를 부르는 것을 보고 돌아선다. 신애는 무작정 도로를 걷다가 주저앉아 울음을 터뜨린다.

유괴범은 전화로 목돈을 요구한다. 신애는 은행에서 찾은 돈과 신문지로 돈다발을 만들어 요구한 장소에 가져다 두지만, 결국 준은 살해된 채 발견된다. 웅변학원 원장의 중학생 딸이 신애의 피아노교습소를 들여다보며 무언가를 찾는 모습이 수상해서 신애가 경찰에 신고하는데, 결국 웅변학원 원장이 체포된다. 땅을 보러 다니는 신애가 돈이 많다고 생각하여 아이를 유괴했던 것이다.

준의 사망신고를 하고 돌아오는 길에, 신애는 갑자기 가슴을 쥐어뜯으며 고통스러워하다가 '상처받은 영혼을 위한 기도회'라고 쓰인 현수막을 보고 교회를 찾아간다. 그곳에서 신애는 피울음을 토해내듯 오열하는데, 목사가 신애의 머리 위에 가만히 손을 얹자 놀랍게도 울음이 그친다.

신애는 기독교에 귀의한다. 가정에서 하는 기도회 모임에도 열성적으로 참가하고 포교도 한다. 종찬도 신애를 따라 교회에 나가고 교회 행사에도 앞장선다. 신애는 교인들에게 '마음의 평화를 얻었다.'며 이제 아들을 죽인 유괴범을 용서하겠다는 결심을 밝힌다. 그리고 종찬과 함께 교도소에 찾아간다.

유괴범은 신애의 예상과는 달리 말쑥한 모습으로 면회장에 나타난다. 그리고 신애가 용서에 대한 말을 꺼내기도 전에, '나는 이미 회개하여 하나님께 용서받았기 때문에 마음이 편안하다.'고 말한다. 신애는 억장이 무너진다. '피해자인 내가 용서하기 전에 하나님이 어떻게 먼저 용서할 수 있단 말인가?!' 교도소에서 나오던 신애는 길바닥에 쓰러진다.

신애는 기도회를 하는 집 창문에 돌을 던진다. 그리고 가게에서 훔친 CD를 부흥회에 가서 몰래 틀고 볼륨을 올린다. 김추자의 노래 '거짓말이야'가 설교 소리보다 더 크게 울려 퍼진다. 또 자신을 교회로 이끈 장로를 드라이브하자고 유혹하여 불륜을 저지르면서 하나님이 계신 하늘을 째려본다. 그날 밤에 칼로 자신의 손목을 그은 신애는 피를 흘리며 거리로 뛰쳐나와 "살려주세요!"하며 절규한다(소설에서는 신애가 자살한다).

정신병원에서 퇴원하는 신애가 머리를 자르려고 종찬과 함께 미용실에 들러 그곳에서 미용사로 일하는 유괴범의 딸과 조우하게 되고, 그 딸에게 머리를 맡겼다가 갑자기 뛰쳐나온다. 집에 돌아온 신애가 마당에서 스스로 머리를 자르는데, 어느새 종찬이 와서 거울을 들어준다. 신애의 잘린 머리카락이 나뒹구는 마당 한구석에 햇빛이 비치는 장면을 한동안 보여주면서 영화는 끝이 난다.

영화 '밀양'의 직접적인 모티브는 중학교 교사 주영형이 도박 빚 때문에 제자를 살해한 이윤상군 유괴살인사건(1980.11)이다. 이창동 감독은 1984년에 5살 아들을 교통사고로 잃었다고 한다. 이 영화에서 보여주는 치밀한 각본과 연출은 감독 자신의 경험에서 우러난 것이 아닌가 하는 생각이 든다.

이 영화에서 유괴범이 뻔뻔스럽게 하나님으로부터 용서를 받았다고 하여 관객들의 공분을 사는데, 이것은 자칫 반기독교적 정서를 자극하는 행위로 비춰질 수 있다. 이창동 감독은 '종교에 대한 편견은 없다'고 밝힌 바 있지만, 극악한 죄를 지은 사형수가 사형집행 직전에 교도소를 찾아온 목사에게 그간의 잘못을 회개하고 하나님을 받아들이면서 그동안 지은 죄를 모두 용서받는 관행을 신랄하게 꼬집은 것이 아닌가 싶다.

'밀양'에서 다룬 주제는 기독교의 핵심 교리인 '회개'와 '용서'이다. 쉽게 설명하면, 정신병원에서 퇴원한 신애가 머리를 자르기 위해 미용실에 들른 것은 자신의 심경의 변화를 의미하는 것이고, 그것은 이제 현실을 받아들이고 새 출발을 하겠다는 뜻으로 볼 수 있다. 아울러, 마지막 장면에서 마당 한구석을 비춰주는 햇빛은 '한 줄기 햇살만으로도 삶은 영위되어야 한다'는 메시지를 보여주는 것이리라.

암살

　　일제강점기가 시작된 다음 해인 1911년, 친일파 사업가 강인국
(이경영 扮)은 이완용 백작의 주선으로 데라우치 총독을 경성 손탁호
텔에서 만나 극진히 대접한다. 이때 젊은 독립투사 염석진(이정재 扮)
이 폭탄을 터뜨려 총독 암살을 시도하지만 실패한다. 강인국은 부상
당한 총독을 업고 현장을 빠져나가고, 그 공으로 출세가도에 오른다.

　　한편, 남편의 친일행각을 못마땅해하던 강인국의 아내는 염석진
을 숨겨주다가 들키게 되자, 친정에 가는 척하며 어린 쌍둥이 두 딸
을 데리고 도망친다. 그러다가 강인국의 밀명을 받고 쫓아온 집사에
의해 사살되는데, 그 와중에 딸 하나는 유모가 데려간다. 체포된 염
석진은 종로경찰서에 구금되어 모진 고문을 견디지 못하고 밀정이

된다. 그리고 탈옥을 가장하여 풀려난다.

1933년, 의열단장 김원봉(조승우 扮)이 상해임시정부로 찾아와 김구 주석에게 친일파 사업가 강인국과 간도 조선인 학살의 주범 카와구치 사령관 암살을 제의한다. 그러자 김구는 만주의 독립군 저격수 안옥윤(전지현 扮)과 신흥무관학교 출신의 속사포 추상옥(조진웅 扮), 그리고 폭발물 전문가 황덕삼을 암살단원으로 위촉한다.

이를 알게 된 상해임시정부의 경무국 대장 염석진은 조선 출신의 총잡이 하와이피스톨(하정우 扮)에게 3천 불을 주겠다며 암살단원을 밀정이라고 속여 청부살인을 의뢰한다. 안옥윤은 상하이의 미라보에 들렀다가 검문을 당하는데, 마침 옆자리에 있던 하와이피스톨과 부부행세를 하면서 위기를 벗어난다. 김구는 염석진이 밀정임을 눈치채고 사살조 두 명을 보내지만, 이들은 염석진에 의해 처치되고 만다.

한편, 일본군 해군 소위로 위장한 하와이피스톨과 그의 조수 영감(오달수 扮)은 경성으로 가는 기차에서 카와구치 사령관의 아들 슌스케 대위와 친해진다. 그는 만주에서 조선인 3백 명을 학살한 사이코인데 강인국의 딸과 결혼하러 경성에 가는 길이었다. 경성에 도착한 암살단은 강인국과 카와구치 사령관이 타는 차가 주유소에서 기름을 넣을 때 습격하기로 하고 몰래 차에서 기름을 빼버린다.

격렬한 총격전이 벌어지고, 암살단원 황덕삼은 강인국과 카와구치 사령관이 탄 차에 폭탄을 던져 넣으려다 사살되고 만다. 안옥윤은 팔에 총상을 입고 하와이피스톨과 함께 체포되지만 영감의 도움으로 탈출한다. 하와이피스톨은 안옥윤이 독립투사임을 알게 되자, 병원에 데려가 치료해 주고 풀어준다.

안경 렌즈가 깨진 안옥윤은 백화점에서 새 안경을 주문하는데,

그 일로 쌍둥이자매인 미츠코를 만나게 되고, 자신이 어머니로 알고 있던 사람이 유모였음도 알게 된다. 강인국은 자신을 죽이러 온 여자 암살단원이 행방불명되었던 자신의 딸이라는 사실을 듣고, 미츠코를 그 딸로 오인하여 사살한다. 미츠코의 옷을 입은 안옥윤은 미츠코의 차를 타고 강인국의 저택으로 가서 미츠코 행세를 한다.

결혼식 날, 하와이피스톨과 속사포, 염석진이 식장에 모여든다. 신부 입장 때, 안옥윤은 '왜 어머니를 죽였느냐?'고 물어 아버지를 당황하게 만든다. 속사포가 일본헌병들에게 기관총을 난사하기 시작하자, 안옥윤은 부케 안에 숨긴 권총으로 카와구치 사령관을 사살한다. 하와이피스톨은 강인국을 사살하지만, 암살단원 속사포는 염석진에게 피살되고 만다.

하와이피스톨은 신랑을 인질로 잡고 미치코로 위장한 안옥윤을 데리고 나와 영감이 몰고 온 차를 타고 와서 옛 아지트에 들어간 후 신랑 슌스케를 사살한다. 그리고 미츠코로 위장한 안옥윤을 밖으로 내보내고 영감과 함께 지하통로를 지나 맨홀 뚜껑을 열고 올라가다가 출구를 포위하고 있던 염석진과 헌병들에게 사살되고 만다.

광복이 되어 대한민국 경찰의 고위직이 된 염석진은 1949년 반민족행위특별조사위원회에서 재판을 받는다. 그는 웃통을 벗고 몸에 난 상처들을 보여주면서 자신을 독립투사라고 주장하여 무죄선고를 받아낸다. 재판정에서 나온 염석진이 시장 거리 막다른 골목에서 오래전에 자신이 처치한 줄 알았던 사살조 명우를 만난다. 그 옆에 안옥윤이 서 있다.

안옥윤이 "왜 동지를 팔았느냐?"고 묻는다. 염석진이 "해방될 줄 몰랐으니까." 하고 대답한다. 안옥윤은 "16년 전, '염석진이 밀정이면 죽이라'고 했던 임무를 지금 수행합니다." 하면서 총상 후유증으로 벙어리가 된 명우와 함께 염석진을 향해 권총을 발사한다. 염석진이 비틀거리다가 쓰러지면서 영화가 끝난다.

'암살'(2015년)은 '도둑들'(2012년)에 이은 최동훈 감독의 두 번째 천만 관객 돌파(1,270만) 영화이다. 등장인물이 많고 상당히 복잡한 이야기 구조임에도 탄탄한 스토리와 뛰어난 세트 디자인, 배우들의 몸을 사리지 않는 액션, 흥미진진하면서도 빠른 전개로 러닝 타임 140분 내내 긴장감을 유지하고 있다. 그러나 슌스케 대위가 겨우 두 번째 만남에서 하와이피스톨에게 자신의 결혼식 경호를 부탁하는 장면은 개연성이 부족해 보인다.

이 영화의 앞부분 일본군과의 전투 장면은 합천 황매산에서, 경성의 거리 장면은 합천영상테마파크에서 찍었고, 중국 상하이에서도 촬영했다. 또 맨 앞에 나오는 친일파 강인국의 한옥 저택 장면은 서울 종로구 가회동의 백인제 가옥에서 촬영했는데, 이 가옥은 영화 개봉 후 시민들에게 전면 개방되었다.

전지현은 쌍둥이 1인 2역을 하는데, 안옥윤이란 이름은 안중근 김상옥 윤봉길 의사의 이름에서 한 글자씩 따왔고, '여자 안중근'으로 불리며 만주에서 활약한 경북 영양 출신의 독립운동가 남자현을 모델로 했다. 또 이정재가 연기한 염석진은 광복 후의 테러단체 '백의사'의 총사령관 염동진을, 이경영이 연기한 강인국은 당시 경성의 화신백화점 박흥식 사장을 모델로 한 것이다.

일제가 현상금 8만 엔(김구는 6만 엔)을 걸 정도로 거물이었으나, 월북했다는 이유로 금기시되던 의열단장 김원봉의 활약을 '암살'에서 비중 있게 다룬 점은 주목할 만하다.

올빼미

　'올빼미'는 조선 인조의 아들 소현세자의 죽음에 관련된 역사적 사실에 픽션을 가미하여 2022년에 만든 미스터리 스릴러영화이다. 이 영화는 '왕의 남자'(2005년)에서 조연출을 맡았던 안태진의 감독 데뷔작으로, 많은 영화제에서 신인감독상과 남우주연상(류준열)을 비롯한 여러 분야의 상을 휩쓸며 총 25개의 상을 받았다. 러닝 타임 118분.

　뛰어난 침술을 가졌으나 앞을 보지 못하는 봉사 천경수(류준열

扮)는 왕실 어의(御醫) 이형익(최무성 扮)의 눈에 띄어 궁에 들어간다. 사실 천봉사는 밝은 곳에서는 볼 수 없지만, 어두운 곳에서는 볼 수 있는 주맹증(晝盲症) 환자이다. 그런 그가 주인공이라서 영화제목이 '올빼미'이다.

병자호란 때 청에 볼모로 잡혀간 소현세자와 강빈이 8년 만에 귀국한다. 세자 일행이 백성들의 환호를 받으며 청나라 사신단과 함께 궁궐에 당도하자, 인조(유해진 扮)는 영의정 최대감을 비롯한 중신들의 성화에 마지못해 나가서 세자 일행을 맞이한다.

청나라 사신이 인조를 무릎 꿇리고 청 황제의 칙서를 읽는다. "네가 8년 전에 남한산성에서 했던 행실을 생각하면 너를 폐위시키고 너의 아들을 왕으로 올리고 싶지만…." 며칠 후, 세자는 인조와의 독대에서 '청을 본받아 우리도 청나라의 선진문물을 받아들여야 한다.'고 역설하는데, 인조는 역정을 내며 이미 망한 명을 섬겨야 한다고 말한다.

어느 날 밤, 당직 근무 중에 세자의 호출을 받은 천봉사는 뛰어난 침술로 세자의 지병인 기침 증상을 완화시켜준다. 천봉사가 어두운 곳에서는 볼 수 있다는 사실을 세자가 눈치채자, 천봉사는 자신의 주맹증에 대해서 사실대로 털어놓는다. 세자는 청나라에서 가져온 확대경(돋보기)을 선물로 주면서 친근감을 표시한다.

며칠 후 세자의 상태가 다시 악화되자, 이번에는 어의와 천봉사가 함께 세자를 찾아간다. 어의가 침술을 하는 동안, 갑자기 촛불이 꺼지면서 천봉사는 세자의 눈과 코, 귀, 입에서 피가 쏟아지는 장면을 보게 되지만 못 본 체 한다. 어의가 독침으로 세자를 살해한 것이다. 천봉사는 자신이 목격한 대로 '어의 이형익이 독침으로 세자를 죽였다.'고 쓴 투서와 어의가 실수로 놓고 간 독침 한 개를 강빈에게 넘겨준다.

인조가 구안와사(口眼喎斜) 증세를 보이자, 소용 조씨와 어의는 천봉사에게 침을 놓게 한다. 이때 강빈이 찾아와 투서를 보여주며 "전하, 이형익 저놈이 세자를 독침으로 살해했습니다. 이것이 저놈이 미처 회수하지 못한 독침입니다."하고 말한다. 그러자 인조는 어의를 보며 "칠칠치 못한 놈!"이라면서 강빈에게 투서를 써준 목격자가 누군지 묻는다.

그때 천봉사와 강빈은 인조와 소용 조씨가 어의를 시켜 세자를 독살한 사실을 깨닫게 된다. 강빈에게 목격자가 누군지 물은 것은 그자를 찾아서 제거하기 위함이었다. 인조는 대답을 못 하고 머뭇거리는 강빈에게 시아버지이며 왕인 자신의 음식에 독을 탔다고 누명을 씌워 옥에 가둔다.

한편, 어의는 인조에게서 받았던 암살지시 밀서를 태우지 않고 숨긴다. 전에 소용 조씨가 어의에게 비단을 하사하는 장면을 떠올린 천봉사는 그 속에 밀서가 있었을 것으로 생각하고 어의의 방을 뒤져 밀서를 찾아낸다. 천봉사는 밀서를 들고 최대감에게 가고, 그 글씨를 본 소현세자의 10살 난 아들인 원손이 인조의 왼손 필체라고 하자, 최대감은 인조가 사람들 앞에서 왼손으로 쓴 문서가 있어야 증좌가 된다고 말한다.

천봉사는 인조의 침소로 찾아가 지금 침을 맞지 않으면 전신마비가 올 것이라고 말하고 오른쪽 어깨에 침을 놓는다. 그때 최대감의 지시로 들어온 도승지가 제문을 써달라고 요청하자, 오른손이 마비된 인조는 왼손으로 제문을 쓴다. 천봉사가 다시 침으로 인조의 모든 신경을 마비시킨 후 제문에 직접 옥새를 찍어 최대감에게 전달한다. 밀서와 제문의 필체가 똑같았다.

어의가 원손을 침술로 죽이려 하자, 천봉사가 독침으로 어의를 제압하고 원손을 업고 인정전으로 간다. 그곳에 있던 인조는 '누가 너를 꼬드겼느냐'며 천봉사를 다그친다. 그때 최대감이 유생과 병사

5백 명을 이끌고 와서 밀서와 제문을 내보이며 '내가 당신을 용상에서 끌어내릴 수도 있다. 아들을 살해한 아버지를 누가 왕으로 모시겠느냐?'며 겁박한다.

최대감이 소용 조씨의 아들이 아닌 다른 대군 중에서 세자를 선택하는 대신, 소현세자는 학질로 죽은 것으로 타협하고 인조가 발표한다. 그러자 천봉사는 모여 있는 사람들에게 "세자는 주상이 어의 이형익을 시켜서 독살했습니다. 제가 봤습니다. 주상은 원손마저 죽이려고 합니다." 하고 말한다. 천봉사는 체포되어 참수될 처지에 놓이고, 강빈은 사약을 받는다.

4년 후, 천봉사는 맹인 침술사로 장안에서 명성을 떨치는데, 인조는 아무도 없는 대전에서 헛소리를 하는 정신병자가 되어있다. 결국 인조는 용한 침술사로 초빙한 천봉사의 침을 맞고 숨을 거둔다. '사인(死因)이 뭐냐?'고 내관이 묻자, 천봉사가 '학질'이라고 답하며 궁을 나가면서 영화가 끝난다.

'올빼미'는 기승전결이 뚜렷한 이야기에 빠른 전개와 스릴러적 요소를 가미하여 잠시도 화면에서 눈을 떼지 못하게 한다. 각 인물의 뚜렷한 개성과 배우들의 열연이 뒷받침되어 영화적 재미를 두루 갖추고 있다. 굳이 흠을 잡자면 인조를 너무 못난 왕으로 그린 것, 주맹증을 앓는 천봉사가 후반에 너무 거침없이 궁을 활보하고 다니는 것 정도이다.

만일, 그때 소현세자가 죽지 않고 나중에 왕이 되었더라면, 조선은 청나라의 선진문물을 받아들여서 17세기에 실학의 꽃을 피워 부강한 나라가 되지 않았을까? 그랬다면 19세기 메이지유신으로 부강해진 일본이 구한말에 감히 조선을 넘보지 못했을 거라는 생각을 해본다.

서울의 봄

　2023년 12월 13일 오전 9시 40분, 천만 관객 돌파를 눈앞에 두고 있는 '서울의 봄'을 보러 아내와 함께 신도림테크노마트 12층으로 올라갔다. 평일 조조(早朝)인데도 영화관 앞에는 학생들로 가득 차 시끌벅적했다. 인근의 ○○중학교 학생들이 단체관람을 온 것이었다.

　'서울의 봄'은 1979년 10·26 사태로 18년간의 절대 권력자가 없어진 상황에서, 군사반란이 일어난 12월 12일 밤 9시부터 13일 새벽 6시까지 9시간 동안 하나회를 중심으로 한 반란군과 수도경비사령부를 중심으로 한 진압군의 상황을 시시각각으로 보여주는 영화이다. '비트'(1997년), '감기'(2013년)의 김성수 감독의 작품이다. 러닝 타임은 2시간 21분.

계엄하에서 중앙정보부장의 공백으로 합동수사본부장을 맡게 된 보안사령관 전두광 소장(황정민 扮)은 우리나라의 모든 정보를 독점한다. 그는 차관들을 보안사령관실로 불러 보고받기도 하고, 청와대 비밀금고에서 나온 9억 원을 임의로 나누어주는 등 월권행위를 자행하고 있었다.

전 소장은 계엄사령관 정상호 육군참모총장(이성민 扮)이 자신을 동해경비사령관으로 전보(轉補)시키려 한다는 정보를 입수하고 선수(先手)를 치기로 한다. 그는 육사 시절부터 친구인 노태건 소장(박해준 扮)에게 10·26 사태 당시 정 총장이 중앙정보부장과 함께 궁정동 안가에 있었던 점을 빌미로 정 총장을 체포하여 조사하겠다고 말한다. 그 시각, 정 총장은 갑종장교 출신 이태신 소장(정우성 扮)을 총장 공관으로 불러 수도경비사령관을 맡아달라고 요청한다.

다음날, 전 소장은 하나회 장교들과 친한 선배 장성들을 자택에 불러놓고 정 총장 체포계획을 밝힌다. '실패하면 반역, 성공하면 혁명 아닙니까.' 하면서 작전명을 '생일잔치'로, 거사일을 12월 12일로 정한다. 이들은 걸림돌 3인방인 수도경비사령관 이태신 소장, 특전사령관 공수혁 소장, 헌병감 김준엽 준장을 당일 고급 요정에 초치(招致)하여 붙잡아놓기로 한다.

12월 12일 밤, 최 대통령(정동환 扮)을 독대한 전 소장은 정 총장을 구속 수사해야 한다며 재가를 요청하지만 대통령은 내일 국방장관과 함께 오라며 재가를 거부한다. 그 시각, 보안사 요원들은 총장 공관에서 총격전 끝에 정 총장을 납치하여 보안사로 향하는데, 근처 국방부장관 공관에 거주하던 오 장관(김의성 扮)은 총소리가 나자 가족들과 함께 택시를 타고 미8군 영내로 도망친다.

한편, 연희동의 고급 요정에서 전 소장을 기다리던 3인방은 정 총장이 납치됐다는 보고를 받고 각자 부대로 돌아간다. 보안사의 소행임을 알게 된 이태신 소장은 반란군 본부인 30경비단에 전화를 걸어 '정 총장을 다시 육본으로 모시고, 수경사 단장 등 반란 가담자들을 원대 복귀시켜라.'고 호통치지만, 이들은 오히려 이 소장을 회유하려 한다.

　전 소장은 도 준장에게 2공수여단의 서울출동을 지시하고, 노 소장에게도 전방 9사단의 서울출동을 요청한다. 그러자 이 소장은 서울과 가까운 8공수여단을 출동시킨다. 이에 놀란 전 소장은 참모차장 민 중장에게 2공수여단과 8공수여단을 동시에 회군시키자고 제안한다. 이는 전 소장의 기만전술이었으나, 민 중장은 이를 믿고 진압군에게 복귀 명령을 내린다. 8공수여단이 물러나자 2공수여단은 약속을 어기고 행주대교로 진입하는데, 이 소장이 다리 한복판에서 혼자 막아서지만….

　한편, 반란군 4공수여단이 쳐들어오자 특전사령관 공 소장은 휘하 장교들에게 항복하여 목숨을 보전하라고 지시한다. 그러나 비서실장 오진호 소령(정해인 扮)은 사무실 가구들로 바리케이드를 치고 끝까지 남아서 총격전을 벌이다가 전사한다. 부상당한 공 소장은 반란군에게 끌려간다.

　서울에 진입한 2공수여단은 육군본부에서 헌병감 김 준장을 체포한다. 이제 3인방 중에서 혼자 남은 이 소장은 휘하 여단장들이 반란군에 가담하는 바람에 직접 지휘할 수 있는 병력이 전차 4대와 장갑차 4대, 그리고 행정병, 취사병까지 총 104명뿐이었다. 이 소장은 이들과 함께 광화문으로 출동한다.

　진압군은 겹겹이 세워진 바리케이드를 사이에 두고 반란군과 대치한다. 이때, 국방부 청사 지하에 숨어있다가 반란군에게 잡혀 온

오 장관이 마이크를 잡고 사격 금지를 명한다. 이 소장이 반란군에 대한 체포 명령을 요청하자, 오 장관은 오히려 이 소장을 직위해제시킨다. 이 소장은 부하들에게 원대복귀 명령을 내리고 혼자 바리케이드를 뛰어넘으며 전 소장에게 다가가 "넌 군인으로서도 인간으로서도 자격이 없어."라는 말을 내뱉고 반란군에게 체포된다.

반란군 지휘부는 오 장관을 앞세워 대통령의 사후재가를 받아낸다. 이들은 자축파티를 열고 단체사진을 찍는다. 그 시각, 부상당한 공 소장은 병원에 실려 가고, 보안사 서빙고 분실에서는 정 총장과 이 소장, 김 준장이 고문당하며 취조(取調)에 시달리고 있었다.

반란에 성공하여 정권을 장악한 신군부는 1980년 봄에 요원의 불길처럼 타오르던 대통령 직접선거의 꿈을 짓밟고, 광주에서 벌어진 5·18 민주화운동은 공수부대를 투입하여 무참히 진압한다. '서울의 봄은 그렇게 끝났다.'는 자막과 함께 영화도 끝이 난다.

영화관을 나오면서 화장실에서 들었던 중학생들의 대화 "저거 진짜로 있었던 일이야?" "응, 100% 실화라던데…."가 귓전에 생생하다. 생각건대 이 소장이 행주대교에서 혼자 탱크를 막아서는 장면과 막판에 바리케이드를 뛰어넘으면서 전 소장에게로 가는 장면만 픽션이고, 나머지는 실화가 아닌가 싶다.

실존 인물 전두환과 장태완을 실제 이상의 악인과 의인으로 그려 좌파의 입장을 충실히 대변했다는 비판도 있지만, 44년 전 그날 밤의 상황을 누가 이보다 더 군더더기 없는 전개와 연출로 드라마틱하고 실감 나게 되살려낼 수 있을까?

에세이 명화극장

최용현 지음

발행처	도서출판 **청어**
발행인	이영철
영업	이동호
홍보	천성래
기획	육재섭
편집	이설빈
디자인	이수빈 ǀ 구유림
제작이사	공병한
인쇄	두리터

등록　　1999년 5월 3일
　　　　(제321-3210000251001999000063호)

1판 1쇄 발행　2025년 4월 10일

주소　　서울특별시 서초구 남부순환로 364길 8-15 동일빌딩 2층
대표전화　02-586-0477
팩시밀리　0303-0942-0478
홈페이지　www.chungeobook.com
E-mail　ppi20@hanmail.net

ISBN　　979-11-6855-329-3(03810)